애크로이드 살인사건

The Murder of Roger Ackroyd

AGATHA CHRISTIE MYSTERY AGATHA CHRISTIE MYSTERY AGATHA CHRISTIE MYSTERY AGATHA CHRISTIE MYSTERY AGATHA CHRISTIE MYSTERY AGATHA CHRISTIE MYSTERY AGATHA CHRISTIE MYSTERY AGATHA CHRISTIE MYSTERY

애거서 크리스티 추리 문학 8

애크로이드 살인사건

유명우 옮김

해문

■ 옮긴이 유명우

호남대학 영문과 교수, 한국추리작가 협회 총무 이사
《오리엔트 특급살인》, 《죽음과의 약속》, 《ABC 살인사건》,
《애크로이드 살인사건》 외 다수

애크로이드 살인사건

초판 발행일	1985년 07월 15일
중판 발행일	2008년 11월 30일
지은이	애거서 크리스티
옮긴이	유 명 우
펴낸이	이 경 선
펴낸곳	해문출판사
주 소	서울시 마포구 합정동 392-2 써니힐 202호
TEL/FAX	325-4721~2 / 325-4725
홈페이지	http://www.agathachristie.co.kr
출판등록	1978년 1월 28일 (제3-82호)
가격	6,000원
ISBN	978-89-382-0208-6 04800 978-89-382-0200-0(세트)

•등 장 인 물•

제임스 셰퍼드 박사— 마을 사람들에게 신임을 받는 과묵한 성격의 의사. 포와로와 함께 수사에 참여하면서 이 글을 써 나간다.

캐롤라인 셰퍼드— 궁금한 것은 어떻게 해서든지 알아내고야 마는 호기심 많은 노처녀. 포와로에게 접근하려고 애쓴다.

랠프 페이튼— 로저 애크로이드의 의붓아들로, 뛰어나게 잘생겼지만 당돌하고 생활이 방탕한 청년. 경제적으로 어려울 때마다 애크로이드에게 손을 내민다.

세실 애크로이드— 로저 동생의 미망인으로서, 형편에 어울리지 않게 겉치레를 좋아한다. 로저가 돈에 몹시 인색하다고 불평을 늘어놓는다.

플로라 애크로이드— 랠프의 약혼녀로서, 아름답고 매력적인 처녀. 랠프가 곤경에 처하게 되자 적극적으로 나서서 그를 방어해준다.

러셀— 애크로이드의 집안일을 맡아서 처리하는 냉담한 성격의 가정부. 독약에 대해 많은 관심을 나타낸다.

파커— 무표정하고 신경이 예민한 집사. 애크로이드에게 많은 신경을 쓴다.

제프리 레이먼드— 유능하고 쾌활한 성격의 비서로서, 애크로이드 가족과 친밀하고 깊은 관계를 맺고 있다.

블런트 소령— 사냥을 좋아하는 무뚝뚝한 남자. 총만 가지고 있으면 두려울 게 없다고 말하며, 플로라에게 깊은 관심을 가지고 있다.

어슐러 번— 자기가 맡은 일을 완벽하게 해내려고 애쓰는 키가 크고 조심성이 많은 하녀. 왠지 과거를 숨기는 듯한 인상을 준다.

찰스 켄트— 사건이 일어난 날 밤에 펀리 파크를 방문한 키가 크고 인상이 험악한 젊은이.

에르큘 포와로— 콧수염을 기른 자그마한 몸집의 벨기에인으로, 은퇴한 탐정. 조직적인 사고방식을 가지고 있으며, 결국에는 그의 회색 뇌세포가 범인의 정체를 밝히게 된다.

차 례

차 례

제1장

아침식사를 하는 셰퍼드 의사

페라스 부인은 목요일인 9월 16일과 17일 밤사이에 죽었다. 나는 17일, 곧 금요일 아침 8시에 그곳에 도착했다. 시체에는 아무런 흔적도 없었다. 그녀는 몇 시간 전에 죽은 것 같았다.

다시 집으로 돌아왔을 때는 9시가 조금 넘어 있었다. 나는 열쇠로 현관문을 열고 홀에 들어와서, 쌀쌀한 초가을 아침 날씨에 대비해 입고 갔던 얇은 외투와 모자를 거는 등 일부러 몇 분간을 지체했다.

솔직하게 말하자면, 나는 꽤 당황하고 근심스러운 상태였다. 나는 그 순간에 다음 몇 주일간 일어났던 일을 예상했다는 거짓말은 하지 않겠다. 나는 사실 전혀 예상치 못했던 것이다. 그러나 본능적으로 숨 막히는 시간이 다가오리라고는 느꼈었다.

왼편에 있는 식당에서 찻잔이 딸그락거리는 소리와 캐롤라인 누나의 짧고 마른기침 소리가 들려왔다.

그녀가 소리쳤다.

"제임스, 거기 있니?"

물어볼 필요도 없지. 나밖에 또 누가 있겠는가? 사실, 내가 몇 분간 지체한 것은 다름이 아니라 바로 캐롤라인 때문이었다. 키플링(1865~1936:인도 태생의 영국 소설가)은 몽구스(뱀 잡는 데 사용하는 인도산 족제비)라는 동물의 좌우명은 '가서 찾아내라'라고 했다.

캐롤라인의 인상을 꼬집어 말하자면, 뒷발로 일어선 몽구스라고 하는 것이 딱 어울린다. 좌우명의 첫 부분은 생략해도 무방할 것이다. 캐롤라인은 집 안에 가만히 앉아서도 무엇이든 다 알아냈다. 그녀가 어떻게 그렇게 해내는지 나로서는 알 수 없지만, 하여튼 그녀에게는 그런 능력이 있었다.

아마 하인들이나 상인들이 그녀의 정보부대를 형성하고 있는 것이 아닌가 생각된다. 그녀는 밖에 나가서 정보를 입수하는 것이 아니라, 그것을 터뜨리고 다닌다. 그런 일에 있어서도 역시 그녀는 놀랄 만큼 수준급이다.

내가 이렇게 우물쭈물 망설이는 것은 다 누나의 그런 성격 때문이다. 내가 지금 페라스 부인의 죽음에 대해 무언가 말을 한다면, 불과 한 시간 반 만에 마을에 그 소문이 쫙 퍼질 것이다.

당연히 나는 직업인으로서 분별력을 가지고 행동해야 한다. 그래서 나는 가능한 한 모든 정보를 그녀의 귀에 들어가지 않도록 버릇처럼 노력해왔다. 하지만 그녀는 어떻게 해서든지 그것을 알아내고야 말았다. 그렇다고 해도 나로서는 욕먹을 여지가 없기 때문에 도덕적 만족감을 가질 수 있다.

페라스 부인의 남편은 꼭 1년 전에 죽었는데, 아직까지도 캐롤라인은 그 부인이 남편을 죽인 것이라는 아무런 근거도 없는 생각을 가지고 있다. 페라스 씨는 습관적인 알코올 과음으로 인한 급성 위염으로 죽었다고 내가 아무리 말을 해도 그녀는 도무지 내 말을 믿지를 않았다. 위염과 비소에 의한 독살 증세가 똑같다는 것에는 나도 동의하는 바이지만, 캐롤라인이 믿는 것은 그 사실에 근거를 둔 것도 아니었다.

캐롤라인이 내게 말한 적이 있다.

"너도 그녀를 봤으면 알 거야."

페라스 부인은 젊지는 않지만 매우 매력적인 여자이며, 그녀가 입고 다니는 옷은 단순하면서도 항상 그녀에게 잘 어울리는 것들이었다. 그러나 수많은 여자들이 파리에서 옷을 산다고 해서, 남편을 독살하는 것은 아니다.

이런 생각을 하며 홀에서 서성거리고 있을 때, 아까보다 좀더 날카로운 캐롤라인의 목소리가 다시 들려왔다.

"도대체 거기서 뭘 하고 있니, 제임스? 어서 들어와서 아침식사하렴."

"방금 왔어요, 누님. 외투를 거느라고요."

나는 허둥거리며 말했다.

"그동안 외투를 대여섯 벌은 더 걸었겠다."

그녀의 말이 옳았다. 내가 너무 오래 꾸물거린 것이다.

나는 식당으로 가서 여느 때와 마찬가지로 캐롤라인의 볼에 가볍게 입을 맞추고 달걀과 베이컨을 먹었다. 베이컨은 좀 식어 있었다.

"아침부터 어디를 다녀온 모양이구나."

"예, 킹스 패도크의 페라스 부인 댁에요."

"알고 있다."

"어떻게 알았어요?"

"애니가 말해주더구나."

애니는 우리 집 하녀로, 꽤 착하고 성실하긴 하지만 지독한 수다쟁이였다.

잠깐 침묵이 흘렀다. 나는 묵묵히 달걀과 베이컨을 먹고 있었다.

누나의 길고 가느다란 코끝이 그녀가 어떤 것에 대해 흥미를 느낄 때나 흥분했을 때 항상 그러듯이, 약간 씰룩거렸다.

"그래서?"

그녀는 대답을 기다렸다.

"끔찍한 사건이에요. 시체에는 아무런 흔적이 없었어요. 자다가 죽은 것이 틀림없어요."

누나가 다시 말했다.

"알고 있어."

그 순간 나는 화가 났다.

"누님이 어떻게 안다는 거예요?"

내가 소릴 질렀다.

"나도 그곳에 도착하기 전까지는 아무것도 몰랐어요. 그리고 아직 아무에게도 그 사실을 말한 적이 없어요. 만일, 애니가 알고 있다면 그녀는 천리안이라도 가졌나 보군요?"

"애니가 아니라, 우유 배달부가 그러더구나. 페라스 씨네 요리사에게 들은 모양이야."

내가 이미 말한 것처럼, 캐롤라인은 정보를 얻으러 밖에까지 나갈 필요가 없었다. 집에 가만히 앉아 있어도, 그녀에게 정보가 다 들어오게 되어 있었다.

누나가 계속 물었다.

"무엇 때문에 죽은 거니? 심장병?"
내가 빈정거리며 물어보았다.
"우유 배달부가 그 말은 안 하던가요?"
내 말이 좀 심했는지 누나는 자못 심각하게 대답했다.
"그 사람도 그것까지는 모르더구나."
결국 캐롤라인은 조만간 그것을 듣게 될 것이다. 그러느니 차라리 내가 말해주는 편이 좋겠다고 생각했다.
"수면제를 너무 많이 복용했기 때문에 죽었어요. 불면증 때문에 최근에 그것을 복용해왔다고 하더군요. 너무 많이 먹은 것이 틀림없어요."
캐롤라인이 즉시 말을 받았다.
"그건 말도 안 된다. 그녀는 일부러 먹었을 거야. 나에게 그런 식으로 말하지 말거라!"
마음속으로는 확신하고 있지만 인정하고 싶지 않은 사실을 누군가 다른 사람이 먼저 말하면, 이상하게도 화를 내며 부인하고 싶어진다.
나는 감정이 격해져서 말했다.
"또 시작하시는군요. 제발 아무 근거도 없이 그렇게 말하지 마요. 도대체 무엇 때문에 페라스 부인이 자살했겠습니까? 아직 아름답고, 재산도 엄청나게 많은 건강한 과부가 인생을 즐기며 사는데 무슨 걱정이 있겠어요? 자살이라니, 당치도 않아요."
"그렇지 않아. 페라스 부인이 요즘 들어서 굉장히 변했다는 걸 너도 알잖니? 지난 6개월 사이에 그녀가 달라진 모습을 생각해보렴. 그녀는 악몽에 시달리고 있었던 게 틀림없어. 그리고 너도 방금 그녀가 불면증이었다고 말하지 않았니?"
내가 쏘아붙이듯이 물었다.
"그래서 어떻게 진단을 내렸나요? 불행한 연애 사건이라도 생각하는 모양이죠?"
누나는 고개를 저으며 아주 흡족한 듯이 말했다.
"양심의 가책 때문일 거야."

"양심의 가책?"

"그래. 내가 누누이 말해도 너는 전혀 믿지 않았지만, 그녀는 분명히 자기 남편을 독살했던 거야. 이제는 더 의심할 여지가 없게 되었지 뭐니."

내가 대들듯이 말했다.

"누님 말은 하나도 논리적이지 못해요. 살인을 저지를 만한 여자라면 양심의 가책 같은 나약한 감상에 사로잡히지 않고, 오히려 그 열매를 즐길 수 있을 거예요."

캐롤라인은 고개를 저었다.

"물론 그런 여자도 있겠지. 그렇지만 페라스 부인은 그럴 만한 여자가 못돼. 그녀는 신경과민으로 시달리고 있었어. 그러다가 드디어 그 고통을 더 이상 견디지 못하고 자기 남편을 없애 버리려고 마음먹었던 거야. 웬만한 참을성을 가지고는 애슬리 페라스 같은 남자와 함께 살 수 없었을 테니까."

나는 고개를 끄덕였다.

"그러고는 자기가 저지른 행동 때문에 견딜 수 없이 괴로워했겠지. 정말 가엾은 여자야."

캐롤라인은 페라스 부인이 살아 있는 동안에는 단 한 번도 그런 연민의 감정을 품지 않았을 것이다. 그 부인이 어디론가, 파리에서 유행하는 옷을 더 이상 입을 수 없는 먼 곳으로 가버린 지금에야 캐롤라인은 연민이나 이해심 같은 다소 부드러운 감정을 가질 수 있게 된 것이다.

나는 누이의 생각은 모두 터무니없는 것이라고 확고하게 말했다. 그녀가 말했던 것 중에서 어떤 부분에만은 나도 내심으로 동의하고 있었기 때문에, 이상하게도 더욱더 적극적으로 반대하게 되었다. 그렇지만 캐롤라인이 단순히 영감에 의한 어림짐작으로 한 말은 모두 잘못된 것이다.

나는 그런 종류의 생각은 부추겨 주지 않을 작정이었다. 그녀는 이제 온 마을에 자기의 생각을 퍼뜨리며 돌아다닐 것이고, 사람들은 하나같이 그것이 나의 의학적인 지식을 토대로 성립된 것이라고 생각할 것이다. 산다는 것은 참으로 괴로운 일이다.

"그렇지 않아."

캐롤라인은 나의 혹평을 일축하며 말했다.
"너도 알게 될 거야. 틀림없이 그녀는 모든 것을 자백하는 편지를 남겨 두었을 게다."
"그녀는 종이쪽지 한 장 남겨 두지 않았어요."
나는 날카롭게 말하면서도, 그렇게 털어놓는 것이 나에게 어떤 결과를 가져올지 미처 알아차리지 못했다.
"오! 그럼 너도 조사해본 게로구나, 그렇지? 제임스, 너도 지금 마음속으로 나와 똑같은 생각을 하는 거야. 너야말로 점잔만 빼는 늙은 사기꾼이구나."
나는 감정을 억누르며 말했다.
"자살의 가능성은 항상 염두에 두게 마련이죠."
"시체를 검시할 것 같니?"
"글쎄요. 형편에 따라 달라지겠지요. 내가 우연한 수면제 과용이라고 확실하게 단언할 수만 있다면, 검시 같은 것은 필요 없을 거예요."
누나가 재빠르게 물었다.
"그래, 확실하게 단언할 수 있니?"
나는 아무 대답도 않은 채 식탁에서 일어났다.

제2장

킹스 애버트 사람들

캐롤라인과 나눈 이야기를 더 진행시키기 전에, 우리 마을에 대해 대강 설명해야겠다. 내가 사는 킹스 애버트는 다른 마을과 비슷한 평범한 곳이다.

마을에는 큰 철도역 하나와 작은 우체국 하나, 그리고 서로 경쟁하는 두 개의 잡화점이 있으며, 이곳에서 9마일(약 15km)쯤 나가면 크란체스타라는 큰 도시가 있다. 건강하고 젊은 남자들은 대부분 마을을 떠났기 때문에, 미혼여성과 퇴역한 장교들이 상당히 많았다. 우리 마을 사람들의 취미나 오락으로는 유일하게 '잡담'을 꼽을 수 있다.

킹스 애버트에는 그럴듯한 건물이 두 채 있었다. 하나는 페라스 씨가 부인에게 남겨 준 킹스 패도크이고, 다른 하나는 로저 애크로이드 소유의 펀리 파크이다. 애크로이드는 전혀 시골의 대지주답지 않은 태도 때문에 항상 내 관심을 끌었다. 나는 그를 보면, 초록으로 덮인 마을을 배경으로 하는 구식 뮤지컬 코미디의 첫 번째 장면에 항상 등장하는 불그스름한 얼굴의 운동선수들이 생각났다. 그들은 대개 런던으로 가자는 내용의 노래를 불렀다. 요즈음 와서는 시사 풍자 익살극이 유행하는 바람에, 그런 시골 대지주는 자연히 음악 유행물에서 사라지게 되었다.

물론 애크로이드는 진짜 시골 대지주는 아니다. 그는(내가 알기로는) 짐마차의 바퀴를 만들어 크게 성공한 제조업자였다. 사십 줄을 넘어선 그는 불그스름한 얼굴에 상냥한 태도를 지닌 사람이었다. 그는 교구목사의 신임을 얻고 있으며, 교구에 기부금을 인색하지 않게 낼 뿐만 아니라(비록 사적인 경비를 쓰는데 있어서는 극히 인색하다는 소문이 있지만), 크리켓 시합이나 청년회, 상이군인협회를 후원해주었다. 그는 사실상, 평화로운 우리 마을 킹스 애버트의 생명이요, 영혼이었다.

로저 애크로이드는 스물한 살의 청년이었을 때, 자기보다 5~6살 연상인 아름다운 부인과 사랑에 빠져 결혼했다. 페이튼이란 성을 가진 그녀는 아이 하나가 딸린 과부였다. 그들의 결혼생활은 짧고도 아주 애처로웠다. 좀 거칠게 말해서, 애크로이드 부인은 발작적 음주광이었다. 그녀는 결혼하고 나서부터 죽을 때까지 4년 동안을 술만 마시며 보냈다.

아내가 죽고 나서 애크로이드는 재혼할 기미를 보이지 않았다. 첫 부인이 데려온 아들은 엄마가 죽을 당시 겨우 일곱 살이었으나, 지금은 스물다섯 살이 되었다. 애크로이드는 그를 친아들처럼 정성스럽게 길렀지만, 그는 난폭한 행동으로 늘 계부의 걱정거리가 되고, 속을 썩여 왔다. 그런데도 킹스 애버트 사람들은 모두 랠프 페이튼을 좋아했다. 그 이유 중 하나는 그가 아주 잘생겼다는 것이다.

앞에서 말했지만, 우리 마을 사람들은 언제든지 잡담을 즐길 준비를 갖추고 있다. 애크로이드와 페라스 부인이 아주 사이좋게 지낸다는 것은 우리 마을 사람이라면 모두 알고 있었다. 그녀의 남편이 죽은 뒤, 그들의 사이는 좀더 확실하게 드러났다. 그들은 늘 함께 있었으며, 장례 기간이 끝날 무렵에는 페라스 부인이 로저 애크로이드의 부인이 될 거라는 소문까지 나돌았다.

사실 거기에는 그럴 만한 확실한 타당성이 있다고 느껴졌다. 로저 애크로이드의 부인은 술 때문에 죽었다. 애슬리 페라스 역시 죽기 전 몇 년 동안 술고래였다. 똑같이 알코올 과음의 희생자였던 두 사람은 과거에 배우자에게 시달려 왔다는 사실로 서로에게 마음이 끌렸던 것이다.

페라스 집안은 바로 1년 전쯤에 이곳으로 왔지만, 애크로이드를 둘러싼 소문은 몇 년 전부터 마을을 떠돌아다녔다. 랠프 페이튼이 어른이 될 때까지 여러 명의 가정부가 애크로이드의 살림을 떠맡아 왔는데, 그들이 바뀔 때마다 캐롤라인과 그녀의 친구들은 이러쿵저러쿵 수군거렸다.

지난 15년 동안 마을 사람들은 애크로이드가 그 가정부들 중 하나와 결혼할 것이라고 은근히 기대해왔다고 해도 틀린 말은 아니다. 그들 중 마지막인 러셀 양이라는 엄격한 여자는 전임자들의 무려 두 배가 되는 5년이라는 세월 동안 애크로이드 집에 군림해오고 있다. 페라스 부인이 나타나지 않았다면, 애크로이드는 거의 그녀로부터 피할 수 없었을 것이다.

그리고 또 하나의 이유가 있다면, 과부가 되어 캐나다에서 딸과 함께 갑자기 나타난 제수 때문일 것이다. 애크로이드의 변변치 못했던 남동생의 미망인인 세실 애크로이드 부인은 아예 펀리 파크에서 살기로 작정을 하고(캐롤라인의 말에 따르면) 러셀 양을 적당한 자리에 앉히는 데 성공했다. '적당한 자리'가 무엇을 의미하는지 정확하게는 모르지만(그것은 어딘지 냉담하고 불쾌하게 들린다) 러셀 양이 늘 애매모호한 미소를 지은 채 뾰로통해져서 다닌다는 것은 이미 알려져 있었다.

그리고 그녀는 이렇게 떠들어대고 다녔다.

"불쌍한 애크로이드 부인, 시아주버니에게 얹혀살아야 한다니, 그에게서 얻은 빵이 얼마나 씁쓸할까, 안 그래요? 자기생활을 위해서 일하지 않는다는 건 굉장히 비참한 일이죠."

페라스 부인의 이야기가 한창 사람들의 입에 오르내릴 때 세실 애크로이드 부인은 어떻게 생각하고 있었을까? 애크로이드가 결혼하지 않은 채로 있다는 사실은 그녀에게 확실히 유리한 것이었다. 그녀는 페라스 부인을 처음 만났을 때부터(과장해서 말하는 것이 아니다) 페라스 부인에게 아주 친절하게 대했다.

캐롤라인은 바로 그것이 의미심장한 사실이라고 했다. 이러한 일들이 우리가 지난 몇 년 동안 킹스 애버트에서 관심을 기울여 온 것들이다. 우리는 애크로이드와 관련된 문제들이라면 모든 각도에서 토론했다.

페라스 부인은 우리가 짜맞춘 계획에 언제나 썩 잘 어울리게 행동했다.

그런데 그 진풍경이 바뀌었다. 우리는 결혼에 대한 달콤한 토론에서 벗어나 갑자기 비극의 한가운데로 던져진 것이다. 이런 복잡한 문제들이 마음속에 맴돌고 있는 가운데, 나는 기계적으로 왕진을 다녔다.

내 마음이 온통 페라스 부인의 불가사의한 죽음에 쏠려 있기 때문인지, 다른 환자들에겐 별 관심이 가지 않았다. 그녀는 자살한 것일까? 만일 그렇다면, 틀림없이 그녀는 자기가 어렵게 결정한 행위에 대해 몇 마디 말씀은 남겨 두었을 것이다.

여자들이란(내 경험에 의하면) 자살하겠다는 결심에 일단 도달하게 되면, 보통 그 운명적인 행동을 할 수밖에 없었던 자기의 심정을 밝히고 싶어 한다. 그들은 조명등이 비쳐지기를 선망하는 것이다. 페라스 부인을 마지막으로 본 것이 언제였던가? 1주일도 채 안되었다. 그때 그녀의 태도는 아주 정상적이었다—모든 것을 잘 판단할 만큼.

나는 문득 그녀를(확증할 만한 사실은 없지만) 어제 본 것이 생각났다.

그녀는 랠프 페이튼과 나란히 걷고 있었는데, 나는 그 청년이 킹스 애버트에 있으리라고는 생각지 않았었기 때문에 무척 놀랐었다. 나는 그가 계부와 다투었으리라고 생각했다. 그것 때문에 거의 6개월 동안이나 그의 그림자도 볼 수 없었던 것이 아니었을까? 아무튼 그들은 머리를 가까이 댄 채 나란히 걷고 있었으며, 페라스 부인은 무언가 아주 열심히 이야기하고 있었다.

바로 이 순간, 미래에 대한 불길한 예감이 처음으로 나에게 엄습해왔다. 아직 확실한 것은 하나도 없지만, 일이 어떻게 돌아갈 것인지 막연하나마 감이 잡히기 시작했다. 어제 보았던 랠프 페이튼과 페라스 부인 사이의 진지하고도 은밀한 대화가 어쩐지 마음에 걸렸다.

로저 애크로이드를 만날 때까지 나는 그 생각만 골똘히 하고 있었다.

"셰퍼드!"

그가 소릴 질렀다.

"마침 당신을 찾고 있었소. 이게 무슨 끔찍한 일인지……."

"들은 모양이군요?"

애크로이드는 고개를 끄덕였다.

나는 그가 심한 충격을 받았다는 것을 알 수 있었다. 그의 커다란 붉은 뺨은 푹 꺼진 듯했으며, 평소의 유쾌하고 건강한 모습은 어디에도 찾아볼 수 없을 정도로 참혹한 표정이었다.

그는 나지막한 목소리로 말했다.

"당신이 알고 있는 것보다 더 나쁩니다. 이것 보시오, 셰퍼드, 이야기할 게 좀 있는데 지금 나와 함께 갈 수 있겠소?"

"글쎄, 좀 곤란합니다. 왕진해야 할 환자가 세 명이나 더 남았고, 외과 환자를 보고 오려면 12시쯤은 되어야 할 텐데."

"그렇다면 오후에, 아니 그럴 필요없이 오늘 저녁이나 함께 합시다. 7시 30분으로 할까요? 괜찮겠소?"

"그러죠. 그때라면 시간이 날 겁니다. 무슨 일이 잘못되었나요? 랠프 때문인가요?"

나는 내가 왜 이렇게 말했는지 알 수가 없다—하긴 랠프에 관련된 문제가 많았으니까.

애크로이드는 이해할 수 없다는 듯이 우두커니 나를 쳐다보았다. 나는 무언가가 정말로 잘못되었다고 느끼기 시작했다. 지금까지 애크로이드가 그렇게 당황하는 것을 본 적이 없기 때문이다.

"랠프?"

그가 중얼거리듯이 말했다.

"오, 아니오. 랠프 때문이 아닙니다. 랠프는 런던에 있는걸, 제기랄! 늙은 노처녀 자네트가 오고 있군. 나는 그 소름끼치는 일에 대해 그녀와 이야기하고 싶지 않소. 저녁때 만납시다, 셰퍼드. 7시 30분이오."

그는 멍청하게 고개를 끄덕이는 나를 남겨 둔 채 급히 가버렸다.

랠프가 런던에 있다고? 그렇지만 어제 오후에 분명히 킹스 애버트에 있었다. 그는 틀림없이 어젯밤이나 오늘 새벽에 시내로 돌아갔을 텐데. 애크로이드의 말은 전혀 뜻밖이었다. 그는 랠프가 몇 달 동안 마을 근처에는 얼씬도 안 한 것처럼 이야기했다.

내가 그 문제를 더 생각해볼 여유도 없이, 자네트 양이 허겁지겁 내게로 다가왔다. 자네트 양으로 말하자면, 캐롤라인 누나의 특징을 모두 갖추었지만 결론으로 비약하는데 있어서는 캐롤라인의 교묘하고 치밀한 추리에는 못 미쳤다.

자네트 양은 숨을 헐떡이며 캐묻고 싶어 했다.

불쌍한 페라스 부인에게는 너무 슬픈 일이 아닌가? 많은 사람들이 그녀가 몇 년간 습관적으로 수면제를 먹었다고 했다. 사람들이 그렇게 말하는 것은 너무 심술궂은 일이다. 게다가 더욱 곤란한 일은, 이러한 무모한 말들 속에는 어디엔가 보통 한 가닥의 진실이 존재한다는 것이다. 아니 땐 굴뚝에 연기 날까!

사람들은 또 애크로이드가 그 사실을 알고는 약혼을 취소해버렸다고도 말했다—그러니까 이미 약혼까지는 했다는 것이다. 자네트 양은 그것에 대한 증거를 가지고 있었다. 물론 나는 그 일에 대해 모든 것을 알고 있어야 한다(의사들은 항상 그랬다). 하지만 절대로 말하는 법이 없다.

자네트 양은 이 문제에 대해 내가 어떤 반응을 보이는지 알려고 예리하게 반짝이는 시선을 던졌다. 다행히도 나는 캐롤라인에게 오랫동안 단련되어 있었기 때문에 태연한 자세를 유지하며 몇 마디의 애매한 말들을 준비할 수 있었다.

나는 자네트 양이 그런 고약한 잡담에 끼어들지 않은 것이 굉장히 훌륭한 일이라고 칭찬해주었다. 이것은 아주 적절한 역습이었다. 그녀는 난처한 입장에 빠졌으며, 나는 그녀가 다시 정신을 차리기 전에 그 자리를 떠났다.

온갖 생각에 잠긴 채 집에 돌아오니, 진찰실에서 환자들이 기다리고 있었다.

마지막 환자라고 생각한 사람을 돌려보내고 점심을 먹기 전에 잠시 정원을 바라보고 있을 때, 기다리는 환자가 한 명 더 있다는 것을 깨달았다.

그녀는 일어나서 다소 놀라며 서 있는 내게로 다가왔다. 내가 왜 놀랐는지 잘 모르겠다. 러셀 양에게는 몸이 아픈 것 이상의 어떤 느낌, 마치 무쇠를 대하는 듯한 그런 생각이 들었다. 애크로이드의 가정부는 키가 크고 건장한 여자였지만, 어딘지 가까이 하기 어려운 인상을 주었다. 그녀의 엄숙한 눈빛과 꽉 다문 입술을 보고, 내가 만일 그녀 밑에 있는 하녀나 식모였다면 그녀가 오라고 부르기만 해도 필사적으로 도망쳤을 거라고 생각했다.

러셀 양이 말했다.

"안녕하세요, 셰퍼드 박사님. 무릎을 좀 봐주시면 정말 고맙겠군요."

나는 그녀의 무릎을 건성으로 보긴 했지만, 사실 보기보다 나는 현명한 편이었다. 러셀 양이 설명하는 증세는 너무 애매하고 이해가 안 가는 것이라, 나는 별로 성실치 못한 여자가 꾸며 내는 말이라는 의심이 들었다.

그녀가 페라스 부인의 죽음에 대해 나를 유도 심문하려고 일부러 무릎이 아픈 척하는 것인지도 모른다는 생각이 잠깐 내 마음을 스쳐 지나갔지만, 이내 내가 잘못 판단했다는 것을 알았다. 그녀는 그 비극에 대해 잠깐 언급을 하긴 했지만, 그 이상은 말하지 않았다. 하지만 간간이 머뭇거리는 태도가 그 일에 대해 수다를 떨고 싶어 하는 눈치였다.

그녀는 나중에 이렇게 말했다.

"이렇게 바르는 약까지 처방해주시니, 정말 고마워요, 박사님. 조금이라도 효과가 있으리라고 믿지는 않지만……."

나 역시 효과가 있으리라고 믿지는 않았지만, 직업상 효과가 있을 거라고 말했다. 어차피 그 약은 해를 끼치지는 않을 테고, 장사를 위해서는 자기 물건을 선전해야 하는 것이다.

"저는 약 같은 것은 믿지 않아요."

그녀는 약병을 정돈하고 있는 나를 깔보듯이 바라보며 말했다.

"약은 백해무익한 거예요. 코카인 중독만 보더라도 그렇잖아요?"

"글쎄요, 중독되는 거라면 그렇겠지요."

"상류사회에는 꽤 퍼져 있어요."

상류사회라면 나보다 러셀 양이 훨씬 아는 게 많을 것이므로, 나는 그녀와 논쟁을 벌일 생각이 없었다.

"한 가지만 물어볼게요, 박사님. 박사님이 마약에 중독되었다면 어떻게 치료하시겠어요?"

그렇게 난데없이 던지는 질문에 대답하기란 쉬운 일이 아니다. 나는 거기에 대해 간략하게 설명을 했고, 그녀는 잔뜩 주의를 기울여 들었다. 그녀가 여전히 페라스 부인에 관한 정보를 찾고 있다는 느낌이 들었다.

"수면제를 예로 들어 본다면……."

나는 계속 이어나갔다. 그러나 정말 희한하게도 러셀 양은 수면제에는 관심을 기울이지 않는 것 같았다. 그러기는커녕 화제를 돌려, 정말로 검출되지 않는 희귀한 어떤 독약이 있는 것이 사실이냐고 물어보았다.

"아! 추리소설을 읽으셨군요!"

내가 말했다. 그녀는 그렇다고 했다.

"추리소설에는 희귀한 독약 이야기가 꼭 나오죠. 남아메리카에서 사용되는 것으로 아무도 들어 보지 못한, 세상에 알려지지 않은 어떤 야만족이 화살에

다 묻혀서 쓰는 그런 독약. 죽음이란 순간적인 것이고, 제아무리 발달된 과학이라 해도 그것을 찾아 낼 수는 없을 거다. 이런 말을 하고 싶은 겁니까?"

"어머, 정말 그런 게 있나요?"

나는 유감스러운 듯이 머리를 흔들었다.

"없을 겁니다. 물론 큐라레(남아메리카 원주민이 화살 끝에 칠하는 독약) 같은 것은 있지만."

나는 큐라레에 대해 설명을 늘어놓았지만, 러셀 양은 별로 주의를 기울이지 않았다. 그녀는 내 벽장에 독약이 있는지 물어보았으며, 내가 없다고 대답하자 어쩐지 나를 변변찮게 평가하는 눈치였다.

그만 돌아가야겠다면서 그녀가 막 진찰실 밖으로 나갔을 때, 점심을 알리는 종소리가 들렸다. 나는 러셀 양이 추리소설을 즐겨 읽으리라고는 전혀 생각지 못했다.

그녀가 가정부 방에서 나와 게으른 하녀를 꾸짖고는, 다시 방으로 들어가 《일곱 번째 죽음의 비밀》 같은 책에 푹 빠져 있을 모습을 생각하니 저절로 웃음이 나왔다.

제3장

호박을 기르는 남자

점심을 먹으면서 나는 캐롤라인에게 저녁은 펀리에서 먹을 거라고 말했다.

그녀는 반대하지 않았다. 그러기는커녕 이렇게 말했다.

"정말 잘되었구나. 그 일에 대해 모두 듣게 될 테니까. 그런데 랠프한테 무슨 일이라도 생겼니?"

나는 깜짝 놀라서 말했다.

"랠프한테요? 아무 일도 없는 걸로 아는데요."

"그럼 왜 펀리 파크에 있지 않고 드리 보어스에 있을까?"

나는 잠깐 동안 랠프 페이튼이 시골 여관에서 머무르고 있다는 캐롤라인의 말에 대해 질문을 던지지 않았다. 캐롤라인이 그렇게 말하는 것으로도 내겐 충분했다.

"애크로이드는 그가 런던에 있다고 말하던데요."

그때 나는 너무 당황해서 절대로 아무런 정보를 내주지 않겠다는 중요한 철칙을 잊어버렸다.

캐롤라인이 코를 씰룩거리며 말했다.

"그는 어제 아침에 드리 보어스에 도착했는데, 아직도 거기에 있을 거야. 어젯밤에는 어떤 아가씨와 함께 나갔다는구나."

그것은 전혀 놀랄 만한 사실이 아니다. 아마 랠프는 대부분의 밤을 여자와 함께 보냈을 것이다. 하지만 화려한 대도시가 아니라 킹스 애버트에서 즐기기로 했다는 것이 좀 이상했다.

"술집 여자하고요?"

"아니야, 그렇지 않아. 그는 밖으로 나가서 어떤 여자를 만났는데, 도대체 누구인지 모르겠단 말이야(캐롤라인이 이러한 것을 인정하다니 꽤 마음이 편치 못할 것이다). 하지만 대충 짐작은 하겠어.”

지칠 줄 모르는 그녀는 계속해서 말했다. 나도 끈기있게 기다렸다.

“그의 사촌일 거야.”

“플로라 애크로이드 말인가요?”

나는 깜짝 놀라 외쳤다.

플로라 애크로이드는 물론 랠프 페이튼과 실제적인 혈연관계는 없지만, 애크로이드가 지금까지 랠프를 친아들처럼 대해왔기 때문에 그들은 당연히 사촌간으로 생각했다.

“그래, 플로라 애크로이드.”

“그녀를 만나고 싶다면 펀리로 가지 않고요?”

캐롤라인은 굉장히 즐거운 듯이 말했다.

“비밀리에 약혼했거든. 하지만 애크로이드가 들어주지 않을 테니까 그들이 그런 식으로 만날 수밖에 없는 거지.”

나는 캐롤라인의 생각에 많은 결점이 있다는 것을 알았지만, 그것을 지적해 주기가 겁이 났다. 이야기는 우리의 새로운 이웃에 대한 비평으로 흘러갔다.

얼마 전에 옆집인 라체스에 낯선 사람이 이사 왔다. 캐롤라인은 그가 외국인이라는 것밖에는 이렇다 할 정보를 얻지 못했기 때문에 극도로 신경이 날카로워져 있었다. 그녀의 정보부대에도 한계가 드러난 모양이다.

그 사람도 다른 이들처럼 우유나 채소, 뼈 붙은 고기, 때로는 대구류의 생선 등을 샀지만, 이러한 것들을 대주는 사람들도 그에 대한 정보를 얻지 못한 모양이었다. 그는 묘하고도 비현실적인 느낌을 주는 포로트라는 이름을 가지고 있었다. 우리가 그에 대해 아는 사실이 단 하나 있는데, 그것은 그 사람이 호박 재배에 비상한 관심을 가지고 있다는 것이다.

그러나 그것은 캐롤라인이 알고 싶어 하는 종류의 정보는 아니었다. 그녀가 궁금한 것은 그가 어디에서 왔으며, 무엇을 하는 사람이고, 미혼인지 기혼인지, 결혼했다면 아내가 어떤 사람인지, 그리고 자식이 있는지, 애들 엄마가 결혼하기 전에는 어떤 성을 가졌는가 하는 등등이었다. 캐롤라인과 비슷한 다른 이는 틀림없이 여권에 대해서도 의문을 가졌으리라고 생각한다.

"캐롤라인 누님, 그 남자의 전직에 대해서는 전혀 의심할 여지가 없어요. 그는 이발사였을 거예요. 수염을 보면 알 수 있잖아요."

캐롤라인은 내 말에 찬성하지 않았다. 만일 그가 이발사였다면, 아마 생머리가 아닌 곱슬곱슬한 머리를 가졌을 거라는 것이다. 사실 이발사들은 모두 그랬다. 나는 내가 아는 이발사 중에는 생머리를 가진 사람이 몇 명 있다고 말했지만, 캐롤라인은 믿으려고 하지 않았다.

"도저히 이해할 수 없는 남자야."

그녀는 불만에 가득 찬 목소리로 말했다.

"전에 정원에서 쓰는 도구를 빌려 달라고 했더니 아주 친절하게 빌려 주더구나. 하지만 아무것도 알아내지 못했단 말이야. 몇 번 망설이다가 단도직입적으로 프랑스인이냐고 물었더니, 아니라고만 말하더구나. 그래서 더 이상 어떻게 물어볼 수가 없었단다."

나는 비밀에 싸인 이웃에 대해 점점 흥미를 느끼기 시작했다. 캐롤라인의 입을 다물게 하고, 그녀를 시바의 여왕처럼 돌려보낼 수 있는 사람이라면 분명히 평범한 인물은 아닐 것이다.

"그 사람에게 최신형 진공청소기가 있을 거야."

나는 누나의 빛나는 눈에서 그것을 빌려 달라는 구실로 슬쩍 몇 마디 더 물어보려는 의도를 알 수 있었다. 나는 간신히 정원으로 빠져나왔다.

정원 손질도 꽤 재미있는 일이다. 내가 열심히 민들레 뿌리를 살펴보고 있을 때, 바로 옆에서 무슨 소리가 나더니 무거운 물체가 퍽하고 땅에 튀기며 내 발 앞에 떨어졌다. 그것은 호박이었다!

나는 화가 나서 고개를 치켜들었다.

우리 집 왼편 담 너머로 어떤 얼굴 하나가 나타났다. 괴상하고도 검은 머리카락으로 살짝 덮인 달걀형의 얼굴에, 보기에도 굉장한 콧수염과 경계하는 듯한 두 눈을 가진 사람이었다.

그가 바로 우리의 비밀스런 이웃인 포로트라는 남자였다. 그는 사과의 말을 유창하게 늘어놓았다.

"정말 미안합니다. 뭐라고 사과의 말을 해야 할지 모르겠습니다. 나는 몇 달

동안 호박을 길러 왔는데, 오늘 아침 갑자기 이 호박들이 귀찮다는 생각이 들었답니다. 나는 호박들이 마음껏 자라도록 해주었죠. 예! 마음뿐만이 아니라 실제로 말입니다. 나는 가장 큰 놈을 집어들어서 담 너머로 던져버렸습니다. 부끄럽습니다. 무릎이라도 꿇고 싶군요."

그가 이런 거창한 사과의 말을 끝내기 전에, 나는 어쩔 수 없이 기분을 풀어야 했다. 그 비참한 채소에 얻어맞은 것은 아니니까. 그렇지만, 나는 우리의 새 이웃이 취미로 채소를 담 너머로 던지는 사람은 아니기를 진정으로 바랐다. 그런 취미를 가진 사람을 이웃으로 대해줄 수는 없다.

그 이상한 작은 남자는 나의 이런 생각을 읽은 모양이었다.

"오! 아닙니다." 그가 외쳤다.

"불안해하지 마십시오. 습관적으로 이렇게 하지는 않으니까요. 그렇지만 어떤 사람이 즐거움과 보람을 얻기 위해 한 가지 일에만 힘을 기울이고, 노동을 하고, 고생을 했습니다. 그런데 그것을 얻고 나서 그에게 남겨진 것은 단지 분주했던 옛 시절과 그때에 대한 그리움뿐이라는 것을 알게 되었을 때의 심정을 상상할 수 있습니까?"

나는 천천히 대답했다.

"예, 그런 것은 흔히 있는 일이지요. 나도 그런 경우가 있었거든요. 1년 전에 나는 내 꿈을 충분히 실현시킬 수 있을 만한 유산을 물려받았습니다. 나는 항상 여행을 하면서 세상을 둘러보고 싶었습니다. 그런데 그것은 1년 전의 일이고, 나는 지금 여전히 여기에 머물러 있는걸요."

나의 작은 이웃은 내 말에 고개를 끄덕였다.

"연속적인 습관이죠. 어떤 것을 얻기 위해 애쓰다가도 막상 그것을 얻고 나면, 우리가 그리워한 것은 바로 일상적인 일이라는 것을 깨닫게 되는 거지요. 그리고 내 일은 퍽 재미있었답니다. 아마 이 세상에서 가장 재미있는 일일걸요."

"그래요?"

나는 호기심이 일어나서 말했다. 그 순간, 캐롤라인의 기질이 내 몸속에서 꿈틀거렸다.

"인간의 본성을 연구하는 것이었죠."

"정말입니까?"

내가 친절하게 말했다. 그는 틀림없이 이발사였을 것이다. 이발사보다 인간 본성의 비밀을 더 잘 아는 사람이 누가 있겠는가?

그가 다시 말을 꺼냈다.

"내게 친구가 한 명 있었는데, 그는 몇 년 동안 내 곁을 한 번도 떠나 본 적이 없었습니다. 가끔 사람을 불안하게 할 만큼 우둔하게 굴기도 했지만, 하여튼 내겐 아주 소중한 친구였지요. 지금 나는 그의 우둔함까지도 그리워하고 있답니다. 천진난만함, 정직한 사고방식, 그리고 내가 그를 기쁘게 하고 놀라게 해주는 즐거움……. 이 모든 것을 나는 얼마나 그리워하는지 모릅니다."

"그런데 그 친구가 죽었나요?"

나는 동정하듯이 물었다.

"아닙니다. 성공해서 잘 살고 있어요. 하지만 아주 먼 곳에 있죠. 그는 지금 아르헨티나에 있답니다."

"아르헨티나라……."

나는 부럽다는 듯이 말했다. 나는 늘 남아메리카를 동경했다.

긴 한숨을 쉬며 포로트를 올려다보았더니, 그는 동정 어린 눈빛으로 나를 내려다보는 것이었다. 그는 생각이 깊은 사람 같았다.

"그곳에 가고 싶은 모양이군요?"

나는 길게 한숨을 내쉬며 머리를 흔들었다.

"1년 전에 갔어야 하는 건데, 내가 어리석었지요. 어리석기 짝이 없었어요. 너무 욕심을 부린 나머지 무모하게 재산을 모두 걸었지요."

"오, 알았습니다." 포로트가 말했다.

"투기를 하셨군요?"

나는 슬픔에 잠겨 고개를 끄덕였다.

하지만 그런 상태에서도 나는 그가 내게 호감을 갖고 있다는 것을 느꼈다. 이 기묘한 작은 남자는 아주 놀랄 만큼 엄숙한 표정을 지었다.

그가 갑자기 이렇게 물었다.

"혹시 포큐파인 유전이 아니었습니까?"

나는 그를 바라보았다.

"그쪽도 생각해보긴 했지만, 결국은 오스트레일리아 서부에 있는 금광으로 결정했습니다."

내 이웃은 어리둥절한 얼굴로 나를 쳐다보고 있었다.

"그런 것은 운명입니다."

그가 마침내 말했다.

"운명이라고요?"

나는 흥분해서 물었다.

"포큐파인 유전이나 오스트레일리아 서부의 금광에 깊은 관심을 둔 사람 곁에 내가 살아야 한다는 게 운명이라는 겁니다. 혹시 다갈색의 머리를 좋아하진 않습니까?"

내가 입을 딱 벌리고 그를 바라보자, 그는 갑자기 웃음을 터뜨렸다.

"아니, 아니, 나는 정신병에 걸리지는 않았어요. 진정하십시오. 내가 그만 어리석은 질문을 했군요. 내가 말한 친구는 젊은 사람인데, 그는 모든 여자들을 좋은 면만으로 생각했고, 또 사실 여자들은 대부분 아름답지 않습니까? 그렇지만 당신은 중년인데다 의사이고, 세상 일이 얼마나 헛되고 어리석다는 것을 웬만큼 알고 있을 테니까요. 자, 우리는 이웃사촌입니다. 당신의 훌륭한 누님께 내가 기른 것 중에서 가장 큰 이 호박을 드리고 싶은데 받아주십시오."

그는 몸을 굽히고 과장된 몸짓으로 커다란 호박을 내게 내밀었다. 나도 역시 과장된 몸짓으로 그 호박을 받았다.

작은 남자가 쾌활하게 말했다.

"정말, 헛된 아침은 아니었군요. 멀리 떨어져 있는 내 친구와 닮은 사람을 알게 되었으니까요. 그건 그렇고, 하나만 물어봅시다. 당신은 이 작은 마을 사람들을 모두 알고 있겠지요? 새카만 머리카락과 눈동자를 가진 잘생긴 젊은이는 누구입니까? 언제나 고개를 뒤로 젖히고 부드러운 미소를 짓고 다니는 젊은이 말입니다."

그 정도의 설명으로 충분했다. 내가 천천히 말했다.

"랠프 페이튼 대위 말이군요."

"전에 본 적이 없는 사람이던데?"

"예, 얼마 동안 이곳에 있지 않았거든요. 그는 펀리 파크에 사는 애크로이드 씨의 아들입니다. 정확히 말하자면 의붓아들이지요."

내 이웃은 좀 당황하는 빛을 보였다.

"오, 그건 알고 있습니다. 애크로이드 씨에게 여러 번 들은 적이 있거든요."

나는 약간 놀란 목소리로 물었다.

"애크로이드 씨와 아는 사이인가요?"

"예, 런던에서 알게 되었죠. 전에 그곳에서 일했거든요. 하지만 그에게 내 직업에 대해서는 아무에게도 말하지 말아 달라고 부탁했습니다."

"그랬군요."

나는 내가 생각했던 것과 똑같은 빤한 속물근성에 재미있어하며 말했다.

그러나 작은 남자는 과장된 능글능글한 웃음을 지으며 계속 말했다.

"사람은 누구에게나 신분을 숨기고 싶어 하는 본성이 있지요. 나도 역시 사람들의 입에 오르내리고 싶지 않습니다. 심지어 내 이름에 대한 이 지방 특유의 오해조차 수정하고 싶은 마음이 없습니다."

"저런."

나는 무슨 말을 어떻게 해야 할지 망설였다.

포로트는 자못 생각에 잠기는 듯한 목소리로 말했다.

"랠프 페이튼이라……, 애크로이드 씨의 조카딸인 매력적인 플로라 양과 약혼했다고 하더군요."

나는 굉장히 놀라서 물었다.

"누가 그럽디까?"

"애크로이드 씨가 그러더군요. 한 1주일 전쯤에 들었습니다. 그는 아주 만족하고 있어요. 오래전부터 그렇게 되기를 기다려 온 것 같던데요. 나는 그가 그 젊은이에게 어떤 압력을 넣은 게 아닌가 하는 생각조차 듭니다. 그것은 결코 현명한 일이 못 되지요. 젊은 사람이라면 당연히 자기가 좋아야지, 상속받을 재산이 있다고 해서 계부의 말에 따라 결혼해서는 안 되는 것인데……."

나는 완전히 혼란 상태에 빠졌다. 애크로이드가 한낱 이발사를 믿고 그에게 조카와 의붓아들의 결혼을 의논하다니 이해할 수가 없었다. 애크로이드가 하층계급을 후원해주고 있긴 하지만, 자신의 위엄에 대해서도 굉장히 신경 쓰는 사람이었다. 결국, 나는 포로트가 이발사가 아닐 거라고 생각하기 시작했다.

하지만 이런 혼동을 감추기 위해 나는 머리에 우선 떠오른 것을 말했다.

"랠프 페이튼의 어떤 점이 그렇게 눈에 띄던가요? 그의 잘생긴 외모 때문입니까?"

"아니, 그것 때문만은 아닙니다. 비록 그가 당신네 나라의 여류 소설가들이 희랍의 신이라고 부를 만큼 남달리 훌륭한 외모를 갖고 있긴 하지만 그것보다는 그 청년에게는 내가 이해할 수 없는 것이 있더군요."

그가 마지막 말을 할 때 생각에 잠긴 듯한 목소리는 내게 뭐라고 딱 잘라 말할 수 없는 인상을 주었다. 그는 내가 생각하지 않는 어떤 내적인 견지에서 그 젊은이를 평가하는 것 같았다. 이런 생각을 하고 있을 때, 집에서 나를 찾는 누나의 목소리가 들려왔다.

나는 집 안으로 들어가 보았다. 캐롤라인이 모자를 쓰고 있는 것을 보니, 마을에서 막 돌아온 모양이었다.

그녀가 불쑥 말을 꺼냈다.

"애크로이드 씨를 만났다."

"그래요?"

"내가 불러세웠더니, 그는 굉장히 허둥거리며 빨리 빠져나가고 싶어 하는 눈치더구나."

나는 그것이 그 경우와 똑같았을 거라고 생각했다. 애크로이드는 그날 일찍 자네트 양에게 느꼈던 것과 똑같은 것을 캐롤라인에게도 느꼈을 것이다. 어쩌면 그보다 더했을지도 모른다. 캐롤라인은 그렇게 쉽사리 떨어져 나가지 않는 사람이니까.

"내가 대뜸 랠프에 대해서 물었더니, 그는 깜짝 놀라며 랠프가 마을에 있는 것을 전혀 모른다고 하더라. 그러면서 내가 잘못 안 거라고 말하지 않겠니? 내가 잘못 알다니, 세상에!"

"정말 우습군요."
내가 말했다.
"그는 누님에 대해 좀더 알아야겠군요."
"그러더니 랠프와 플로라가 약혼했다는 이야기를 하더구나."
나는 은근히 뽐내듯이 말했다.
"그건 나도 알고 있어요."
"누가 말해줬니?"
"새로 이사 온 우리 이웃이요."
그 순간 캐롤라인은 두 숫자 사이에서 수줍어하듯 멈칫거리는 룰렛 공처럼 눈에 띌 정도로 당황했다. 그러고는 이내 재빨리 화제를 바꾸는 것이었다.
"애크로이드 씨에게 랠프가 드리 보어스에 있다고 말해줬다."
"캐롤라인……." 내가 말했다.
"누님이 그렇게 일일이 말하고 다님으로써 다른 사람들이 얼마나 피해를 보는지 한 번이라도 생각해봤어요?"
"어리석은 소리 마라. 누구든 사실을 알아야 해. 나는 사실을 알려 주는 것이 내 의무라고 생각한다. 애크로이드 씨도 내게 얼마나 고마워했는지 아니?"
"예?"
나는 확실히 무엇인가 이상한 게 있다고 생각했다.
"그는 곧장 드리 보어스로 달려갔겠지만, 랠프는 만나지 못했을 거야."
"못 만나다니요?"
"당연하지. 나는 지금 숲을 지나왔는데……."
내가 그녀의 말 속에 끼어들며 물었다.
"숲을 지나왔다고요?"
캐롤라인은 누나답지 않게 얼굴을 붉혔다.
"날씨가 너무 사랑스럽더구나."
그녀가 외치듯 말했다.
"그래서 숲을 한 바퀴 돌아오고 싶다는 생각이 들지 않겠니. 해마다 이맘때쯤이면 숲이 온통 단풍잎으로 뒤덮였지."

캐롤라인은 숲 같은 데엔 조금도 신경을 쓰는 사람이 아니다. 보통 때 같으면 숲에 가면 발만 젖고, 머리 위로 언제 무엇이 떨어질지 모른다고 생각했을 것이다. 그러한 그녀를 숲 속으로 들어가게 한 것은 기가 막히게 그럴듯한 몽구스적인 직감 때문이 아닐까. 킹스 애버트에는 마을 사람들에게 들키지 않고 젊은 아가씨와 이야기를 나눌 수 있는 곳이라고는 숲 한 군데밖에 없다. 그리고 그 숲은 펀리 파크 근처에 있다.

"그렇지요. 어서 계속하세요."

"글쎄, 내가 숲을 지나서 막 나오는데 어디서 말소리가 들리지 않겠니?"

캐롤라인은 잠깐 말을 멈췄다.

"그래서요?"

"하나는 랠프 페이튼의 목소리였어. 금방 알겠더구나. 다른 하나는 어떤 여자의 목소리였는데, 물론 나는 일부러 들으려고 했던 것은 아니야."

"그야 그렇겠죠."

나는 빈정거리는 투로 불쑥 끼어들었다.

"그렇지만 엿듣지 않을 수가 없더구나. 그 여자가 뭐라고 말을 했는데 잘 알아듣지 못했어. 그랬더니 랠프가 굉장히 화를 내며 대답하더구나. '생각해봐. 그 늙은이는 내게 유산을 조금 주고, 아예 폐적시켜 버리려는 속셈을 갖고 있는 거라고. 그걸 모르겠어? 그는 지난 몇 년 동안 나라면 아주 치를 떨었어. 조금만 더 있어 보면 자연히 알게 될 거야. 우리는 지금 돈이 필요해. 그 늙은이가 죽기만 하면 나는 굉장한 부자가 될 거란 말이야. 그는 아주 어렵게 돈을 벌었지만, 지금은 돈에 파묻혀 살고 있어. 그가 유언장을 고쳐 쓰도록 내버려둘 순 없어. 그건 나한테 맡기고 걱정하지 마.' 그는 정확하게 이렇게 말했어. 그 말은 확실하게 기억난다. 그런데 불행히도 바로 그때 내가 마른 나뭇가지 같은 것을 밟지 않았겠니. 그들은 목소리를 낮추어 소곤거리더니 가버리더구나. 물론 뒤쫓아가지 못해서 그 여자가 누군지는 볼 수가 없었다만."

"그것참 안타까운 일이군요." 내가 말했다.

"그렇지만 누님 성격이라면 당장 드리 보어스로 달려가서 기운을 좀 차리기 위해 브랜디 한 잔을 마시면서, 술집 아가씨들이 둘 다 있나 살펴봤을 텐데요?"

"그녀는 술집 여자가 아니었어."

캐롤라인은 서슴없이 말했다.

"나는 그 여자가 분명히 플로라 애크로이드일 거라고 확신하고 있다."

"그렇더라도, 그렇게 단정 짓는 것은 좋지 않아요."

나도 약간은 인정하며 말했다.

"플로라가 아니라면 누구일 것 같니?"

누나는 마을 처녀들의 이름을 하나하나 대며, 가능성이 없는 이유를 줄줄 늘어놓았다. 그녀가 숨이 차서 잠시 멈추었을 때, 나는 환자 핑계를 대며 빠져 나왔다. 드리 보어스로 가볼 생각이었다.

지금쯤은 랠프 페이튼이 돌아와 있을 것 같았다.

나는 랠프를 아주 잘 알고 있었다. 랠프가 태어나기 이전에 그의 어머니를 알았으니까, 아마 킹스 애버트에 있는 누구보다도 잘 안다고 할 수 있을 것이다. 그러므로 나는 다른 사람들이 도저히 이해하지 못하는 많은 면을 이해하고 있었다.

그의 유별난 성격은 어느 정도 유전 때문이다. 그는 어머니의 고약한 술버릇은 물려받지 않았지만, 나약한 기질만은 아주 똑같았다. 오늘 아침 우리 새 이웃도 말했듯이 그는 눈에 띄게 잘 생겼다. 6피트(약 183cm)의 키에 완벽하게 균형이 잡힌 몸집은 마치 운동선수처럼 여유 있는 매력을 풍겼으며, 자기 어머니를 닮아 매끄럽고, 햇볕에 적당히 그을린 가무잡잡한 얼굴은 언제나 미소를 짓고 있는 것 같았다.

랠프 페이튼은 선천적으로 사람들에게 호감을 받도록 태어났다. 그는 이 세상 어떤 것도 존경하지 않고 언제나 제멋대로 무절제하게 행동했지만, 그의 친구들은 하나같이 그의 곁을 떠나지 않았다. 내가 그 청년에게 무엇인가를 할 수 있을까? 틀림없이 나는 할 수 있을 거라고 생각했다.

페이튼은 지금 막 드리 보어스에 돌아와 있었다.

나는 그가 묵고 있는 방으로 올라가 노크도 하지 않고 방문을 열었다. 그 순간 내가 듣고 보아 온 것을 기억해보며, 내가 잘못 아는 것이 아닌가 의심했지만, 불안스러워할 필요는 없었다.

"오, 셰퍼드 박사님! 반갑습니다."

그가 내게로 다가와 손을 내밀며 활짝 웃었다.

"이 지긋지긋한 곳에서 반가운 사람은 박사님밖에 없군요."

나는 눈썹을 치켜세우며 말했다.

"지긋지긋한 곳이라니?"

그는 곤란한 표정을 지었다.

"말씀드리자면 길어요. 뭔가 잘못되어 가고 있거든요. 그건 그렇고, 한잔하시겠어요?"

"고맙군. 그러지."

그는 벨을 누르고 돌아와서 의자에 몸을 던지듯 앉더니 우울하게 말했다.

"솔직히 말씀드려서, 저는 지금 엉뚱한 궁지에 몰려 있습니다. 정말 무엇을 어떻게 해야 좋을지 모르겠어요."

내가 안됐다는 듯이 물었다.

"무슨 문제가 있나?"

"아버지 말입니다."

"그분이 자네에게 어떻게라도 했나?"

"아직 어떻게 한 것은 아니지만, 이내 그렇게 될 겁니다."

노크 소리가 나자, 랠프는 마실 것을 주문했다. 그러고는 안락의자에 등을 구부리고 앉아서 눈살을 찌푸렸다.

"정말, 심각한 문제인가?"

그가 고개를 끄덕이며 심각하게 말했다.

"요즈음은 그 문제로 완전히 기진맥진해 있습니다."

평소와 달리 엄숙하게 울리는 목소리로 봐서, 그는 진실을 말하는 거라고 생각했다.

랠프는 아주 침울한 표정을 지으며 이야기를 이어나갔다.

"정말이지 어느 길로 가야 할지 알 수가 없습니다. 제기랄, 어떻게 해야 하는 건지!"

내가 머뭇거리며 말했다.

"내가 도와줄 수도 있다."

그러나 그는 아주 단호하게 고개를 저었다.

"맞습니다, 박사님. 하지만 박사님이 도와줄 수 있는 문제가 아니래서요. 저 혼자서 해결해야 합니다."

그는 잠깐 멈추었다가 목소리를 바꾸어 되풀이했다.

"물론, 저 혼자서 해결해야 합니다……."

제4장

편리에서 저녁식사를

내가 펀리 파크의 현관벨을 누른 것은 7시 반이 되기 정확히 2, 3분 전이었다. 파커 집사는 감탄할 만큼 신속하게 문을 열었다.

그날 밤은 산책을 하고 싶은 마음이 저절로 우러나올 만큼 상쾌한 날씨였다. 내가 커다란 홀에 들어서자, 파커가 내 외투를 벗겨 주었다.

그때 마침 레이먼드라는 애크로이드의 젊은 비서가 서류 뭉치를 잔뜩 들고 홀을 지나 애크로이드의 서재로 가고 있었다.

"안녕하십니까, 박사님! 저녁식사에 초대받으셨나요? 아니면 일 때문에 오셨습니까?"

두 번째 질문은 떡갈나무 궤 위에 올려놓은 내 검은 가방을 보고 하는 말이었다. 나는 언제 환자가 생길지 모르기에 항상 준비하고 다녀야 된다고 설명했다.

레이먼드는 고개를 끄덕이고 가면서 어깨너머로 소리쳤다.

"응접실로 가십시오. 어디로 가는지 아시지요? 부인이라도 곧 내려오실 겁니다. 저는 이 서류들을 애크로이드 씨에게 갖다 드려야 하거든요. 박사님이 오셨다고 말씀드리죠."

레이먼드가 나타났을 때, 파커는 나갔기 때문에 홀에는 나 혼자 있었다.

나는 큰 거울을 흘끗 보며 넥타이를 고치고는 응접실이라고 알고 있는 문으로 곧장 가로질러 갔다. 내가 문손잡이를 돌리려고 할 때 안에서 무슨 소리가 들렸다. 창문 닫는 소리 같았다. 나는 그때 별로 중요성을 느끼지는 않았지만, 아주 기계적으로 주의를 기울였다. 나는 문을 열고 안으로 들어갔다.

그때 막 밖으로 나오려던 러셀 양과 거의 맞부딪힐 뻔했다. 우리는 서로 미안하다는 말을 했다. 나는 그녀가 젊었을 때는 상당히 아름다운 여자였을 거라고 생각했다.

그녀는 아직도 아름다웠다. 검은 머리카락에, 지금처럼 얼굴에 홍조를 띨 때는 근엄한 기색도 그다지 눈에 거슬리지 않았다. 그녀가 숨을 거칠게 몰아쉬는 것을 봐서, 급하게 뛰어나오고 있었던 모양이었다.

"내가 몇 분 일찍 온 것 같군요."

"오! 아니에요. 7시 30분이 지난 걸요, 셰퍼드 박사님."

그녀는 잠깐 멈추었다가 다시 말했다.

"저는, 박사님이 오늘 저녁식사를 함께 하기로 한 줄은 미처 몰랐어요. 애크로이드 씨가 미리 말씀해주셨어야 하는 건데……."

나는 왠지 내가 여기서 식사하게 된 것을 그녀가 별로 달가워하지 않는다는 느낌을 받았다.

"무릎은 어떻습니까?"

"마찬가지죠, 뭐. 고맙습니다, 박사님. 가봐야겠군요. 애크로이드 부인이 곧 내려오실 거예요. 저, 저는 단지 꽃을 좀 살펴보러 왔거든요."

그녀는 서둘러 방을 나갔다. 나는 그녀가 응접실에 있었던 이유를 애써 변명하는 것을 이상하게 여기며 창문 쪽으로 어슬렁어슬렁 걸어갔다.

내가 계속 그것에 신경을 썼다면, 테라스 쪽으로 나 있는 기다란 프랑스식 창문이 열린 것을 알아차렸을 것이다. 그러니 내가 들었던 소리가 창문 닫히는 소리일 리 없었다.

나는 어떤 특별한 이유가 있어서라기보다는 복잡한 생각들에서 벗어나기 위해 한가롭게 그 소리가 과연 무엇이었을까 마음껏 상상해보았다.

석탄 타는 소리? 아니, 그것은 소음이 나지 않는데. 책상 서랍 닫는 소리였나? 아니야, 그것도 아니야.

그때 나는 속이 환히 들여다보이는 유리 뚜껑이 달린 은탁자로 시선이 쏠렸다. 그쪽으로 다가가서 속을 들여다보았다. 거기에는 오래된 은세공품이 한두 점, 찰스 1세가 신었던 아기 신발 한 켤레, 옥으로 된 중국 물건 몇 점과 아프리카인들이 사용하는 도구와 골동품들이 꽤 많이 진열되어 있었다.

나는 옥으로 된 물건 하나를 살펴보려고 뚜껑을 들어올렸다. 뚜껑은 내 손가락에서 미끄러져 떨어졌다. 그 순간 내가 들었던 소리를 깨달았다. 그것은 이 탁자의 뚜껑이 부드럽고 조심스럽게 닫히는 소리였다. 나는 그것을 확인해 보기 위해 그 행동을 한두 번 반복했다. 그러고는 뚜껑을 열고 안에 든 물건을 좀더 자세히 조사했다.

내가 은탁자에 몸을 구부리고 있을 때, 플로라 애크로이드가 방으로 들어왔다. 아주 많은 사람들이 플로라 애크로이드를 좋게 생각하지 않을지 몰라도, 그녀에게는 감탄할 수밖에 없을 것이다. 그녀는 아주 매력적인 여자였다.

처음 보는 순간, 누구라도 그녀의 뛰어난 아름다움에 놀라고 말 것이다. 진짜 북유럽풍의 옅은 금발에다가 노르웨이 표르드의 물처럼 푸른 눈, 게다가 우윳빛 같은 피부는 장미처럼 붉게 물들어 있었다. 그녀의 어깨는 남자처럼 곧았으며, 자그마한 엉덩이를 가지고 있었다. 지칠 대로 지친 의사에게는 그렇게 완벽하게 건강한 사람을 만나는 것이 굉장한 활력소가 된다. 단순하고 솔직한 영국 처녀—구식인지는 모르지만, 나는 그런 순수한 것 앞에서는 기가 죽고 만다.

플로라는 내 옆에 와서 그 은탁자 속을 들여다보며 찰스 1세가 신었다는 아기 신발에 대해 신랄하게 욕을 해댔다.

"누가 신었든지 한 번 사용했던 물건을 가지고 이렇게 야단법석을 떠는 것이 너무 우스워요. 어차피 지금은 하나도 쓰거나 신을 수 없는 거잖아요. 조지 엘리엇(1819~1880:영국의 여류 소설가)이 《플로스 강의 물방앗간》 을 쓸 때 사용했다는 단지 그 이유 때문에 그녀의 펜은 아직까지 남아 있어요. 조지 엘리엇에게 그렇게 관심이 많다면 《플로스 강의 물방앗간》 한 권을 구입해서 읽으면 되는 거 아니에요?"

"그렇게 오래된 책은 한 권도 안 읽었겠지, 플로라 양?"

"그렇지 않아요, 셰퍼드 박사님. 제가 《플로스 강의 물방앗간》 을 얼마나 좋아한다고요."

그것은 아주 반가운 말이었다. 요즈음의 젊은 처녀들이 읽고 즐기는 책은 놀라운 것들이다.

"아직도 축하의 말씀을 안 하시는군요, 셰퍼드 박사님. 못 들으셨나요?"

그녀는 왼쪽 손을 내밀었다. 세 번째 손가락에 정교하게 만들어진 진주 반지가 끼워져 있었다.

"아시겠지만, 랠프와 결혼할 예정이에요."

플로라가 말했다.

"큰아버지도 상당히 기뻐하세요. 이렇게 해서 저는 계속 가족으로 남는 거지요."

"행복하기를 바란다."

나는 그녀의 두 손을 잡으며 말했다.

"한 달쯤 전에 약혼했어요." 플로라가 냉정한 말투로 말했다.

"그렇지만 겨우 이제야 발표했어요. 큰아버지가 크로스 스톤스에 가셔서 우리가 살 곳을 마련해주신다고 했어요. 우리는 농장도 사 달래려고 해요. 겨울에는 사냥을 다니고, 때가 되면 도시로 돌아왔다가 다시 요트를 타러 가는 거죠. 저는 바다를 사랑해요. 그리고 물론 교구의 일에도 큰 관심을 갖고, 교회 모임이라면 빠지지 않고 꼭 참석할 거예요."

바로 그때, 애크로이드 부인이 늦어서 미안하다며 부산을 떨고 들어왔다.

유감스러운 말이지만, 나는 애크로이드 부인이라면 아예 질색이다. 그녀는 지긋지긋하고 밉살스럽고 끔찍하다. 나에게는 세상에서 가장 불쾌한 여자였다. 그녀는 작고 가늘며 냉혹하게 보이는 푸른 눈을 가지고 있었다. 그래서 그녀가 아무리 감상적인 말을 한다 해도 그 눈만은 차가운 생각에 빠져 있는 것 같았다. 창문 옆에서 플로라와 이야기를 나누던 나는 그녀에게로 다가갔다.

그녀는 손가락마다 구색을 맞추어 반지를 낀 손을 내밀며 수다스럽게 떠들기 시작했다. 그녀는 플로라의 약혼에 대해 온갖 방법을 동원해서 그럴듯하게 설명했다. 아름다운 젊은 애들이 첫눈에 사랑에 빠졌다는 둥, 그렇게 멋진 남자와 어여쁜 여자가 만났으니 그보다 완벽한 짝이 어디 있겠냐는 둥.

"이루 말로 다 할 수가 없어요, 셰퍼드 박사님. 이제야 좀 마음이 놓이는 것 같아요."

애크로이드 부인은 어머니의 마음은 다 이런 것이라는 듯 한숨을 지었지만, 눈은 여전히 약삭빠르게 나를 관찰하고 있었다.

"궁금한 게 있어요. 박사님은 로저의 둘도 없는 오랜 친구이고, 또 아주버님께서 박사님의 판단을 얼마나 믿고 있는지 잘 알기 때문에 말하는 거예요. 내겐 너무 어려운 일이죠. 미망인인 내 처지로는 성가신 일이 한두 가지가 아니지만, 아시다시피 재산에 대한 문제인데(모든 문제가 다 그것 때문이지요), 나는 로저가 귀여운 플로라에게 재산을 몰려줄 거라는 사실은 누구보다 잘 알고 있지만, 아주버님은 돈에 대해서는 이상하게 인색하잖아요. 내가 듣기로는, 사업가들에게는 흔히 그런 사람들이 많다고 하더군요. 어떻게 생각하실지 모르지만, 박사님이 아주버님의 생각을 좀 알아봐 주실 수 있겠어요? 플로라는 박사님을 끔찍이도 좋아한답니다. 우리가 박사님을 만난 지는 겨우 2년밖에 안 되었지만, 아주 오래전부터 알고 지낸 친구처럼 느껴져요."

응접실 문이 열리자, 애크로이드 부인은 장황하게 늘어놓던 말을 갑자기 멈췄다. 그것은 반가운 일이었다. 나는 다른 사람의 문제에 끼어들고 싶지 않았으며, 더구나 플로라의 재산 문제 때문에 애크로이드와 다툴 생각은 추호도 없었다. 언제 적당한 때를 봐서 애크로이드 부인에게 이런 말을 해야겠다고 생각했다.

"블런트 소령을 알지요, 박사님?"

"물론 알고 있소."

많은 사람들이 헥터 블런트를 알고 있다. 적어도 소문으로라도 들어서 알고 있을 것이다. 그는 도저히 사람이 발을 들여놓지 못할 것 같은 곳에서 지독하게 사나운 짐승들을 사냥해왔다. 만일 그에 대해 언급하려고 한다면, 사람들은 이렇게 말할 것이다.

"블런트라……, 그 대수렵가 말입니까?"

그 사람이 애크로이드와 친구라는 것이 내게는 도저히 이해가 되지 않았다. 두 사람은 모든 면에서 너무 안 닮았다. 헥터 블런트는 애크로이드보다 다섯 살 정도 나이가 어리다. 젊었을 때부터 시작된 그들의 친분 관계는 비록 서로 사는 방식이 달랐는지는 몰라도 지금까지 끊이지 않고 유지되어왔다. 블런트는 2년에 한 번 정도 펀리에서 2주일 동안 묵고 갔다. 펀리의 현관에 들어서는 순간 번쩍이는 광채를 띠고 쏘아보는 엄청나게 뿔이 많이 달린 거대한 짐승의 머리는 아마 영원히 그들의 우정을 생각나게 할 것이다.

블런트는 그 특유의 이상하고 유유한, 그러면서도 가벼운 걸음걸이로 방에 들어섰다. 그는 중간 키에 건장하고 단단해 보이는 몸집을 가지고 있었다. 그의 적갈색 얼굴은 이상할 정도로 무표정했으며, 회색빛 눈은 항상 아주 먼 곳에서 일어나는 일들을 지켜보는 듯한 느낌을 주었다. 그는 말이 없는 편이었는데, 어쩌다 말을 할 때도 내키지 않는다는 듯이 불쑥 내뱉는 것이었다.

"안녕하십니까, 셰퍼드?"

그는 평소와 마찬가지로 불쑥 내게 한마디 던진 다음, 벽난로 앞에 우리와 정면으로 서서 저 팀벅투에서 벌어지는 아주 재미있는 일이라도 보는 것처럼 우리들의 머리 너머를 바라보았다.

플로라가 말했다.

"블런트 소령님, 이 아프리카 물건들에 대해 좀 설명해주세요. 소령님은 이것이 어떤 것들인지 알고 계시리라 믿어요."

나는 애크로이드 부인이 다시 재산 문제를 들먹일까 봐 조바심을 내며 얼른 새로운 스위트피(콩과의 식물) 이야기를 꺼냈다.

나는 그날 아침 '데일리 메일'지에서 새로운 스위트피가 개발되었다는 기사를 읽었다. 애크로이드 부인은 원예에 대해서는 통 몰랐지만, 그날그날의 화제에 대해서는 아주 유식한 척하기를 좋아해서 '데일리 메일'지를 관심 있게 읽는다는 것을 알고 있다.

우리가 아주 열심히 그 이야기를 주고받고 있을 때, 애크로이드와 그의 비서가 들어왔으며 잠시 뒤에 파커 집사가 저녁식사를 알렸다. 나는 애크로이드 부인과 플로라 사이에 앉았고, 애크로이드 부인의 맞은편에는 블런트 소령이 앉았으며, 제프리 레이먼드가 그 옆에 앉았다.

하지만 썩 즐거운 저녁식사는 아니었다. 애크로이드는 눈에 띄게 다른 생각에 몰두해 있었으며, 게다가 거의 아무것도 먹지 않았다. 애크로이드 부인과 레이먼드와 나는 이야기를 나누었다. 플로라는 애크로이드의 우울한 표정에 덩달아 풀이 죽은 듯했고, 블런트 소령은 여느 때와 마찬가지로 침묵 속으로 빠져들었다.

식사가 끝나자마자 애크로이드는 내 팔을 잡고 서재로 끌고 갔다.

"커피를 마신 뒤에는 우리 둘만 있게 될 겁니다. 아무도 우리를 방해하지 못하도록 하라고 레이먼드에게 말해 두었소"

나는 눈치 채이지 않게 그를 조용히 살펴보았다.

그는 확실히 무엇엔가 굉장히 흥분해 있었다. 그가 잠시 방 안을 이리저리 서성거리고 있는 사이에 파커가 커피 쟁반을 들고 들어오자, 그는 벽난로 앞에 놓인 안락의자에 털썩 주저앉았다.

서재는 아주 아늑한 방이었다. 한쪽 벽은 완전히 책장이 차지하고 있었으며, 커다란 의자들은 모두 검푸른 가죽으로 씌워져 있었다. 그리고 창문 옆에는 커다란 책상이 놓여 있었고, 그 위에는 깨끗하게 꼬리표가 달린 서류가 쌓여 있었다. 둥근 탁자 위에는 여러 가지 잡지와 스포츠에 대한 책자가 널려 있었다.

"식사 뒤에 오는 통증이 요즈음 재발되었소"

애크로이드는 커피를 마시며 별생각 없이 말했다.

"그 알약을 좀더 처방해줘야겠소"

나는 그가 의학적인 문제를 의논하고 싶어 한다는 것을 얼른 알아차렸다. 그래서 한마디 거들었다.

"나도 그럴 것이라고 생각해서 조금 가지고 왔습니다."

"훌륭하십니다. 지금 좀 주시오"

"가방이 홀에 있는데 가지고 오지요"

애크로이드는 나를 말렸다.

"그럴 것 없소. 파커에게 부탁하지요. 박사님 가방 좀 가져다주겠나, 파커?"

"예, 그러죠" 파커가 나갔다.

내가 막 말을 꺼내려고 하자, 애크로이드가 손을 내저었다.

"아니, 조금 있다가 합시다. 지금은 신경이 너무 날카로워 좀 쉬어야겠소"

나는 아주 확실히 그것을 느낄 수 있었다. 마음이 불안했다. 온갖 불길한 예감이 다 들었다.

애크로이드가 곧 다시 말했다.

"창문이 닫혔나 확인해주겠소?"

나는 조금 놀라며 일어나서 창가로 갔다. 그것은 프랑스식 창문이 아니라 평범한 내리닫이 창문이었다. 무거운 청색 벨벳 커튼이 드리워져 있었지만 창문 꼭대기가 열려 있었다. 내가 창가에 있는 사이에 파커가 내 가방을 가지고 들어왔다.

"고맙소."

내가 되돌아오며 말했다.

"빗장을 걸었소?"

"예, 무슨 일입니까, 애크로이드 씨?"

파커가 나가자마자 내가 물었다.

애크로이드는 대답하기 전에 잠깐 머뭇거렸다.

"지옥에라도 와 있는 심정이오."

잠시 뒤에 그는 천천히 말을 꺼냈다.

"아니, 지겨운 알약 이야기는 하지 맙시다. 그것은 파커 때문에 말한 거니까. 하인들은 모두 얼마나 호기심이 많은지. 이리 와서 앉으시오. 문과 너무 가까운 것 같지 않소?"

"그렇지 않아요. 아무도 엿듣지 못할 테니까 마음 놓고 이야기하십시오."

"셰퍼드, 지난 24시간 동안 내가 무슨 일을 겪었는지 아무도 모를 겁니다. 한 사람의 집안이 그를 파멸시킬 수 있는 거라면, 그건 바로 나를 두고 하는 말인 것 같소. 그것에 비하면 랠프 문제는 정말 아무것도 아니오. 물론 지금 그 이야기를 하자는 게 아니오. 그것이 아니고, 다른 문제가 있소! 정말 어떻게 해야 할지 모르겠소. 빨리 결정해야 하는데."

"무슨 문제입니까?"

애크로이드는 잠시 생각에 잠겼다. 그는 이상하게도 선뜻 말을 꺼내지 못하는 것 같았다. 조금 있다가 그는 입을 열어 내가 깜짝 놀랄 질문을 했다. 그것은 정말 전혀 예기치 못한 질문이었다.

"셰퍼드, 애슐리 페라스가 마지막으로 앓아누웠을 때 당신에게 치료를 받았지요?"

"물론 그랬죠."

그는 좀더 난처한 표정을 지으며 다음 질문을 던졌다.

"의심해보지 않았소? 아주 순간적이라도……, 음, 저, 그가 독살되었을지도 모른다는 사실을 말이오?"

나는 잠깐 동안 입을 다물고 있었다. 그 사이에 어떻게 대답해야 하나를 궁리했다. 로저 애크로이드는 캐롤라인이 아니었다.

"사실은, 당시에는 전혀 아무것도 의심하지 않았지만, 그 뒤, 그러니까 우리 누님이 아무런 근거도 없이 그런 말을 했을 때 문득 그런 생각을 해보긴 했습니다. 하지만 어떤 결론을 내리진 못했지요. 나는 그런 의심을 뒷받침해줄 아무런 근거도 찾아내지 못했으니까요."

"그는 독살되었소."

애크로이드가 침울하고 낮은 목소리로 말했다.

"누구에게 말입니까?"

내가 날카롭게 물었다.

"그의 아내요."

"어떻게 그렇게 확신할 수 있지요?"

"그녀가 직접 내게 말했소."

"언제요?"

"어제! 오, 하나님! 바로 어제라니, 마치 10년 전 일 같은데. 믿어지지 않는군."

나는 그가 계속 말하기를 기다렸다.

"셰퍼드, 지금 내가 한 말은 절대로 비밀을 지켜줘야 합니다. 이쯤에서 당신의 충고를 듣고 싶소. 나 혼자서는 그런 것을 감당해 낼 수 없을 것 같소. 방금 말했지만, 도대체 무엇을 어떻게 해야 할지 모르겠소."

"그 이야기를 모두 해주겠습니까?" 내가 말했다.

"아직 뭐가 뭔지 모르겠습니다. 페라스 부인이 어떻게 당신에게 그런 이야기를 하게 되었습니까?"

"이야기는 이렇게 됩니다. 세 달 전에 나는 페라스 부인에게 청혼을 했었소. 그녀는 거절하더군요. 내가 다시 한 번 요구하자 그녀가 동의는 해줬지만, 자신의 거상 기간이 끝날 때까지는 약혼을 발표하지 말자고 하더군요. 어제 나는 그녀를 찾아가서 남편이 죽은 지 1년하고도 3주일이 더 지났으니 이제는 더 이상 약혼을 숨길 필요가 없지 않겠느냐고 말했소. 그리고 나는 요 며칠간 페라스 부인의 태도가 아주 이상하다고 느꼈었소. 그런데 갑자기 그녀가 한마디 예고도 없이 모든 것을 털어놓더군요. 그녀는, 그녀는 내게 하나도 숨김없이 다 이야기해주었소. 짐승 같은 남편에 대한 증오와 나에 대해 커가는 사랑과 그 끔찍한 일을 저질렀던 이야기를 말이오. 독살이라니! 그런 일을! 그것은 고의적인 살인이었소."

애크로이드의 얼굴에 혐오와 공포의 빛이 뚜렷하게 나타났다.

페라스 부인도 틀림없이 그런 표정을 보았을 것이다. 애크로이드는 사랑을 위해 모든 것을 용서해줄 수 있을 정도로 훌륭한 연인은 못 된다. 그것보다 그는 본질적으로 정직하고 올바른 소시민이었다. 페라스 부인의 이야기를 듣는 순간, 그의 마음속에 자리 잡고 있던 철저하고 건전한 도덕심이 그녀를 완전히 외면했을 것이 틀림없다.

"그렇소." 그는 낮고 단조로운 목소리로 계속했다.

"그녀는 모든 것을 자백했소. 그런데 누군가가 그 일을 모두 알고 있는 모양이오. 그녀에게 엄청난 액수를 요구하며 협박을 했다는군요. 그녀는 거의 미칠 정도로 긴장하고 있었소."

"그 사람이 누굽니까?"

문득 랠프 페이튼과 페라스 부인이 나란히 걷고 있는 모습이 눈앞에 아른거렸다. 그들은 머리를 맞대고 무엇을 이야기했을까? 나는 순간 불안으로 몸이 떨렸다. 만일……, 오! 그렇지만, 그것은 불가능한 일이다. 바로 오늘 오후 랠프는 아주 자연스럽고 솔직한 태도로 나를 맞아 주었다. 이것은 공연한 걱정이다!

"페라스 부인은 그 남자의 이름을 말해 주지 않았소."

애크로이드가 느리게 말했다.

"사실, 그녀는 그 사람이 남자였다고도 말하지 않았소. 그러나 분명히……."

"물론, 남자였을 테지요." 나도 동의했다.

"의심이 가는 사람이 전혀 없습니까?"

애크로이드는 대답 대신 신음소리를 내며 손으로 머리를 감쌌다.

"있을 수 없는 일이오. 그런 일은 생각만 해도 온몸이 떨립니다. 아니오, 그저 나 혼자 마음속으로 생각할 것이지 당신에게 말할 것은 아니오. 그러나 이것만은 말해두지요. 그녀가 말했던 것으로 봐서, 문제의 그 사람이 우리 집안 사람일지도 모른다는 생각이 들었소. 하지만 그건 있을 수 없는 일이오. 내가 잘못 생각하고 있는 것이 틀림없을 거요."

내가 물었다.

"당신은 그녀에게 뭐라고 말했습니까?"

"대체 내가 무엇을 말할 수 있었겠소? 그녀도 내가 굉장한 충격을 받았다는 것을 알았을 것이오. 그녀는 내가 그 일을 처리해주기를 바랐소. 하지만 결국 지금 보는 것처럼 그녀는 나를 그 사건의 공모자로 만들고 말았소. 그때 그녀는 이미 모든 것을 생각하고 있었던 게요. 사실 나는 그때 정신이 하나도 없었소. 그녀는 내게 24시간만 여유를 달라고 했고, 그때까지는 아무 조치도 취하지 말라고 하더군요. 그렇지만, 자기를 괴롭혀 온 악당의 이름을 끝내 밝히지 않았소. 아마 내가 당장 달려가 엉뚱한 실수라도 저지를까 걱정했던 모양입니다. 그녀는 내게 24시간이 지나기 전에 말해주겠다고 했소. 그런데 이럴 수가! 맹세하지만, 셰퍼드, 나는 그녀가 무엇을 하려고 했는지 전혀 눈치 채지 못했소. 자살을 하다니! 내가 그녀를 그렇게 만든 겁니다!"

"아닙니다. 그렇지 않습니다. 그렇게 과장시켜 생각하지 마십시오. 페라스 부인의 죽음에 대해 당신에게는 아무런 책임이 없어요."

"문제는 지금 내가 무슨 일인가를 해야 한다는 거요. 불쌍한 여인이 죽었는데, 지난 일을 들추어낼 필요는 없지 않겠소?"

"내 생각도 그렇습니다."

"그러나 다른 문제가 있어요. 나는 그녀를 죽음으로 몰아붙인 살인자와 같은 그 비열한 인간을 어떻게 해서든지 찾아내겠소. 그는 죄를 알고는 추잡한 독수리처럼 그것을 물고 늘어졌소. 그래서 결국 그녀는 자기의 죄과를 치르기 위해 자살했는데도 그 녀석은 그대로 아무렇지도 않은 듯이 번듯하게 지내서야 되겠소?"

"알 것 같습니다." 내가 천천히 말했다.

"그를 잡아내겠다는 말이죠? 그것은 엄청난 파문을 일으킬 텐데요?"

"그건 그렇소. 나도 그것에 대해 생각해봤지만, 통 갈피를 잡을 수 없구려."

"그가 마땅히 벌을 받아야 한다는 것에는 나도 동의하지만, 그 결과를 생각해봐야 할 겁니다."

애크로이드는 일어나 이리저리 걸어 다니다가 다시 의자에 깊숙이 앉았다.

"이것 보시오, 셰퍼드, 이렇게 가정해봅시다. 만일 그녀가 죽기 전에 아무 말도 남기지 않았다면, 그 사람을 그냥 내버려둘 수밖에 없겠지요."

"페라스 부인이 무슨 말을 남겼습니까?"

"그녀는 틀림없이 어딘가에라도 죽기 전에 나에게 몇 마디 말을 남겨 놓았을 거라는 생각이 듭니다. 뭐라고 꼬집어 말할 수는 없지만, 분명히 그런 게 있을 거요."

나는 머리를 흔들었다.

"편지는커녕 종이쪽지 한 장 안 남겨 놓았던 걸요."

"셰퍼드, 페라스 부인은 분명히 남겨 놓았을 거요. 그리고 자신을 절망으로 몰아넣은 남자에게 복수만 할 수 있다면, 그녀는 목숨을 버려서라도 그 사건의 전모가 밝혀지기를 원했을 거라는 느낌이 듭니다. 내가 그때 그녀 곁에 있었더라면, 그의 이름을 말하고 사정을 얘기했을 겁니다."

그는 나를 바라보았다.

"당신은 느낌이라는 것을 믿지 않소?"

"아, 예, 어느 정도 믿습니다. 만일, 당신 말대로 그녀가 무슨 말을 남겨 놓았다면……."

나는 말을 멈추었다. 소리없이 문이 열리더니, 파커가 편지 몇 통이 놓인 쟁반을 들고 들어왔다.

"오늘 저녁에 도착된 우편물입니다, 나리."

그는 쟁반을 애크로이드에게 내밀며 말했다. 그런 다음 커피잔을 가지고 나갔다.

나는 잠시 다른 곳을 응시하고 있다가 애크로이드에게 시선을 돌렸다. 그는 마치 돌처럼 뻣뻣하게 굳어서 기다랗고 푸른 봉투를 바라보고 있었다. 다른 편지들은 바닥에 떨어져 있었다.

"그녀의 글씨요!"

애크로이드가 작은 목소리로 외쳤다.

"어젯밤에 부친 것이 틀림없소. 바로 죽기 직전에."

그는 봉투를 찢어 두툼한 편지를 꺼내더니 갑자기 머리를 들고 말했다.

"창문은 꼭 닫혔겠죠?"

"예, 틀림없습니다." 나는 놀라며 말했다.

"왜 그럽니까?"

"오늘 저녁에는 누군가 숨어서 이곳을 염탐하는 것 같은 이상한 느낌이 드는군요. 저게 뭐요?"

그는 갑자기 고개를 돌렸다. 나는 재빨리 그의 시선을 따라갔다. 우리는 둘 다 문의 빗장이 아주 살짝 움직이는 소리를 들었다고 느꼈다.

나는 그곳으로 가로질러 가서 문을 열어 보았다. 아무도 없었다.

애크로이드가 중얼거렸다.

"내가 신경과민인 모양이군."

그는 두툼한 편지를 펼쳐 낮은 목소리로 읽어 내려갔다.

"나의 사랑하는, 사랑하는 로저, 한 생명이 또 한 생명을 요구하고 있습니다. 나는 그것을 알아요. 오늘 오후 당신의 얼굴에서 보았지요. 그래서 나는 지금 내게 열린 유일한 길을 택하려고 합니다. 지난해 나를 그렇게도 괴롭혀 왔던 그 사람에 대한 벌을 당신에게 맡깁니다. 오후에 그 이름을 말씀드리지 않았지만, 지금 그것을 알려 드리지요. 내게는 자식도 없고 가까운 친척도 없기 때문에 세상에 알려지는 것은 별로 두렵지 않아요. 로저, 사랑하는 로저, 내가 당신에게 저지른 잘못을 용서해주세요. 때가 되었다 해도, 나는 결국 그렇게 할 수는 없었을 테니까요……."

애크로이드는 편지를 넘기려다가 갑자기 멈추었다.

"셰퍼드, 용서하시오. 아무래도 혼자 읽어야겠소."

그는 불안하게 말을 이었다.
"이 편지는 내게 보낸 것이니 나 혼자 보는 것이 좋을 것 같군요."
그는 편지를 봉투에 넣어 탁자 위에 올려놓았다.
"나중에 나 혼자 있을 때."
"안 됩니다." 내가 갑자기 외쳤다.
"지금 읽으십시오."
애크로이드는 약간 놀라며 나를 바라보았다.
"죄송합니다." 내가 얼굴을 붉히며 말했다.
"나에게 읽어 달라는 것이 아닙니다. 나는 여기에 그대로 있을 테니 계속 읽으십시오."
애크로이드는 머리를 흔들었다.
"아니오, 나중에 읽겠소."
그러나 무엇 때문인지 나는 계속해서 그를 설득했다.
"그 남자의 이름만이라도 읽으십시오."
애크로이드는 정말로 고집불통이었다. 내가 읽으라고 말할수록 그는 더욱더 확고하게 그것을 읽지 않으려고 했다. 내 노력은 완전히 수포로 돌아갔다.
편지가 도착된 시간은 8시 40분이었다. 그리고 내가 편지를 읽으라고 설득하다 지쳐 서재를 나왔을 때는 8시 50분이었다. 나는 문손잡이를 잡고 무언가 빠뜨리고 나온 것이 없나 확인하기 위해 뒤돌아보았다. 아무것도 생각할 수 없었다. 나는 머리를 갸우뚱하며 나와서 문을 닫았다.
그런데 놀랍게도 파커가 바로 거기에 있었다. 그의 당황한 모습을 보고, 나는 혹시 그가 문에서 우리 이야기를 듣고 있었던 것은 아닐까하는 의심이 들었다. 그는 기름이 번지르르하고 잘난 척하는 듯한 통통한 얼굴을 가졌으며, 그의 눈은 흘끔흘끔 무언가를 살피고 있었다.
내가 무뚝뚝하게 말했다.
"애크로이드 씨는 아무에게도 방해받고 싶어 하지 않소. 그렇게 일러두라고 내게 말했소."
"그렇게 하죠, 박사님. 저, 저는 종이 울린 줄 알고."

너무나 빤한 거짓말이어서 나는 대답조차 하지 않았다. 파커는 재빨리 앞장서서 홀로 가서 내가 외투 입는 것을 도와주었다.

나는 밖으로 나와 캄캄한 어둠 속으로 걸어갔다. 달빛마저 희미해서 주위는 그야말로 캄캄하고 고요했다. 대문을 지날 때 마을 교회 종이 9시를 알렸다. 막 마을로 향하여 왼쪽으로 돌다가, 나는 맞은편에서 오던 사람과 부딪칠 뻔했다.

그 낯선 사람은 쉰 목소리로 물었다.

"이 길이 펀리 파크로 가는 길입니까?"

나는 그를 쳐다보았다. 모자를 눈까지 푹 눌러쓰고 외투 깃을 세워서 얼굴을 전혀 볼 수 없었지만, 젊은 사람인 것 같았다. 목소리는 거칠고 교양이 없어 보였다.

내가 말해주었다.

"여기가 대문이오."

"감사합니다."

그는 잠깐 멈추었다가, 꼭 필요한 말도 아닌데 이렇게 덧붙였다.

"이곳이 처음이라서요."

내가 그 말에 돌아봤을 때, 그는 이미 대문을 지나 안으로 들어가고 있었다.

그 목소리를 듣고 나는 문득 어디서 들어 본 듯하다는 느낌을 받았지만 누군지는 생각해 낼 수 없었다.

10분 뒤에 나는 집에 도착했다. 캐롤라인은 내가 왜 그렇게 일찍 돌아왔는지 몹시 궁금한 모양이었다. 나는 그런 누나를 만족시켜 주기 위해 그날 저녁에 있었던 일을 약간 꾸며서 말해야겠다고 생각했지만, 어쩐지 그녀가 투명한 장치를 통해 빤히 들여다보는 것 같아서 기분이 좋지 않았다.

10시에 나는 하품을 하며 자리에서 일어나 이제 그만 자야겠다고 하자, 캐롤라인도 마지못해 따라 일어났다. 그날은 금요일 밤이었다. 나는 금요일 밤이면 언제나 시계의 태엽을 감아준다. 캐롤라인이 하인들이 주방문을 잘 잠갔나 다시 확인하는 동안 나는 평소와 같이 태엽을 감았다.

우리가 계단을 오르고 있을 때가 10시 15분이었다. 계단 꼭대기에 막 올라

섰을 때 아래층 홀에 있는 전화가 울렸다.

캐롤라인이 즉시 말했다.

"베이츠 부인일 거야."

나는 우울한 목소리로 말했다.

"그렇다면 걱정인데요."

그러고는 계단을 뛰어 내려가 수화기를 들었다.

"뭐라고요? 예? 알겠소, 당장 가지요."

나는 2층으로 뛰어올라가 가방 속에 약품을 몇 가지 챙겨 넣었다.

"파커에게서 온 거예요. 펀리에서요."

나는 캐롤라인에게 소리쳤다.

"방금 로저 애크로이드가 살해된 채 발견되었다는군요."

살인

나는 즉시 차를 꺼내어 펀리로 몰았다. 차에서 뛰어내리자마자 성급하게 종을 울렸다. 안에서 아무 기척이 없어 다시 종을 울렸다.

그때 쇠사슬이 덜그럭거리는 소리가 들리고, 파커가 전혀 당황한 기색도 없이 태연한 태도로 문을 열어주었다.

"어디 있소?"

나는 그를 밀고 홀로 들어가서는 날카롭게 물었다.

"무슨 말씀인지요, 박사님?"

"애크로이드 씨 말이오. 그렇게 멍하니 바라보고만 있지 말고 어서 말해주시오. 경찰에는 신고했소?"

"경찰이오, 박사님? 지금 경찰이라고 말씀하셨나요?"

파커는 내가 마치 유령이기라도 한 것처럼 바라보았다.

"어떻게 되었소, 파커? 당신이 애크로이드 씨가 살해되었다고 했잖소?"

파커는 숨을 거칠게 몰아쉬었다.

"나리께서 살해됐다고요? 아니, 그럴 리가 없습니다!"

놀란 것은 나였다.

"바로 5분 전에 당신이 전화로 애크로이드 씨가 살해된 채 발견되었다고 말하지 않았소?"

"제가요, 박사님? 오, 아닙니다! 꿈에서도 그런 말은 하지 않았습니다."

"그럼, 장난이었단 말인가? 애크로이드 씨에게 정말 아무 일도 없소?"

"실례합니다만, 박사님, 전화 건 사람이 분명 제 이름을 대던가요?"

"내가 들은 말을 그대로 해보겠소. 그는 이렇게 말했소. '셰퍼드 박사님이세요? 펀리의 파커 집사입니다. 당장 와주셔야겠습니다. 애크로이드 씨가 살해되었습니다.'"

파커와 나는 서로 멍하니 쳐다보았다.

"장난 치고는 너무 끔찍하군요, 박사님."

그가 놀란 어조로 입을 열었다.

"어느 녀석이 그 따위 엉터리 장난을 했을까요?"

내가 갑자기 물었다.

"애크로이드 씨는 어디 있소?"

"아직 서재에 계신 걸로 알고 있는데요. 여자분들은 모두 잠자리에 들었고, 블런트 소령님과 레이먼드 씨는 당구장에 있습니다."

"지금 들어가서 잠깐이라도 그를 봐야겠소. 그가 방해받고 싶어 하지 않는다는 것은 알지만, 아무래도 이 괴이한 장난이 마음에 걸리는구려. 그가 무사하다는 것을 직접 확인해봐야 마음이 편해질 것 같소."

"물론 그렇겠지요, 박사님. 저도 마음이 뒤숭숭한걸요. 제가 문까지만이라도 함께 가면 안 되겠습니까, 박사님?"

"좋소. 어서 가봅시다."

나는 오른편에 있는 문을 지나 2층의 애크로이드 침실로 이어지는 조그마한 계단이 있는 작은 방을 가로질러 갔다. 파커도 뒤따라왔다. 서재 문을 두드려 보았으나 아무런 대답이 없었다. 손잡이를 돌려 보았지만, 역시 문은 잠겨 있었다.

"잠깐만요, 박사님."

파커는 몸집에 어울리지 않게 날렵한 행동으로 무릎을 꿇고 열쇠구멍으로 들여다보았다.

"안쪽에서 잠겨 있습니다." 그는 이렇게 말하며 일어섰다.

"막 잠이 드셨나 봅니다."

나는 몸을 구부려서 파커의 말을 확인했다.

"별일 없는 것 같군. 그렇지만, 파커, 그래도 한번 깨워 봐야겠소. 그의 입을 통해 괜찮다는 얘기를 듣지 않고서는 집에 가서도 편안하지 못할 것 같소."

이렇게 말하고 나는 문손잡이를 움켜잡고 세게 흔들어 외쳤다.

"애크로이드, 애크로이드!"

그러나 여전히 아무런 기척이 없었다.

나는 뒤로 고개를 돌려서 머뭇거리며 말했다.

"집안사람들을 놀라게 하고 싶지는 않은데……."

파커가 조금 전에 우리가 들어왔던 문을 닫았다.

"이제는 괜찮을 겁니다, 박사님. 당구장은 저쪽에 있고, 주방과 여자분들의 침실도 조금 떨어져 있으니까요."

나는 알았다며 고개를 끄덕였다. 그러고는 필사적으로 문을 두드리며, 몸을 구부려 열쇠구멍에 입을 대고 고함을 질렀다.

"애크로이드, 애크로이드! 셰퍼드입니다. 잠깐만 문 좀 열어 주세요!"

여전히 조용했다. 잠긴 방 안에는 전혀 살아 있는 물체가 없는 것 같았다.

파커와 나는 서로 바라볼 뿐이었다.

"이 문을 부숴야겠소. 우리 둘이서 힘을 모아 봅시다. 책임은 내가 지겠소."

"그렇게 말씀하신다면, 박사님……."

파커는 망설이면서 말했다.

"그렇게 해야 하오. 애크로이드 씨가 이렇게까지 반응이 없다는 것은 정말 심각한 일이오."

나는 작은 방을 둘러본 다음 무거운 참나무 의자를 집어들었다. 파커와 나는 그것을 함께 잡고 맹렬하게 다가갔다. 한 번, 두 번, 세 번.

우리는 그 의자로 문을 세게 밀어 쳤다. 세 번째에 문은 넘어가고, 우리는 허둥지둥 방 안으로 들어갔다.

애크로이드는 내가 그곳을 나올 때와 똑같이 벽난로 앞에 있는 안락의자에 앉아 있었다. 그는 머리를 비스듬히 떨어뜨린 채로 있었는데, 외투 깃 바로 아래 금속 세공품 조각이 반짝거렸다. 파커와 나는 축 늘어져 있는 사람 앞으로 바싹 다가섰다.

갑자기 파커가 날카롭게 숨을 몰아쉬면서 중얼거렸다.

"뒤에서 찔렸어요. 이렇게 끔찍할 수가!"

그는 손수건으로 이마를 훔친 다음 조심스럽게 한 손을 뻗어 칼자루를 잡으려고 했다.

"만지면 안 돼!" 내가 날카롭게 외쳤다.

"당장 달려가서 경찰서에 전화를 거시오. 그리고 레이먼드와 블런트 소령에게도 알리시오!"

"잘 알겠습니다, 박사님."

파커는 다시 이마의 땀을 닦으며 밖으로 서둘러 나갔다.

나는 간단히 필요한 조치를 취했다. 몸의 위치라든가 단검을 건드리지 않기 위해서 최대한 신중하게 행동했다. 어떤 것도 움직여서는 안 된다. 애크로이드는 틀림없이 방금 전에 살해되었던 것이다.

그때, 쉽사리 믿지 못하겠다는 듯한 공포에 질린 젊은 레이먼드의 목소리가 밖에서 들렸다.

"뭐라고요! 오, 믿을 수 없어! 의사 박사님은 어디에 있습니까?"

그는 백지장 같은 얼굴로 헐레벌떡 달려와서는 마치 죽은 듯이 문 앞에 우뚝 섰다. 그때 갑자기 한 손이 그를 확 밀어제치더니 헥터 블런트가 들어왔다.

"오, 맙소사!" 그의 뒤에서 레이먼드가 말했다.

"그럼 그것이 사실이었군."

블런트는 곧장 의자 쪽으로 다가왔다. 그가 시체 쪽으로 몸을 굽히자, 나는 그도 역시 그 칼자루를 빼려 할 것이라고 생각했다.

나는 한 손으로 그를 잡아당겼다.

"아무것도 움직여서는 안 됩니다. 이 상태 그대로 경찰에게 보여야합니다."

블런트는 알겠다는 듯이 고개를 끄덕였다. 그의 얼굴은 여전히 무표정했지만, 나는 그 무딘 가면 아래에서 감정이 격렬하게 출렁이고 있다는 것을 느낄 수 있었다.

제프리 레이먼드도 다가와서 블런트의 어깨너머로 시체를 자세히 들여다보며 낮은 목소리로 말했다.

"끔찍한 일입니다."

그는 침착해지려고 애쓰긴 했지만, 코안경을 벗어서 닦을 때 손이 떨렸다.

"강도일 겁니다. 그런데 어떻게 들어왔을까요? 창문으로 들어온 걸까요? 뭐

없어진 물건은 없습니까?"
레이먼드는 책상 쪽으로 갔다.
"강도라고 생각합니까?"
내가 천천히 물었다.
"그것 말고 달리 생각할 수 없지 않습니까? 내 추측입니다만, 자살은 아닐 겁니다."
나는 자신 있게 말했다.
"어떤 사람도 이런 식으로 자기 자신을 찌를 수는 없지요. 살해된 것이 틀림없습니다. 그렇지만 이유가 무엇일까요?"
"로저에게는 적이라고는 없었소." 블런트가 조용히 말했다.
"강도 짓이 틀림없습니다. 그렇지만 무엇을 훔치려고 한 걸까요? 아무것도 흐트러지지 않았는데."
블런트가 방 안을 둘러보았다. 레이먼드는 여전히 책상 위에 있는 서류들을 살펴보고 있었다.
"없어진 것도 없고, 서랍도 건드린 흔적이 없는데요."
그는 없어진 게 없다는 것을 확인했다.
"정말 이상한 일이군요."
블런트는 가볍게 고개를 갸웃거리며 말했다.
"바닥에 편지들이 떨어져 있군요."
나는 바닥을 내려다보았다. 애크로이드가 아까 떨어뜨린 서너 통의 편지들이 그대로 놓여 있었다. 하지만 페라스 부인에게서 온 푸른 편지만이 보이지 않았다. 내가 그 말을 꺼내려고 입을 반쯤 열었을 때 종소리가 요란하게 울렸다. 그리고 이내 홀에서 웅성거리는 소리가 혼란스럽게 들리더니, 파커가 이 지방 경찰을 데리고 나타났다.
"안녕하십니까, 여러분." 경위가 말했다.
"정말 유감스러운 일입니다. 애크로이드 씨처럼 훌륭하고 친절하신 분이 돌아가시다니. 집사의 말에 따르면 타살이라고 하던데, 혹시 우연한 사고나 자살일 가능성은 없습니까, 의사 박사님?"

“전혀 없습니다.” 내가 말했다.

경위는 다가와서 시체를 살펴보면서 말했다.

“오! 끔찍한 일이군요.”

그는 톡 쏘듯이 물었다.

“조금이라도 시체를 움직였습니까?”

“완전히 숨을 멈추었는지 확인한 것밖에는(간단한 일이죠) 전혀 건드리지 않았소.”

“오! 그렇다면 여기 있는 것들이 모두 살인자가 남겨 놓은 그대로겠군요? 우선은, 그렇지, 자, 그럼, 모든 경위를 말씀해주십시오. 시체는 누가 발견했습니까?”

나는 상황을 자세하게 설명했다.

“전화로 연락을 받았다는 말씀이시죠? 집사한테서요?”

“저는 절대로 전화를 걸지 않았습니다.”

파커가 진지하게 말했다.

“오늘 저녁에는 전화 근처에 얼씬도 안 했는걸요. 제가 하지 않았다는 것을 증명해줄 사람이 있을 겁니다.”

“그것 정말 기이한 일이군요. 전화 목소리가 분명히 파커 집사였습니까, 박사님?”

“글쎄요, 그것은 뭐라고 말씀드릴 수가 없군요. 나는 당연히 집사가 전화한 것으로 받아들였으니까요.”

“그래서 여기로 달려와 문을 부수고 애크로이드 씨가 이렇게 죽어 있는 것을 발견했다는 말씀이군요. 죽은 지 얼마나 된 것 같습니까?”

“적어도 30분 정도, 아마 좀더 오래 되었을 거요.”

“문이 안에서 잠겨 있었다고 말씀하셨죠? 창문은 어땠습니까?”

“초저녁에 애크로이드 씨가 부탁해서 내가 닫고 빗장을 걸었습니다.”

경위는 그곳으로 성큼성큼 걸어가서 커튼을 젖혔다.

“그런데, 지금은 열려 있군요.”

경위의 말대로 창문은 아래쪽 창틀이 끝까지 올려진 채 활짝 열려 있었다.

경위는 손전등을 꺼내어 창턱 바깥쪽을 비췄다.

"범인은 이쪽으로 빠져나간 모양이군."

손전등의 강한 불빛에 여러 개의 발자국이 뚜렷하게 드러나 보였다. 그것은 바닥에 고무창을 댄 신발 자국 같았다. 하나는 안쪽이 아주 선명하게 찍혔고, 다른 것은 바깥쪽이 약간 겹쳐서 찍혀 있었다.

"아주 명백하군요." 경위가 말했다.

"혹시 귀중품이 없어지지는 않았습니까?"

제프리 레이먼드는 고개를 저었다.

"없었습니다. 애크로이드 씨는 중요한 물건을 이 방에 두지 않거든요."

"흠, 창문이 열린 것을 발견하고는 넘어 들어왔겠지요. 애크로이드 씨는 저기에 앉아 있었고, 아마 잠들어 있었을지도 모르죠. 범인은 뒤에서 그를 찌르고는, 갑자기 두려운 마음에 급히 도망쳤을 수도 있습니다. 하지만 고맙게도 그는 아주 뚜렷한 발자국을 남겨 놓았습니다. 별 어려움 없이 범인을 찾아내게 될 겁니다. 근처에 혹시 수상한 사람이 다니지 않았습니까?"

"오!" 내가 갑자기 말했다.

"뭡니까, 박사님?"

"오늘 밤에 어떤 남자를 만났소. 내가 막 대문을 돌아나가고 있을 때였죠. 내게 펀리 파크로 가는 길을 물어보았습니다."

"그때가 몇 시였죠?"

"정각 9시였소. 문을 돌아 나올 때 교회 종소리가 울렸으니까요."

"그 사람에 대해 설명해주실 수 있겠습니까?"

나는 할 수 있는 데까지 설명해주었다.

경위가 집사에게로 향했다.

"누가 그런 사람에게 문을 열어 주었나요?"

"아닙니다. 오늘 저녁에는 아무도 오지 않았습니다."

"뒷문에서는요?"

"뒷문도 마찬가지일 겁니다. 하지만 알아보도록 하지요."

그가 문 쪽으로 가자 경위가 막았다.

"아닙니다. 고맙습니다만, 내가 조사하도록 하죠. 그것보다 먼저 시간을 좀 더 확실히 해둬야겠습니다. 애크로이드 씨가 살아 있는 모습을 마지막으로 본 것이 언제였지요?"

"내가 본 것이 아마……, 내가 떠날 때, 그러니까 8시 50분쯤이었을 겁니다. 그는 나에게 아무에게도 방해받고 싶지 않다고 말했고, 나는 그 말을 파커에게 전해주었습니다."

"예, 그랬습니다."

파커가 조심스럽게 말했다.

"9시 30분에도 분명히 살아 계셨어요."

레이먼드가 불쑥 끼어들었다.

"안에서 이야기하는 목소리를 들었거든요."

"누구에게 이야기하고 있었습니까?"

"그건 모르겠습니다. 물론 그때는 당연히 셰퍼드 박사님이려니 하고 생각했지요. 나는 교섭 중이던 서류에 대해 잠깐 물어보려다가 안에서 들리는 소리를 듣고, 셰퍼드 박사님과 이야기를 나눌 테니 방해하지 말라고 했던 말이 기억나서 다시 돌아갔습니다. 그렇지만 지금 생각해보니 박사님은 벌써 떠난 뒤였나 보군요?"

내가 고개를 끄덕이며 말했다.

"나는 9시 15분쯤에 집에 도착했소. 그러고는 전화를 받을 때까지는 나가지 않았소."

"그럼 9시 30분에 애크로이드 씨와 함께 있었던 사람은 대체 누구일까요?"

주위를 둘러보며 경위가 물었다.

"당신은 아니었습니까, 미스터, 음……."

"블런트 소령입니다." 내가 말해주었다.

"헥터 블런트 소령입니까?"

경위의 목소리가 은근히 환심을 사려는 듯이 정중해졌다.

블런트는 그렇다며 그저 고개만 끄덕였다.

"전에 이곳에서 한 번 뵌 적이 있는 것 같은데요, 소령님. 미처 알아보지 못했습니다만, 작년 5월에도 이곳 애크로이드 씨 댁에 계셨지요?"
"6월이었습니다." 블런트가 고쳐서 말했다.
"아, 참 그랬던가요, 6월이었군요. 혹시 오늘 밤 9시 30분경에 애크로이드 씨와 함께 있지 않았습니까?"
블런트는 머리를 흔들었다.
"저녁식사 이후로는 한 번도 보지 못했습니다."
그는 담담한 목소리로 말했다.
경위는 다시 레이먼드에게 물었다.
"애크로이드 씨가 무슨 이야기를 했는지 들었습니까?"
"아주 조금 들었습니다." 비서가 말했다.
"그 당시에는 셰퍼드 박사님이 그 안에 계시다고 생각했기 때문에 그 말이 굉장히 이상하게 들렸습니다. 애크로이드 씨는 이렇게 말했습니다. '요즘에는 너무 자주 돈을 요구하는구나.' 그리고 이렇게 말하시더군요. '나도 네 요청을 일일이 들어 줄 수가 없어서 걱정이다…….' 나는 곧바로 문을 떠났기 때문에 더 이상은 듣지 못했습니다. 그렇지만 좀 이상하다고 생각은 했지요. 셰퍼드 박사님은……."
내가 레이먼드의 말을 이었다.
"나는 그에게 돈을 빌려 달라든가 기부금 등을 요구하지 않았소."
"돈을 요구했다……."
경위가 생각에 잠기며 말했다.
"여기에 아주 중요한 실마리가 있는지도 모릅니다."
그는 집사에게 향했다.
"파커 집사, 오늘 저녁에 앞문으로는 아무도 들어오지 않았다고 했죠?"
"그렇습니다, 경위님."
"그렇다면 애크로이드 씨가 직접 그 사람한테 문을 열어 준 것일 텐데……, 그렇지만 정말 이상하군."
경위는 몇 분간 깊은 생각에 잠겼다.
"한 가지만은 분명합니다."

그는 이윽고 정신을 가다듬으며 말했다.

"9시 30분에 애크로이드 씨가 건강하게 살아 있었다는 겁니다. 그것이 그가 살아 있었다고 알려진 마지막 순간이 되는 거지요."

그때 파커가 갑자기 무슨 말을 꺼내려는 듯이 헛기침을 했다.

경위가 재빨리 그를 쳐다보며 날카롭게 말했다.

"무슨 일이오?"

"죄송합니다만, 경위님. 그 이후에 플로라 양이 그분을 보았습니다."

"플로라 양?"

"예, 경위님. 아마 9시 45분쯤이었을 겁니다. 바로 그때 그녀가 제게 오늘 밤에는 애크로이드 씨를 절대 방해하지 말라고 말했거든요."

"애크로이드 씨가 그렇게 말하라고 했다던가요?"

"정확히는 모르겠습니다, 경위님. 저는 소다수와 위스키를 가져가던 중이었는데, 플로라 양이 이 방에서 나와 저를 막고는 나리께서 방해받고 싶어 하지 않는다고 말했습니다."

경위는 유난히 강렬한 시선으로 집사를 훑어보았다.

"그전에 이미 애크로이드 씨가 방해받고 싶어 하지 않는다는 이야기를 듣지 않았습니까?"

파커는 더듬거리기 시작했고, 그의 손은 벌벌 떨렸다.

"예, 예, 경위님. 틀림없이 들었지요, 경위님."

"그런데도 그 방에 들어가려고 했다는 말입니까?"

"깜박 잊었습니다, 경위님. 제 말은, 그 시간이면 항상 위스키와 소다수를 갖다 드렸으니까요. 그리고 뭐 시키실 게 없나 해서(그리고 제가 생각한 것은) 저, 저는 별생각 없이 평소에 하던 대로 했을 뿐입니다."

나는 파커가 의심스러울 정도로 안절부절못하고 있다는 것을 알아차렸다.

그는 눈에 띄게 당황하며 떨고 있었다.

"음, 애크로이드 양을 만나봐야겠습니다. 그동안 이 방은 지금 이대로 두어야 합니다. 애크로이드 양에게 이야기를 듣고 나서 다시 이곳으로 돌아오겠소. 그전에 미리 창문을 닫고 빗장을 걸어놓아야겠군요."

그는 문단속을 하고 방을 나갔다. 우리도 그 뒤를 따랐다.

그는 좁다란 계단 앞에서 잠깐 멈추어 서서 어깨너머로 경관에게 지시했다.

"존스, 자네는 여기 남아 있는 게 좋겠네. 누구도 그 방으로 들이지 말게."

파커가 공손하게 끼어들었다.

"죄송합니다만, 경위님. 중앙 홀로 들어가는 문만 잠그면 아무도 여기에 접근할 수 없습니다. 이 층계로 올라가면 애크로이드 씨의 침실과 욕실밖에 없습니다. 다른 부분과는 전혀 연결되지 않지요. 전에는 문이 하나 있긴 했습니다만, 애크로이드 씨가 막아 버렸습니다. 그분은 완전히 밀폐된 곳에서 지내시고 싶어 하셨지요."

상황을 명확히 설명하기 위해 집의 오른쪽 부분의 내부 구조를 대강 그려 넣겠다.

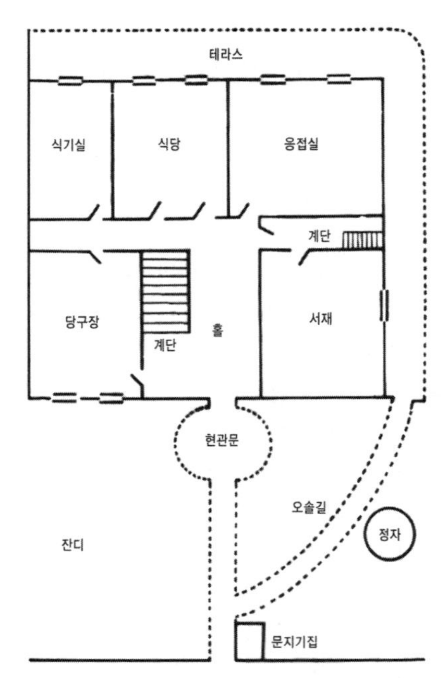

그 좁은 층계는 파커의 말대로 방 두 개를 합쳐 하나로 만든 커다란 침실과 옆에 딸린 욕실 겸 화장실로 통하게 되어 있었다.

경위는 주위를 대강 훑어보았다. 우리가 큰 홀로 들어가자, 그는 문을 잠그고 열쇠를 자기 주머니 속에 넣었다. 그런 다음 경관에게 낮은 목소리로 몇 마디 지시를 내리고 떠날 준비를 했다.

"발자국 때문에 바쁘게 서둘러야 합니다."

경위가 설명했다.

"우선 애크로이드 양의 이야기를 들어 봐야겠습니다. 그녀는 애크로이드 씨가 살아 있는 모습을 마지막으로 본 사람이니까요. 그녀도 이 사건을 알고 있습니까?"

레이먼드가 머리를 흔들었다.

"그러면 나와 이야기하기 전에는 알리지 맙시다. 큰아버지가 그런 사고를 당했다는 것을 알면, 당황해서 내 질문에 제대로 대답할 수 없을 테니까요. 그냥 도둑이 들었다고만 하고, 옷을 입고 내려와서 몇 가지 질문에 대답해 달라고 부탁해보시오."

레이먼드가 그녀 방으로 올라갔다가 내려왔다.

"애크로이드 양이 곧 내려오겠답니다. 경위님이 말한 대로 전했습니다."

5분도 채 되지 않아서 플로라가 연분홍색 화장복을 입고 계단을 내려왔다. 그녀는 흥분한 것 같았다.

경위가 그녀의 앞으로 걸어 나갔다.

"안녕하십니까, 애크로이드 양? 유감스럽게도 도둑이 들었습니다."

그는 예의 바르게 말했다.

"우리를 좀 도와주셔야겠습니다. 이 방은 뭐죠, 당구장입니까? 저리 가서 앉읍시다."

플로라는 벽 옆에 길게 놓인 소파에 침착하게 앉아서 경위를 바라보았다.

"뭐가 뭔지 통 모르겠어요. 무엇을 도둑맞았나요? 저에게 물어보실 말씀은 뭐죠?"

"애크로이드 양, 파커가 당신이 9시 45분에 애크로이드 씨의 서재에서 나왔다고 하던데, 사실입니까?"

"예, 맞아요. 큰아버지께 안녕히 주무시라고 인사하러 들어갔었어요."

"그 시간도 정확합니까?"

"글쎄요. 그때쯤이 맞을 거예요. 정확하게는 모르겠군요. 어쩌면 그것보다 조금 늦었을지도 몰라요."

"큰아버지는 혼자 계셨습니까, 아니면 다른 사람과 함께 계셨습니까?"

"혼자였어요. 셰퍼드 박사님은 돌아가셨으니까요."

"혹시 창문이 열렸는지 닫혔는지 보았습니까?"

플로라는 머리를 저었다.

"글쎄요, 커튼이 내려져 있어서 보지 못했는데요."

"알겠습니다. 큰아버지는 평상시와 똑같아 보였습니까?"

"그렇게 생각해요."

"들어가서 무슨 말을 했는지 기억하고 있습니까?"

플로라는 잠깐 기억을 더듬는 것 같았다.

"저는 들어가서 이렇게 말했어요. '안녕히 주무세요, 아저씨. 저는 자러 가야겠어요. 오늘밤엔 피곤하군요.' 그러자, 큰아버지는 뭐라고 푸념 비슷한 소리를 하셨어요. 그리고 제가 다가가서 키스했더니 제 옷이 잘 어울린다고 말씀하시며 바쁘니까 어서 나가라고 하셨어요. 그래서 저는 나왔죠."

"방해하지 말라고 특별히 부탁하지는 않으시던가요?"

"어머! 제가 깜빡 잊었군요. 이렇게 말씀하셨어요. '파커에게 오늘 밤에는 아무것도 필요 없으니 나를 방해하지 말라고 해라.' 저는 바로 문밖에서 파커 집사를 만나 큰아버지의 말을 전해주었어요."

"틀림없군요." 경위가 말했다.

"어떤 물건이 없어졌지요?"

"아직, 확실히 모릅니다." 경위가 더듬거리며 말했다.

그녀는 눈을 둥그렇게 뜨고 갑자기 목소리를 높여서 말했다.

"무슨 일이에요? 뭔가 숨기고 계신 거죠?"

헥터 블런트가 평소의 그답지 않은 태도로 그녀와 경위 사이에 와서 섰다.

그녀가 손을 반쯤 내밀자, 그는 두 손으로 잡아 그녀가 마치 어린아이기라도 한 듯이 토닥거려 주었다. 그녀는 그의 무디고 목석 같은 태도 안에 어떤 평안과 안전을 약속하는 것이 있는 것처럼 그에게 매달렸다.

소령이 조용히 말했다.

"좋지 않은 소식이란다, 플로라. 우리 모두에게 나쁜 소식이야. 로저가……."

"예?"

"우리도 모두 굉장한 충격을 받았단다. 그렇지 않을 수가 없지. 불쌍하게도 로저가 죽었어."

"언제요?"

플로라는 공포에 질려 눈을 커다랗게 뜨며 대령에게서 떨어져 나왔다.

"언제 그랬어요?"

그녀의 목소리는 점점 작아졌다.

"네가 큰아버지 방을 나간 뒤 곧 살해된 것 같다."

블런트가 침울하게 말했다.

플로라가 손으로 목을 감싸고 가냘픈 비명을 지르며 쓰러지는 순간, 나는 얼른 그녀를 부축했다. 블런트와 나는 그녀를 2층에 있는 그녀의 침대에 눕혔다. 그런 다음 나는 블런트에게 애크로이드 부인을 깨워서 그 소식을 알리라고 했다. 플로라는 이내 깨어났고, 나는 그녀의 어머니를 데려와서 간호하는 방법을 지시해주었다. 그리고 서둘러 다시 아래층으로 내려왔다.

제6장

튀니지 단검

나는 주방에서 막 나오던 경위와 마주쳤다.

"애크로이드 양은 어떻습니까, 박사님?"

"의식을 회복했소. 그녀 어머니와 함께 있어요."

"잘하셨습니다. 하인들에게 몇 가지 물어보고 있었습니다. 오늘 밤에는 뒷문으로도 아무도 들어오지 않았다고 하는군요. 낯선 사람에 대한 당신의 설명이 좀 확실치가 않아요. 좀더 단서가 될 만한 게 없을까요?"

"글쎄요." 나는 유감스럽게 말했다.

"아시겠지만, 그때는 캄캄한데다가 그 친구가 외투 깃을 잔뜩 세우고 모자를 눈까지 푹 눌러쓰고 있었으니까요."

"흠, 얼굴을 감추고 있었다는 말씀이죠. 아는 사람은 절대 아니었습니까?"

나는 부정적으로 대답하긴 했으나, 확신할 수 있는 것은 아니었다. 나는 그 당시 그 남자의 목소리가 어쩐지 낯설지 않게 느껴졌던 것이 떠올랐다. 그래서 머뭇거리며 경위에게 그 사실을 설명했다.

"거칠고 교양이 없어 보이는 목소리였다는 말이지요?"

나는 그렇다고 대답하는 순간, 문득 그 거친 목소리는 일부러 꾸며낸 것 같다는 생각이 들었다. 만일, 경위의 말대로 그가 얼굴을 감추고 싶었다면, 당연히 목소리도 바꾸었을 것이다.

"나와 함께 서재로 가실까요, 박사님? 물어보고 싶은 것이 한두 가지 있습니다."

나는 그렇게 하겠다고 했다. 데이비스 경위가 로비의 문을 열고 함께 들어와서 다시 문을 잠갔다.

"방해받고 싶지 않아서요."

그가 엄숙하게 말했다.
"협박에 대한 이야기는 도대체 무엇입니까?"
"협박이오!" 나는 굉장히 놀라며 소리쳤다.
"그것이 다 파커가 지어낸 것입니까, 아니면 정말 무슨 일이 있는 겁니까?"
"만일 파커가 협박에 대한 이야기를 들었다면……."
내가 천천히 말했다.
"틀림없이 이 문밖에서 열쇠구멍에 귀를 갖다 대고 엿들었을 거요."
데이비스가 고개를 끄덕였다.
"나도 그렇게 생각합니다. 보시다시피, 나는 오늘 저녁 파커의 행동을 몇 가지 조사해봤습니다. 솔직하게 말하자면, 나는 그의 태도가 마음에 들지 않아요. 그는 무언가 알고 있어요. 내가 질문을 시작했을 때, 그는 흥분하면서 협박에 대해 쓸데없는 이야기만 잔뜩 늘어놓지 뭡니까?"
나는 즉시 결심을 했다.
"마침 그 이야기를 잘 꺼냈습니다. 사실 나도 이야기를 할까 말까 망설이고 있었습니다. 벌써부터 모두 다 이야기해줘야겠다고 생각하고는 있었지만, 적당한 기회가 없었는데 지금이 아주 좋은 때인 것 같습니다."
그래서 나는 그날 밤에 있었던 모든 사건을 들려주었다. 경위는 가끔 질문을 하면서 내 이야기에 몹시 관심을 기울였다.
"아주 심상치 않은 이야기로군요."
내가 이야기를 마치자 그가 말했다.
"그러니까 그 편지만 감쪽같이 사라졌다는 말씀이죠? 심상치 않군요. 정말 곤란한 일인 것 같습니다. 그것이 바로 우리가 찾고 있던 살인의 동기가 되겠군요."
나는 고개를 끄덕였다.
"그렇겠지요."
"애크로이드 씨가 집안사람들 중 누군가가 관련된 것 같다는 말을 했다고요? 집안사람이라니, 다소 범위가 넓은 말이군요."
"당신은 파커가 수상하다고 생각하는 겁니까?"

내가 슬쩍 물어보았다.

"그렇습니다. 그는 당신이 이 문을 열었을 때도 엿듣고 있었고, 애크로이드 양이 나왔을 때도 서재로 들어가려고 했습니다. 말하자면, 그는 그녀가 가고 나서 이곳으로 들어올 수 있는 기회가 있었다는 말입니다. 그래서 애크로이드 씨를 찌르고 문을 안에서 잠근 다음, 창문을 열고 그쪽으로 나가 미리 열어 두었던 어느 문으로 돌아 들어왔을 수도 있죠. 어떻습니까?"

"그렇게 될 수 없는 사실이 하나 있습니다."

나는 천천히 대답했다.

"만일 애크로이드 씨가 내가 나가자마자 바로 그 편지를 읽었다면, 그가 계속 여기 앉아서 한 시간 동안이나 이 궁리 저 궁리 하고 있었을 리가 없습니다. 그는 당장 파커를 불러 그 자리에서 그에게 호통을 쳤을 텐데, 그랬으면 집 안이 얼마나 소란스러웠겠소? 생각해보시오, 애크로이드는 화를 내면 아주 굉장한 사람입니다."

"당신이 나가고 나서 편지를 계속 읽을 틈이 없었을지도 모릅니다."

경위가 조심스럽게 말했다.

"아시다시피, 9시 30분에 애크로이드 씨는 누군가와 함께 있었습니다. 당신이 나가자마자 그 손님이 찾아왔고, 그가 돌아가자 애크로이드 양이 밤 인사를 하러 들어왔다고 한다면……, 글쎄요, 10시에 살해당할 때까지 그 편지를 읽지 못했을 수도 있지 않을까요?"

"그럼 그 전화는 어떻게 설명하겠습니까?"

"파커가 건 거지요. 아마 문을 잠그고 창문을 열기 전에 그렇게 했을 겁니다. 그런데 갑자기 마음이 바뀌었거나, 아니면 공포에 사로잡혀 그것을 완전히 모르는 체하기로 한 거겠지요. 이렇게 되면 모든 것이 꼭 들어맞습니다."

"흠……." 나는 다소 의심스러운 듯이 말했다.

"어쨌든, 전화에 대한 문제는 교환국에 알아보면 알 수 있습니다. 만일, 여기에서 건 거라면 두말할 것도 없이 파커일 겁니다. 그렇다면 그는 독 안에 든 쥐인 셈이지요. 하지만 당분간 이 문제는 거론하지 않겠습니다. 확실한 증거를 잡을 때까지는 그를 놀라게 하고 싶지 않으니까요. 도망이나 가지 않도록 지켜보기로 합시다. 그건 그렇고, 지금 우리가 집중해야 할 문제는 당신이 봤다는 그 수상한 남자입니다."

그는 걸터앉았던 의자에서 벌떡 일어나 안락의자에 뻣뻣하게 앉아 있는 시체를 자세히 들여다보았다.

"이 무기도 실마리가 될 겁니다."

그는 칼을 살펴보며 말했다.

"아주 독특하게 생겼군요. 가만 보니 골동품인 것 같습니다."

경위는 몸을 구부려서 칼 손잡이를 주의 깊게 조사하며 만족스럽다는 듯이 몇 마디 중얼거렸다. 그러고는 아주 조심스럽게 칼자루 아래쪽을 꼭 잡고 칼을 빼냈다. 그는 손잡이를 건드리지 않으려고 애쓰며, 벽난로 둘레 장식에 놓여 있던 넓은 원통형 중국 찻잔에 그것을 얹어 놓았다.

"맞습니다."

그는 고개를 끄덕이며 말했다.

"틀림없이 예술품입니다. 아주 귀한 물건 같은데요."

그것은 정말 아름다운 물건이었다. 좁고 점점 가늘어지는 날이라든가 정교하고 꼼꼼하게 짜 얽혀진 자루로 봐서 보통 사람의 솜씨 같지는 않았다.

경위는 손가락으로 조심스럽게 칼날을 만지며 감상할 줄 아는 듯이 점잔을 빼고 있었다.

"오, 정말 날카롭군요!" 그가 탄성을 질렀다.

"어린아이라도 사람을 찌를 수 있겠군요. 버터를 자르듯이 아주 쉽게 말입니다. 굉장히 위험한 물건인데요."

"지금 시체를 검시해봐도 되겠습니까?"

그는 고개를 끄덕이며 대답했다.

"어서 하십시오."

나는 철저하게 조사했다.

"어떻습니까?" 내가 다 마치자 경위가 물었다.

"전문적인 설명은 피하겠습니다. 시체는 검시 배심원들을 위해 이대로 두어야겠습니다. 범인은 피살자의 뒤에서 오른손으로 찔렀고, 거의 동시에 그는 숨이 끊어졌습니다. 피살자의 얼굴 표정으로 봐서 전혀 예상치 못했던 일인 것 같소. 그는 아마 자기를 찌른 범인이 누구인지도 모른 채 죽었을 겁니다."

"하인들은 고양이처럼 살금살금 걸어다닐 수 있죠."

데이비스 경위가 말했다.

"이 사건에는 의문스러운 점이 그다지 많지는 않은 것 같습니다. 단검을 한 번 살펴보십시오."

나는 그의 말에 따라 살펴보았다.

"박사님에게는 잘 안 보이겠지만, 내 눈에는 아주 뚜렷하게 보이는 것이 있습니다."

경위가 목소리를 낮추었다.

"지문 말입니다!"

그는 자기가 발견한 결과를 확인하려는 듯 몇 걸음 뒤로 물러섰다.

"그렇군요." 나는 부드럽게 말했다.

그는 왜 내가 그것을 모를 것이라고 생각하는지 이해할 수 없었다. 나도 추리소설과 신문을 읽고 있으며 평균 정도의 지능을 가진 사람인데, 그리고 단검의 손잡이에 발가락 자국이라도 찍혔다면 별문제겠지만. 만일 그렇다면 나는 놀라움과 경탄을 금치 못했을 것이다.

경위는 내가 전혀 감격하지 않는 것에 대해 약간 화가 난 모양이었다. 그는 중국제 원통형 찻잔을 집어들고 함께 당구장으로 가자고 했다.

"혹시 레이먼드 씨가 이 단검에 대해 뭔가 알고 있을지도 모릅니다."

우리는 바깥쪽 문을 다시 잠그고 당구장으로 가서 제프리 레이먼드를 만났다. 경위가 그 물건을 내놓았다.

"전에 이것을 본 적이 있습니까, 레이먼드 씨?"

"물론이죠. 내가 알기로는 블런트 소령님이 애크로이드 씨에게 준 골동품인 것 같은데요. 모로코에서 아니, 튀니지에서 가져온 것이지요. 그것으로 애크로이드 씨가 찔렸다는 말입니까? 별 희한한 일도 다 있군요. 똑같은 단검이 있다니 믿어지지 않는군요. 블런트 소령님을 불러올까요?"

그는 내가 대답을 하기도 전에 서둘러서 나갔다.

"멋있는 젊은이야." 경위가 말했다.

"정직하고 성실한 청년이라고 생각하지 않습니까?"

나는 그의 말에 동의했다. 사실 제프리 레이먼드는 애크로이드의 비서로 일한 지 2년이 되었지만, 그가 화를 내거나 오만하게 행동하는 모습은 한 번도 본 적이 없다. 그는(내가 아는 바로는) 정말 유능한 비서였다.

잠시 뒤에 레이먼드가 블런트와 함께 들어왔다.

"내 말이 맞습니다."

레이먼드가 흥분해서 말했다.

"튀니지 단검이랍니다."

경위가 날카롭게 말했다.

"블런트 소령님은 아직 단검을 보지도 않았잖습니까?"

"서재에 들어서는 순간 보았소."

그가 조용하게 말했다.

"그때부터 알고 있었다는 말입니까?"

블런트는 고개를 끄덕였다.

경위가 수상하다는 듯이 말했다.

"그런데 왜 아무 말도 하지 않았습니까?"

"적당한 기회가 없었소. 아무 때나 불쑥 꺼낼 성질의 얘기는 아니잖습니까?"

블런트는 아주 침착하게 경위의 시선을 받아넘겼다.

마침내 경위가 투덜거리며 눈길을 다른 데로 돌렸다.

그는 단검을 블런트에게 건네주었다.

"그렇게 확신하고 있다면, 소령님, 확실하게 감정해줄 수 있겠죠?"

"그렇고말고요. 물론이지요."

"흠, 이 골동품은 보통 어디에 보관되어 있었습니까? 말해주실 수 있습니까, 소령님?"

비서가 얼른 대답했다.

"응접실의 은탁자 속에 보관되어 있었습니다."

"뭐라고요?" 내가 외쳤다.

모두들 나를 바라보았다.
경위가 의아스러운 듯이 말했다.
"왜 그러시죠. 셰퍼드 박사님?"
"아무것도 아닙니다."
경위는 좀더 사무적인 말투로 다시 물었다.
"무슨 일입니까?"
"아주 사소한 겁니다." 나는 변명하듯이 말했다.
"저녁식사 초대를 받고 이곳에 왔을 때, 응접실에서 은탁자의 뚜껑이 닫히는 소리를 들었습니다."
깊은 생각에 잠긴 경위의 얼굴에 의심스러운 표정이 언뜻 스쳐 지나갔다.
"그것이 은탁자의 뚜껑이 닫히는 소리라는 것을 어떻게 알았습니까?"
나는 자세하게 설명해주지 않을 수 없었다. 정말 하고 싶지 않은 이야기를 길고도 장황하게 늘어놓았다.
경위는 내 말을 끝까지 듣고 나서 물었다.
"그 속을 들여다볼 때 단검도 있었습니까?"
"글쎄요. 그것을 보았는지 기억이 나지 않는군요. 그렇지만 물론 거기에 있었겠지요."
"가정부를 불러오는 게 좋겠습니다."
경위가 말하고는 종을 울렸다. 잠시 뒤에 러셀 양이 파커에게 불려 방으로 들어왔다.
"저는 은탁자 근처에는 가지도 않았어요."
경위의 질문에 그녀가 대답했다.
"저는 꽃들이 싱싱한지만 살펴보았어요. 어머! 이제야 기억이 나는군요. 이상하게도 은탁자의 뚜껑이 열려 있지 않겠어요? 그래서 제가 지나가면서 뚜껑을 닫은 것뿐이에요."
그녀가 달려들기라도 할 것처럼 그를 쏘아보았다.
경위가 물었다.
"오, 그랬었군요? 그때 이 단검이 거기에 있었습니까?"

러셀 양은 그 흉기를 찬찬히 살펴보면서 말했다.

"글쎄요, 확실하게 대답할 수 없군요. 자세히 들여다보지 않았으니까요. 가족들이 금방 내려올 것을 알고 있었기 때문에 얼른 나가고 싶었거든요."

"고맙습니다."

경위는 뭔가 더 물어보고 싶은 눈치였지만, 선뜻 말을 꺼내지 못했다. 그렇지만 러셀 양은 그만 가도 좋다는 말로 받아들이고 어느새 나가 버렸다.

"좀 사나운 여자 같군요, 그렇지 않습니까?"

경위가 그녀의 뒷모습을 바라보고 나서 말했다.

"가만있자, 은탁자가 어떤 창문 앞에 있다고 말씀하신 걸로 기억하는데, 그렇죠, 셰퍼드 박사님?"

레이먼드가 내 대신 대답했다.

"예, 왼쪽 창문 앞입니다."

"그런데 그 창문이 열려 있었습니까?"

"두 쪽 다 열려 있었습니다."

"그럼 더 이상 조사할 필요도 없군요. 누군가(곧 밝혀지겠지만) 자기가 원하는 때 단검을 손에 넣을 수 있었을 겁니다. 더 정확하게 말해서, 범인은 아무런 방해를 받지 않고 단검을 손에 넣었단 말입니다. 내일 아침에 서장님과 함께 오겠습니다, 레이먼드 씨. 그때까지 그 방의 열쇠는 내가 보관하고 있겠습니다. 멜로스 대령님에게 지금 있는 그대로 정확하게 보여 드려야 하거든요. 공교롭게도 지금 대령님은 주(州) 내 어디엔가 식사에 초대받아, 내 생각으로는, 그곳에서 밤을 보낼 것 같습니다……."

우리는 경위가 단검을 집어 올리는 것을 지켜보았다.

"이건 아주 조심스럽게 싸야 하겠군요. 이것은 여러모로 중요한 증거품이 될 겁니다."

잠시 뒤 레이먼드와 함께 당구장을 나왔을 때, 그는 재미있다는 듯이 낮은 소리로 낄낄거렸다. 그가 힘을 주어 내 팔을 잡아 나는 그의 눈이 가리키는 방향을 보았다. 데이비스 경위가 조그마한 일기장에 대해 파커의 의견을 듣고 있는 것 같았다.

"조금 지나치군요." 레이먼드가 중얼거렸다.

"파커가 혐의자인가 보죠? 우리들의 지문도 데이비스 경위에게 보여줘야겠군요."

그는 카드상자에서 두 장의 카드를 꺼내어 비단 손수건으로 닦은 다음, 하나는 나에게 주고 다른 하나는 자기가 가졌다.

그런 다음, 씩 웃으며 경위에게 그것을 주면서 말했다.

"선물입니다. 1번은 셰퍼드 박사님, 2번은 변변찮은 이 몸의 것이고, 블런트 소령님 것은 아침에 준비될 겁니다."

젊은이들은 맹랑한 데가 있다. 그렇게 친하게 지내고 성실하게 모셔 왔던 사람이 잔인하게 살해되었는데도 제프리 레이먼드의 활기를 오랫동안 빼앗아 가지는 못하는 모양이다. 어쩌면 그런 것이 당연한 일인지도 모르겠다. 나는 한참 동안 제정신을 차릴 수 없었는데.

집에 돌아왔을 때는 시간이 상당히 지난 뒤였다. 캐롤라인이 제발 잠들어 있기를 바랐지만, 그것은 나의 지나친 소원이었다. 그녀는 뜨거운 코코아를 준비해 놓고 나를 기다리고 있었다. 내가 그것을 마시는 동안, 그녀는 나에게서 그날 밤에 있었던 긴긴 이야기를 다 얻어들었다. 나는 협박에 대한 이야기만은 하지 않았다. 그러나 살인에 대한 이야기를 하고 나니 어느 정도 속이 시원했다.

"경찰은 파커를 의심하고 있어요."

나는 일어나서 침실로 올라갈 준비를 하며 말했다.

"내가 보기에도 의심스러운 점이 있는 것 같아요."

"파커가?" 누이가 말했다.

"당치도 않아! 그 형사는 완전 바보로구나. 파커라니! 말도 안 되는 소리야."

결론을 내리지 못한 채 우리는 2층에 있는 침실로 올라갔다.

제7장

이웃의 직업

다음날 아침, 나는 서둘러서 왕진을 마쳤다. 솔직히 말해서, 그다지 심각한 환자는 없었다. 집에 돌아오자, 캐롤라인이 홀로 나와서 나를 맞아주었다.

"플로라 애크로이드가 와 있다."

그녀는 작지만 흥분된 목소리로 말했다.

"예?" 나는 될 수 있는 한 놀라움을 감추려고 애썼다.

"너를 빨리 만나고 싶어 하더구나. 여기에 온 지 30분 정도 되었어."

캐롤라인이 앞장서서 작은 거실로 들어가고 내가 뒤따랐다.

플로라는 창문 옆 소파에 앉아 있었다. 검은 옷을 입은 그녀는 초조한 듯이 손을 비비고 있었다. 나는 그녀의 얼굴을 보고 깜짝 놀랐다. 그녀의 얼굴에는 핏기가 하나도 없었고, 말할 때는 최대한 침착하고 감정을 억제하려는 노력이 엿보였다.

"셰퍼드 박사님, 저를 좀 도와주세요."

"물론 도와줄 거야, 아가씨." 캐롤라인이 말했다.

나는 플로라가 캐롤라인과 함께 자리하고 싶어 하지 않는다는 것을 금방 알아차렸다. 그녀는 틀림없이 개인적으로 이야기하기를 원했을 것이다. 그리고 시간을 낭비하지 않고 싶었을 것이다.

"저와 함께 라체스에 가주셨으면 해요."

내가 놀라서 물었다.

"라체스에?"

캐롤라인이 외쳤다.

"그 우스꽝스런 작은 사람을 만나려고?"

"예, 그 사람이 누구인지 모르셨나요?"

"우리는 은퇴한 이발사일 거라고 생각했는데."
플로라의 푸른 눈이 아주 커다랗게 되었다.
"어머, 그는 에르큘 포와로예요! 누구를 말하는지 아시겠죠. 유명한 사립탐정 말이에요. 그 사람만큼 뛰어난 탐정도 없다고 모두들 말하고 있잖아요. 마치 소설 속에 나오는 탐정처럼. 1년 전 은퇴해서 이곳에서 살고 있는 거예요. 큰아버지는 전부터 그를 알고 있었지만, 누구에게도 그에 대해 말하지 않기로 약속하셨나 봐요. 포와로 씨는 사람들에게 방해받지 않고 조용히 살고 싶어 하셨다는군요."
"흠, 그랬었군." 나는 느릿하게 말했다.
"누구인지 아시겠지요?"
"캐롤라인 말대로 난 좀 시대에 뒤떨어진 사람이라서, 그렇지만 지금 들었으면 됐지, 뭐."
"이상한데!"
캐롤라인이 끼어들었다. 무엇이 이상하다고 하는 건지 잘 모르겠지만, 아마 자기가 그 사실을 알아맞히지 못한 것을 두고 하는 말 같았다.
"그런데 그 사람을 만나고 싶다고?"
내가 천천히 물었다.
"왜 만나려는 거지?"
"사건을 조사해 달라는 거겠지, 물론."
캐롤라인이 날카롭게 말했다.
"너는 왜 그렇게 눈치가 없니, 제임스!"
나는 절대로 눈치 없는 사람이 아니다. 캐롤라인은 항상 내가 무엇을 노리고 있는지를 이해하지 못했다.
"그럼, 데이비스 경위를 믿지 못하겠다는 건가?"
"그거야 물론이지." 캐롤라인이 얼른 말을 받았다.
"나도 그 사람은 믿지 못하겠어."
누가 들었으면 살해된 사람이 캐롤라인의 큰아버지라고 생각했을 것이다.
내가 물었다.

"그런데, 그가 이 사건을 맡아 줄까? 그는 이미 은퇴했다고 했잖아?"
"문제는 그거예요." 플로라가 짤막하게 말했다.
"설득시켜야죠."
나는 진지하게 물었다.
"지금 플로라가 현명하게 행동하고 있다고 생각하나?"
"그거야 물론이지." 캐롤라인이 말했다.
"그녀가 괜찮다면 나도 함께 가겠다."
"죄송하지만, 저는 박사님과 함께 가고 싶은데요, 셰퍼드 양."
그녀는 적당히 솔직할 줄 아는 여자였다. 확실히 캐롤라인에게는 그런 단호한 말을 해줘야 했다.
"아시다시피……." 그녀는 재치 있게 자기의 의도를 설명했다.
"셰퍼드 박사님은 의사이시고, 또 시체도 검시하셨으니까 포와로 씨에게 모든 것을 상세히 말씀하실 수 있을 거예요."
캐롤라인은 마지못해서 말했다.
"그렇겠군. 그렇게 하거라."
나는 잠시 방 안을 서성거렸다.
"애크로이드 양." 나는 심각하게 말했다.
"충고할 것이 있는데, 그 탐정에게 이 사건을 안 맡기는 것이 좋을 것 같은데."
플로라는 얼굴이 새빨개져서 벌떡 일어서면서 외쳤다.
"왜 그렇게 말씀하시는지 알아요. 그렇지만 저는 그 이유 때문에 더 그를 찾아가고 싶어요. 걱정되시는 거죠! 하지만 저는 안 그래요. 박사님보다 제가 랠프를 더 잘 알아요."
"랠프라니?"
캐롤라인이 말했다.
"랠프가 이 사건하고 무슨 관계가 있니?"
우리는 둘 다 캐롤라인을 의식하지 못했다.
"그래요. 랠프는 우유부단한 사람이에요. 그가 과거에는 어리석은 짓도 하고 심지어 나쁜 짓도 한 것은 사실이지만, 그렇다고 살인까지 저지를 사람은 아니에요."

"아니, 그게 아니야." 내가 외쳤다.

"그런 생각은 절대로 안 했어."

"그렇다면 왜 어젯밤에 드리 보어스 여관에 가셨죠? 집으로 돌아가시는 길에, 큰아버지의 시체가 발견된 뒤에 말이에요."

나는 그 순간 할 말이 없었다. 사실 내가 그곳에 갔다는 것을 아무도 모르기를 바랐다.

"그것을 어떻게 알았지?"

내가 되물었다.

"제가 오늘 아침에 거기에 갔었어요. 하인들에게 랠프가 그곳에서 묵고 있다는 이야기를 들었거든요."

내가 끼어들며 말했다.

"그가 킹스 애버트에 왔다는 것을 몰랐었나?"

"몰랐어요. 저는 깜짝 놀랐어요. 이해할 수가 없더군요. 그래서 찾아가 물어보려고 했죠. 그 사람들이 그러더군요. 박사님도 어젯밤에 들으셨겠지만, 랠프는 어제저녁 9시에 나가서 그다음, 그다음에는 돌아오지 않았다고요."

그녀는 도전적인 태도로 나를 바라보았다. 그러고는 내 표정이 심상치 않다는 것을 느꼈는지 갑자기 말을 꺼냈다.

"그런데 그는 왜 돌아오지 않는 걸까요? 그는 가버렸을지도 몰라요—어디론가. 어쩌면 런던으로 돌아갔는지도 모르죠."

"짐을 다 남겨 두고 말인가?" 내가 부드럽게 물었다.

플로라는 발을 굴렀다.

"저는 걱정하지 않아요. 분명히 별일 아닐 거예요."

"그런데 왜 에르퀼 포와로에게 가려는 거지? 그냥 지금 그대로 놔두는 게 더 낫지 않을까? 경찰은 적어도 랠프를 의심하지는 않을 테니까. 그들은 아주 다른 방향을 잡고 있는 것 같던데."

"그렇지 않아요." 플로라가 소리를 질렀다.

"그들은 랩프를 의심하고 있어요. 오늘 아침에 크란체스타에서 래글런이라는 경위가 왔어요. 그는 아주 불쾌하고 약빠른 조그만 남자예요. 알고 보니 오늘 아침에 그가 저보다 먼저 드리 보어스에 다녀갔더군요. 그가 그곳에서 무엇을 물어보았는지 모두 다 들었어요. 그는 틀림없이 랩프가 범인일 거라고 생각하고 있어요."

"그렇다면 어젯밤 상황이 바뀐 것 같군."

내가 천천히 말했다.

"그 경위는 범인이 파커라고 생각하는 데이비스 경위의 말을 믿지 않는 모양이지?"

누나가 코웃음을 치며 말했다.

"파커라니!"

플로라는 내게로 다가와서 내 팔을 잡았다.

"셰퍼드 박사님, 어서 포와로 씨에게 가요. 그가 진실을 밝혀 줄 거예요."

나는 그녀의 손을 잡으며 상냥하게 말했다.

"애크로이드 양, 진실이 정말 우리가 원하는 것과 일치하리라고 확신하나?"

그녀는 진지하게 머리를 끄덕이며 나를 바라보았다.

"믿지 않으시는군요. 하지만 저는 믿어요. 박사님보다 제가 랩프를 더 잘 알아요."

계속 침묵을 지켜 오던 캐롤라인이 말했다.

"물론 그가 그랬을 리는 없어. 좀 엉뚱한 면이 있긴 하지만, 랩프는 친절한 젊은이야. 예의도 바르고."

나는 살인범들 중에 예의 바른 사람이 얼마나 많은가를 캐롤라인에게 말하고 싶었지만, 플로라가 있기 때문에 꾹 참았다. 플로라의 태도가 너무 확고했기 때문에 나는 그녀에게 질 수밖에 없었다. 캐롤라인이 즐겨 쓰는 '물론'이라는 말이 나오자, 더 이상 그녀의 말이 길어지지 않도록 하기 위해서 우리는 당장 출발했다.

커다란 브레튼풍 모자를 쓴 늙은 부인이 라체스의 문을 열어 주었다. 포와로는 집에 있는 것 같았다. 우리는 질서정연하게 정돈된 조그만 거실로 안내되었고, 잠시 뒤에 어제 만났던 그 남자가 나왔다.

"안녕하십니까, 박사님."

그가 웃으며 말했다.

"안녕하십니까, 마드모아젤."

내가 먼저 말을 꺼냈다.

"저 혹시 어젯밤에 일어난 비극을 들으셨는지요?"

그의 얼굴이 침울해졌다.

"예, 들었습니다. 끔찍한 일이에요. 아가씨에게도 애도의 뜻을 표합니다. 내가 도와줄 일이 있겠소?"

"애크로이드 양은, 당신이, 저……."

"살인범을 밝혀 주세요."

플로라가 분명한 목소리로 말했다.

"아, 예. 하지만 경찰이 수사하고 있지 않습니까?"

그 작은 남자가 말했다.

"그 사람들은 실수할지도 몰라요." 플로라가 말했다.

"그들은 지금 뭔가 방향을 잘못 잡고 있어요. 제 생각으로는, 제발, 포와로 씨, 저희들을 도와주세요. 만일, 만일 돈 문제 때문이라면……."

포와로는 손을 내저었다.

"그게 아니오. 그런 말은 마십시오, 마드모아젤. 물론 내가 돈을 좋아하지 않는 것은 아니죠."

그는 눈을 깜빡거렸다.

"돈은 내게 중요한 것이고, 또 항상 그래 왔소. 그렇지만 내가 이것을 맡게 된다면 한 가지 사실만은 분명히 알아두셔야 합니다. 나는 사건을 끝까지 샅샅이 밝혀낼 겁니다. 명견은 냄새가 나는 곳을 지나치지 않는다는 것을 기억하십시오! 결국 그런 것을 원하는 거라면 지방경찰에게 맡겨 두는 편이 옳을 겁니다."

"저는 진실을 원해요."

플로라는 그를 똑바로 쳐다보며 말했다.

"모든 진실을 말이오?"

"그래요. 모든 진실을."

"그렇다면 받아들이겠소." 그는 조용히 말했다.

"그리고 아가씨가 지금 한 말에 후회하지 않게 되길 바랍니다. 그럼, 모두 이야기해주십시오."

"셰퍼드 박사님이 말씀하시는 게 더 나을 거예요."

플로라가 말했다.

"저보다 더 많이 알고 계시니까요."

이렇게 해서, 나는 틈틈이 적어 두었던 모든 사실까지 구체적으로 세밀하게 이야기해주었다. 포와로는 이것저것 질문을 던지며 주의 깊게 들었지만, 대부분은 조용히 앉아서 천장을 바라보았다. 나는 전날 밤 경위와 내가 펀리 파크를 떠난 것을 끝으로 이야기를 맺었다.

내가 이야기를 끝내자 플로라가 말했다.

"그럼 이제, 랠프에 대해서 모두 말씀해주세요."

나는 주저했지만, 그녀의 간절한 시선에 어쩔 수 없이 입을 열었다.

"어젯밤 집으로 돌아가는 길에 드리 보어스에 갔었다는 말이죠?"

내가 이야기를 마치자 포와로가 물었다.

"목적이 무엇이었습니까?"

나는 신중하게 대답해야 한다는 생각에 잠깐 멈추었다.

"누군가 그 젊은이에게 계부의 죽음을 알려야 한다고 생각했습니다. 펀리를 나오면서 그가 마을에 머무르는 것을 아는 사람은 나와 애크로이드 씨밖에는 아무도 없다는 생각이 났거든요."

포와로는 고개를 끄덕였다.

"흠, 단지 그 이유 때문에 그곳에 갔었단 말이지요?"

"그렇습니다." 나는 조금 무뚝뚝하게 말했다.

"그것은, 말하자면, 그 청년에 대해 당신이 안심해도 되는가를 확인하기 위한 것은 아니었습니까?"

"내가 안심하다니요?"

"박사님, 당신은 지금 내가 무엇을 말하고 있는지 아주 잘 알고 있을 겁니다. 비록 모르는 척한다고 해도 말입니다. 내 말은 페이튼이 저녁 내내 거기에 있었다는 것을 확인하면 당신이 마음을 놓을 수 있었을 거라는 말입니다."

"절대로 그렇지 않습니다."

내가 날카롭게 말했다.

그 작은 탐정은 엄숙하게 고개를 저으며 말했다.

"플로라 양이 나에게 한 말을 믿지 않으시는군요. 아무래도 지금 우리가 직시해야 할 것은 바로, 설명이 필요한 상황에서 페이튼이 사라져 버렸다는 것입니다. 문제가 꽤 심각한 것 같군요. 그렇지만 알고 보면 아주 간단한 사연인지도 모르지요."

플로라가 절실하게 외쳤다.

"그게 바로 제가 말하는 거예요."

포와로는 더 이상 그 문제를 거론하지 않았다. 그보다는 지방 경찰서를 방문하고 싶다고 했다. 그는 플로라는 그만 집으로 돌아가고, 그 사건을 담당하고 있는 경위를 만나러 내가 함께 가주었으면 좋겠다고 말했다.

우리는 곧 그 말에 따랐다. 데이비스 경위는 아주 침울한 표정으로 경찰서 밖에 서 있었다. 바로 플로라가 '약빠른' 사람이라고 말한 크란체스타에서 온 래글런 경위는 한눈에 알아볼 수 있었다.

나는 멜로스와 잘 아는 사이였기 때문에 그에게 포와로를 소개시키고 상황을 설명해주었다. 경찰서장은 적잖이 당황했고, 래글런 경위는 아주 어두운 표정을 지었다. 그러나 데이비스 경위는 자기 상관이 곤란해하는 모습을 보고 오히려 흐뭇해하는 얼굴이었다.

"이 사건은 아주 명백한 겁니다." 래글런 경위가 말했다.

"아마추어들이 간섭할 필요는 없습니다. 어떤 바보라도 어젯밤 사건을 파악할 수 있을 겁니다. 그런데도, 우리는 24시간이나 헛되이 보내 버린 거예요."

그는 악의에 가득 찬 시선으로 불쌍한 데이비스 경위를 노려보았지만, 데이비스는 그것을 완전히 무시해버렸다.

멜로스 대령이 정중하게 말했다.

"애크로이드 씨의 가족들도 물론 어떤 것이 타당한 방법인지 알아야 합니다. 그렇지만 우리는 공식적인 조사를 방해할 수는 없습니다. 포와로 씨의 위대한 명성을 나도 물론 알고 있습니다."

래글런이 말했다.

"경찰은 불행하게도 자기 자신을 선전하고 다닐 수는 없지요."

포와로가 그 분위기를 조금 부드럽게 만들었다.

"사실 나는 이미 은퇴한 사람입니다. 다시는 사건을 맡지 않을 작정이었습니다. 무엇보다도 세상 사람들에게 알려지는 것이 싫어서 말이죠. 그리고 내가 이 불가사의한 사건의 해결에 조금이라도 공헌한다고 해도 내 이름은 결코 언급되지 않기를 바라고 있습니다."

래글런 경위의 얼굴이 다소 밝아졌다.

"선생님은 아주 놀랄 만한 업적을 거두었다고 하더군요."

대령도 부드러운 목소리로 말했다.

"많은 사건을 다루어 보았지요." 포와로는 조용히 말했다.

"그러나 대부분 경찰의 도움 덕택이었습니다. 나는 당신들 영국경찰을 굉장히 존경합니다. 래글런 경위가 이번 사건에서 내가 한몫 담당할 수 있도록 허락해준다면 더 없는 영광이고 기쁨이겠습니다."

래글런 경위의 태도가 점점 친절해졌다.

멜로스 대령이 나를 옆으로 끌어당겨서 중얼거렸다.

"내가 들은 바로는, 저 조그만 노인의 솜씨가 보통이 아니라더군요. 우리는 런던경시청까지 불러들이고 싶지는 않습니다. 래글런 경위는 자신만만해하고 있지만, 사실 나는 그를 전적으로 신뢰하지는 못합니다. 나는, 음, 그보다는 포와로 씨를 더 잘 알고 있지요. 저 노인은 명성 따위에는 관심이 없는 것 같은데, 정말 그런가요? 아무데서나 나선다고 하지는 않겠지요?"

"래글런 경위에게 모든 영광을 돌릴 겁니다."

내가 엄숙하게 말했다.

멜로스 대령이 낮은 목소리로 쾌활하게 말했다.

"그럼, 당신에게 그동안의 진행 상황을 설명해 드리겠습니다, 포와로 씨."

"감사합니다."

포와로가 물었다.

"셰퍼드 박사님이 집사라는 사람을 의심해볼 만한 무슨 말이라도 했습니까?"

"그런 것은 다 쓸데없는 것입니다." 래글런 경위가 재빨리 말했다.

"하인들은 겁에 질려서 아무런 까닭도 없이 의심받을 행동을 하지요."

내가 넌지시 물었다.

"지문은요?"

"파커의 것이 아니었습니다. 선생 것도 레이먼드 씨 것도 아니었습니다."

래글런 경위가 희미한 미소를 지으며 덧붙였다.

포와로가 나지막이 물었다.

"혹시 랠프 페이튼의 지문이 아니었습니까?"

황소의 뿔을 잡는 것처럼 대담한 그의 질문에 나는 내심 감탄하지 않을 수 없었다. 경위도 슬며시 놀라고 있는 것 같았다.

"당신이 잘못 짚고 있는 것 같군요." 멜로스 대령이 온화하게 말했다.

"나는 랠프 페이튼을 어렸을 때부터 잘 알고 있지만, 그는 절대로 살인을 저지를 젊은이는 아닙니다."

경위가 무뚝뚝하게 말했다.

"아닐지도 모르죠."

내가 물었다.

"그에게 혐의를 두고 있는 점이 무엇이오?"

"어젯밤 9시 정각에 나갔고, 9시 30분에 펀리 파크 부근 어딘가에서 그를 보았다는 사람이 있습니다. 그 이후 종적을 감추었어요. 현재로서는 돈 문제 때문일 거라고 생각하고 있습니다. 여기 그 사람의 구두가 한 켤레 있습니다. 고무창을 댄 것이죠. 그는 거의 똑같은 구두를 두 켤레 가지고 있었습니다. 나는 지금 이 구두와 발자국을 비교해볼 생각입니다. 발자국을 없애 버리지 못하도록 경관이 거기에 가 있습니다."

"지금 당장 출발하세." 멜로스 대령이 말했다.

"의사 선생과 포와로 씨도 함께 가시지 않겠습니까?"

우리는 모두 대령의 차에 올라탔다. 경위는 발자국을 빨리 보고 싶다며 문지기집 앞에서 내려 달라고 했다. 차도 중간쯤의 오른쪽으로 애크로이드 서재의 창문과 테라스로 이어지는 오솔길이 하나 나 있었다.

경찰서장이 물었다.

"경위와 함께 가시겠습니까, 포와로 씨? 아니면 서재를 조사해보시겠습니까?"

포와로는 후자를 택했다. 파커가 문을 열어 주었다. 점잖게 인사하는 태도로 봐서는 전날 밤의 공포에서 어느 정도 회복된 것 같았다.

멜로스 대령은 주머니에서 열쇠를 꺼내어 홀로 통하는 문을 연 다음, 우리를 서재로 안내했다.

"시체를 치운 것 외에는, 포와로 씨, 이 방은 어젯밤 그대로입니다."

"시체가 발견된 곳은……, 어디죠?"

나는 가능한 한 정확하게 위치를 설명했다. 안락의자는 여전히 벽난로 앞에 놓여 있었다.

포와로는 걸어가서 그 의자에 앉았다.

"박사님이 말씀하셨던 푸른색 편지는 이 방을 나갈 당시 어디에 있었지요?"

"애크로이드 씨는 오른편에 있는 작은 탁자 위에 얹어 놓았습니다."

포와로가 고개를 끄덕였다.

"그것을 제외하고 나머지는 모두 그대로입니까?"

"예, 그런 것 같습니다."

"멜로스 대령, 대단히 죄송하지만 이 의자에 잠시만 앉아 주겠습니까? 감사합니다. 그럼, 박사님, 단검이 꽂혀 있던 위치를 정확하게 지적해주십시오."

내가 그렇게 하는 동안, 그 작은 남자는 출입구에 서 있었다.

"문에서도 칼자루가 분명하게 보이는군요. 당신과 파커는 즉시 그것을 볼 수 있었겠군요?"

"그렇습니다."

포와로는 그다음에 창문으로 갔다.

"시체를 발견했을 때 전등은 켜져 있었겠지요?"

그는 어깨너머로 물어보았다.

나는 고개를 끄덕이며 그가 창문 쪽으로 가서 발자국을 조사하는 것을 바라보았다.

"고무창이 페이튼 대위의 구두에 있는 것과 같은 모양이군요."

나는 조용히 말했다. 그러고는 다시 방 한가운데로 돌아와 멈춰 섰다.

포와로는 방 안에 있는 물건들을 빠르고 능숙하게 둘러보았다.

"당신은 관찰력이 좋은 편입니까, 셰퍼드 박사?"

나는 조금 놀라며 대답했다.

"그렇다고 생각합니다."

"벽난로에 불이 있었으리라고 생각하는데, 문을 부수고 들어와 애크로이드 씨가 죽어 있는 것을 발견했을 때, 불은 어땠습니까? 약했습니까?"

나는 난처하다는 듯한 미소를 지었다.

"글쎄요, 그건 말할 수 없군요. 그것까지는 못 봤습니다. 아마 레이먼드 씨나 블런트 소령이……."

나와 마주 서 있는 작은 남자는 희미한 미소를 지으며 머리를 흔들었다.

"사람은 항상 조리 있게 일을 해야 하는 건데, 당신에게 그런 질문을 하다니 내가 잠깐 잘못 생각했습니다. 사람은 누구나 자기 나름대로 보는 것이 있지요. 환자의 모습이라면 하나도 빠짐없이 잘 설명해주실 수 있었을 텐데 말입니다. 책상 위의 서류에 대해 알고 싶다면, 레이먼드 씨가 알려 줄 것이고, 불의 상태를 알려면 그 일을 담당하는 사람에게 물어봐야 하는 것인데, 용서하시오."

그는 벽난로 쪽으로 재빨리 가서 종을 울렸다.

이내 파커가 나타나 조금 주저하며 말했다.

"종이 울린 것 같아서요, 선생님."

"들어오시오, 파커." 멜로스 대령이 말했다.

"이분이 당신에게 물어볼 게 있답니다."

파커는 공손하게 포와로 쪽으로 몸을 돌렸다.

작은 남자가 말했다.

"파커, 어젯밤 셰퍼드 박사와 함께 문을 부수고 들어와 애크로이드 씨가 죽어 있는 것을 발견했을 때, 불의 상태는 어땠소?"

파커는 즉시 대답했다.

"아주 희미하게 타고 있었습니다, 선생님. 거의 꺼져 가고 있었지요."

"오!" 포와로는 승리했다는 듯 탄성을 질렀다.

"주위를 한번 둘러보시오, 파커. 이 방은 그 당시와 정확하게 똑같습니까?"

집사의 시선이 한 바퀴 휙 돌더니 창문에서 머물렀다.

"커튼이 드리워져 있었고, 불이 켜져 있었는데요."

포와로는 고개를 끄덕거렸다.

"그 밖에 다른 것은?"

"이 의자가 조금 더 앞으로 나와 있었는데요."

문과 창문 사이에 놓인 큰 안락의자를 가리켰다. 그 의자에 X표시를 해서 서재의 평면도를 그려 놓겠다.

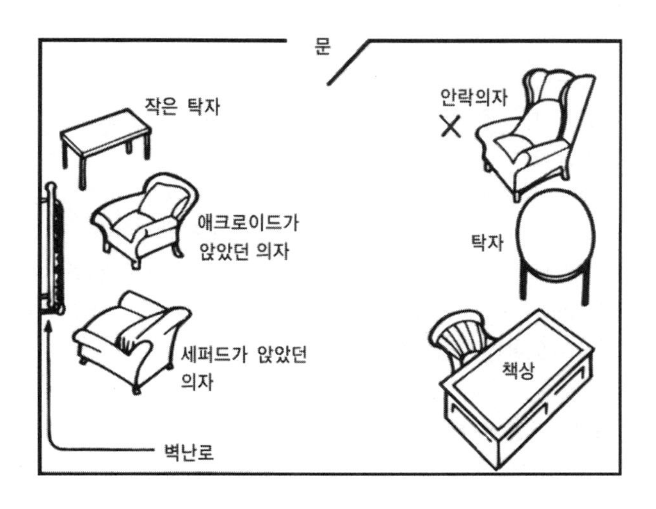

"어떻게 있었습니까?" 포와로가 물었다.
집사는 그 의자를 벽에서 넉넉히 2피트(약 60cm)정도 떨어지도록 끌어낸 다음, 문과 마주보도록 방향을 돌려놓았다.
"참 이상하군!" 포와로가 프랑스어로 중얼거렸다.
"누구도 의자를 그렇게 놓고 앉으려 하지 않을 텐데. 그건 그렇고, 누가 그것을 뒤로 밀어 놓았을까요? 당신이 그랬소, 파커?"
"아닙니다. 저는 나리를 보고는 정신이 하나도 없었습니다."
포와로는 나를 보았다.
"박사가 그랬습니까?"
나는 고개를 흔들었다.
"그 의자는 내가 경찰과 함께 다시 왔을 때 뒤로 가 있었습니다."
파커가 거들었다.
"틀림없습니다."
"이상하군." 포와로가 다시 말했다.
"레이먼드 씨나 블런트 소령이 뒤로 밀어 놓았을 겁니다." 내가 말했다.
"중요한 것은 아니잖습니까?"
포와로가 부드럽게 말했다.
"물론 중요한 일은 아닙니다. 그렇기 때문에 흥미로운 거지요."
"잠깐 실례합니다."
멜로스 대령이 이렇게 말하고는 파커와 함께 방을 나갔다.
"파커가 사실을 말하고 있다고 생각합니까?" 내가 물었다.
"저 의자에 대해서는 그렇게 생각합니다. 그 이상은 잘 모르겠군요. 이런 종류의 사건을 많이 접해 보았다면 선생도 알 겁니다. 사람들은 모두 한 가지 점에서는 서로 닮았다는 것을 말이죠."
"그게 무엇이죠?"
나는 호기심에 가득 차서 물어보았다.
"모두 자기만이 아는 비밀이 있다는 것이죠."
내가 웃으며 물었다.

"나도 그렇습니까?"
포와로는 나를 주의 깊게 바라보았다.
"당신도 뭔가 숨기고 있다고 생각합니다."
"그렇지만……."
"페이튼에 대해서 당신이 아는 모든 것을 내게 말했다고 생각합니까?"
내 얼굴이 붉어지자, 그는 미소를 지으며 말했다.
"오! 걱정하지 마세요. 강요는 않겠습니다. 시간이 흐르면 자연히 알게 될 테니까요."
"당신의 수사 방법을 말씀해주셨으면 합니다."
나는 내가 당황하고 있다는 것을 감추기 위해 얼른 화제를 바꾸었다.
"예를 들어, 그 불은 어떤 의미를 가지고 있는 겁니까?"
"오, 그것은 아주 간단합니다. 당신이 애크로이드 씨와 헤어진 것이 8시 50분이었습니다, 그렇죠?"
"예, 그건 정확합니다."
"그때는 창문은 잠겨 있었고 문이 열려 있었는데, 시체가 발견된 10시 15분에는 문은 잠겨 있었고 창문이 열려 있었습니다. 누가 창문을 열었을까요? 애크로이드 씨밖에 그렇게 할 수 있었던 사람은 없습니다. 그것은 다음 두 가지 이유 중 하나였겠지요. 방 안이 참을 수 없을 정도로 더웠다든가(그러나 불은 거의 꺼져 가는 상태였고, 어젯밤에는 기온이 뚝 떨어졌기 때문에 그것은 거의 성립될 수가 없습니다) 그렇지 않다면 그쪽으로 누군가를 들어오도록 했을지도 모르죠. 만일, 그가 누군가를 들어오도록 했다면 그 사람은 그가 잘 아는 사람임이 분명합니다. 바로 전까지만 해도 그가 창문에 대해 얼마나 신경을 곤두세웠는지 생각해보면 금방 알 수 있는 일이지요."
"아주 간단한 것 같군요."
"사실을 조직적으로만 배열한다면 모든 것은 단순해집니다. 이제 어젯밤 9시 30분에 피살자와 함께 있었던 사람이 누구인가를 생각해보기로 합시다. 모든 상황으로 봐서, 그 사람은 창문으로 들어온 것이 분명합니다. 그 뒤에 플로라 양이 애크로이드 씨가 살아 있는 것을 보았다고는 하지만, 방문객이 누구인지를 모르고서는 이 사건을 풀어 나갈 수가 없습니다. 그가 떠난 뒤 열어 두었던 창문으로 살인범이 들어왔을 수도 있겠고, 그렇지 않으면 똑같은 사람이 다시 되돌아왔을 수도 있겠죠. 오! 대령이 오고 있군요."

멜로스 대령이 활기 있는 태도로 들어와서 말했다.

"드디어 그 전화가 밝혀졌습니다. 그것은 여기에서 건 것이 아니더군요. 어젯밤 10시 15분에 셰퍼드 박사에게 간 전화는 킹스 애버트 역에 있는 공중전화를 통한 것이었습니다. 그리고 10시 23분에 야간 우편열차가 리버풀로 떠났다고 합니다."

래글런 경위의 확신

우리는 서로 바라보았다.

"물론 그 역을 조사해봐야겠지요?" 내가 물었다.

"당연하죠. 하지만 큰 결과를 기대하지는 않습니다. 당신도 그 역이 어떤지 알지 않습니까?"

물론 나는 잘 알고 있었다. 킹스 애버트는 조그만 마을에 지나지 않았지만, 그 역만큼은 대단히 중요한 연락처였다. 대부분의 특급열차가 설 뿐만 아니라, 열차를 측선으로 넣어 재분류하여 차량을 연결시키기도 한다. 그곳에는 두세 개의 공중전화 박스가 있었다. 그 무렵이면, 10시 19분에 들어와서 10시 23분에 떠나는 북부행 특급열차로 바꿔 타기 위해 보통 열차들이 들어올 시간이었다. 무척 혼잡할 때이므로 누가 전화를 건다든가 특급을 타러 가는 것이 발견되기란 정말 쉽지 않은 일이다.

"그런데 도대체 왜 전화를 했을까요?"

멜로스 대령이 물었다.

"정말 이상한 일입니다. 전화를 할 아무런 까닭이 없을 것 같은데."

포와로는 책꽂이 한쪽에 놓인 중국제 장식품을 주의 깊게 정돈하고 있었다.

"분명히 이유가 있을 겁니다."

그는 어깨너머로 말했다.

"도대체 어떤 이유가 있을 수 있다는 말입니까?"

"그것을 알게 된다면 모조리 다 알게 되겠지요. 이 사건은 아주 기이하면서도 흥미가 있군요."

그가 마지막으로 남긴 말에는 표현할 수 없는 묘한 것이 들어 있었다.

나는 그가 자신만의 독특한 시각으로 사건을 보고 있으며, 그리고 내가 알 수 없는 비밀스러운 것을 알고 있다고 느꼈다.

그는 창가로 가서 밖을 내다보며 단도직입적으로 질문을 던졌다.

"대문 밖에서 낯선 사람을 만난 것이 9시였다고 하셨죠, 셰퍼드 박사?"

"예, 그때 교회 종이 울렸거든요."

내가 대답했다.

"그 사람이 집까지 오는데, 다시 말해서 이 창문까지 오는 데는 얼마나 걸렸겠습니까?"

"바깥에서는 5분이 걸렸을 테고, 차도 오른쪽에 있는 작은 길로 왔다면 2~3분밖에 안 걸렸을 겁니다."

"그렇다면 그는 그 길을 알고 있어야 합니다. 그것은 전에 와본 적이 있다는 것이고, 주위 환경도 잘 알고 있었다는 것을 의미합니다."

"맞습니다."

멜로스 대령이 응수했다.

"애크로이드 씨가 이번 주에 낯선 사람을 만났다면, 알아볼 수 있지 않겠습니까?"

"그런 것은 레이먼드가 잘 알고 있을 겁니다."

내가 말했다.

멜로스 대령이 넌지시 말했다.

"파커도 알 겁니다."

포와로가 웃으며 프랑스어로 말했다.

"둘 다 알고 있을지도 모르죠."

멜로스 대령은 레이먼드를 찾으러 가고, 나는 파커를 부르는 종을 울렸다.

대령은 이내 젊은 비서를 데리고 들어와서 포와로에게 소개시켰다. 제프리 레이먼드는 변함없이 생기 있고 쾌활한 모습이었다.

"이름을 감추고 우리 주위에 살고 계실 줄은 미처 몰랐습니다, 포와로 씨."

그는 포와로를 직접 만나게 되었다는 사실에 놀라면서도 기뻐하는 듯했다.

"선생님이 사건을 풀어 가는 과정을 직접 보게 되다니, 이거 대단히 큰 영광인데요. 정말 영광입니다."

출입문 왼쪽에 서 있던 포와로는 갑자기 옆으로 비켜섰다. 내가 등을 돌리고 있는 사이에, 그는 커다란 의자를 파커가 말한 자리로 재빨리 옮겨 놓았던 것이다.

"당신이 혈액검사를 하는 동안 이 의자에 앉아 있을까요?"

레이먼드가 상냥하게 물었다.

"무슨 일입니까?"

"레이먼드 씨, 이 의자는 이렇게 앞으로 나와 있었습니다. 흠, 어젯밤 애크로이드 씨의 시체가 발견되었을 때는 말입니다. 그런데 누군가 뒤로 밀어 놓았어요. 당신이 그랬습니까?"

비서는 조금도 망설이지 않고 대답했다.

"아닙니다. 나는 정말 모르는 일입니다. 나는 의자가 그곳에 있었는지조차도 기억나지 않는걸요. 그렇지만 그렇게 말씀하시니 그랬을지도 모르겠군요. 어쨌든, 다른 사람이 그것을 뒤로 옮겨 놓았나 봅니다. 그 때문에 실마리가 없어졌습니까? 그렇다면 참 안타까운 일이군요!"

"중요한 것은 아닙니다." 포와로가 말했다.

"하나도 중요하지 않아요. 사실 당신에게 묻고 싶은 것은 이거요, 레이먼드 씨. 이번 주에 낯선 사람이 애크로이드 씨를 만나러 온 적이 있었소?"

비서는 이맛살을 찌푸리며 잠시 생각에 잠겼다. 그동안 파커가 나타났다.

"없었습니다." 레이먼드가 말했다.

"내가 알기로는 아무도 없는데, 당신은 알고 있소, 파커?"

"무슨 말씀이신지요, 선생님?"

"이번 주에 낯선 사람이 애크로이드 씨를 만나러 온 적이 있느냐고요?"

집사는 잠깐 생각에 잠겼다.

"수요일에 젊은 남자가 한 명 찾아왔었습니다."

그가 잠시 뒤에 말했다.

"커티스 앤드 트라우트 사에서 온 걸로 아는데요."

레이먼드는 조급하게 얼른 참견하고 나섰다.

"오! 예, 기억이 납니다. 하지만 그 사람은 선생님이 말씀하시는 낯선 사람이 아닙니다. 애크로이드 씨는 딕터폰(속기용 구술 녹음기) 한 대를 구입할 생각이셨거든요. 그것은 짧은 시간에 많은 일을 해낼 수 있도록 도와주죠. 교섭 중이던 회사에서 사람을 보냈습니다만, 물건은 가지고 오지 않았습니다. 애크로이드 씨는 선뜻 결정하지 못하는 상태였거든요."

포와로가 집사에게 물었다.

"그 젊은이에 대해 설명해줄 수 있겠소, 파커?"

"금발에 키가 작았습니다, 선생님. 푸른 사지 양복을 아주 말쑥하게 차려입었으며, 그런 신분에 비해 아주 예의 바른 젊은이였습니다."

포와로가 내게 물었다.

"당신이 대문 밖에서 만났다는 남자는 키가 큰 편이라고 했지요?"

"예, 6피트(183cm) 정도는 되어 보였습니다."

포와로가 딱 잘라 말했다.

"그렇다면 전혀 다른 사람이겠군. 고맙소, 파커."

집사가 레이먼드에게 말했다.

"해몬드 씨가 지금 막 도착하셨습니다. 자기가 혹시 뭐 도와줄 것이 없는지 물어보시더군요. 그리고 잠깐 당신과 이야기를 나누고 싶다고 합니다."

"당장 가보겠습니다."

레이먼드는 이렇게 말하고 서둘러서 나갔다. 포와로는 미심쩍은 눈매로 경찰서장을 바라보았다.

경찰서장이 말했다.

"가족 변호사입니다, 포와로 씨."

"레이먼드 씨는 이리저리 바쁘군요." 포와로가 중얼거렸다.

"유능한 청년 같습니다."

"애크로이드 씨도 그를 아주 뛰어난 비서라고 인정했으니까요."

"그가 여기에 온 지는, 얼마나 되었습니까?"

"이제 겨우 2년 되었습니다."

"그런데도 자기 일을 정확하게 해내는군요. 하여튼 믿을 만한 청년입니다. 그는 여가 시간을 보통 어떻게 보냅니까? 운동을 좋아하나요?"

멜로스 대령이 웃으면서 말했다.

"개인비서들은 그런 것을 즐길 만한 시간적 여유가 많지 않습니다. 레이먼드는 아마 골프를 칠 겁니다. 그리고 여름에는 테니스를 치지요."

"경마장 같은 곳에는 가지 않습니까?"

"경마장이오? 아뇨, 그런 데는 가지 않는 걸로 알고 있습니다."

포와로는 실망했는지 고개만 끄덕이고는 서재를 천천히 둘러보았다.

"이제 이곳에 있는 것은 다 본 것 같습니다."

나도 역시 둘러보면서 중얼거렸다.

"벽들이 말할 수 있다면……."

포와로는 고개를 저었다.

"말이라고 해서 충분한 것은 아닙니다. 벽들이 눈과 귀를 가졌다면 좋겠지요. 그러나 이 무생물들이(그는 책꽂이 위에 손을 얹으며 말했다) 항상 입을 다물고 있다고는 생각하지 마십시오. 때때로 그들은 내게 말을 합니다(의자와 탁자는 말이죠). 그들 나름대로 하고 싶은 말을 가지고 있습니다!"

그는 문쪽으로 고개를 돌렸다.

"어떤 말입니까?" 내가 외쳤다.

"당신에게 무슨 말을 하던가요?"

그는 어깨너머로 바라보며 한쪽 눈썹을 치켜세웠다.

"창문이 열려 있었고, 문이 닫혀 있었으며, 의자가 옮겨져 있었습니다. 이 세 가지에 나는 '왜?'라는 질문을 던졌지만, 아직 답은 못 찾았습니다."

그는 머리를 흔들며 가슴을 활짝 펴고는 우리를 흘끔 쳐다보았다. 자신이 대단한 존재라도 되는 듯이 으스대는 모습이 정말 우스꽝스러웠다. 나는 그가 정말 탐정으로서 어떤 활동을 했는지조차 의심스러워졌다. 그의 위대한 명성이라는 것이 모두 운이 좋아서 얻어진 것이 아니었을까? 멜로스 대령의 찡그린 얼굴을 보니 그도 나와 똑같은 생각을 하는 모양이었다.

그가 퉁명스럽게 물었다.

"더 알고 싶은 것이 있습니까, 포와로 씨?"

"수고스럽겠지만, 멜로스 대령. 단검이 들어 있던 은탁자를 좀 보여 주겠습니까? 그 다음에는 더는 대령께 수고를 끼치지 않겠습니다."

우리가 응접실로 가는 도중에 경관이 대령을 불렀다. 둘이서 잠깐 무엇인가 소곤거리더니, 대령은 미안하다는 말을 하고 경관과 함께 떠났다. 내가 포와로에게 은탁자를 보여 주자, 그는 뚜껑을 한두 번 올렸다가 떨어뜨려 보고는 창문을 열고 테라스로 나갔다. 나도 그를 따라 나갔다.

래글런 경위가 집 모퉁이를 돌아 이쪽으로 오고 있었다. 그의 얼굴은 변함없었지만 어쩐지 만족스러워 보였다.

"여기 계셨군요, 포와로 씨. 그런데 이 사건은 그다지 거창한 사건이 아닌 것 같아서 정말 유감스럽습니다. 그렇게 멋있는 젊은 친구가 잘못을 저지르다니."

포와로는 고개를 숙이며 아주 부드럽게 말했다.

"당신에게 많은 도움이 되지 못해 나로서도 섭섭합니다."

"다음 기회가 또 있지 않겠습니까?"

경위가 달래듯이 말했다.

"비록 이 조용한 구석에서 매일 같이 살인이 일어나지는 않지만요."

포와로는 감탄스럽다는 듯이 바라보며 말했다.

"굉장히 민첩하십니다그려. 어떻게 그것을 알아냈는지 말해줄 수 있겠소?"

경위가 말했다.

"물론이죠. 무엇보다도 방법이죠. 내가 항상 주장하는 겁니다만, 방법이 제일입니다."

포와로가 외쳤다.

"오! 그건 내 신조와 똑같군요. 방법, 순서, 그리고 조그만 회색의 세포들이오."

경위가 그를 바라보며 말했다.

"세포요?"

포와로가 설명했다.

"두뇌 속의 작은 회색 뇌세포 말이오."

"오, 알았습니다. 우리는 누구나 모두 그것을 사용하지요."

"더 많이 사용하고 적게 사용하는 차이겠죠."

포와로가 중얼거리듯이 말했다.

"그리고 질에 있어서도 역시 차이가 있습니다. 그다음으로 범죄 심리학이라는 것이 있습니다. 그것을 연구해야 하지요."

"오! 심리 분석을 연구하셨나 보군요? 나는 그저 평범한 사람이라서……."

포와로가 고개를 약간 숙이며 말했다.

"분명히 당신 부인은 그렇게 생각하지 않을 겁니다."

래글런 경위는 약간 놀라며 머리를 숙였다.

"이해를 못하시는군요."

경위가 이를 드러내며 웃었다.

"맙소사! 말이란 정말 많은 오해를 만드는 거지요. 나는 당신에게 어떻게 그 일을 해결했는지를 말하는 겁니다. 무엇보다 먼저 방법이죠. 플로라 애크로이드 양은 9시 45분에 애크로이드 씨가 살아 있는 모습을 보았습니다. 그것이 첫 번째 사실입니다. 그렇죠?"

"그렇게 말할 수도 있겠지요."

"예, 그렇습니다. 10시 30분에 의사 선생이 애크로이드 씨는 죽은 지 적어도 30분은 되었다고 하셨습니다. 그렇죠, 셰퍼드 박사님?"

"틀림없습니다. 적어도 30분, 아니면 그 이상 되었을 겁니다."

"예, 좋습니다. 그러면 범행이 저질러졌다고 볼 수 있는 시간은 정확하게 15분 정도입니다. 나는 이 집에 있는 사람의 명단을 만들어 9시 45분부터 10시까지 그들이 어디에서 무엇을 했었는지 빠짐없이 조사해보았습니다."

그는 포와로에게 종이 한 장을 건네주었다. 나는 그의 어깨너머로 그것을 보았다. 거기에는 깨끗한 글씨로 다음과 같은 내용이 쓰여 있었다.

블런트 소령— 당구장에서 레이먼드와 함께 있었음(레이먼드가 증명함).
레이먼드— 당구장(위와 동일)
애크로이드 부인— 9시 45분에 당구 게임을 구경함. 9시 55분에 침실로 올라감(레이먼드와 블런트가 그녀가 계단을 오르는 것을 보았음).

애크로이드 양— 큰아버지 방에서 나와 곧장 2층으로 올라감(파커와 하녀 엘시 데일에 의해 증명됨).

〔하인들〕

파커— 식기실로 곧장 감(가정부인 러셀 양이 9시 47분 그에게 무슨 말인가를 하려고 내려왔다가 적어도 10분 정도 어울렸으므로 증명됨).

러셀 양— 위와 같음. 9시 45분 2층에서 하녀 엘시 데일과 이야기했음.

어슐러 번(잔심부름하는 하녀)— 9시 55분까지 자기 방에 있다가 하인 식당으로 갔음.

쿠퍼 부인(요리사)— 하인 식당에 있었음.

글래디스 존스(또 다른 하녀)— 하인 식당에 있었음.

엘시 데일— 2층 침실에 있었음. 러셀 양과 플로라 애크로이드 양에 의해 증명됨.

메리 드리프(식모)— 하인 식당에 있었음.

"요리사는 여기에 온 지 7년 되었고, 잔심부름하는 하녀는 18개월, 그리고 파커는 이제 막 1년이 넘었습니다. 나머지는 새로 들어온 사람인데, 파커에게서 수상한 점이 있는 것을 제외하고는 모두 믿을 만한 사람들인 것 같습니다."

"아주 완벽한 명단이로군요."

포와로가 그것을 돌려주며 진지하게 말했다.

"파커가 저지르지 않았다는 것은 분명합니다."

내가 불쑥 끼어들었다.

"우리 누님도 그러더군요. 그리고 그녀의 말은 대개 맞습니다."

내 말에 주의를 기울이는 사람은 아무도 없었다.

경위가 말했다.

"이것으로 집안사람들은 충분히 조사해본 셈입니다. 자, 여기에 아주 중대한 사실이 있습니다. 문지기집에 있는 메리 블랙이란 여인이 어젯밤에 커튼을 치다가 랠프 페이튼이 대문을 돌아 집 쪽으로 가는 것을 보았다고 합니다."

"틀림없습니까?" 내가 날카롭게 물었다.

"아주 분명히, 그리고 똑똑히 확인했답니다. 랠프 페이튼이 재빠르게 그곳을 지나 테라스로 가는 지름길인 오른쪽 길로 꺾어 들어갔다는군요."

냉정한 얼굴로 침묵을 지키던 포와로가 물었다.

"그때가 몇 시였습니까?"

경위가 진지하게 말했다.

"정확히 9시 25분이었답니다."

침묵이 흐른 뒤, 경위가 다시 입을 열었다.

"그것은 아주 명백합니다. 흠잡을 데 없이 딱 들어맞는 겁니다. 9시 25분에 페이튼 대위가 문지기집을 지나는 것이 발견되었고 9시 30분쯤 제프리 레이먼드 씨는 누군가 돈을 요구하는데 애크로이드 씨가 거절하는 소리를 들었다고 하지 않았습니까? 그러고는 무슨 일이 일어났겠습니까? 화가 잔뜩 난 페이튼 대위는 창문을 통해 밖으로 나가 테라스를 따라 걷다가 열려 있는 응접실 창문으로 들어온 겁니다. 자, 그때가 9시 50분입니다. 플로라 애크로이드 양은 큰아버지에게 밤 인사를 하고 있었고, 블런트 소령과 레이먼드 씨, 그리고 애크로이드 부인은 당구장에 있었습니다. 응접실은 비어 있었죠. 그는 몰래 들어와 은탁자에서 단검을 꺼내어 서재 창문으로 되돌아갑니다. 그는 조용히 신발을 벗고 창문을 넘어 들어와서는……, 그다음은 설명할 필요가 없지 않겠습니까? 그러고 나서 그는 달아난 겁니다. 여관으로 돌아갈 용기가 나겠습니까? 그러니 역으로 가서 전화를 한 것이죠."

포와로가 부드럽게 말했다.

"왜 전화를 했을까요?"

갑작스럽게 끼어든 목소리에 나는 깜짝 놀랐다. 그 작은 남자는 초록색 눈을 이상하게 반짝이며 경위의 대답을 기다리고 있었다.

그 질문에 래글런 경위는 잠깐 멈칫했다.

"왜 그랬는지 정확하게 말씀드리기가 어렵군요."

그가 마침내 말했다.

"경찰에 계셔 봐서 잘 아시겠지만, 살인자들은 엉뚱한 짓을 잘하죠. 아주 영악한 살인자들도 가끔 어리석은 실수를 저지릅니다. 아무튼 발자국을 보여드리겠습니다."

우리는 테라스의 모퉁이를 돌아 서재 창문으로 그를 따라갔다. 래글런 경위가 말하자, 한 경관이 여관에서 발견되었다는 구두를 꺼냈다. 경위는 그것을 발자국 위에 올려놓았다.

"똑같죠?" 그는 자신만만하게 말했다.

"하지만 발자국은 이 신발 자국이 아닙니다. 이 발자국에 맞는 신발은 그가 신고 가버렸으니까요. 이 신발은 그것과 똑같은 건데, 좀 낡았죠. 보세요, 창이 좀 닳지 않았습니까?"

포와로가 물었다.

"고무창을 댄 구두를 신는 사람은 무척 많지 않습니까?"

"물론 그렇습니다. 다른 것들만 아니라면 발자국을 이렇게 강조하지도 않을 겁니다. 오! 그리고 어젯밤은 아시다시피 비도 안 오고 날씨도 좋았습니다. 그가 테라스나 자갈길에 발자국을 남기지 않아도 되었을 텐데, 불행히도 차도와 연결된 오솔길의 끝 부분에서 근래 샘물이 솟아오르고 있었지 뭡니까, 여기를 보십시오."

몇 피트 떨어진 곳에 테라스로 연결된 좁은 자갈길이 있었다. 그 길의 끝에서 몇 야드 떨어진 한 곳이 물에 젖어 질척거렸다. 길 건너 저편에도 발자국들이 있었는데, 거기에도 고무창을 댄 구두 자국이 보였다.

포와로가 그 좁은 길을 따라 걷자, 경위가 옆으로 다가갔다.

"여자들의 발자국도 있었습니까?"

포와로가 느닷없이 물었다.

경위가 웃었다.

"물론이죠. 그러나 이 길을 걸어 다니는 여자들이 어디 한둘이겠습니까. 남자들도 마찬가지지요. 보시다시피 이 길은 집으로 들어갈 때 흔히 지나가는 지름길입니다. 발자국들을 모두 구별해 내는 것은 불가능한 일이죠. 어차피 중요한 것은 창틀에 찍힌 발자국이 아니겠습니까?"

포와로는 고개를 끄덕였다.

"더 이상 가볼 필요가 없습니다." 차도가 보이자 경위가 말했다.

"여기부터는 자갈이 깔려 있어서 걷기가 힘듭니다."

포와로는 고개를 끄덕거리면서 조그마한 정자를 뚫어지게 바라보았다. 그것은 우리 앞쪽 오솔길 왼편으로 조금 떨어진 곳에 있었는데, 그곳까지는 자갈길이 이어져 있었다.

포와로는 경위가 집으로 돌아갈 때까지 그 근처를 서성거렸다. 그때 그는 나를 바라보았다.

"당신은 정말 내 친구 헤이스팅스를 대신하기 위해 친절하신 하나님이 보내주신 사람 같습니다."

그는 눈을 반짝이며 말했다.

"당신은 내 옆에서 떠나지 않는군요. 어떻소, 셰퍼드 박사님, 우리 저 정자를 조사해보지 않겠습니까? 재미있을 것 같은데요."

그는 올라가서 문을 열었다. 그 안은 어두컴컴했다. 거기에는 한두 개의 통나무 의자와 크리켓 나무 공과 방망이 한 세트, 그리고 휴대용 의자가 몇 개 있었다.

나는 내 새 친구를 보고 깜짝 놀랐다. 놀랍게도 그는 엎드려 바닥을 바싹 기어다니고 있었다. 때때로 만족스럽지 못하다는 듯 고개를 갸우뚱하면서.

이윽고 그는 발꿈치를 세우고 앉았다.

"아무것도 없군." 그가 중얼거렸다.

"그러기로 되어 있는 것은 아니지만. 하지만 상당히 중요한 것인데……."

그는 얼굴을 굳히면서 말을 멈추었다. 그러고는 어떤 통나무 의자로 손을 뻗어 무언가를 집었다.

"뭡니까?" 내가 외쳤다.

"무엇을 발견했습니까?"

그는 웃으며 손바닥을 내밀었다. 그 위에는 빳빳하고 하얀 삼베 조각이 놓여 있었다. 나는 그것을 집어들어서 신기한 듯 살펴보고는 돌려주었다.

그는 날카롭게 쳐다보며 물었다.

"그게 무엇 같습니까?"

나는 어깨를 으쓱하며 말했다.

"손수건에서 찢어진 조각 아닐까요."

포와로는 또 한 번 손을 내밀어 작은 깃털 하나를 집어들었다.

거위 깃털이었다.

"그리고 이것은……?"

그는 의기양양하게 외쳤다.

"이건 무엇인 것 같습니까?"

나는 단지 쳐다보기만 했다.

그는 깃털을 호주머니 속에 집어넣고, 하얀 천 조각을 다시 바라보았다.

"손수건 조각이라고 했죠?"

그는 잠시 생각에 잠겼다.

"아마 당신 말이 옳을 거요. 그렇지만 이것을 기억해두시오. 세탁이 훌륭하다면 손수건에 풀을 먹이지 않는다는 것을."

그는 승리를 거두었다는 듯이 나를 보고 고개를 끄덕이고는 천 조각을 수첩 속에 잘 끼워 넣었다.

제9장 금붕어 연못

우리는 함께 집 안으로 들어갔다. 경위는 집 안에 없었다.

포와로는 테라스에 멈춰 서서, 집 쪽으로 등을 돌리고 이쪽저쪽을 자세히 살펴보면서 감탄한 듯이 프랑스어로 말했다.

"아름다운 저택이군요. 누가 상속받게 됩니까?"

그 말은 나에게 무척 충격을 주었다. 이상하게도 그때까지 나는 한 번도 상속에 관한 문제는 생각해보지 않았던 것이다.

포와로는 나를 날카롭게 바라보았다.

"뜻밖의 질문인가 보군요. 지금까지 전혀 생각해보지 않았소?"

나는 솔직하게 대답했다.

"전혀, 생각해봐야 하는 건데 그랬습니다."

그가 다시 호기심에 가득 찬 눈길로 나를 바라보았다.

"무슨 뜻으로 한 말입니까?"

그는 생각에 잠기면서 말했다.

"오! 아닙니……."

내가 막 말을 꺼내려고 하자 그가 막았다.

"소용없습니다. 어차피 당신은 나에게 진실을 말하지 않을 테니까요."

"누구든지 숨기는 것은 다 가지고 있는 법이니까요."

내가 웃으면서 그의 말을 인용했다.

"그건 틀림없는 사실입니다."

"아직도 그것을 믿습니까?"

"믿다마다요. 그렇지만 나 에르큘 포와로에게 무엇인가를 숨기기는 쉽지 않을 거요. 그런 것을 끄집어내는 데는 귀신같으니까요."

그는 네덜란드식 정원의 계단을 내려가며 어깨너머로 말했다.

"잠깐 걸읍시다. 오늘은 공기가 무척 상쾌하군요."

그는 왼쪽의 주목나무 울타리가 쳐진 곳으로 가는 오솔길로 나를 이끌었다. 길을 가운데 두고 양옆으로 꽃밭이 이어져 있었고, 그 끝에는 둥글게 포장된 휴식처가 있었는데 그곳에는 금붕어 연못과 의자들이 놓여 있었다.

포와로는 그 끝으로 가는 길을 벗어나서 숲이 우거진 꼬불꼬불한 비탈길로 접어들었다. 거기에는 나무들을 깨끗이 베어내고 앉을 자리를 만들어 둔 곳이 있었다. 그곳에서는 그 지방을 훤히 내려다볼 수 있을뿐더러 포장된 휴식처와 금붕어 연못도 똑똑히 볼 수 있었다.

"영국은 정말 아름답습니다."

포와로가 경치를 감상하며 말했다. 그러고는 미소를 지었다.

"영국 아가씨들도 그렇고요."

그는 낮은 목소리로 말했다.

"쉿, 우리 앞의 저 아름다운 광경을 좀 보십시다."

나는 그때서야 플로라를 보았다. 그녀는 우리가 막 지나온 오솔길을 걸으며 콧노래를 부르고 있었다. 걷고 있다기보다는 춤을 추고 있다고 하는 편이 옳을 것이다. 검은 옷을 입고 있기는 했지만, 그녀의 몸에서는 기쁨의 물결이 흘러넘치고 있었다.

그녀가 갑자기 발끝으로 빙그르르 돌자 검은 옷도 따라 돌았다. 그리고 그녀는 동시에 머리를 뒤로 젖히고 요란하게 웃어댔다.

그때, 한 남자가 숲에서 나왔다. 헥터 블런트였다.

그녀는 움찔하면서 표정이 바뀌었다.

"어머, 깜짝이야, 거기에 계신지 몰랐어요."

블런트는 아무 말도 없이 그저 그녀를 바라보며 서 있었다.

"제가 소령님을 좋아하는 것은……."

플로라는 투정 섞인 말투로 말했다.

"소령님의 유쾌한 말솜씨 때문이에요."

그 말에 블런트의 햇볕에 그을린 얼굴이 붉어지는 것 같았다. 말하는 목소리도 다르게 들렸다. 이상하게도 겸손했다.

"나는 결코 말재주가 있는 사람은 아니야. 젊었을 때도 말이야."

플로라는 진지하게 말했다.

"그건 아주 오래전 일이에요."

그녀의 목소리에는 웃음기가 살짝 담겨 있었으나, 블런트는 그렇지 않았다.

"그래, 그랬었지."

그가 짧게 대답했다.

"므두셀라(노아의 홍수 이전의 족장으로서 965살까지 살았음)가 되면 어떨까요?"

그녀는 더 커다랗게 웃었지만, 블런트는 계속 자기 생각에 빠져 있었다.

"자기 영혼을 악마에게 팔아 버린 녀석을 기억하나? 다시 젊어진다는 대가로 말이야. 그런 내용의 오페라가 있었지."

"파우스트 말씀이세요?"

"거지 같은 녀석이지. 기분 나쁜 이야기야. 그렇게 할 수만 있다면, 우리들 중 몇몇은 틀림없이 그렇게 했을 텐데."

플로라는 당황하면서도 재미있다는 듯이 말했다.

"누가 들으면, 소령님이 어디 잘못된 사람이라고 생각하겠어요."

블런트는 잠깐 동안 아무 말도 하지 않았다. 그러고는 플로라에게서 눈을 떼어 근처의 나무줄기를 바라보다가, 문득 아프리카로 돌아가야 할 때라는 것을 깨달은 모양이었다.

"또 탐험을 하실 건가요, 사냥 말이에요?"

"물론이지. 늘 그랬던 것처럼 사냥을 하러 가야지."

"홀에 있는 짐승 머리도 소령님이 사냥하신 거겠죠?"

블런트는 고개를 끄덕였다. 그러고는 얼굴을 붉히면서 무뚝뚝하게 말했다.

"가죽 종류를 좋아하는지 모르겠는데? 만일 그렇다면 플로라를 위해서 한 마리 잡아 오지."

"어머! 꼭 그렇게 해주세요. 정말 그렇게 해주시는 거지요? 잊지 마세요."

"잊을 리가 있나."

헥터 블런트가 말했다. 그는 갑자기 수다스럽게 덧붙였다.

"이제 그만 떠나야겠다. 나는 이런 생활이 즐겁지가 않아. 도대체 나처럼 예의범절이 없고 거칠거칠한 사람은 사회에서 아무런 쓸모가 없단 말이야. 꼭 말해야 하는 것들도 결코 기억하는 법이 없지. 자, 그만 가봐야겠다."

"그렇지만 지금 떠나시면 안 돼요."

플로라가 외쳤다.

"안 돼요, 이렇게 어수선한데. 오! 지금 가버리신다면……."

플로라는 약간 뾰로통해져서 말했다.

"내가 있었으면 좋겠어?"

블런트가 짤막하지만 의미 있는 목소리로 물었다.

"우리 모두요."

블런트는 솔직하게 말했다.

"나는 너를 두고 하는 말이다."

플로라가 천천히 몸을 돌려서 그의 눈을 바라보며 말했다.

"저는 소령님이 머물러 계시기를 바라요. 만일……, 그것이 별로 중요한 일이 아니라면요."

"그것은 아주 중요한 일이다."

잠깐 침묵이 흘렀다. 그들은 금붕어 연못 옆에 있는 돌 위에 앉았다. 그들 두 사람 모두 무슨 말을 해야 할지 모르는 것 같았다.

"오, 아주 아름다운 아침이에요."

마침내 플로라가 먼저 말을 꺼냈다.

"저는 너무너무 행복해요. 어처구니없는 일이지요. 이런 비극적인 상황에서 말이에요. 저는 정말 끔찍한 사람이죠?"

"그건 아주 당연한 일이야. 너는 겨우 2년 전에야 큰아버지를 처음으로 만났어. 그렇지? 그렇게 많이 슬퍼해야 되는 것은 아니야. 지나치게 슬픈 척하지 않는 것이 차라리 낫지."

"소령님은 사람을 굉장히 편안하게 해주는 비결을 가지고 계시는군요."

플로라가 말했다.

"만사를 어쩌면 그렇게 간단하게 생각하세요?"

사냥꾼이 말했다.

"대개 일이란 간단한 법이란다."

"항상 그렇지는 않아요."

그녀의 목소리가 낮아지자, 아프리카의 어느 해안을 떠돌고 있었던 블런트의 시선이 플로라에게 옮겨졌다. 그는 그녀의 말투가 바뀐 이유에 대해 자기 나름대로 해석을 내리고 있는 것이 분명했다.

잠시 뒤, 그는 다소 태도를 바꾸어서 이렇게 말했다.

"그 청년에 대해 그리 걱정할 필요는 없다. 경위는 엉터리야. 누구든지 다 알 거다. 그가 범인이라면 앞뒤가 전혀 맞지 않아. 외부에서 들어온 사람의 소행일 거야. 아마 강도의 소행이겠지. 틀림없이 강도일 게다."

플로라는 고개를 홱 돌려 그를 바라보았다.

"정말 그렇게 생각하세요?"

"너는 그렇게 생각하지 않니?"

블런트가 재빨리 그녀의 말을 받았다.

"저는, 오, 물론 그렇게 생각해요."

다시 침묵이 흐르다가 플로라가 불쑥 말을 시작했다.

"제가 오늘 아침에 왜 이렇게 행복해하는지 말씀드릴게요. 저를 무심한 여자라고 생각하실지도 모르지만 말씀드리는 것이 좋겠어요. 변호사가 왔기 때문이에요, 해몬드 씨 말이에요. 유언에 대해 이야기하더군요. 로저 큰아버지가 제게 2만 파운드를 남기셨대요. 생각해보세요. 제게 2만 파운드라니, 정말 놀라운 일 아니에요?"

블런트는 놀란 것처럼 보였다.

"그것이 그렇게도 큰 의미를 가지는 건가?"

"저에게 큰 의미가 있느냐고요? 어머, 그것은 아주 소중한 거예요. 자유스럽잖아요. 인생이 더 이상 구질구질하게 계획을 짜거나 푼푼이 돈을 모을 필요도 없고, 거짓말하지 않아도 되고요."

블런트가 날카롭게 끼어들며 말했다.

"거짓말?"

플로라는 잠깐 당황한 것 같았다.

"소령님도 무슨 뜻인지 아실 거예요."

그녀는 모호하게 말끝을 흐렸다.

"부유한 친척들이 던져 주는 불쾌한 물건들에 대해 감사한 척하지 않아도 된다는 거죠. 작년에 입던 외투며 치마, 모자 따위들 말이에요."

"여자들의 옷에 대해서는 잘 모르지만, 너야 항상 잘 차려입고 다니지 않았니?"

"그렇지만 저에게는 큰 부담이었어요."

플로라가 나지막한 목소리로 말했다.

"지겨운 이야기는 그만하기로 해요. 자유롭게 되어서 저는 너무 행복하답니다. 하고 싶은 것을 마음대로 할 수도 있을 테고, 억지로 하기 싫은 일을……."

그녀는 갑자기 말을 멈추었다.

블런트가 얼른 물었다.

"무엇이 하기 싫다는 거지?"

"금방 잊었어요. 중요한 것은 아니었어요."

블런트는 나뭇가지를 잡고 그것을 연못 속에 깊숙하게 밀어 넣어 무엇인가를 찔렀다.

"뭐 하시는 거예요, 블런트 소령님?"

"저 아래 무엇인가 반짝거리는 것이 있는데 뭔지 모르겠군. 금 브로치 같은데 휘저었더니 없어졌어."

"아마 왕관일 거예요. 멜리산드가 물에서 본 것처럼 말이에요."

"멜리산드……." 블런트는 생각에 잠겨 말했다.

"오페라에 나오는 여자 말이지?"

"예, 오페라에 대해 많이 알고 계시나 봐요?"

"사람들이 가끔 데려가거든." 블런트 소령이 쓸쓸하게 말했다.

"사람들이 즐기는 방법에도 별별 희한한 게 다 있단다. 원주민들이 큰북을 치며 법석을 떠는 것보다 덜 할 게 전혀 없어."

플로라가 웃었다.

"멜리산드는……." 블런트가 계속 말했다.

"자기 아버지뻘이 되는 늙은이와 결혼했지."

그는 조그만 부싯돌 조각을 금붕어 연못에 던졌다. 그러더니 태도를 바꾸어 플로라에게 말을 건넸다.

"애크로이드 양, 내가 뭐 도와줄 수 있는 일이 있을까? 페이튼에 대해서는 네가 얼마나 끔찍이 걱정하고 있는지 나는 알고 있어."

"고맙습니다." 플로라가 냉정하게 말했다.

"하지만 정말로 도와주실 일은 없어요. 랠프도 괜찮을 거예요. 가장 훌륭한 탐정에게 이 사건을 부탁했으니까 그분이 모든 것을 밝혀내 주실 거예요."

그동안 나는 우리의 위치가 몹시 불안했다. 아래쪽 정원에 있는 그들이 고개만 들면 충분히 우리를 볼 수 있었기 때문에, 사실 엿듣고 있다고 할 수는 없었다. 하지만 만일 내 친구가 내 팔꿈치를 쿡쿡 찌르지만 않았어도, 나는 우리가 있다는 것을 어떤 식으로든 그들에게 알렸을 것이다. 그런데, 내 친구는 내가 가만히 있어 주기를 원했다.

갑자기 포와로가 헛기침을 하며 재빠르게 일어섰다.

"실례합니다. 내가 있는 것도 모르고 아가씨가 지나치게 내 칭찬을 하는 것을 듣고만 있을 수가 없어서요. 대개 이런 경우에는 험담이나 듣게 마련이지만, 이번 경우는 그렇지가 않군요. 얼굴이 뜨거워서 더 이상 가만히 앉아 있을 수가 있어야지요. 정말 미안합니다."

우리는 급히 오솔길을 내려가 연못가로 갔다.

"이분이 에르퀼 포와로 씨예요." 플로라가 말했다.

"들어 보신 적이 있지요?"

포와로가 고개를 숙여 인사했다.

"블런트 소령의 이야기는 많이 들었습니다."

그는 정중하게 말했다.

"만나게 되어 반갑습니다. 소령이 알고 있는 사실을 좀 듣고 싶습니다."

블런트는 의심스러운 눈초리로 그를 바라보았다.

"애크로이드 씨가 살아 있는 것을 마지막으로 본 것이 언제였습니까?"
"저녁식사 때입니다."
"그 이후로는 보지도, 그의 목소리도 듣지 못했습니까?"
"못 봤습니다. 목소리는 들었지만……."
"어떻게 들었습니까?"
"테라스를 거닐고 있었는데."
"죄송합니다만, 몇 시쯤이었습니까?"
"9시 30분경이었습니다. 담배를 피우며 응접실 창문 앞을 서성거리고 있는데, 서재에서 애크로이드의 소리가 들리더군요."
포와로는 소령의 말을 막으며 조그마한 잡초 하나를 뽑았다. 그러고는 중얼거리듯 말했다.
"그쪽 테라스에서는 서재에서 나는 말소리를 분명하게 들을 수는 없었을 텐데요."
그는 블런트를 보고 있지 않았지만, 나는 놀랍게도 소령의 얼굴이 붉어지는 것을 보았다. 그는 내키지 않는 듯이 설명했다.
"그 구석까지 갔었습니다."
"아! 그래서요?"
포와로는 온화한 태도로 좀더 듣고 싶다는 듯이 말했다.
"언뜻, 어떤 여자가 숲속으로 들어가는 것 같았습니다. 주위가 어슴푸레했기 때문에 잘못 봤을지도 모르지만. 애크로이드가 비서에게 이야기하는 것을 들은 게 테라스의 모퉁이에 서 있을 때였습니다."
"제프리 레이먼드에게 이야기하고 있었다고요?"
"예, 그때는 그렇게 생각했는데, 내가 잘못 알았을 수도 있겠지요."
"애크로이드 씨가 비서의 이름을 말한 적이 있습니까?"
"오, 그러지는 않았습니다."
"그러면 왜 그렇게 생각했는지 궁금하군요."
블런트는 조금 난처해하며 설명했다.
"내가 나오기 바로 전에, 레이먼드가 애크로이드에게 서류를 가져간다고 말했기 때문에 나는 당연히 레이먼드일 거라고 생각했습니다."

"무슨 말을 나누고 있었는지 기억할 수 있습니까?"

"기억이 나지를 않는군요. 아주 평범하고 사소한 이야기였는데, 그것도 드문드문 들었으니까요. 사실 나는 그때 다른 생각을 하고 있었습니다."

"그것은 별로 중요한 것이 아니지." 포와로는 혼자 중얼거렸다.

"혹시, 시체가 발견된 다음 서재에 들어가서 소파를 벽 쪽으로 옮겨 놓지 않았습니까?"

"소파를요? 아니오, 그런 일은 하지 않았습니다."

포와로는 어깨를 으쓱할 뿐 대답은 하지 않았다. 그는 플로라에게 말했다.

"물어보고 싶은 것이 한 가지 있습니다, 마드모아젤. 셰퍼드 박사와 함께 은탁자 속에 있는 물건을 구경할 때 단검이 그곳에 있었습니까, 없었습니까?"

플로라는 입을 굳게 다물고 있었다.

"래글런 경위님도 제게 그것을 물어보더군요."

이윽고 그녀가 내뱉듯이 말했다.

"그분에게도 말해줬으니 당신에게도 대답해 드려야겠지요. 단검은 분명히 거기에 없었어요. 래글런 경위님은 그것이 거기에 있었는데, 랠프가 나중에 저녁때 몰래 빼냈다고 생각하고 있어요. 그분은 제 말을 믿지 않아요. 제가 랠프를 보호하기 위해서 거짓말을 한다고 생각하는 모양이에요."

내가 깊은 관심을 나타내며 물었다.

"그러면 너는 그렇지 않았다는 말이구나?"

플로라는 발을 굴렀다.

"어머, 셰퍼드 박사님까지도! 오, 정말 너무하세요!"

포와로가 재빨리 화제를 돌렸다.

"당신 말이 사실이군요, 블런트 소령. 연못 속에서 무언가 반짝거리고 있어요. 어디 한 번 건질 수 있나 봅시다."

그는 연못 옆에 무릎을 꿇고 팔꿈치까지 소매를 걷어 올린 다음 연못 바닥에 닿지 않도록 천천히 물속에 집어넣었다. 그러나 잔뜩 조심을 했는데도 불구하고 진흙이 소용돌이쳐서 다시 빈손을 빼낼 수밖에 없었다.

그는 팔에 묻은 진흙을 한심하다는 듯이 바라보았다. 내가 손수건을 주자 고맙다는 말을 하며 받았다.

블런트가 시계를 보며 말했다.

"점심때가 다 되었군요. 그만 집으로 돌아갑시다."

"우리와 함께 점심을 드시겠어요, 포와로 씨?"

플로라가 물었다.

"엄마를 좀 만나주셨으면 해요. 엄마는, 램프를 아주 좋아하시거든요."

작은 남자는 고개를 숙였다.

"기꺼이 그렇게 하지요, 마드모아젤."

"박사님도 함께 가시지 않겠어요?"

"오, 그러지!"

나도 그렇게 하고 싶었기 때문에, 더 이상 주저하지 않고 받아들였다. 우리는 집 쪽으로 향했다. 플로라와 블런트가 앞장섰다.

"머리카락이 참 아름답군요."

포와로는 플로라 쪽으로 고개를 끄덕이며 낮은 목소리로 말했다.

"기가 막힌 금발입니다! 아름다운 한 쌍이 될 겁니다. 검은 머리의 잘생긴 페이튼 대위와 말이오. 그렇지 않소?"

나는 미심쩍은 듯 그를 바라보았지만, 그는 외투 소매에서 물방울이 떨어진다고 야단법석을 떨기 시작했다. 그는 어딘지 모르게 고양이 같은 인상을 풍겼다. 초록색 눈도 그렇고, 옷 같은데 지나치게 신경 쓰는 것도 그렇다.

"아무것도 못 찾고 공연히 옷만 버렸군요."

나는 안됐다는 듯이 말했다.

"연못 속에 있는 것이 무엇이었을까요?"

"보고 싶습니까?"

나는 멍하니 그를 바라보았다. 그는 고개를 끄덕였다.

"친애하는 친구여."

그는 부드럽게 나무라듯이 말했다.

"에르큘 포와로는 목적물을 손에 넣겠다는 확신 없이 옷을 버리는 모험을 감행하지 않습니다. 그것은 아주 어리석고 불합리한 일이지요. 나는 바보 같은 짓은 결코 하지 않습니다."

"그렇지만 아까는 빈손이었잖습니까?"

"경우에 따라서는 적당히 넘어갈 줄도 알아야죠. 당신 환자들은 당신에게 모든 것을, 하나도 빠짐없이 이야기하던가요? 나는 그렇다고 생각하지 않습니다. 당신의 훌륭한 누님도 당신에게 무엇이든지 다 이야기하지는 않을 겁니다. 그렇지 않습니까? 내가 빈손을 내밀기 전에 그것은 벌써 다른 손에 들어가 있었습니다. 이제 그것이 무엇인지 보여 드리죠."

그는 왼손을 꺼내어 손바닥을 펼쳤다. 그 위에 작은 금반지 하나가 놓여 있었다. 여자용 결혼 반지였다. 나는 그것을 집어들었다.

포와로가 말했다.

"안쪽을 보시오."

나는 안쪽을 보았다.

예쁘장한 글씨로 '3월 13일 R로부터'라고 새겨져 있었다.

나는 포와로를 바라보았다. 하지만, 그는 조그만 주머니용 거울로 자기 모습을 살피느라 여념이 없었다. 그는 콧수염에 정신이 팔려서 나 같은 것은 안중에도 없었다. 그는 질문을 피하고 싶어 하는 것 같았다.

제10장

심부름하는 하녀

홀에는 애크로이드 부인이 있었다. 그리고 공격적인 턱과 날카로운 회색 눈을 가진 작고 깡마른 남자가 함께 있었는데, 그의 몸에는 온통 '변호사'라는 말이 써 있는 듯했다.

"해몬드 씨는 우리와 함께 점심을 들기로 했어요."

애크로이드 부인이 말했다.

"블런트 소령이에요. 알고 있지요, 해몬드 씨? 그리고 이쪽은 셰퍼드 박사님, 불쌍한 로저의 친한 친구 분이시죠. 그런데, 이분은 누구시더라……?"

그녀는 약간 당황한 눈빛으로 에르퀼 포와로를 조심스럽게 살피며 말을 멈췄다.

플로라가 말했다.

"포와로 씨예요, 엄마. 오늘 아침에 말씀드렸잖아요."

"오! 그렇지. 그래, 알고 있다. 랠프를 찾기 위해 와주신 분이라고 했지. 그렇지?"

애크로이드 부인은 그저 건성으로 말했다.

"랠프가 아니라 큰 아버지를 살해한 사람을 찾아내기 위해서 오신 거예요."

"오! 그래?"

그녀의 어머니가 외쳤다.

"미안하다! 내가 너무 정신이 없어서……. 오늘 아침에 충격을 받고 나서는 내 정신이 아니란다. 너무 끔찍한 사건이야. 내가 보기에는 우연한 사고 같은데. 로저는 평소에 이상한 골동품들을 만지작거리는 것을 좋아했었잖니? 그의 손이 미끄러워 빠져나갔던 것이 틀림없어."

모두들 조용하게 그녀의 이야기를 듣고 있었다. 나는 포와로가 변호사에게 낮은 목소리로 은밀하게 이야기하는 것을 보았다. 그들은 창가로 다가갔다.
나도 그들 쪽으로 다가가서는 잠시 머뭇거리다가 말했다.
"방해가 되는 게 아닌지 모르겠습니다."
포와로가 진지하게 말했다.
"천만에요. 당신과 나는 똑같이 이 사건을 조사하는 겁니다. 당신이 없다면 나는 무척 당황했을 거요. 나는 해몬드 씨에게서 이야기를 좀 듣고 싶어서요."
변호사가 신중하게 말했다.
"나는 당신이 랠프 페이튼 대위를 위해서 이 일을 맡은 것으로 알고 있습니다."
포와로는 머리를 흔들었다.
"그렇지는 않소. 나는 공정하게 수사를 하고 있습니다. 애크로이드 양이 나에게 큰아버지의 죽음에 대해 조사해 달라고 부탁했습니다."
해몬드 씨는 약간 놀란 것 같았다.
"나는 페이튼 대위가 이 사건에 관련되었으리라고는 진심으로 믿지 않습니다. 비록 상황과 증거가 아무리 그에게 불리하게 되어 있다고 해도 말입니다. 그가 경제적으로 곤란을 받고 있다는 사실 하나만으로는……."
"경제적으로 곤란을 받고 있다고요?"
포와로가 얼른 끼어들었다.
변호사는 어깨를 으쓱하고는 사무적으로 말했다.
"랠프 페이튼에게는 지독한 상황이었죠. 돈은 그의 손에서 물 새듯이 빠져나갔으니까요. 그는 항상 아버지에게 손을 내밀어야 했습니다."
"최근에도 그런 적이 있었습니까? 이를테면, 올해에 말입니다."
"모르겠습니다. 애크로이드 씨는 내게 그런 이야기를 하지 않았으니까요."
"알았습니다. 해몬드 씨, 당신은 애크로이드 씨의 유언장에 대해 잘 알고 있으리라고 생각하는데요?"
"물론이지요. 오늘 여기에 온 것도 그 일 때문입니다."
"그러시다면, 내가 애크로이드 양의 부탁으로 일하는 것을 고려해서 나에게 유언장의 내용을 말해주지 않겠습니까?"

"아주 간단합니다. 전문적인 법률용어는 생략하겠습니다. 유산과 유물을 나누어 준 뒤에……."

포와로가 끼어들었다.

"어떤 식으로……?"

해몬드 씨는 조금 놀란 것 같았다.

"가정부인 러셀 양에게 1,000파운드, 요리사 에머 쿠퍼에게 50파운드, 비서인 제프리 레이먼드에게 500파운드. 그다음 여러 병원들에 골고루……."

포와로는 팔을 들어 올리며 어깨를 으쓱했다.

"오! 무척 관대한 배분이군요. 나는 별로 관심이 없지만……."

"물론 관심이 없으시겠죠. 1만 파운드에 해당되는 주식에서 나오는 수입금이 세실 애크로이드 부인에게 평생 동안 지급되며, 플로라 애크로이드 양은 2만 파운드를 상속받게 됩니다. 나머지는(소유지와 애크로이드 씨가 소유하던 주식을 포함해서) 그의 의붓아들인 랠프 페이튼에게 상속됩니다."

"애크로이드 씨의 재산은 굉장하다고 알고 있는데요?"

"정말 굉장합니다. 페이튼 대위는 대단히 부유한 젊은이가 될 겁니다."

잠시 침묵이 흘렀다.

포와로와 변호사는 서로 바라보고 있었다.

"해몬드 씨……."

벽난로 쪽에서 애크로이드 부인이 호소하는 듯 부르는 목소리가 들려왔다.

변호사는 그곳으로 갔다. 포와로는 내 팔을 잡고 오른쪽 창문으로 데려갔다.

"저 붓꽃들 좀 보십시오."

그는 약간 큰 소리로 말했다.

"굉장하지 않습니까? 깨끗하면서도 기분 좋은 인상을 풍기는군요."

나는 그가 내 팔을 누르고 있다는 것을 느꼈다. 그가 나지막한 목소리로 덧붙였다.

"정말로 이 사건을 조사하는데 나를 도와주겠소?"

"예, 물론입니다." 나는 진지하게 말했다.

"그보다 좋은 일이 어디 있겠습니까? 당신은 내가 얼마나 고리타분한 생활을 하고 있는지 모를 겁니다. 매일 똑같은 일뿐이지요."

"좋습니다. 그러면 우리는 동지가 되는 겁니다. 조금 있으면 블런트 소령이 이쪽으로 올 겁니다. 그는 매력적인 여자와 잘 어울리지 못하는군요. 사실은 알고 싶은 것이 몇 가지 있는데, 내가 알고 싶어 한다는 것을 사람들에게 알리고 싶지 않습니다. 이해하겠습니까? 그래서 당신이 몇 가지 질문을 해주었으면 좋겠습니다."

"어떤 질문입니까?"

내가 재빠르게 물었다.

"페라스 부인의 이름을 좀 꺼내 주었으면 합니다."

"예?"

"자연스럽게 그녀의 이야기를 꺼내십시오. 그녀의 남편이 죽었을 때 소령이 여기 있었는지 물어보는 겁니다. 내 말을 이해하겠지요? 그리고, 그가 대답하는 동안 슬쩍 눈치를 살펴보십시오. 무슨 말인지 알겠습니까?"

그때, 기다릴 새도 없이 포와로의 말대로 블런트가 갑자기 사람들 사이에서 빠져나와 우리에게로 다가왔다. 나는 그에게 테라스를 좀 걷자고 했다. 포와로는 뒤에 남았다.

나는 철늦은 장미를 보기 위해 멈춰 섰다.

"세상일이란 정말 덧없는 겁니다. 지난 수요일에도 여기 와서 지금처럼 이 테라스를 거닐었습니다. 원기 왕성한 애크로이드 씨와 함께 말입니다. 그런데 사흘이 지난 오늘은 애크로이드 씨가 죽고 없으니 정말 안됐습니다. 페라스 부인도 죽고. 아시죠? 물론 아실 겁니다."

블런트는 머리를 끄덕였다.

"이번에 오셔서 그녀를 만난 적이 있습니까?"

"지난 화요일인가 애크로이드와 함께 찾아갔었습니다. 매력적인 여자였지요. 하지만 어딘가 이상한 데가 있었어요. 마음속 깊이, 그녀가 무엇을 생각하고 있었는지 누구도 알지 못했으니까요."

나는 그의 침착한 회색 눈을 바라보았다. 거기에는 확실히 아무 변화도 없었다.

"전에도 페라스 부인을 만난 적이 있지요?"
"내가 지난번에 왔을 때, 그녀는 남편과 막 이곳으로 이사 왔었습니다."
그는 잠깐 멈추었다가 덧붙였다.
"그런데 참 이상한 일입니다. 저번에 보니 그녀는 너무 많이 변했더군요."
내가 물었다.
"어떻게 변했다는 겁니까?"
"10년은 더 늙어 보였습니다."
"그녀의 남편이 죽었을 때도 여기 계셨습니까?"
나는 가능한 한 아무렇지 않은 듯이 애쓰며 질문을 던졌다.
"없었습니다. 하지만 모두들 잘 죽은 거라고 말하더군요. 매정하다고 생각할지 모르지만, 그래도 그 말이 맞는 것 같습니다."
나도 진지한 목소리로 동의했다.
"애슐리 페라스 같은 사람은 남편이라고 할 수도 없습니다."
"불량한 사람이었나 보지요?"
블런트가 물었다.
"그렇진 않습니다. 단지 필요 이상의 돈을 가진 남자였지요."
"오, 또 돈이군요! 이 세상의 모든 문제는 다 돈 때문에 일어나는 것 같습니다."
"당신도 돈 때문에 곤란을 받은 적이 있었습니까?" 내가 물었다.
"필요한 만큼은 충분히 가지고 있으니까요. 그러고 보면, 나는 꽤 운이 좋은 편입니다."
"정말 그렇군요."
"하지만 현재는 그다지 풍족하지 못합니다. 1년 전에 유산을 물려받았는데 어리석게도 그만 투기로 모두 날려 버리고 말았거든요."
나는 그 심정을 공감하며 내 자신의 비슷한 문제를 이야기했다. 그때 마침 종이 울려서 우리는 모두 점심을 먹으러 안으로 들어갔다.
포와로가 슬그머니 나를 뒤로 잡아끌었다.
"어떻게 되었소?"

"그는 아무렇지도 않았습니다. 틀림없습니다."
"전혀, 당황하지도 않았습니까?"
"그는 1년 전에 유산을 상속받았다고 합니다."
내가 말했다.
"그런데 당황하지 않았다는 것이 뭐 이상한 겁니까? 그러면 안 되는 일이라도 있습니까? 나는 그가 정직하다는 것을 맹세라도 하겠습니다."
포와로는 다루기 힘든 아이를 달래듯이 말했다.
"아니, 나는 의심스럽다고는 하지 않았습니다. 너무 흥분하지 마십시오."
우리는 모두 식당으로 몰려 들어갔다. 내가 그 식탁에 앉은 지 24시간도 채 지나지 않았다는 사실이 도무지 믿어지지 않았다.
나중에 애크로이드 부인은 나를 데리고 가서 소파에 앉았다.
"불쾌해서 견딜 수가 없어요."
그녀는 마치 흐르는 눈물이라도 닦으려는 듯 손수건을 꺼내며 중얼거렸다.
"로저가 나를 그렇게 믿지 않았다니 말이에요. 그 2만 파운드는 사실 내게 줘야 하는 거예요. 플로라가 아니라고요. 그 애의 이익을 보호하기 위해서라도 엄마에게 모든 것을 맡겨야 마땅한 일 아니에요? 이건 로저가 나를 믿지 않았다는 증거예요."
"그건 그렇지가 않습니다, 애크로이드 부인. 플로라는 애크로이드의 친조카예요. 혈족이란 말입니다. 부인이 그의 제수가 아니고 여동생이었다면 문제는 달라졌을 겁니다."
"불쌍한 미망인으로, 나는 충분히 대접을 받아야 한다고 생각해요."
부인은 손수건으로 속눈썹을 살짝 닦으며 말했다.
"하지만 로저는 돈 문제에 대해서는(인색했다는 뜻이 아니라) 항상 이상했어요. 플로라와 내가 그동안 얼마나 푸대접을 받아왔는지 모르실 거예요. 아주버님은 불쌍한 애에게 용돈조차 주지 않았답니다. 그 애의 청구서를 지불해주기는 했지만, 그것도 억지로 마지못해했지요. 그러면서 싸구려 장신구를 달고 다니라나요. 무슨 남자가 그렇게……, 그런데 무슨 말을 하려고 했는지 금방 잊어버렸군요! 오, 맞아요! 우리는 우리 몫으로 단 한 푼도 요구할 수 없었다니까요. 플로라는 그것 때문에 화를 냈죠(그래요. 화를 내는 것도 무리는 아니죠), 그것도 아주 많이. 그래도 큰아버지에게는 아주 헌신적으로 잘했어요. 하지만 어떤 처녀라도 화를 냈을 거예요. 하여튼 로저는 돈에 대해서는 아주 이상했어요. 그는 얼굴 닦는 수건조차 새것을 사려고 하지 않았으니까요. 낡아서 떨어졌다고 몇 번이나 말해도 들은 척도 하지 않았지요. 그러더니……."

그녀의 목소리가 갑자기 높아졌다.

"결국 그 돈을 남겨 주려고(1천 파운드씩이나) 생각해보세요. 1천 파운드라니! 그런 여자에게."

"어느 여자 말입니까?"

"러셀이란 여자 말이에요. 그 여자는 어딘가 수상한 데가 있어요. 나는 몇 차례 그런 이야기를 했죠. 그런데 로저는 그녀에게 안 좋은 말이라면 한마디도 들으려고 하지 않았어요. 도리어 굉장히 똑똑한 여자라며 칭찬했답니다. 그녀가 정직하고 독립심이 강하며 도덕적인 사람이라고 하는 거예요. 그렇지만 그녀에게는 틀림없이 어딘가 수상한 점이 있어요. 그녀는 로저와 결혼하려고 별별 노력을 다했거든요. 그러나 내가 못하게 했죠. 그러니 그녀가 나를 미워하는 것은 당연한 일이지요. 나는 그녀의 속을 환히 들여다보았으니까요."

나는 애크로이드 부인의 장황한 웅변을 중단시킬 기회가 오기를 기다렸다.

때마침 해몬드가 작별 인사를 하러 왔다. 나는 바로 이때라고 생각하고 얼른 일어섰다.

"심리는 어느 곳에서 하는 게 좋겠습니까? 여기에서 할까요, 아니면 드리 보어스에서 할까요?"

애크로이드 부인은 턱을 떨어뜨리며 나를 바라보았다.

"심리라고요?"

그녀는 깜짝 놀라며 물었다.

"심리를 꼭 해야 하는 것은 아니잖아요?"

해몬드는 짧게 마른기침을 하고 간단하게 말했다.

"어쩔 수 없는 일입니다, 이런 상황에서는."

"그렇지만 그런 건 셰퍼드 박사님이 적당히 조정하실 수 있잖아요?"

"내가 조정할 수 있는 데도 한계가 있습니다."
나는 냉정하게 말했다.
"만일 우연한 사고였다면……."
"그는 살해된 겁니다, 애크로이드 부인."
나는 퉁명스럽게 말했다.
그녀는 조그맣게 비명을 질렀다.
"절대로 우연한 사고라고 할 수 없습니다."
애크로이드 부인은 흥분해 있는 나를 바라보았다.
나는 그녀가 이런 사건에 대해 너무 어리석게 두려워하는 것을 도저히 참을 수가 없었다.
"심리가 열리면, 음, 내가 질문에 대답해야 하는 것은 아니죠? 내가 그런 것들을 할 필요는 없지요?"
"그런 것은 나도 모르겠습니다. 아마 레이먼드 씨가 부인이 직접 곤란을 당하지 않도록 알아서 처리해줄 겁니다. 그가 모든 상황을 알고 있으니까, 경우에 맞게 증거를 조리 있게 제공하겠지요."
변호사가 가볍게 고개를 끄덕여서 동의를 표시했다.
"두려워할 것 없습니다, 애크로이드 부인. 불쾌한 일은 없을 겁니다. 자, 그럼 돈 문제에 대한 것인데, 지금 필요한 돈을 가지고 계십니까? 내 말은……."
그녀가 궁금한 듯이 쳐다보자 그가 덧붙였다.
"당장 쓸 수 있는 돈, 현금 말입니다. 없다면 필요한 만큼 바꿔 드릴 수 있습니다."
"괜찮을 겁니다." 옆에 서 있던 레이먼드가 말했다.
"어제 애크로이드 씨가 100파운드짜리 수표를 현금으로 바꾸어 놓았거든요."
"예, 임금하고 오늘 지불해야 할 것들이에요. 아직 하나도 쓰지 않았어요."
"그 돈은 어디에 있습니까? 애크로이드 씨 책상에 있나요?"
"아니에요. 아주버님은 현금을 항상 자기 침실에 두었어요. 그것도 낡은 칼라상자에요. 조금 우스운 일이지요. 그렇지 않아요?"
변호사가 말했다.

"내가 떠나기 전에 그 돈이 그대로 있는지 확인해보는 게 좋겠습니다."
비서가 동의했다.
"내가 안내하죠……. 오! 깜박 잊었군요. 그 문은 잠겨 있습니다."
파커에게 물어보니 래글런 경위는 가정부 방에서 몇 가지 질문을 하고 있다고 했다. 몇 분 뒤 경위가 열쇠를 가지고 우리가 있는 홀로 들어왔다. 그가 문을 열어 줘서 우리는 모두 로비를 지나 작은 계단을 올라갔다.
계단 꼭대기에 애크로이드의 침실로 통하는 문이 열린 채 있었다. 방 안은 컴컴하고 커튼이 내려져 있었으며, 침대는 어젯밤과 똑같이 정리되어 있었다. 경위가 커튼을 열어 햇빛을 들어오게 하는 동안 제프리 레이먼드가 자단나무 책상의 맨 위 서랍을 조심스럽게 열었다.
경위가 이렇게 말했다.
"돈을 이렇게 잠기지도 않은 서랍에 보관하다니, 생각조차 할 수 없는 일이군요."
비서의 얼굴이 화끈 달아올랐다.
"애크로이드 씨는 하인들을 의심하지 않았습니다."
그는 몹시 화를 내며 말했다.
"오! 물론 그렇겠지요."
경위가 당황하며 말했다.
레이먼드는 서랍을 열고 안쪽에서 둥근 가죽 칼라상자를 꺼내어 그것을 열고 두툼한 주머니를 꺼냈다.
그는 두툼한 지폐 뭉치를 꺼내며 말했다.
"여기 있습니다. 100파운드가 그대로 남아 있을 겁니다. 애크로이드 씨는 어젯밤에 저녁식사를 하기 위해 옷을 갈아입으면서 내가 보는 앞에서 칼라상자에 돈을 넣으셨거든요. 물론 그 이후로는 손도 대지 않았습니다."
해몬드는 그 뭉치를 받아서 한장 한장 꼼꼼하게 세었다.
"100파운드라고 말씀하셨죠. 그런데 이것은 60파운드밖에 되지 않는군요."
레이먼드는 눈을 동그랗게 뜨고 그를 바라보았다.
"그럴 리가 없습니다."

그가 갑자기 앞으로 나서며 외쳤다. 그러고는 얼른 지폐를 빼앗아 큰소리를 내어 세었다. 하지만 해몬드가 옳았다. 그것은 60파운드였다.

"정말, 믿을 수가 없군요."

비서가 당황해서 외쳤다.

포와로가 질문을 했다.

"애크로이드 씨가 어젯밤에 옷을 갈아입으면서 이 돈을 보관하는 것을 분명히 보았습니까? 혹시 그 돈으로 몇 가지를 지불한 것은 아닐까요?"

"그렇지 않습니다. 그분은 이렇게 말하기까지 했으니까요. '저녁식사 하는데 100파운드를 가져가고 싶지 않아. 너무 주머니가 불룩해지거든.'이라고요."

포와로가 말했다.

"그러면 문제는 아주 간단합니다. 40파운드를 어제 저녁에 지불했거나, 그렇지 않으면 도둑맞은 것이겠지요."

"그거야 당연하죠."

경위가 동의했다. 그는 애크로이드 부인에게 물었다.

"혹시 어제 저녁에 하인들이 이곳에 오지 않았습니까?"

"아마 침대를 정리하러 하녀가 왔을 거예요."

"그 하녀가 누구입니까? 그녀에 대해 아는 것이 있습니까?"

애크로이드 부인이 말했다.

"여기에 온 지 그리 오래 되지는 않았어요. 하지만, 아주 얌전하고 평범한 시골 처녀예요."

"이 일은 명백히 해둬야겠습니다."

경위가 물었다.

"만일, 애크로이드 씨가 아무도 모르게 그 돈을 지불했다면 그것은 어쩌면 이 사건과 어떤 관련이 있을지도 모릅니다. 다른 하인들은 다 괜찮습니까, 부인?"

"오, 그렇다고 생각해요."

"전에도 뭔가 잃어버린 적이 있었습니까?"

"없었어요."

"그만두겠다고 한 하인도 없습니까?"
"잔심부름하는 하녀가 그만둘 거라고 하더군요."
"언제요?"
"어제 그렇게 말한 것으로 알고 있어요."
"부인에게요?"
"오, 아니에요. 나는 하인들과는 아무 관련이 없어요. 모든 집안 문제는 러셀 양이 관리하고 있으니까요."
경위는 잠시 생각에 잠겼다가 고개를 끄덕이며 말했다.
"러셀 양을 만나보는 것이 좋겠습니다. 그리고 데일이라는 하녀도."
포와로와 나도 가정부의 방으로 함께 갔다. 러셀 양은 여느 때와 마찬가지로 태연하게 우리를 맞았다.
엘시 데일은 펀리에서 다섯 달 동안 일했으며, 자기가 맡은 일을 민첩하게 해내는 공손하고 얌전한 처녀였다. 신원 보증인들도 아주 분명했다. 하지만, 가진 것이 아무것도 없었다.
"잔심부름하는 하녀가 어떤 사람입니까?"
"아주 좋은 처녀예요. 무척 조용하고 여자답죠. 훌륭한 일꾼이에요."
"그런데 왜 그만둡니까?" 경위가 물었다.
러셀 양은 입을 오므렸다.
"제가 그만두라고 한 게 아니에요. 애크로이드 씨가 어제 오후에 꾸짖은 모양이에요. 서재를 정리하다가 책상 위에 있던 어떤 서류를 잘못 건드렸나 보죠. 애크로이드 씨는 그 때문에 굉장히 화를 냈다는군요. 저는 그렇게 들었어요. 하지만, 직접 그녀를 만나보는 것이 좋겠군요."
경위는 그러자고 했다. 나는 점심때 시중을 들고 있었던 그녀를 보았다.
숱이 많은 갈색 머리를 목 뒤로 단단히 말아 올리고, 아주 침착한 회색 눈을 가진 키가 큰 처녀였다. 그녀는 가정부의 부름을 받고 들어와 회색 눈을 우리에게 고정시킨 채 꼿꼿이 서 있었다.
경위가 물었다.
"아가씨가 어슐러 번이오?"

"예, 선생님."
"이곳을 그만둔다고 들었는데."
"그래요, 선생님."
"이유가 뭐죠?"
"애크로이드 씨의 책상 위에 있는 서류를 잘못 건드렸기 때문이에요. 그분이 굉장히 화를 내셨고, 그래서 저는 제가 이곳을 떠나는 것이 좋겠다고 말씀드렸어요. 그분은 제게 가능한 한 빨리 나가라고 말씀하시더군요."
"어젯밤에 혹시 애크로이드 씨의 침실에 들어간 적이 있소? 방을 정돈한다든가 하는 일로?"
"없어요. 그것은 엘시의 일이에요. 저는 그 근처에도 가지 않았어요."
"애크로이드 씨의 방에서 거액의 돈이 없어졌소."
갑자기 그녀의 얼굴색이 변했다.
"저는 돈에 대해서는 아는 것이 없어요. 만일, 선생님이 저를 의심한다면, 그래서 애크로이드 씨가 저를 나가라고 한 거라고 생각하신다면 그것은 잘못이에요."
경위가 말했다.
"나는 당신이 그것을 훔쳐 갔다고 따지고 있는 게 아니오, 아가씨. 그렇게 화내지 말아요."
그녀는 경위를 차갑게 쳐다보며 약간 거만하게 말했다.
"제 물건들을 조사해보셔도 좋아요. 하지만 아무것도 찾아내실 수 없을 거예요."
포와로가 갑자기 끼어들었다.
"애크로이드 씨가 아가씨를 나가라고 한 것이, 아니, 아가씨가 스스로 떠나겠다고 말한 것이 어제 오후였소?"
그녀는 고개를 끄덕였다.
"그 이야기를 몇 분 동안이나 했소?"
"그 이야기라니요?"
"서재에서 아가씨와 애크로이드 씨가 했던 이야기 말이오."

"저……, 잘 모르겠어요."

"20분? 30분?"

"그 정도일 거예요."

"더 길지는 않았소?"

"30분보다 더 오래 걸리지는 않았어요."

"고맙소, 아가씨."

나는 포와로를 주의 깊게 바라보았다. 포와로는 탁자 위에 있는 물건들을 민첩한 손놀림으로 나란히 정돈하고 있었다. 그의 눈이 빛났다.

"됐습니다." 경위가 말했다.

어슐러 번이 나갔다. 경위는 러셀 양 쪽으로 향했다.

"저 여자는 여기 얼마나 있었습니까? 그녀에 대한 신원증명서 사본이 있습니까?"

첫 번째 질문에 대해서는 아무 대답도 하지 않고, 러셀 양은 옆에 있는 책상으로 가서 서랍 하나를 열고 핀으로 묶여 있는 서류 한 뭉치를 꺼냈다. 그러고는 그중 하나를 골라 경위에게 건네주었다.

"흠, 잘 쓰여 있군요. 리처드 폴리오트 부인, 마비 그레인지, 마비. 이 여자는 누구입니까?"

러셀 양이 말했다.

"아주 선량한 시골 사람이에요."

경위가 그것을 돌려주며 말했다.

"그러면, 엘시 데일 것도 좀 봅시다."

엘시 데일은 몸집이 크고 예쁜 소녀로, 명랑하기는 하지만 약간 우둔해 보이는 얼굴을 가지고 있다. 그녀는 우리들의 질문에 재빨리 대답했으며, 돈이 없어졌다는 말에 굉장히 걱정하며 곤란해했다.

그녀를 돌려보낸 뒤 경위가 말했다.

"그녀에게는 아무 잘못이 없는 것 같습니다."

"파커는 어떻습니까?"

러셀 양은 입술을 오므린 채 한참 동안 대답을 하지 않았다.

"그 사람이 어딘가 이상한 것 같아요."

경위가 조심스럽게 말했다.

"하지만 언제 그럴 기회가 있었는지 그걸 알 수 없습니다. 저녁식사 뒤에는 내내 자기 일을 하느라 바빴기 때문에 아주 그럴듯한 알리바이를 가지고 있거든요. 그 점은 특히 주의를 기울였기 때문에 내가 잘 압니다. 자, 아무튼 대단히 고맙습니다, 러셀 양. 이 문제는 당분간 보류해둬야겠습니다. 아무래도 애크로이드 씨가 혼자 그 돈을 지불한 모양입니다."

가정부의 무뚝뚝한 오후 인사를 받으며 우리는 모두 밖으로 나왔다. 나는 포와로와 함께 그 집을 나왔다.

"궁금하군요."

내가 침묵을 깨며 말했다.

"그 처녀가 어떤 서류를 건드렸기에 애크로이드가 그렇게 화를 냈을까요? 혹시 거기에 사건의 실마리가 있는 건 아닌지 모르겠습니다!"

포와로가 조용히 말했다.

"비서는 그 책상에 특별히 중요한 서류는 없었다고 말했죠."

"그렇다고 하긴 했지만……." 나는 말을 멈췄다.

"애크로이드 씨가 그런 사소한 일에 흥분했다는 것이 그렇게 이상한 거요?"

"예, 좀 그렇습니다."

"그렇지만 그것이 사소한 일이었는지 어떻게 압니까?"

"물론." 나는 그의 말을 인정했다.

"그것이 무슨 서류였는지는 모르지만 레이먼드가 분명히 그렇게……."

"잠깐, 레이먼드는 제쳐놓기로 하고, 그 아가씨에 대해 어떻게 생각합니까?"

"어느 아가씨요? 심부름하는 하녀 말입니까?"

"예, 그 아가씨요. 어슐러 번 말입니다."

"아주 얌전한 처녀 같던데요."

나는 조금 더듬거리며 말했다.

포와로는 내가 한 말을 되풀이했다. 그러나 내가 두 번째 단어에 강조를 한 반면, 그는 네 번째 단어를 강하게 발음했다.

"아주 얌전한 처녀 같다고요. 물론 그렇지요."

포와로는 잠깐 입을 다문 뒤 주머니에서 무엇인가를 꺼내어 나에게 건네주었다.

"보여 줄 게 있소. 여기를 보십시오."

그가 건네준 종이는 그날 아침에 경위가 작성해서 포와로에게 준 것이었다. 그가 가리키는 손가락을 따라 눈길을 옮기자, 어슐러 번이라는 이름 맞은편에 연필로 조그맣게 X표시가 된 것이 보였다.

"혹시 그 당시에 알아차렸을지도 모르겠습니다만, 이 목록에서 알리바이가 증명되지 않은 유일한 사람이 있습니다. 바로 어슐러 번이지요."

"그래도 당신은 그렇게 생각하지 않았잖습니까?"

"셰퍼드 박사, 나는 무엇이든지 생각할 수 있습니다. 어슐러 번이 애크로이드 씨를 죽였을지도 모릅니다. 그렇지만 솔직하게 말해서, 그녀가 그렇게 할 만한 동기를 찾을 수 없군요. 당신은 찾을 수 있겠습니까?"

그는 아주 뚫어질 듯이 나를 바라보았다. 그 시선이 너무 강렬해서 거북스러울 정도였다.

그는 되풀이해서 말했다.

"찾을 수 있겠냐는 말이오?"

"그녀에게는 동기가 없습니다." 나는 확고하게 말했다.

그의 눈빛이 조금 누그러졌다.

그는 얼굴을 찡그리며 혼자서 중얼거렸다.

"협박자가 남자였다고 했으니까, 그녀일 수는 없단 말이야. 그렇다면……."

나는 헛기침을 했다. 그러고는 더듬거리며 말을 꺼냈다.

"그것이 문제라면……."

포와로가 내게로 재빨리 몸을 돌렸다.

"무엇입니까? 어서 말하세요."

"아무것도, 아무것도 아닙니다. 단지 엄밀히 말해서, 페라스 부인은 편지에 어떤 사람이라고만 했지 정확하게 남자라고 쓰지는 않았습니다. 그런데 우리가(애크로이드와 나 말입니다) 당연히 남자일 거라고 생각한 것뿐입니다."

포와로는 내 말을 듣고 있는 것 같지 않았다.

그는 다시 혼자 중얼 거렸다.

"그러나 그렇다면 그것이 가능한 일이지. 맞아, 확실히 가능해. 하지만 그렇다면……. 아! 다시 정리해야겠군. 방법과 순서를 먼저 생각하고, 그런데 그것들을 왜 생각하지 않았을까. 모든 것이 맞아떨어져야만 해. 각자 정해진 자리에, 그렇지 않으면 내가 방향을 잘못 잡은 거야."

그는 말을 끝내고 다시 내게로 몸을 돌렸다.

"마비는 어디에 있습니까?"

"크란체스타의 반대편에 있습니다."

"얼마나 떨어져 있습니까?"

"흠, 아마 14마일(약 22km)정도 될 겁니다."

"거기 갈 수 있겠습니까? 내일이라도?"

"내일이오? 글쎄요, 일요일이니까 가능할 겁니다. 그런데, 무슨 일 때문에 그럽니까?"

"폴리오트 부인을 만나십시오. 그래서 어슐러 번에 대해 자세하게 알아내는 겁니다."

"알겠습니다. 하지만, 나는 그런 일을 좋아하지 않습니다."

"불평할 때가 아닙니다. 한 사람의 목숨이 여기에 달렸다는 것을 명심하십시오."

"불쌍한 랄프……."

나는 한숨을 쉬며 말했다.

"포와로 씨, 당신은 그가 결백하다고 생각합니까?"

포와로는 매우 엄숙하게 나를 바라보며 물었다.

"진실을 알고 싶습니까?"

"그야 물론이지요."

"그렇다면 진실을 알게 될 겁니다. 그러나 모든 것이 그가 유죄라는 가정을 뒷받침해주고 있습니다."

"뭐라고요!" 나는 큰소리로 외쳤다.

포와로가 고개를 끄덕였다.

"그렇습니다. 그 우둔한 경위는 그가 우둔하기 때문에 자기가 정한 수사 방향에 유리한 것들을 모두 모으고 있습니다. 하지만 나는 진실을 찾고 있지요. 그리고 그 진실은 시시각각으로 나를 랠프 페이튼에게 향하게 하는구려. 동기와 기회, 그리고 수단. 그러나 나는 돌멩이를 하나씩 다 뒤집듯이 샅샅이 밝혀낼 거요. 나는 플로라 양에게 그렇게 하겠다고 약속했지요. 그 처녀는 아주 확신하고 있더군요. 맞아요, 그건 확실한 겁니다."

포와로의 방문

다음날 오후, 나는 약간 흥분된 상태로 마비 그레인지의 초인종을 눌렀다.

도대체 포와로가 무엇을 알고 싶어 하는 건지 몹시 궁금했다. 그는 그 일을 나에게 맡겼다. 왜 그랬을까? 블런트 소령에게 질문할 때처럼 뒤에 물러서 있고 싶었기 때문일까? 첫 번째 경우에는 그런 의도를 이해할 수 있었지만, 이번에는 아주 무의미한 것처럼 느껴졌다.

내 이런 명상은 예쁘장한 하녀가 나타남으로써 중단되었다. 때마침 폴리오트 부인은 집에 있었다. 나는 커다란 응접실로 안내되어 호기심 있게 주의를 둘러보면서 안주인이 나오기를 기다렸다. 휑뎅그렁한 큰 방에 오래된 도자기와 아름다운 에칭 판화 몇 점, 그리고 낡은 덮개와 커튼이 있었다. 어느 모로 보나 부인의 방답게 꾸며져 있었다.

벽에 있는 바르톨로찌를 감상하고 있는데 폴리오트 부인이 들어와 나는 얼른 몸을 돌렸다. 그녀는 키가 큰 여자로, 갈색 머리카락을 엉성하게 빗어 넘겼으며 미소가 아주 매력적이었다.

"셰퍼드 박사님……?"

그녀가 머뭇거리며 말했다.

"맞습니다. 내가 바로 셰퍼드입니다. 이렇게 방문하게 되어 우선 사과의 말씀부터 드려야겠습니다. 사실은 전에 부인이 고용했던 어슐러 번이라는 하녀에 대해 알고 싶어서 찾아왔습니다."

그 이름이 나오자, 그녀의 얼굴에 미소가 사라지고 친절한 태도가 다 녹아버렸다. 그녀는 불쾌하고 거북해 하는 것 같았다.

"어슐러 번이라고요?"

그녀는 머뭇거리며 말했다.

"예, 어쩌면 이름을 기억하지 못할지도 모르겠군요."

"오, 아니에요. 나, 나는 확실하게 기억하고 있어요."

내가 물었다.

"그녀는 1년 전쯤에 이곳을 떠난 것으로 알고 있는데요?"

"예, 그랬어요. 아주 정확해요."

"그런데 그녀가 여기에서 일하는 동안 어땠습니까? 마음에 들었습니까? 그리고, 여기에서 얼마 동안 일했죠?"

"오! 1~2년 정도(어느 정도였는지 정확하게 기억나질 않는군요). 어슐러 번은 아주 똑똑한 처녀예요. 당신도 틀림없이 만족하시게 될 거예요. 그녀가 펀리를 떠날 줄은 몰랐어요. 그러리라고는 전혀 생각지 못했는데……."

내가 물었다.

"그녀에 대해 좀 이야기해줄 수 있습니까?"

"그녀에 대해서요?"

"예, 어슐러 번의 고향과 가족이 누구며, 뭐 그런 것들 말입니다."

폴리오트 부인의 얼굴이 더 일그러졌다.

"그런 것은 전혀 몰라요."

"여기에 오기 전에는 누구와 함께 있었답니까?"

"그것도 잘 기억나지가 않는군요."

이제 그녀의 흥분 속에는 분노가 불꽃처럼 튀었다. 그녀는 세련된 동작으로 살짝 머리를 치켜들었다.

"그런 질문들이 꼭 필요한 건가요?"

"그렇지는 않습니다."

나는 놀라서 얼른 미안하다는 태도로 말했다.

"부인이 이런 질문에 대답하기를 꺼려하는 줄은 미처 몰랐습니다. 정말 죄송합니다."

그녀의 표정에서 분노가 사라지고, 다시 당황해 하며 말했다.

"오! 대답하는 것을 꺼리는 것은 아니에요. 그런 것은 절대 아니에요. 내가 왜 그러겠어요? 다, 다만 조금 이상하다는 생각이 들어서요. 그것이 전부예요.

조금 이상해서요."

의사가 되면 한 가지 좋은 점이, 사람들이 언제 거짓말하는지 구별해 낼 수 있다는 것이다. 나는 폴리오트 부인의 태도에서 그녀가 내 질문에 대답하기를 꺼리고 있다는 것을 알았다. 그것도 무척이나 심하게 꺼리고 있었다.

그녀가 그렇게 언짢아하고 당황하는 것을 보면, 그 뒤에 틀림없이 어떤 비밀이 있는 게 분명했다. 나는 그녀가 어떤 종류이든 남을 속이는 일에는 익숙지 못하다고 생각했다. 결국 그녀는 어쩔 수 없이 거짓말을 하긴 했어도, 금방 불안 속에 휘말렸던 것이다. 어린아이라도 그녀의 속마음을 다 꿰뚫어볼 수 있었을 것이다. 그리고 그녀는 나에게 어떤 이야기이든 더 이상 하고 싶어 하지 않는다는 것도 명백히 나타냈다.

어슐러 번을 둘러싸고 있는 비밀이 무엇인지 나는 폴리오트 부인에게서 더 이상 캐내지 않기로 했다. 계획에 실패한 나는 다시 한 번 더 그녀에게 미안하다는 말을 하고 모자를 집어들고 떠났다.

나는 환자 두 명을 진료하고 6시쯤 집으로 돌아왔다. 캐롤라인은 깨진 찻잔을 치우고 있었다. 그녀의 얼굴에는 참으려고 해도 어쩔 수 없이 드러나는 기쁨이 넘쳐 있었다. 그것은 틀림없이 어떤 정보를 입수했거나 퍼뜨렸다는 표시였다. 나는 무슨 일이 있었는지 몹시 궁금했다.

"정말 아주 신나는 오후였단다."

내가 푹신한 안락의자에 털썩 주저앉아 활활 타오르는 벽난로의 불길을 쬐려고 다리를 쭉 뻗었을 때 캐롤라인이 말을 꺼냈다.

"그랬어요? 자네트 양이 차를 마시러 들렀던 모양이군요?"

자네트 양은 우리 마을에서 가장 으뜸가는 수다쟁이 중 한 사람이다.

"다시 알아맞혀 보렴."

캐롤라인은 굉장히 재미있다는 듯이 말했다.

나는 캐롤라인의 정보부대에 있는 사람들을 천천히 떠올리면서 내 나름대로 추측해보았다. 누님은 매번 의기양양하게 고개를 저었다. 결국 마지막에 가서는 그녀 스스로 털어놓고 말았다.

"포와로 씨였어! 어떻게 생각하니?"

내 머릿속에 여러 가지 생각들이 복잡하게 떠올랐지만, 나는 캐롤라인에게 이야기하지 않으려고 애썼다.

"그가 웬일로요?"

"그야 물론 나를 만나기 위해서지. 그의 말을 빌리자면, 내 동생과 그렇게 잘 아는 사이가 되었으니, 그의 매력적인 누님과도(바로 너의 매력적인 누님 말이다) 친하게 지냈으면 좋겠다는 거야. 나는 무척 당황했었다. 하지만 내가 무슨 말을 하고 있는지 새겨들으렴."

"그 사람이 무슨 이야기를 했습니까?"

"개인적인 이야기와 자기가 다루었던 사건들에 대해 많은 이야기를 했지. 너 모리타니아의 폴 왕자 알지, 댄서와 결혼한 사람 말이다."

"예, 알고 있어요."

"일전에 '소사이어티 스니피츠'에 그 댄서에 대한 흥미있는 기사가 실렸는데, 그녀는 정말로 러시아의 공주였다는구나. 볼셰비키 혁명에서 겨우 도망쳐 나온 러시아 황제의 딸 중 한 사람이라는 구나. 그런데 포와로 씨가 그들 둘이 다 말려들 뻔했던 복잡한 살인사건을 해결해주었대. 폴 왕자는 고마워서 어쩔 줄 몰라 했다지 뭐니."

나는 빈정거리며 물었다.

"그래서 포와로 씨에게 물떼새 알 만한 에메랄드 넥타이핀을 주었답니까?"

"그 이야기는 안 했어. 왜 그러니?"

"아무것도 아니에요. 나는 항상 그렇다고 생각했어요. 추리소설에 보면 그런 이야기가 나오거든요. 유명한 탐정들의 방은 왕족 의뢰인들이 감사의 표시로 주는 루비, 진주, 에메랄드 등으로 잔뜩 치장되어 있지요."

누나는 즐거워하며 말했다.

"사건의 뒷이야기를 듣는 것도 무척 재미있는 일이야."

캐롤라인에게는 그런 것이 무척 재미있었을 것이다. 나는 다른 사건들은 다 제쳐두고, 조그마한 마을에 살고 있는 노처녀에게 가장 관심을 끌만한 사건을 정확하게 뽑아 낸 에르큘 포와로의 재주에 감탄할 수밖에 없었다.

"그 댄서가 공주라고 그가 말하던가요?"

"그는 아무렇게나 말하는 사람은 아니더구나."

캐롤라인은 강조하며 말했다.

나는 포와로가 캐롤라인에게 얼마나 진지하게 이야기했을까 생각해보았다. 아마 그는 전혀 그러지 않았을 것이다. 그는 눈썹과 어깨를 커다랗게 움직이면서 대충 재미있게 꾸며댔을 것이다.

"그럼 결국 이렇게 되는 거군요. 누님이 즉석에서 그의 손에 있는 것을 먹었다는 이야기가 되네요."

"어쩌면 그렇게 상스러운 말을 하니, 제임스. 도대체 그런 저속한 말을 어디서 배웠는지 모르겠구나."

"유일하게 바깥세상과 연결해주는 내 환자들이겠죠. 불행하게도, 내 직업은 왕자들이나 흥미를 끄는 러시아 해외 망명자들을 상대하지는 않으니까요."

캐롤라인은 안경을 올리며 나를 노려보았다.

"기분이 언짢은 모양이구나, 제임스. 간장이 좋지 않은 것이 틀림없어. 오늘밤에 파란 알약을 하나 먹는 것이 좋겠다."

다른 사람들이 우리 집에 와서 본다면, 내가 의사라고는 꿈에도 상상하지 못할 것이다. 캐롤라인이 나와 자신의 처방을 혼자서 다 처리해주니 말이다.

나는 짜증스럽게 말했다.

"빌어먹을 간장 같으니. 이번 사건에 대한 이야기도 했나요?"

"그럼, 물론 했지. 제임스, 그밖에 할 이야기가 또 뭐가 있겠니? 나는 포와로 씨가 수사 방향을 바로잡도록 몇 가지 도와주었단다. 그는 나에게 아주 고맙다고 인사했단다. 나에게 아주 타고난 탐정 기질이 있다나. 그리고 인간 본성을 꿰뚫어보는 심리학적인 직감도 놀라울 정도라는 구나."

캐롤라인은 정확히 말해 크림을 온통 뒤집어쓴 고양이 같았다. 그녀는 목소리를 가르랑거리며 말했다.

"그는 작은 회색의 뇌세포와 그 기능에 대해 많은 이야기를 했어. 그의 말에 의하면, 자기 뇌세포가 가장 우수하다는구나."

내가 못마땅하다는 듯이 말했다.

"아마 그렇게 말했을 거예요. 그는 겸손하고는 거리가 아주 먼 사람이니까."

"나는 네가 그렇게 지독한 미국인이 아니었으면 좋겠다. 그는 빨리 랠프가 나타나서 사람들에게 자신의 입장을 설명하도록 설득해야 한다고 강조했단다. 그가 나타나지 않으면 재판에 아주 불리한 영향을 미친다고 했어."

"그래서 누님은 뭐라고 했어요?"

캐롤라인은 뽐내듯이 말했다.

"나도 그의 의견에 동의했지. 그리고 사람들이 그 문제에 대해 뭐라고 말하고 있는지 그에게 알려 주었단다."

내가 날카롭게 물었다.

"캐롤라인, 그날 숲 속에서 엿들은 이야기도 했겠군요?"

캐롤라인은 의기양양하게 말했다.

"물론이지."

나는 일어나서 이리저리 서성거리며 내뱉듯이 말했다.

"나는 누님이 무슨 일을 하고 있는지 좀 깨달아 줬으면 좋겠어요. 누님은 지금 그 의자에 앉아 있는 것만큼이나 분명하게 랠프 페이튼의 목에 굴레를 씌우고 있는 거라고요."

캐롤라인은 아주 침착하게 말했다.

"그렇지 않아. 나는 네가 그 이야기를 그 사람에게 하지 않았다는 것이 오히려 이상하구나."

"나는 그것을 감추고 싶었어요. 나는 그를 좋아해요."

"그건 나도 마찬가지야. 그렇기 때문에 네가 잘못하고 있다는 거야. 나는 랠프가 그 일을 저질렀다고는 생각지 않는다. 그러니 그 사실이 그에게 해로울 리는 없지 않겠니? 생각해보렴. 그것은 살인이 일어났던 그날 밤에 랠프가 그 여자와 나갔다는 것을 말해주는 거야. 만일, 그렇다면 그는 완전한 알리바이를 갖게 되는 셈이야."

내가 반박했다.

"그가 완전한 알리바이를 갖고 있다면, 왜 나타나서 그렇게 말하지 않겠습니까?"

캐롤라인은 뭔가를 아는 척하며 말했다.

"그 여자를 곤란한 지경에 빠뜨릴까 봐 그러는지도 모르지. 그러나 포와로 씨가 그녀를 붙잡고 그것이 그녀의 의무라고 한다면, 그녀는 자진해서 랠프의 무죄를 밝혀 줄 거야."

"아주 낭만적인 요정 이야기를 하는군요. 잡동사니 같은 소설을 너무 많이 읽은 탓이에요, 캐롤라인. 항상 그렇게 말해왔지만."

나는 다시 의자에 주저앉았다.

"포와로 씨가 더 이상 다른 질문은 안 했나요?"

"그날 아침에 네가 진료한 환자들에 대해서 묻더구나."

"환자들이라고요?"

나는 믿을 수 없다는 듯이 물었다.

"그래, 너의 외과환자들 말이다. 몇 명이나 되고, 누구였느냐고."

내가 따지듯이 말했다.

"그래서 누님이 말해주었단 말입니까?"

캐롤라인은 내 말이 뜻밖이라는 눈치였다.

"왜 내가 말해서는 안 되는 거니?"

누나는 자랑스럽게 말했다.

"이 창문에서 보면 외과 출입구로 들어가는 길이 다 보여. 게다가 난 아주 기억력이 좋은 편이야, 제임스. 오히려 너보다 더 정확하게 기억할 거다."

나는 빈정거리듯이 중얼거렸다.

"분명히 그러실 테죠."

누나는 손가락으로 그 이름들을 하나씩 꼽아 가면서 계속했다.

"베니트 노부인, 손가락이 아프다며 농장에서 온 소년, 손가락에서 바늘을 빼러 온 돌리 그리스, 그리고 미국인 남자 여객선 승무원. 가만있자, 그러면 넷이지? 맞아, 조지 에반스 노인이 종기 때문에 왔었지. 그리고 마지막으로……."

그녀는 의미심장하게 말을 멈추었다.

"계속하시죠?"

캐롤라인은 마지막을 아주 그럴듯하게 장식했다. 그녀는 자못 엄숙한 목소리로, 게다가 S자가 여러 번 반복되어 더욱 그럴듯하게 들렸다.

"미스 러셀!"

그녀는 의자 뒤로 몸을 기대고 의미 있게 나를 바라보았다. 누구라도 그녀의 그런 표정을 깨달을 수 있을 것이다.

"무슨 뜻인지 모르겠군요. 러셀 양이 무릎이 아파서 나를 찾아온 것이 뭐가 이상하다는 겁니까?"

나는 슬쩍 거짓말을 둘러댔다.

"무릎이 아프다고? 거짓말이야! 그 여자 무릎은 아주 말짱해. 뭔가 다른 것을 캐내려고 온 거야."

"무엇을 말입니까?"

캐롤라인은 그녀가 모른다는 것을 인정해야 했다.

"그것에 대해 포와로 씨가 알아내려 하고 있어. 그 여자는 어딘가 수상해. 그 사람도 그것을 알고 있더구나."

"어제 애크로이드 부인이 한 말과 똑같군요. 그 부인도 러셀 양이 수상하다고 했어요."

캐롤라인이 조그맣게 외쳤다.

"오! 애크로이드 부인이라고! 그 여자는 또 달라!"

"뭐가 다르다는 겁니까?"

캐롤라인은 내 물음에 대답하지 않았다.

그녀는 머리를 몇 번 끄덕이더니 뜨개질하던 것을 말아 두고, 그녀가 저녁 식사를 위한 차림이라고 하는 엷은 자줏빛 고급 실크 블라우스와 금합 목걸이를 하러 2층으로 올라갔다.

나는 불을 들여다보며 캐롤라인이 한 말들을 생각하느라 거기에 머물러 있었다. 포와로가 정말 러셀 양에 대한 정보를 얻으러 온 것일까? 어쩌면 자기 견해에 따라 모든 것을 해석한 캐롤라인이 잘못 판단한 것일 수도 있다.

그날 아침 러셀 양의 태도에는 의심을 할 만한 점이 아무것도 없었다. 적어도……. 그녀가 약품 복용에 대해 이야기하던 것과 그러면서 슬쩍 독약과 마약 중독에 대한 이야기를 꺼냈다는 생각이 났다.

그러나 그것은 의심할 만한 일이 아니다.

애크로이드는 독살당한 것이 아니었다. 그러나 좀 이상했다…….

계단 꼭대기에서 다소 짜증스러운 듯한 캐롤라인의 목소리가 들려왔다.

"제임스, 저녁식사에 늦겠다."

나는 벽난로 속에 석탄을 몇 개 더 집어넣고 곧바로 2층으로 올라갔다.

어떠한 희생을 치르더라도 집안이 평화롭다는 것은 좋은 것이다.

제12장

탁자에 둘러앉아서

합동 심리가 월요일에 열렸다. 나는 그 과정을 자세히 적지는 않겠다.

그것은 똑같은 것을 자꾸 반복하는 것이 될 뿐이다. 경찰 배석하에 밝혀진 것은 거의 없었다.

나는 애크로이드의 사인(死因)과 사망 추정 시간을 증거로 제출했다.

배심원이 랠프 페이튼의 부재를 언급했지만 심하게 강조하지는 않았다.

그 뒤, 포와로와 나는 래글런 경위와 잠깐 이야기를 나누었다.

경위는 매우 침통한 표정으로 말했다.

"유감스러운 일입니다, 포와로 씨. 나는 사건을 공평하고 정당하게 판단하려고 합니다. 나는 같은 지방 사람인데다가 크란체스타에서 페이튼 대위를 여러 번 본 적도 있습니다. 그래서 그가 범인이기를 원하지는 않지만, 아무튼 그 사람이 불리합니다. 그가 결백하다면 왜 나타나지 않겠습니까? 그에게 불리한 증거가 있기는 하지만, 나타나서 해명을 한다면 혐의를 벗을 수도 있을 겁니다. 그런데 왜 아무런 설명이 없을까요?"

래글런 경위의 말에는 내가 그 당시 깨달았던 것보다 훨씬 더 많은 복선이 깔려 있었다.

랠프의 인상착의가 영국 전체의 모든 항구와 기차역으로 통지되어 있었다.

어디에서든 경찰이 대기 중이었다. 시내에서 그가 머물렀던 곳과 자주 들락거렸던 집은 모두 감시되었다.

그러한 경계에서도 랠프가 발각되지 않는다는 것은 거의 불가능한 일이었다. 그는 짐도 없었고, 우리가 아는 한 가진 돈도 없었기 때문이다.

경위는 설명을 계속했다.

"아직 그날 밤 역에서 그를 보았다는 사람은 없지만, 이곳에서 그의 얼굴이

제법 알려져 있으니까 누군가 곧 발견하게 되겠지요. 리버풀에서도 아직 아무런 소식이 없습니다."

포와로가 물었다.

"그가 리버풀로 갔을 거라고 생각합니까?"

경위가 말했다.

"물론이지요. 역에서 온 전화는 리버풀행 특급이 떠나기 3분 전에 건 겁니다. 거기에 뭔가 있는 게 분명합니다."

"만일 그것이 자기의 행방을 감추기 위해 일부러 꾸며진 것이 아니라면 그렇겠지요. 하지만 바로 그 점이 그 전화의 함정일 수도 있습니다."

경위가 진지하게 말했다.

"일리가 있는 말이군요. 하지만 정말 그럴까요?"

포와로가 애석한 듯이 말했다.

"사실은 나도 잘 모르겠습니다. 그렇지만 이것만은 알 수 있습니다. 그 전화에 대한 해석을 할 수 있게 되면 이 사건도 해결할 수 있게 될 거요."

나는 그를 호기심 있게 쳐다보며 말했다.

"전에도 그와 비슷한 말을 하신 걸로 아는데요?"

포와로는 고개를 끄덕이며 심각한 얼굴로 말했다.

"나는 항상 그 점으로 되돌아오지요."

"내 생각에는 그것과 전혀 관계가 없는 것 같습니다." 내가 주장했다.

경위가 말했다.

"나는 그렇게까지 생각하지는 않습니다만, 포와로 씨가 그것을 지나치게 강조하고 있다고 생각합니다. 우리는 그것보다 더 확실한 실마리를 가지고 있습니다. 예를 들어서 단검에 묻은 지문 같은 것 말입니다."

포와로는 갑자기 아주 이국적인 몸짓을 해보였는데, 그것은 그가 어떤 일에 흥분했을 때 종종 나타나는 것이었다.

"이것 보시오, 경위. 주의하십시오. 앞이 전혀 안 보이는, 꽉 막힌 그것을 뭐라고 하죠? 아무 곳으로도 통하지 않는 작은 길 말입니다."

래글런 경위가 빤히 쳐다보는 사이 내가 재빨리 대답했다.

"막다른 골목 말입니까?"

"바로 그겁니다. 아무 곳으로도 통하지 않는 막다른 길이오. 그 지문이 바로 그것일지 모릅니다. 그것은 당신을 아무 데로도 연결해주지 않을 수도 있습니다."

"어떻게 설명해야 좋을지 모르겠습니다만."

경위가 설명했다.

"당신은 그것이 위조된 것이라고 생각하는 겁니까? 나도 그런 일이 있다는 이야기를 들어 보긴 했지만 그런 사건을 맡아 본 적은 한 번도 없어서요. 그렇지만 진짜든 가짜든, 그것들은 모두 어딘가로 연결되어 있습니다."

포와로는 팔을 넓게 벌리며 어깨를 으쓱했다.

경위는 그때 우리에게 그 지문을 확대한 사진 여러 장을 보여 주면서 고리무늬 지문과 나선무늬 지문에 대한 전문적인 이야기를 했다.

그는 포와로의 무관심한 태도에 화가 나서 마침내 이렇게 말했다.

"그럼, 이 지문이 그날 밤 그 집에 있었던 사람의 것이라는 것은 인정하겠습니까?"

포와로가 머리를 끄덕이며 말했다.

"물론입니다."

"자, 나는 그 집안사람들의 지문을 모두 가지고 있습니다. 잘 들으십시오. 그 늙은 부인에서부터 주방일을 하는 하녀에 이르기까지 모든 사람의 것을 말입니다."

"애크로이드 부인이 자기를 늙은 부인이라고 부르는 것을 들으면 좋아하지 않을 겁니다. 그녀는 상당히 공들여서 화장을 하더군요."

"모든 사람의 지문을 갖고 있습니다."

경위는 짜증스럽게 되풀이했다.

"내 것도 포함해서요?"

나는 냉담하게 물었다.

"그렇습니다. 하지만 그 누구의 것도 일치하지 않았습니다. 그러니 이제 우리는 양자택일을 해야 합니다. 랠프 페이튼이든지, 아니면 여기 계신 의사 선생이 말씀하신 그 수상한 사람이든지 말입니다. 그들을 찾아내기만 하면……."

포와로가 참견했다.

"그것은 귀중한 시간을 낭비할 뿐이오."

"정말 이해할 수가 없습니다, 포와로 씨."

포와로가 낮은 목소리로 말했다.

"당신은 그 집에 있는 사람들의 지문을 빠짐없이 채취했다고 했소만, 그것이 사실일까요?"

"틀림없습니다."

"한 사람도 빼놓지 않고요?"

경위가 장담하듯이 말했다.

"단 한 사람도 빼놓지 않았습니다."

"살아 있는 사람과 죽은 사람까지도 말입니까?"

그 순간 경위는 포와로의 빈틈없는 관찰에 당황한 모양이었다. 그는 천천히 반응을 나타냈다.

"당신의 말씀은……."

"죽은 사람 말입니다, 경위."

경위는 잠시 지나서야 포와로의 말을 이해했다.

"내가 말하고 싶은 것은……."

포와로가 침착하게 말했다.

"단검의 손잡이에 찍힌 지문은 애크로이드 씨 자신의 것이라는 겁니다. 그건 당장 확인해볼 수 있습니다. 그의 시체는 아직 그대로 있으니까."

"그렇지만 무엇 때문에요? 도대체 왜 그랬을까요? 자살을 말씀하시는 것은 아니겠지요, 포와로 씨?"

"오, 아닙니다! 내 말은 살인자는 손에 장갑을 끼었거나, 아니면 다른 것으로 손을 감쌌을 거라는 말이오. 범인은 단검으로 찌른 뒤에, 피살자의 손을 단검 손잡이에 갖다 댄 거죠."

"그렇지만 왜 그랬을까요?"

포와로는 다시 어깨를 으쓱했다.

"복잡한 사건을 더욱 복잡하게 만들기 위해서가 아니었을까요?"
"그럼, 조사해보도록 하지요. 그런데 어떻게 그런 생각을 하게 되었습니까?"
포와로가 말했다.
"당신이 친절하게 나에게 단검을 보여 주며 지문 이야기를 했을 때였습니다. 솔직하게 말해서, 나는 고리무늬와 나선무늬에 대해서는 잘 모릅니다. 그런데 문득 지문의 위치가 좀 어색하다는 생각이 들었습니다. 나라면 단검으로 찌를 때 그렇게 잡지 않았을 겁니다. 오른손으로 어깨 뒤쪽을 내리 찔렀다면 피살자의 상처 위치와 맞지 않습니다."
래글런 경위는 조그만 남자를 뚫어지게 바라보았다.
포와로는 아주 무관심한 태도로 외투 소매에 묻은 먼지를 털어내고 있었다.
"그렇군요. 충분히 가능한 일입니다. 잘 조사해보겠습니다만, 그것에서 아무것도 나오지 않는다고 해도 너무 실망하지는 마십시오."
그는 일부러 친절하고 선심을 쓰는 투로 꾸며서 말했다.
포와로는 그가 돌아서서 가는 모습을 지켜보았다. 그러고는 나를 보며 눈을 찡긋했다.
"다음부터는, 저 친구의 자만심에 좀 신경을 써야겠습니다. 자, 이제 우리의 계획으로 돌아갑시다. 소규모 가족회의를 해보려고 하는데 어떨까요?"
포와로가 말한 소규모 가족회의는 30분 뒤에 열렸다.
우리는 펀리의 식당 탁자에 둘러앉았다.
포와로는 엄숙한 중역 회의의 의장처럼 탁자의 윗자리에 앉았다.
하인들을 제외하고 모두 여섯 사람이 모였다. 애크로이드 부인, 플로라, 블런트 소령, 레이먼드 청년, 포와로, 그리고 나.
사람들이 모두 모이자 포와로가 일어나서 인사를 하고는 말했다.
"신사 숙녀 여러분, 여러분을 이렇게 모이도록 한 것은 어떤 목적이 있어서입니다. 우선 나는 마드모아젤에게 아주 특별한 부탁을 하고 싶습니다."
플로라가 말했다.
"저한테요?"
포와로가 대답했다.

"마드모아젤, 당신은 랠프 페이튼 대위와 약혼한 사이입니다. 그러므로 그가 믿는 사람이 있다면, 그건 바로 당신일 겁니다. 간절하게 부탁하는 바입니다만, 혹시 그의 행방을 알고 있다면 사람들 앞에 나타나도록 설득시켜 주십시오, 잠깐 동안만이라도."

플로라가 말을 하려고 고개를 들자 그는 얼른 막았다.

"잘 생각해보고 나서 말하시오. 그의 위치는 날로 위험해져 가고 있습니다. 그가 당장이라도 나타난다면, 사실이 어찌됐든 그는 변명할 수 있는 기회를 갖게 되는 겁니다. 그런데 이 침묵은, 도망은, 무엇을 의미하는 것일까? 그것은 단 한 가지, 범죄에 대해 알고 있다는 거지요. 마드모아젤, 당신이 진실로 그의 무죄를 믿고 있다면 너무 늦기 전에 그가 나타나도록 설득해야 합니다."

플로라의 얼굴이 창백해졌다.

그녀는 나지막한 목소리로 그 말을 되풀이했다.

"너무 늦기 전이라니요?"

포와로가 몸을 앞으로 기울이고 그녀를 바라보았다.

"자, 날 봐요."

그는 아주 온화하게 말했다.

"지금 당신에게 묻고 있는 사람은 인자한 포와로입니다. 나이 많은 인자한 포와로는 아는 것도 많고 경험도 많습니다. 나는 당신을 함정에 빠뜨리려고 하는 것이 아니오, 마드모아젤. 나를 믿지 못하겠소? 자, 랠프 페이튼이 어디에 숨어 있는지 말해주겠습니까?"

플로라는 일어나서 그를 바라보았다. 그러고는 또렷한 목소리로 말했다.

"포와로 선생님, 엄숙하게 맹세합니다만, 저는 랠프가 어디에 있는지 몰라요. 그리고 살인사건이 일어난 날에도, 또한 그 이후에도 그를 본 적도, 그에게서 소식을 받은 적도 없어요."

그녀는 다시 자리에 앉았다.

포와로는 말없이 그녀를 바라보다가 거칠게 탁자 위에 손을 올려놓았다.

"좋아요! 그게 바로 문제입니다."

그의 얼굴이 굳어졌다.

"자, 그럼 여기에 모인 다른 분들, 애크로이드 부인, 블런트 소령, 셰퍼드 박사, 레이먼드 씨에게 부탁합니다. 여러분들은 모두 사라진 사람과 개인적인 친분 관계를 갖고 있습니다. 만일 여러분 중 누가 랠프 페이튼의 행방을 알고 있다면 말씀해주십시오."

그러나 여전히 아무 말이 없었다.

마침내 애크로이드 부인이 애조를 띤 목소리로 이렇게 말했다.

"더 이상 견딜 수 없군요. 랠프가 사라지다니 정말 이상해요. 정말 이상하다고 말할 수밖에 없어요. 이런 시기에 나타나지조차 않다니, 그 이면에는 무슨 일이 있는 것 같아요. 이렇게 생각해서는 안 되겠지만, 플로라, 너희들의 약혼이 공식적으로 발표되지 않았다는 게 얼마나 다행스런 일인지 모르겠구나."

"엄마!"

플로라가 화를 내며 소리쳤다.

"이건 분명 신의 섭리야."

애크로이드 부인이 딱 잘라 말했다.

"나는 신의 섭리라는 것을 믿는답니다. 셰익스피어의 아름다운 시구처럼 그것은 잡다한 인생사를 결정지어 주는 일종의 신성(神性)이라고 할 수 있죠."

제프리 레이먼드가 호탕하게 웃으며 말했다.

"그렇다고 전능하신 하나님에게 발목이 굵은 것에까지 직접 책임이 있다고는 안 하시겠죠, 애크로이드 부인? 그렇지 않습니까?"

그는 긴장된 분위기를 좀 풀어 보자는 의도로 말했겠지만, 애크로이드 부인은 비난하듯이 힐끔 쳐다보고는 손수건을 꺼냈다.

"플로라는 엄청난 구설수와 오해를 면한 거예요. 사랑스런 랠프가 로저의 죽음에 조금이라도 관련이 있을 거라고 한 번도 생각해보지 않았어요. 또 그렇게 생각하지도 않아요. 그러나 나는 원래 남을 잘 믿는 성격이라서, 늘 그래 왔지요. 아주 어렸을 때부터 말이에요. 나는 사람을 의심하는 것을 아주 싫어해요. 그렇지만 랠프가 어렸을 때 몇 번 위험을 겪었다는 사실을 염두에 두셔야 할 거예요. 그래서 그 뒤 오랫동안 후유증이 나타났었다는 이야기를 들었어요. 그런 사람들은 최소한 자신의 행동에 책임은 없어요. 아시다시피, 도저히 어떻게 할 수도 없이 자제력을 잃을 때가 있으니까요."

플로라가 소리쳤다.

"엄마, 랠프가 그 일을 저질렀다고 생각하는 것은 아니겠죠?"

블런트가 말했다.

"그만하십시오, 애크로이드 부인."

"나는 어떻게 생각해야 할지 모르겠어요."

애크로이드 부인은 울먹이며 말했다.

"정신이 하나도 없어요. 또 유산은 어떻게 되는 걸까요? 만일 랠프가 유죄로 밝혀진다면 말이에요."

레이먼드가 거칠게 의자를 뒤로 밀어제쳤다. 블런트 소령은 아무 말 없이 그녀를 쳐다볼 뿐이었다.

"꼭 전쟁 노이로제에 걸린 것 같아요."

애크로이드 부인은 끈질기게 말했다.

"로저는 그에게 돈을 넉넉하게 주지 않았어요. 물론 다 랠프가 잘되라고 한 거겠지만요. 모두들 나보고 뭐라고 하겠지만, 나는 랠프가 나타나지 않는 것이 정말 이상하기 짝이 없어요. 그리고 플로라의 약혼이 아직 공식적으로 발표되지 않아서 정말이지 너무너무 다행스러운 일이에요."

"내일 발표하겠어요."

플로라가 분명한 목소리로 말했다.

"플로라!"

그녀의 어머니가 깜짝 놀라서 외쳤다.

"모닝 포스트지와 타임스지에 발표해주시겠어요, 레이먼드 씨?"

플로라는 비서에게 이렇게 말했다.

"그것이 현명한 일이라고 생각한다면 그렇게 하지요, 애크로이드 양."

그가 엄숙하게 대답했다.

그녀는 갑자기 블런트에게 호소했다.

"소령님은 이해하실 수 있겠지요? 지금 제가 무엇을 할 수 있겠어요? 어떻게 됐든 저는 랠프 곁에 있어야 해요. 꼭 그래야만 한다고요."

플로라가 블런트를 뚫어지게 바라보자, 그는 한참 뒤에야 머리를 끄덕였다.

애크로이드 부인은 갑자기 소동을 부리며 반대했다. 그러나 플로라는 전혀 흔들리지 않았다.

그때 레이먼드가 말했다.

"당신의 마음은 충분히 알겠습니다, 애크로이드 양. 그렇지만 좀 경솔하다고 생각지 않습니까? 하루나 이틀 정도 더 기다려 보는 게 어떨까요?"

플로라는 또렷한 목소리로 말했다.

"내일 하겠어요. 그렇게 하셔도 소용없어요, 엄마. 내 입장만 생각하고서 친구를 배신할 수는 없어요."

애크로이드 부인은 거의 울먹이는 목소리로 호소했다.

"포와로 씨, 뭐라고 말씀 좀 해주세요."

블런트가 끼어들며 말했다.

"말할 게 뭐 있습니까? 따님은 바른 일을 하고 있는 겁니다. 나는 끝까지 그녀를 지지하겠습니다."

플로라는 그에게 손을 내밀며 말했다.

"고마워요, 블런트 소령님."

포와로가 말했다.

"마드모아젤, 이 늙은이가 아가씨의 용기와 충절을 축하해도 되겠습니까? 그리고 당신에게 한 가지 부탁을 해도 될는지 모르겠습니다. 아주 진지하게 부탁합니다만, 당신이 말한 그 발표를 이틀만 더 연기할 수 없겠습니까?"

플로라는 망설였다.

"내가 이렇게 부탁하는 이유는, 당신뿐만 아니라 랠프를 위해서요. 얼굴을 찌푸리는군요. 당신은 그것을 모르고 있습니다. 하지만 나는 분명히 말할 수 있습니다. 지금은 농담할 때가 아니에요. 사건을 내 손에 맡겼으면, 나를 곤란하게 해서는 안 됩니다."

플로라는 한참 동안 망설이다가 입을 열었다.

"그렇게 하고 싶지는 않지만, 선생님 말씀에 따르겠어요."

포와로가 급히 말했다.

"그럼, 이제 신사 숙녀 여러분, 말씀드리려고 했던 이야기를 계속하겠습니다. 주의해서 들어 주십시오. 나는 진실을 알아내고자 합니다. 진실이란 아무리 추한 모습을 하고 있다고 해도, 그것을 찾는 사람에게는 항상 매력 있고 아름다운 것입니다. 나는 나이도 많은데다가 능력도 옛날 같지는 않다고 생각합니다."

여기에서 그는 명백하게 누군가가 그의 말을 부정해주기를 기대했다. 포와로가 다시 말을 이었다.

"모든 것을 고려해보면, 이것은 내게 마지막 사건이 될 것 같습니다. 하지만 에르큘 포와로는 그 마지막을 실패로 장식하지는 않을 겁니다. 신사 숙녀 여러분, 다시 한 번 말하지만 나는 진실을 알아내고자 합니다. 그리고 나는 꼭 알아내고야 말 겁니다. 여러분이 반대할지라도 말입니다."

그는 그 마지막 말을 우리 얼굴에 던지듯이 자극적으로 내뱉었다. 그곳에 모인 사람들이 모두 약간 움찔하는 것 같았다. 그러나 오직 제프리 레이먼드만이 평소와 똑같이 쾌활하고 태연한 모습이었다.

그는 눈썹을 약간 치켜세우며 물었다.

"무슨 뜻으로 그렇게 말씀하시는 겁니까, 우리들이 반대하다니요?"

"그저, 바로 그 말입니다. 이곳에 모인 분들이 모두 나에게 어떤 것을 감추고 있다는 뜻입니다."

분위기가 약간 술렁거리자 그는 손을 들어서 말했다.

"오, 예, 잘 압니다. 그것은 이 사건과 관련이 없는 사소한(별로 중요하지 않은) 일일지도 모릅니다. 하지만 그런 것이 있는 것만은 분명합니다. 여러분은 모두 감추고 있는 것이 있습니다. 자, 어때요. 내 말이 맞지 않습니까?"

도전적이고 비난하는 듯한 그의 눈길이 탁자 주위를 휩쓸었다.

사람들은 모두 두 눈을 그의 시선 앞에서 내리깔았다. 물론 나의 눈도 마찬가지였다.

"나는 대답을 들었습니다."

포와로는 어색하게 웃으면서 말하고는 자리에서 벌떡 일어났다.

"여러분 모두에게 부탁합니다. 나에게 진실을 말해주십시오, 모든 진실을."

침묵이 흘렀다.
"말씀하실 분이 아무도 없습니까?"
그는 다시 조금 전과 같이 짧게 웃었다.
"유감스럽군요."
이렇게 말하고는 나가버렸다.

제13장

거위의 깃털

그날 밤 나는 포와로의 부탁을 받고 저녁식사를 마친 다음 그의 집으로 건너갔다. 캐롤라인은 내가 나가는 것을 몹시 아쉬운 표정으로 지켜보았다. 나와 함께 가고 싶었던 것이다.

포와로는 나를 반갑게 맞아 주었다. 그의 조그만 탁자에는 내가 몹시 싫어하는 아일랜드산 위스키 한 병과 소다수 한 병, 그리고 컵 하나가 놓여 있었다. 그는 뜨거운 초콜릿을 만드는데 정신이 없었다. 나중에 알고 보니 그것은 그가 즐겨 마시는 음료수였다.

그는 정중하게 누나의 안부를 물은 다음, 내 누이가 무척 재미있는 여자라고 말했다.

나는 무뚝뚝하게 말했다.

"누님에게 너무 자만심을 불어넣을까 봐 걱정입니다. 일요일 오후에는 어땠습니까?"

그는 웃으면서 눈을 깜박거렸다.

"나는 항상 전문가를 고용하고 싶어 합니다."

그는 이렇게 모호하게 말하고 나서, 아무 설명도 하지 않았다.

"당신은 어쨌든 이 지방에 떠돌고 있는 뒷이야기를 모두 들은 셈입니다. 그 중에는 옳은 이야기도 있겠지만, 그른 이야기도 있을 겁니다."

그는 조용히 덧붙였다.

"그래도 쓸모있는 정보를 꽤 많이 입수했소."

"어떤 정보 말입니까?" 내가 물었다.

"왜 나에게 그 사실을 말하지 않았습니까?"

포와로가 머리를 흔들며 오히려 내게 되물었다.

"이런 곳에서는 랠프 페이튼의 행동이 낱낱이 밝혀질 수밖에 없습니다. 당신의 누님이 그날 그 숲을 지나지 않았다고 해도 누군가 다른 사람이 그렇게 했을 겁니다."

"그랬을 테지요." 나는 퉁명스럽게 말했다.

"내 환자들에 대해서는 왜 알고 싶어 했습니까?"

그는 또 눈을 깜박였다.

"그들 중 단 한 사람 때문이오, 박사. 한 사람에게 관심이 있어서요……."

나는 용기를 내어 말했다.

"마지막 환자 말인가요?"

포와로는 슬쩍 둘러댔다.

"러셀 양이란 여자, 굉장히 재미있는 사람인 것 같더군요."

"우리 누님과 애크로이드 부인이 그녀가 좀 수상쩍다고 한 말을 믿습니까?"

"예? 무슨 말인지, 수상쩍다고요?"

나는 내가 할 수 있는 데까지 설명해주었다.

"오, 그래서 그렇게 말하고들 있단 말이군요."

"어제 오후에 누님이 당신에게 설명해주지 않았습니까?"

"그러고 보니 들은 것도 같군요."

내가 딱 잘라 말했다.

"무슨 이야기를 했는지는 모르지만, 다 근거 없는 말들입니다."

포와로가 막연하게 말했다.

"여자들은 참으로 놀라운 면이 있습니다! 그들이 가끔 우연을 창조해 내는 것이 신기하게도 들어맞는단 말입니다. 전혀 그럴 것 같지 않으면서도 정말 그렇단 말입니다. 여자들은 자신들도 모르는 사이에 잠재의식적으로 아주 조그마한 것들까지도 관찰해 내지요. 그들의 잠재의식에는 아주 작은 것들이 덧붙게 되는데, 그것을 직관이라고 하지요. 나는 심리학에 대해서 아주 깊이 연구했거든요. 그래서 잘 알죠."

그러면서 그가 가슴을 쑥 내밀며 으스대는 모습이 너무나 우스꽝스러워서 나는 웃음을 터뜨리지 않을 수 없었다.

그러더니 그는 초콜릿을 한 모금 마시고 조심스럽게 콧수염을 쓰다듬었다.

"말씀해주십시오." 내가 불쑥 말을 꺼냈다.

"그 사건에 대해서 어떻게 생각하고 있습니까?"

그는 컵을 내려놓았다.

"알고 싶습니까?"

"그렇습니다."

포와로가 대답했다.

"내가 본 것은 당신도 보았잖습니까. 우리는 서로 같은 견해를 가지고 있어야 하지 않을까요?"

"나를 놀리시는군요." 내가 딱딱하게 말했다.

"나는 이런 일에 전혀 경험이 없습니다."

포와로는 나를 바라보며 부드럽게 미소 지었다.

"마치 기관차를 어떻게 움직이는지 알고 싶다고 졸라대는 어린아이 같군요. 당신이 그 문제를 알고 싶어 할 때는 의사로서가 아니라, 아무도 알지 못하고 아무도 돌보지 않는 탐정의 눈으로서입니다. 탐정에게는 사람들이 모두 똑같이 의심스러운 이방인일 뿐이오."

내가 말했다.

"바로 보셨습니다."

포와로가 말했다.

"그렇다면 간단히 훈계부터 해야겠습니다. 무엇보다 먼저 그날 밤 일어났던 일에 대해 확실히 알고 있어야 합니다. 진술하는 사람들이 거짓말을 하고 있을지도 모른다는 것을 항상 염두에 두고서 말이오."

나는 눈썹을 치켜세웠다.

"언제나 의심을 하고 있어야 하겠군요."

"그것은 필수적이죠. 분명히 말해두지만 필수적인 것입니다. 자, 먼저, 당신은 그날 밤 8시 50분에 그 저택을 떠났습니다. 내가 그것을 어떻게 알았겠습니까?"

"내가 그렇다고 말했기 때문이죠."

"그렇지만 당신이 사실대로 말하지 않았을 수도 있지요. 또, 당신이 지나갈 때 그 시계가 틀렸는지도 모르고. 하지만, 파커도 당신이 8시 50분에 그 집을 떠났다고 했습니다. 그래서 우리는 그 진술을 받아들이고 다음 단계로 넘어갑니다. 당신은 9시에 어떤 남자와 마주쳤습니다(여기에서 우리는 어떤 수수께끼의 인물 이야기에 이르게 되는데). 바로 대문 밖이라고 했지요. 그것이 그렇다는 것을 내가 어떻게 알았겠습니까?"

"내가 그렇게 말했고……."

나는 이렇게 다시 시작했으나 포와로는 참을 수 없다는 듯 내 말을 막았다.

"아! 오늘밤에는 조금 둔하군요. 당신은 그렇다고 말했지만, 내가 그것을 어떻게 압니까? 그렇지만 수수께끼의 인물이 당신의 환각이 아니라고 확신할 수 있습니다. 그것은 자네트 양이라는 여자가 당신이 만나기 몇 분 전에 그를 만났고, 그 사람이 그녀에게도 펀리 파크로 가는 길을 물었기 때문입니다. 그러므로 우리는 그의 존재를 받아들이기로 했으며, 아울러 그 사람에 대한 두 가지 사실을 확실히 알 수 있습니다. 그는 이곳 사람들에게 낯선 얼굴이었다는 것과 그가 펀리로 가는 길을 두 번이나 물은 것으로 봐서 그가 무엇 때문에 그곳에 가려고 했는지는 모르지만, 거기에는 커다란 비밀이 없다는 겁니다."

나는 마치 수긍하듯이 고개를 끄덕이며 말했다.

"흠, 그렇겠군요."

"그 사람에 대해서 많이 알아내는 것이 내 일입니다. 그는 드리 보어스에서 한잔했는데, 거기에 있는 술집 여자에 의하면, 그는 미국 억양으로 말했으며, 미국에서 막 왔다고 했답니다. 그의 억양이 미국식이었다고 느꼈습니까?"

나는 잠깐 기억을 더듬은 뒤에 말했다.

"예, 그랬다고 생각합니다. 하지만 아주 약했습니다."

"알았습니다. 나는 또 이것을(기억하고 있겠지만) 그 정자에서 주웠습니다."

그는 나에게 작은 깃털을 건네주었다.

나는 그것을 신기하게 들여다보았다. 그 순간 전에 읽었던 어떤 이야기가 떠올라 나는 흥분했다.

내 얼굴을 지켜보고 있던 포와로는 고개를 끄덕였다.

"그렇습니다. 헤로인 중독자입니다. 마약 상습자들은 이런 것을 가지고 다니며 코에 대고 들이마시죠."

"염산디아세틸모르핀."

나는 기계적으로 중얼거렸다.

"이렇게 마약을 들이마시는 것은 그쪽 나라에서는 아주 보편적인 일입니다. 그것은 또 그 남자가 캐나다나 미국에서 왔다는 증거가 되는 셈이지요."

나는 호기심에 가득 차서 물었다.

"그런데 어떻게 그 정자에 들어가 볼 생각을 했습니까?"

"경위는 그 오솔길이 집으로 통하는 지름길이기 때문에 누구라도 당연히 그 길로 갈 것이라고 했지만, 나는 그 정자를 보는 순간 집으로 들어가려는 사람뿐만 아니라 그 정자로 가려는 사람들도 역시 그 길을 이용할 것이라고 생각했습니다. 그 낯선 인물은 현관 쪽으로나 뒷문 쪽으로는 가지 않았다는 것이 아주 확실합니다. 그렇다면 당연히 집에 있던 누군가가 밖으로 나와서 그를 만났을 겁니다. 그렇다면 작은 정자보다 더 편리한 장소가 있을까요? 나는 그 안에서 어떤 실마리가 나올지도 모른다는 희망을 가지고 그곳을 뒤져보았던 겁니다. 그랬더니 천 조각과 이 깃털이 나오더군요."

"그런데 그 천 조각은……?" 내가 다시 물었다.

"그것이 무엇이죠?"

포와로가 눈썹을 치켜세우며 냉담하게 말했다.

"당신은 작은 회색 뇌세포를 사용하지 않는군요. 풀 먹인 천 조각이야 아주 분명한 거 아닙니까?"

"내게는 그렇지가 않군요." 나는 화제를 돌렸다.

"여하튼 그 남자는 누군가를 만나기 위해 그 정자로 갔단 말이군요. 그럼, 그 사람은 누구일까요?"

"그게 바로 문제입니다. 애크로이드 부인과 딸이 캐나다에서 건너왔다는 사실을 알고 있습니까?"

"오늘 당신이 사람들에게 모두 진실을 숨기고 있다고 비난한 것이 바로 그것입니까?"

"그럴 수도 있겠죠. 이제 다른 문제를 생각해봅시다. 심부름하는 하녀의 이야기에 대해서는 어떻게 생각합니까?"
"무슨 이야기요?"
"해고 문제 말입니다. 하인 하나를 내보내는데 30분씩이나 걸립니까? 중요하다는 서류 이야기는 사실일까요? 그리고 생각해보십시오. 그녀가 9시 30분부터 10시까지 자기 침실에 있었다고 말하지만, 그 진술을 증명해줄 사람이 아무도 없소."
"뭐가 뭔지 통 모르겠습니다."
"나는 점점 확실해지고 있습니다. 그래도 일단 당신의 의견을 듣고 싶습니다."
나는 주머니에서 종이 한 장을 꺼내면서 변명하듯이 말했다.
"몇 가지 생각나는 대로 대강 적어 놓은 것이 있습니다."
"훌륭한 방법이군요. 당신에게도 방법이 따로 있었군요. 어디 한 번 들어 봅시다."
나는 약간 거북한 목소리로 읽었다.
"먼저 사건을 논리적으로 살펴봐야 합니다."
"내 친구 헤이스팅스가 하던 말과 똑같군."
포와로가 중얼거렸다.
"하지만, 맙소사! 그는 그렇게 하지 않았지."

제1항— 9시 30분에 애크로이드 씨가 어떤 사람과 이야기하는 소리가 들렸다.
제2항— 신발 자국으로 봐서, 그날 밤 랠프 페이튼이 창문을 통해 들어온 것이 분명하다.
제3항— 그날 밤 애크로이드 씨는 흥분되어 있었기 때문에 안면이 있는 사람이 아니라면 방 안에 들이지 않았을 것이다.
제4항— 9시 30분에 애크로이드 씨와 함께 있었던 사람은 돈을 요구했다. 참고로 랠프 페이튼은 경제적으로 어려운 상황에 있다.

"위의 네 가지 항목은 9시 30분에 애크로이드 씨와 함께 있었던 사람이 랠프 페이튼이었다는 것을 말해줍니다. 그러나 우리는 애크로이드 씨가 9시 50분까지도 살아 있었다는 것을 알고 있습니다. 그러므로 그를 살해한 것은 랠프가 아닙니다. 랠프는 창문을 열어 놓은 채로 가버렸습니다. 범인은 그다음에 그곳으로 들어온 겁니다."

포와로가 물었다.

"그럼, 누가 범인이라는 말입니까?"

"미국에서 왔다는 낯선 사람일 겁니다. 어쩌면 파커와 미리 짰을지도 모릅니다. 그리고 페라스 부인을 협박한 사람도 그일지 모릅니다. 만일 그렇다면 파커는 그러한 계략이 발각되었다는 것을 알아차릴 수 있을 만큼 이야기를 엿듣고, 공범자에게 그것을 알려서 그 사람이 파커가 준 칼로 죄를 저질렀는지도 모르죠."

"그럴듯한 이야기로군요. 당신도 확실히 세포를 가지고 있습니다. 하지만 설명되지 않는 부분이 많아요."

내가 물었다.

"어떤……?"

"그 전화라든가, 위치가 바뀐 의자라든가……."

내가 중간에 끼어들었다.

"의자의 위치가 바뀐 것이 중요하다고 생각합니까?"

"글쎄요, 아마 그렇지 않을 겁니다." 포와로가 솔직히 말했다.

"우연히 밀렸을 수도 있지요. 아니면 레이먼드나 블런트 소령이 흥분해서 무의식적으로 떠밀었는지도 모르고요. 그건 그렇고, 40파운드가 없어진 것은 어떻게 설명하겠습니까?"

"애크로이드 씨가 랠프에게 주었다고도 할 수 있겠죠. 처음에는 거절했다가 생각을 바꿨을 수도 있지 않습니까?"

내가 따지듯이 포와로에게 되물었다.

"그래도 설명되지 않은 것이 하나 있습니다."

"뭡니까?"

"블런트 소령은 9시 30분에 애크로이드 씨와 함께 있었던 사람이 왜 레이먼드라고 생각했을까요?"

"그건 소령이 설명하지 않았습니까?"

"정말 그렇다고 생각합니까? 어쨌든 그 점은 강조하지 않겠습니다. 그보다 랠프 페이튼이 사라진 이유가 무엇일까요?"

"그것은 좀 어려운 문제입니다." 내가 천천히 대답했다.

"의사의 입장으로서 말해야겠습니다. 랠프는 정신적으로 심한 충격을 받았을 겁니다. 자기가 떠난 뒤 몇 분도 채 안 되어서 애크로이드 씨가 살해되었다는 것을 알았다면(그것도 좀 험악한 기분으로 헤어진 뒤였으니까 말입니다), 미리 겁을 먹고 사라진 것이 아닐까요? 사람들은 종종 그런 행동을 한다고 합니다. 완전히 결백하면서도 지레 겁을 먹고 의심받을 짓을 하게 되는 거죠."

"예, 옳은 말입니다." 포와로가 말했다.

"그러나 우리가 놓쳐서는 안 될 일이 하나 있습니다."

"무슨 말을 하려는지 압니다. 동기 말씀이죠? 랠프 페이튼은 애크로이드 씨가 죽음으로 막대한 유산을 상속받게 된다는 이야기 아닙니까?"

포와로가 동의했다.

"그것도 하나의 동기가 될 수 있겠죠."

"하나의 동기라고요?"

"그렇습니다. 각각 독립된 몇 가지의 동기들이 정면에서 우리를 노려보고 있다는 것을 압니까? 누군가 분명히 파란 봉투와 그 속에 들은 것을 훔쳐 갔습니다. 그것이 하나의 동기입니다. 그리고 페라스 부인을 협박한 사람은 랠프 페이튼일지도 모릅니다. 해몬드 변호사가 최근 들어 랠프 페이튼이 애크로이드 씨에게 도움을 청한 적이 없다고 말한 것을 생각해보시오. 그것은 어딘가 다른 곳에서 돈이 들어온다는 뜻일 수도 있습니다. 그렇다면 그는 애크로이드 씨의 귀에 들어갈까 두려웠던 어떤(뭐라고 할까요), 곤란한 지경에 빠져 있었던 것은 아닐까요? 그리고 마지막으로 당신이 방금 말한 동기가 하나 있습니다."

나는 약간 놀라며 말했다.

"이것 참, 그에게 아주 불리하게 되었군요."

"그렇습니까? 그것이 당신과 내가 일치하지 않는 점이군요. 동기가 세 가지씩이나 되다니, 너무 지나친 것 같지 않소? 나는 랠프 페이튼은 무죄라고 믿고 싶습니다."

제14장

애크로이드 부인

내가 앞에서 말했던 그날 저녁의 가족회의가 있은 뒤부터 사건은 다른 국면으로 접어든 것 같았다. 그 사건은 두 부분으로 나누어지는데, 각각은 서로 뚜렷하고 분명하게 구분된다. 첫 번째 부분은 금요일 밤에 있었던 애크로이드의 죽음에서부터 그 다음 월요일 밤까지 해당된다. 그것은 에르큘 포와로가 이미 말한 것처럼, 사건에 대한 있는 그대로의 기록이다.

나는 계속 포와로와 함께 행동했다. 그러므로 그가 본 것은 나도 똑같이 보았다. 나는 그의 마음을 읽으려고 온갖 애를 썼다. 이제야 깨달은 것이지만, 이 일에 나는 완전히 실패하고 말았다. 포와로가 자신이 발견한 모든 것을, 이를테면 결혼 금반지 같은 것을 나에게 보여 주긴 했지만, 자신이 느낀 정말 중요한 생각은 감추고 있었다.

나중에 알게 되었지만, 이렇게 비밀로 감추는 것이 그의 특징이었다. 그는 어느 정도 힌트와 암시는 주었지만 그 이상은 가르쳐 주지 않았다. 다시 말해서, 월요일 밤까지 나의 이야기는 포와로 자신의 이야기와 똑같은 것이다. 나는 홈스 탐정에게 있어서 왓슨의 역할을 했다.

그러나 월요일 이후부터 우리의 의견은 서로 달라졌다. 포와로는 혼자서 바빴다. 나는 그가 하는 일에 대해 소문으로 들을 수 있을 뿐이었다. 킹스 애버트에서는 결국 무슨 이야기든 다 듣게 되어 있다. 하지만 그는 나에게 미리 비밀을 털어놓는 법이 없었다. 그래서 나 역시 내 일에 몰두했다.

돌이켜보면, 그 당시에 내게 가장 충격적인 일은 하나씩 부각되는 인물들이었다. 모든 사람들이 그 사건에 한 가지씩이나마 관련이 있었다. 그것은 마치 조각 그림 맞추기 장난감에서 사람들이 하나씩 자기가 알고 있거나 발견한 작은 조각을 가져다 준 것 같았다. 그러나 그들의 임무는 그것으로 끝났다.

밝혀진 그 조각들을 제자리에 끼워 맞추는 것은 포와로 혼자만이 할 수 있는 일이었다. 그 작은 사건들 중 어떤 것은 그 당시에는 전혀 무관하고 무의미한 것으로 보였다. 예를 들어, 검은 부츠만 해도 그렇다. 하지만 나중에 밝혀진 바에 의하면 그것은…….

사건을 순서대로 엄격히 파악하기 위해서 나는 애크로이드 부인이 나를 부른 이야기부터 시작해야겠다. 그녀는 화요일 아침 일찍 나를 불렀다. 꽤나 급히 와달라고 하기에 나는 그녀의 임종까지도 각오하고 서둘러 달려갔다.

부인은 침대에 누워 있었다. 예의고 뭐고 따질 형편이 아니었다. 그녀는 야윈 손을 내밀어 침대 옆에 바싹 놓여 있는 의자를 가리켰다.

나는 의사에게서 흔히 볼 수 있는 그럴듯한 친절한 목소리로 말했다.

"애크로이드 부인, 무슨 일입니까?"

애크로이드 부인이 희미한 목소리로 말했다.

"기운이 하나도 없어요. 완전히 지쳐 버렸어요. 로저의 죽음 때문이랍니다. 이런 일은 보통 바로 그 당시에는 나타나지 않다가 한꺼번에 몰려오지요."

유감스럽게도, 의사들은 직업상 자기가 정말로 생각하는 것을 간혹 입 밖에 낼 수 없는 경우가 있다. 그럴 때 대답할 만한 적당한 말이 있으면 좋으련만.

"모두 부질없는 생각입니다!"

나는 강장제를 주겠노라고 말했다.

애크로이드 부인은 순순히 내 말을 받아들였다. 이제 그 게임에서 한 가지 동작은 끝난 것처럼 보였다. 나는 그녀가 애크로이드의 죽음으로 인한 충격 때문에 나를 불렀다고는 결코 생각하지 않았다. 그러나 애크로이드 부인은 어떤 주제에 올바로 접근하는 능력이 전혀 없는 사람이다. 그녀는 항상 비비꼬며 늘어진다. 나는 그녀가 무엇 때문에 나를 오라고 했는지 무척 궁금했다.

"그런데 그 자리에서 말이에요. 어제 있었던……."

내 환자는 말을 질질 끌었다. 그녀는 내가 어떤 실마리를 끄집어내주기를 바라는 듯이 말을 멈추었다.

"어떤 자리 말입니까?"

"박사님도 참, 어떻게 그러실 수 있어요? 정말 벌써 잊으셨어요? 그 지독한 프랑스 사람인가, 벨기에 사람인가 하는, 어쨌든 그 사람 있잖아요. 자기 마음대로 우리를 들볶아대던 사람 말이에요. 그것 때문에 내가 말이 아니에요. 로저가 죽은데다가."

"정말 유감스러운 일입니다, 애크로이드 부인."

"나는 그가 무슨 말을 하는 건지 통 모르겠어요, 소리만 질러대고는. 차라리 내가 뭔가 숨기고 있는 꿈이라도 꾸었으면 좋겠어요. 나는 경찰에게 내 힘닿는 데까지는 다 도와줬다고요."

나는 애크로이드 부인의 말이 끝나기를 기다렸다가 이렇게 말했다.

"그야 물론이죠."

나는 무엇 때문에 그렇게 야단법석인지 희미하게나마 알아차리기 시작했다.

"아무도 내가 내 의무를 소홀히 했다고 할 수는 없어요."

애크로이드 부인이 계속했다.

"래글런 경위는 아주 흡족해하고 있다고 들었어요. 그런데, 작고 건방진 외국인이 누구기에 이렇게 소란을 피우는지 모르겠군요. 정말 우스꽝스럽게 생겼어요. 꼭 시사 풍자만화에 나오는 익살스런 프랑스 사람 같아요. 플로라가 왜 그런 사람에게 사건을 의뢰했는지 알 수가 없군요. 나한테 한마디 말도 없이 나가서 자기 멋대로 그렇게 해버렸답니다. 플로라는 항상 자기 멋대로예요. 인생을 살아도 내가 더 많이 살았고, 그런 일이라면 당연히 나에게 먼저 상의해야 하잖아요?"

나는 묵묵히 듣고만 있었다.

"그 사람이 대체 무슨 생각을 하는 건지 궁금하군요. 정말 내가 숨기는 것이 있다고 생각하나요? 그, 그 사람은 어제 분명히 나를 노리고 얘기했어요."

내가 어깨를 으쓱하며 말했다.

"그것은 전혀 대수롭지 않은 일입니다, 애크로이드 부인. 부인은 아무것도 감추고 있는 것이 없잖습니까? 그러니 그의 말은 부인에게 해당되는 것이 아닙니다."

애크로이드 부인은 태도를 갑자기 바꾸어서 말했다.

"하인들 때문에 너무 속상해요. 이러쿵저러쿵 자기네들끼리 수군거리는 거예요. 그러면 소문이 쫙 퍼지게 되죠. 아무것도 아닌 것을 가지고 언제나 그렇게 수군거린답니다."

"하인들이 수군거린다고요? 무엇에 대해서요?"

애크로이드 부인이 날카롭게 나를 쏘아보았다. 나는 몹시 당황스러웠다.

"박사님도 분명히 아실 텐데요. 다른 사람들은 다 알고 있는 것 같던데. 줄곧 포와로 씨 옆에 계셨잖아요. 그렇지 않아요?"

"그랬죠."

"그렇다면 물론 아시겠군요. 그것은 그녀, 어슐러 번을 말하는 거 아닌가요? 물론, 그 애는 떠날 거예요. 그녀는 자기가 할 수 있는 온갖 말썽을 다 일으키고 싶었을 거예요. 원한을 품고 있으니까요. 그런 사람들은 모두 똑같아요. 어쨌든 박사님, 그 애가 뭐라고 말했는지 정확하게 아셔야겠죠? 제발 나쁜 소문이나 안 퍼졌으면 좋겠어요. 하지만 이런 자질구레한 이야기까지 경찰에 말하지는 않겠죠? 집안문제라는 것도 더러 있을 수 있잖아요, 살인사건과는 아무 상관없이 말이에요. 그러나 만일, 그 아이가 원한을 품고 있다면 무슨 짓이든 다 꾸며댈 거예요."

이러한 격한 이야기 뒤에 정말로 심각한 근심이 드리워져 있다는 것을 나는 아주 민감하게 깨달았다. 포와로가 약속했던 것은 사실이었다. 어제 탁자에 둘러앉았던 여섯 사람들 중에서 적어도 애크로이드 부인이 무언가를 감추고 있었던 것은 사실이다. 그것이 과연 무엇인지 나를 위해서라도 밝혀낼 필요가 있었다.

"내가 부인이라면, 애크로이드 부인." 내가 퉁명스럽게 말했다.

"속시원히 다 털어놓겠습니다."

그녀는 짧게 비명을 올렸다.

"오! 박사님, 어쩌면 그렇게 갑작스럽게! 그것은 마치(꼭), 물론 간단하게 다 말해버릴 수도 있어요."

내가 설득했다.

"그렇다면 어서 그렇게 하십시오."

애크로이드 부인은 눈물이 글썽글썽해지며 주름 장식이 달린 손수건을 꺼냈다.

"나는 박사님이 포와로 씨에게 이미 얘기했을 거라고(설명 말이에요) 생각했어요. 외국인이 우리의 견해를 이해한다는 것은 사실 어려운 일이니까요. 그렇지만 박사님도 모르실 거예요(아무도 몰라요), 내가 어떻게 살아왔는지. 정말이지 무척 헌신적이었어요. 아주 긴 세월이었지요. 그것이 바로 내 인생이었답니다. 죽은 사람을 탓하고 싶지는 않아요. 하지만 너무했어요. 아주 적은 청구서는 아니었지만, 그것은 겨우겨우 살아갈 수 있는 정도였어요. 로저는 이 마을에서 가장 부자가 아니라(해몬드 씨도 어제 말했듯이) 1년에 200~300파운드밖에 못 버는 사람처럼 인색했어요."

애크로이드 부인은 잠깐 말을 멈추고, 장식이 달린 손수건으로 눈가를 살짝 닦았다.

나는 그녀를 부추기며 말했다.

"흠, 청구서라고 하셨나요?"

"지긋지긋한 청구서들 말이에요. 로저에게 아예 보여 주고 싶지 않은 것들도 있어요. 남자들이 이해하지 못하는 물건들이죠. 그는 그런 물건들은 필요 없다고 말하곤 했거든요. 그러니 그것들이 쌓여서, 글쎄, 계속 들어오기만 하고……."

그녀는 말을 멈추고 위로해주기를 바라는 듯 애타게 나를 바라보았다.

"보통 그러게 마련이죠."

그런 다음 그녀의 어조는 사납게 바뀌었다.

"분명히 말씀드리지만, 박사님, 나는 신경이 날로 쇠약해져 가고 있어요. 가슴이 얼마나 두근거리는지, 밤에는 통 잠을 잘 수가 없답니다. 그런데다 어떤 스코틀랜드 남자에게서 편지 한 통이 왔어요(사실상 두 통이었지만). 둘 다 스코틀랜드 남자가 보낸 것이더군요. 하나는 브루스 맥퍼슨 씨에게서, 다른 하나는 콜린 맥도널드에게서 온 것이었어요. 정말 우연의 일치죠."

"믿을 수 없군요." 내가 냉정하게 말했다.

"그들은 보통 스코틀랜드 신사들로 보이지만, 선조를 거슬러 올라가 보면 셈 족(族)의 피가 섞여 있을 수도 있습니다."

"편지 하나에만도 금전채무 증서가 10파운드에서 1만 파운드까지 있는 거예요."

애크로이드 부인은 기억을 더듬으며 중얼거렸다.

"나는 그중 한 사람에게 편지를 썼는데, 어려운 일이었죠."

그녀는 말을 멈추었다.

우리는 몹시 난처한 입장에 접어들고 있었다. 애크로이드 부인처럼 그렇게 두서없이 말하는 사람은 처음이었다.

애크로이드 부인이 낮은 목소리로 말했다.

"아시겠지만, 그것은 모두 유산 문제예요, 안 그래요? 유언장에 있는 유산 말이에요. 물론 로저가 나에게 재산을 남길 것이라고 기대는 했지만, 확실하게는 몰랐어요. 나는 단지 그의 유언장 사본을 꼭 한 번 보고 싶었어요. 하지만 몰래 훔쳐보려고 하지는 않았어요. 그저 나는 그것을 알고서 내 나름대로 계획을 세우고 싶었던 것뿐이에요."

그녀는 곁눈으로 나를 슬쩍 바라보았다. 정말 입장이 난처해졌다.

다행히도, 말은 교묘하게만 사용한다면 적나라한 사실의 추한 면도 감출 수 있는 것이다.

"이것은 당신에게만 말씀드리는 거예요, 셰퍼드 박사님."

애크로이드 부인은 약삭빠르게 말했다.

"박사님은 나를 오해하지 않을 뿐만 아니라, 포와로 씨에게도 잘 말씀드려 줄 거라고 믿을 수 있으니까요. 금요일 오후에 있었던 일인데……."

그녀는 거기에서 말을 멈추고, 변덕스럽게 입을 다물고 말았다.

"그래서요……?"

나는 그녀가 이야기를 계속하도록 말꼬리를 붙들고 늘어졌다.

"금요일 오후에 무슨 일이 있었습니까?"

"사람들이 모두 외출했을 때였어요. 아니, 확실하지는 않지만 아마 그랬을 거예요. 나는 로저의 서재로 들어갔어요(정말 거기에 들어갈 이유가 있었어요). 조금이라도 부정한 생각은 없었답니다. 그런데 책상 위에 쌓여 있는 서류들을 보니 순간적으로 이런 생각이 들더군요. '로저가 책상 서랍에 유언장을 넣어 두었는지도 몰라.' 나는 그렇게 충동적인 생각을 자주 해요. 항상 그랬죠, 어렸을 때부터. 그러고는 이내 얼떨결에 그만 행동으로 옮기고 만 거예요, 글쎄. 열쇠가 그대로 걸려 있더군요(깜박 잊었나 봐요). 맨 위 서랍의 자물쇠에."

"이해할 수 있을 것 같습니다."

나는 그녀에게 용기를 북돋워 주듯이 말했다.

"그래서 서랍을 살펴보셨군요. 유언장을 찾았습니까?"

애크로이드 부인의 짧은 비명을 듣고 나서야 나는 내가 사람을 대하는 수완이 없다는 것을 깨달았다.

"너무 끔찍하게 들리는군요. 하지만 정말 그러지는 않았어요."

내가 황급히 말했다.

"물론 그러셨겠죠. 무례함을 용서해주십시오."

"남자들은 정말 이상해요. 내가 로저라면, 굳이 유언장의 내용을 숨기지 않았을 거예요. 그렇지만 남자들은 너무 숨기는 것이 많아요. 물론 자기방어를 위해서 약간의 속임수를 사용해야 할 경우가 있긴 하겠지만요."

"그래서 부인은 그 약간의 속임수를 사용했습니까?"

"지금 그것을 말씀드리려는 거예요. 내가 맨 아래 서랍을 열었을 때 번이 들어왔어요. 정말 나는 몹시 당황했어요. 나는 얼른 서랍을 닫고 일어서서 책상 위의 먼지 좀 보라고 그 애에게 말했지요. 그러나 번이 바라보는 눈길이 이상했어요. 태도는 공손했지만, 그 눈빛만은 아주 불쾌하기 짝이 없었어요. 거의 경멸하는 듯한 눈초리였지요. 나는 정말 그 애를 좋아하지 않아요. 하녀로 치면 나무랄 데가 없는 아이죠. 언제나 공손하게 마님이라고 부르며, 모자와 앞치마도 아무 불평 없이 두르고(요즈음에는 그런 것을 싫어하는 사람들이 많거든요), 그리고 파커 대신 문을 열어 줄 때도 깍듯하게 '파커 씨가 없어서요.'라고 말하며, 심부름을 시켜도 다른 하녀들처럼 입속으로 뭐라고 이상한 말을 중얼거리지도 않아요. 그런데 내가 어디까지 이야기했죠?"

"여러 가지 좋은 점이 많지만, 부인은 번을 좋아하지 않는다고 했습니다."

"정말 그래요. 그 아이는 이상해요. 뭐랄까, 다른 하인하고는 좀 다른 데가 있어요. 너무 교육을 잘 받았기 때문인지는 몰라도, 요즈음은 누가 상전이고 누가 하인인지 알 수가 없단 말이에요."

"그래서 그다음에 어떻게 되었습니까?"

"아무 일도 없었어요. 로저가 금방 들어왔거든요. 잠깐 산책하러 나갔던 모양이에요. 아주버님은 무슨 일이냐고 물었어요. 그래서 나는 '아무것도 아니에요. 펀치를 가지러 왔어요.'라고 말했어요. 그러고는 얼른 펀치를 집어들고 나왔지요. 번은 그대로 남아 있고요. 내가 막 나올 때, 그 애는 로저에게 잠깐 말씀드려도 되겠느냐고 물어보더군요. 나는 곧장 내 방으로 올라가서 누워 버렸어요. 사실 나는 몹시 당황했거든요."

침묵이 흘렀다.

"포와로 씨에게 잘 설명해주시겠죠? 얼마나 하찮은 일인지 박사님도 잘 아실 거예요. 그렇지만 그 사람이 뭔가 감추는 것이 있다고 그렇게 무섭게 말하니까, 나도 꼭 밝혀 두고 싶은 생각이 들었어요. 번이 거기에 대해 어떻게 꾸며댔는지는 모르지만, 박사님이 설명해주실 수 있겠죠, 예?"

"그것이 전부입니까? 지금 나에게 말씀하신 것이 말입니다."

"그럼요. 틀림없어요."

애크로이드 부인은 힘을 주어 말했다.

하지만 나는 그녀의 순간적인 망설임을 놓치지 않았으며, 그녀가 여전히 무언가를 감추고 있다는 것을 눈치 챘다.

나는 순간적으로 나도 모르게 이렇게 물어보았다.

"애크로이드 부인, 부인이 은탁자를 열어 두었습니까?"

그녀의 얼굴이 루즈와 분으로도 감춰지지 않고 빨개지는 것을 보고 나는 이미 해답을 얻었다.

"어떻게 아셨어요?"

그녀는 작은 목소리로 속삭였다.

"부인이셨군요."

"그래요, 내가……, 박사님도 보셨겠지만, 그 안에 은제 골동품이 한두 점 있었거든요. 아주 훌륭한 것이죠. 그전에 그것에 대한 글을 읽은 적이 있는데, 거기에 크리스티에서 엄청난 가격으로 팔렸던 아주 조그만 골동품 그림이 나와 있었어요. 은탁자 안에 있던 것과 같은 종류였던 것 같았어요. 그래서 런던에 갈 일이 있을 때 가져가서 한 번 감정해봐야겠다고 생각했어요. 만일 그것이 정말 값비싼 물건이라면, 한 번 생각해보세요. 로저도 굉장히 좋아했을 거예요."

나는 애크로이드 부인의 이야기를 어느 정도는 이해할 수 있었지만, 이러쿵저러쿵 말은 하지 않았다. 나는 왜 그것을 그렇게 비밀스럽게 빼낼 필요가 있었는지 묻고 싶은 것조차 억지로 참았다.

내가 물었다.

"그런데 왜 뚜껑을 열어 두었습니까? 깜박 잊으셨나 보죠?"

"놀라서 그랬어요. 바깥 테라스 쪽에서 발걸음 소리가 들렸거든요. 나는 얼른 방에서 나와 파커가 박사님에게 현관문을 열어 주기 바로 전에 계단을 올라갔답니다."

나는 생각에 잠기며 말했다.

"그건 러셀 양이었던 것 같던데……."

애크로이드 부인은 내가 궁금해하던 한 가지 사실을 밝혀 준 셈이었다. 애크로이드의 은제 골동품에 대한 그녀의 속셈이 솔직한 것인지 아니었는지는 내가 알 바도 아니고, 신경 쓰고 싶지도 않았다.

내 관심을 끈 것은 러셀 양이 분명히 창문을 통해 응접실로 들어갔다는 것과 그녀가 숨을 헐떡이며 뛰어왔을지도 모른다고 생각했던 내가 결국 틀리지 않았다는 사실이었다. 그녀는 어디를 통해서 들어갔을까? 나는 그 정자와 천 조각이 생각났다.

내가 엉겁결에 소리쳤다.

"혹시 러셀 양의 손수건이 풀을 먹인 것이 아닌지 모르겠군요!"

애크로이드 부인이 놀라는 것을 보고, 나는 퍼뜩 제정신이 들어서 일어섰다.

그녀는 불안해하며 물었다.

"포와로 씨에게 설명해주실 수 있겠지요?"

"오, 그럼요. 물론이죠."

그녀의 행동에 대한 변명을 더 들은 뒤에 나는 그곳을 떠났다.

홀에는 심부름하는 하녀가 있었으며, 그녀는 내가 외투 입는 것을 도와주었다. 나는 전과는 달리 더 자세하게 그녀를 살펴보았다. 그녀는 울고 있었던 것이 분명했다.

내가 물었다.

"이거 어떻게 된 건지 모르겠군. 아가씨는 금요일에 애크로이드 씨가 아가씨를 서재로 불렀다고 했는데, 지금 들어 보니 아가씨가 그에게 말할 게 있다고 한 모양이던데?"

잠깐 동안 그녀는 얼굴을 떨어뜨리고 있다가 이렇게 말했다.

"어쨌든 저는 떠나려고 했어요."

나도 더 이상 물어보지 않았다.

그녀는 현관문을 열어 주었다. 내가 막 밖으로 발을 내디뎠을 때 그녀가 갑자기 낮은 목소리로 이렇게 말했다.

"죄송합니다만, 박사님. 페이튼 대위님에게서 어떤 소식이라도 있나요?"

나는 그녀를 의심스럽게 쳐다보며 고개를 저었다.

그녀는 호소하듯이 나를 바라보았다.

"꼭 돌아오셔야 할 텐데요. 정말, 정말 그분은 돌아오셔야 해요. 그분이 어디에 있는지 아직도 모르나요?"

"아가씨는 알고 있소?" 내가 날카롭게 물었다.

그녀는 머리를 흔들었다.

"아뇨, 정말 몰라요. 저는 아무것도 몰라요. 그냥 그분이 어서 돌아왔으면 좋겠어요. 그분을 알고 있는 사람이라면 모두 똑같은 마음일 거예요."

나는 그녀가 좀더 말할 거라고 생각하며 그 자리에서 우물쭈물하고 있었다.

그런데 놀랍게도 그녀는 내게 이렇게 물어보았다.

"사람들은 사건이 언제쯤 일어난 걸로 생각하고 있나요? 10시 바로 전인가요?"

"그렇게들 생각하고 있지. 9시 45분에서 10시 사이."

"9시 45분보다 더 일찍은 아닐까요?"

나는 그녀를 주의 깊게 살펴보았다.

그녀는 긍정적인 대답을 듣고 싶어 했다.

"그것은 전혀 불가능하지. 애크로이드 양이 9시 45분에 큰아버지가 살아 있는 것을 보았다고 했으니까."

그녀는 완전히 풀이 죽은 듯이 축 늘어져서 돌아섰다.

나는 혼자 중얼거리며 밖으로 나왔다.

"잘생긴 처녀로군. 아주 잘생긴 처녀야."

캐롤라인은 집에 있었다. 그녀는 포와로가 찾아온 것을 아주 기뻐하며 자랑스럽게 여겼다.

"나도 그 사건의 해결에 한몫 거들고 있단다."

나는 별로 마음이 편치 않았다.

캐롤라인은 탐정적인 본능인가 뭔가 때문에 잔뜩 들뜬 상태였다.

"랠프 페이튼이 만났던 그 여자를 찾으러 마을을 돌아다니는 모양이죠?"

"그것은 나 혼자서도 알아낼 수 있을 거야. 이건 포와로 씨가 랠프를 위해 밝혀내 달라고 특별히 부탁한 일이야."

"그게 뭡니까?"

캐롤라인은 굉장히 엄숙하게 말했다.

"그는 랠프 페이튼의 부츠가 검은색인지 갈색인지 알고 싶다고 했어."

나는 그녀를 가만히 바라보았다.

그 부츠에 대해 터무니없이 어리석었다는 것을 이제야 깨달았다.

나는 그 문제를 파악하는 데 완전히 실패했다.

"갈색 단화입니다. 내가 봤어요."

"단화가 아니라, 제임스, 부츠라니까. 포와로 씨가 원하는 것은 랠프가 여관에서 가지고 있었던 부츠를 말하는 거야. 거기에 많은 문제가 있다는구나."

나를 바보라고 해도 할 수 없다. 나는 포와로가 말하는 문제를 전혀 이해할 수 없었다.

"그래, 어떻게 밝혀내시려고요?"

캐롤라인은 아무런 어려움이 없을 거라고 말했다. 우리 집 애니의 가장 친한 친구가 자네트 양의 하녀인 클라라라고 한다. 그런데 그 클라라가 드리 보어스에서 그 부츠와 나란히 걸어다녔다는 것이다. 그러니 캐롤라인에게 충성스럽게 협력하는 자네트 양이 클라라에게 잠깐 나갔다 와도 좋다고 허락했기 때문에 일은 급속도로 진행되었다.

우리가 점심을 먹으려고 앉았을 때, 캐롤라인이 '랠프의 부츠'에 대해 태연스럽게 이야기를 꺼냈다.

"그런데, 그 부츠는 무슨 색이었답니까?"

"포와로 씨는 아마 갈색일 거라고 말했는데, 그렇지가 않아. 그건 검은색이었어."

그러더니 캐롤라인은 머리를 여러 번 끄덕였다.

그녀는 틀림없이 자기가 포와로에게 한 점 이겼다고 생각했을 것이다.

나는 아무 대답도 하지 않았다. 나는 랠프 페이튼의 부츠 색깔이 대체 그 사건과 무슨 관계가 있는 건지 생각해 내느라고 머리를 쥐어짰다.

제15장

제프리 레이먼드

포와로의 작전이 성공을 거둔 그날, 성공을 증명할 만한 증거가 생겼다. 그의 도전은 인간 본성에 대한 탁월하고도 예리한 통찰력에서 비롯된 것이었다.

애크로이드 부인이 두려움과 죄의식이 뒤범벅되어 마침내 진실을 고백하고 말았던 것이다. 그녀는 첫 번째로 반응을 나타낸 사람이었다.

그날 오후 환자들을 돌보고 돌아오자 캐롤라인이 제프리 레이먼드가 막 집에 들렀다가 갔다고 했다.

홀에서 외투를 걸며 내가 이렇게 물었다.

"나를 만나러 왔답니까?"

캐롤라인은 나를 졸졸 따라다니며 얘기를 했다.

"아니, 포와로 씨를 만나러 왔다더라. 먼저 라체스에 들렀다는구나. 포와로 씨가 외출 중이었거든. 레이먼드는 그가 아마 여기에 있거나 그렇지 않으면 네가 그의 행방을 알고 있을 거라고 생각한 모양이야."

내가 대답했다.

"전혀 모르는데요."

"그를 붙잡아 두려고 했는데, 30분쯤 뒤에 다시 라체스를 방문해보겠다며 마을로 내려가 버렸단다. 그런데 아깝게도 포와로 씨는 그가 떠나자마자 바로 돌아왔지 뭐니."

"여기로요?"

"아니, 자기 집에."

"어떻게 알았어요?"

캐롤라인은 짧게 대답했다.

"옆 창문으로 보았지."

나는 이제 더 이상 이야기를 할 것이 없다고 생각했는데 캐롤라인은 그렇지가 않았다.

"건너가 보지 않겠니?"

"어디로 건너가요?"

"라체스지 어디니?"

"캐롤라인, 무엇 때문에요?"

"레이먼드는 그를 꼭 만나고 싶어 했어. 혹시 그것에 대해 들을 수 있을지도 모르잖니?"

나는 눈썹을 치켜뜨고는 차갑게 쏘아붙였다.

"나는 호기심이라는 함정에는 빠지지 않습니다. 이웃 친구가 무엇을 하고, 무엇을 생각하는지 정확하게 몰라도 나는 편안하게 살아갈 수 있단 말입니다."

"터무니없는 소리 말거라, 제임스. 너도 나만큼이나 궁금해하고 있어. 너는 너무 솔직하지가 못해. 항상 거짓말을 한단 말이야."

"제발, 캐롤라인."

나는 이렇게 말하고는 진찰실로 들어가 버렸다.

10분쯤 있다가 문을 똑똑 두드리고 캐롤라인이 들어왔다. 그녀의 손에는 잼 단지 같은 것이 들려 있었다.

"혹시, 제임스, 이 모과 젤리를 포와로 씨에게 가져다줄 수 없겠니?"

나는 일전에 그에게 그것을 갖다 주겠다고 약속했었다. 그는 집에서 만든 모과 젤리를 한 번도 먹어 보지 못했다고 했다.

내가 차갑게 물었다.

"애니가 가면 안 됩니까?"

"지금 뭘 좀 고치고 있어서 보낼 수가 없구나."

캐롤라인과 나는 서로 바라보았다.

내가 일어서며 말했다.

"좋아요. 그렇지만 다른 일은 안 됩니다. 그것을 문 앞에서 건네만 주고 올 겁니다, 아시겠어요?"

누나는 눈썹을 치켜세웠다.

"물론이지, 누가 너보고 다른 일을 하라고 했니?"

캐롤라인도 자존심이라는 것을 생각하는 모양이었다.

현관문을 열 때 그녀가 말했다.

"혹시 포와로 씨를 만나게 되거든, 부츠 이야기는 전해줘도 괜찮다."

그것은 정말 예리하게 나를 겨냥한 말이었다. 사실 나는 수수께끼의 부츠에 대해서 몹시 알고 싶었다. 브레튼풍 모자를 쓴 노부인이 문을 열어 주자, 나는 아주 자연스럽게 포와로가 안에 있는지 물어보았다.

포와로는 아주 반가운 모습으로 얼른 나를 맞았다.

"앉으십시오, 내 친구여. 큰 의자에 앉겠소? 아니면 이 작은 의자라도 괜찮겠습니까? 방이 덥지는 않습니까?"

공기가 숨 막힐 듯했지만, 그런 말은 하지 않았다. 창문은 꼭꼭 닫힌데다가 벽난로에서는 불이 활활 타고 있었다.

포와로가 말했다.

"영국 사람들은 신선한 공기를 열광적으로 좋아하더군요. 신선한 공기는 바깥에 얼마든지 있는데 왜 굳이 집 안까지 끌어들이려고 하는지 모르겠습니다. 이런 진부한 이야기는 그만두기로 하고, 가져온 게 뭡니까?"

"두 가지를 가지고 왔습니다. 첫 번째는 누님이 준 것인데……."

나는 모과 젤리 단지를 건네주었다.

"캐롤라인은 정말 친절하군요. 약속을 잊지 않고 이렇게 보내 주다니. 그리고 두 번째는요?"

"정보입니다, 일종의."

나는 애크로이드 부인과 만났던 이야기를 해주었다. 그는 관심을 가지고 듣기는 했지만, 그다지 흥미를 느끼는 눈치는 아니었다.

포와로가 조심스럽게 말했다.

"점점 더 분명해지는군요. 그것으로 가정부의 증언이 확실하다는 것이 밝혀졌습니다. 그녀는(기억하겠지만) 은탁자의 뚜껑이 열려 있기에 지나가면서 그것을 닫았다고 말하지 않았습니까?"

내가 물었다.

"그럼, 꽃이 싱싱한지 살펴보려고 응접실에 들어갔다고 한 그녀의 진술은 어떻게 되는 겁니까?"

"오! 그 문제라면 심각하게 받아들이지 않아도 됩니다. 그것은 우선 자신의 상황을 설명해야 하는 마음에서 급히 꾸며 낸 변명에 불과 한 겁니다. 그런데 당신은 아예 물어볼 생각도 없었잖습니까. 나는 어쩌면 그녀가 은탁자를 건드리고 있다가 당황한 건지도 모른다고 생각했습니다만, 다른 이유가 있는 것은 아닌지 살펴보아야 할 것 같습니다."

"그렇습니다. 그녀는 누구를 만나러 나간 것일까요? 그리고 그 이유는 무엇일까요?"

"누군가를 만나러 나갔다고 생각합니까?"

"예."

포와로는 머리를 끄덕이며 생각에 잠긴 목소리로 이렇게 말했다.

"나도 그렇게 생각합니다."

침묵이 흘렀다.

"그리고 참, 누님이 랠프 페이튼의 부츠는 갈색이 아니라 검은색이었다고 전해 달라고 하더군요."

이 말을 전하면서 나는 그를 자세히 지켜보았는데, 순간적으로 당황하는 빛이 그의 얼굴을 스쳤다. 그렇지만, 그것은 아주 잠깐이었을 뿐이다.

"갈색이 아니라고 누님이 확실하게 말했습니까?"

"그렇습니다."

포와로는 아주 풀이 죽은 목소리로 중얼거렸다.

"오! 유감이군."

그는 아무 설명도 하지 않고 얼른 화제를 바꾸었다.

"금요일 아침에 당신에게 진찰받으러 왔던 러셀 양 말입니다. 그때 무슨 말을 했는지 물어보면 실례가 될까요? 의학적인 세부 사항은 제쳐놓고 말입니다."

내가 대답했다.

"실례가 될 것까지는 없습니다. 진찰이 끝난 뒤 우리는 독약에 대해 잠깐 이야기했습니다. 그것을 알아내기가 쉬운지 어려운지, 그리고 약물 복용과 약물 중독자가 어떻다는 등의 내용이었습니다."
"코카인에 대해서도 이야기했습니까?"
"어떻게 아셨습니까?"
나는 다소 놀라며 반문했다. 그 조그만 남자는 일어나서 대답 대신 신문이 보관된 방으로 건너갔다. 그는 9월 16일 금요일자 데일리 버제트지를 가져와서 코카인 밀수에 대한 기사를 나에게 보여 주었다. 그것은 겉으로 나타나는 증세에 초점을 맞춘 다소 무시무시한 내용의 기사였다.
"이것 때문에 그녀는 코카인에 대해 생각한 겁니다."
나는 그의 말을 정말 이해할 수 없어서 좀 물어보려고 했으나, 그 순간 문이 열리면서 제프리 레이먼드가 왔다는 소리가 들렸다.
그는 언제나처럼 쾌활한 모습으로 들어와서 우리 둘에게 인사했다.
"안녕하십니까, 박사님? 포와로 씨, 저는 오늘 오전에 여기 두 번째로 오는 겁니다."
나는 다소 어색해하며 말했다.
"나는 그만 가보겠습니다."
"저 때문이라면 괜찮습니다, 박사님. 아주 사소한 이야기인걸요."
그는 포와로의 권유에 따라 앉으며 말했다.
"말씀드릴 것이 한 가지 있어서요."
"오, 그렇습니까?"
포와로는 정중하게 관심을 나타내며 말했다.
"하지만 대수롭지 않은 겁니다. 사실, 어제 오후부터 양심의 가책을 느껴왔습니다. 박사님은 우리에게 모두 무언가를 숨기고 있다고 비난했습니다. 저는 그것을 인정합니다. 숨기고 있는 사실이 있었으니까요."
"그래 그것이 무엇인가요, 레이먼드 씨?"
"글쎄요. 하지만 중요한 것이 아니라서, 아주 사소한 일입니다. 저는 빚이 있었습니다. 그게 항상 부담스러웠지요. 그런데 때마침 그 유산이 들어온 겁니다. 500파운드라는 돈은 그 빚을 갚고도 조금 남을 만한 액수지요. 그러면 나는 다시 원상복귀하게 되는 겁니다."

그는 우리 둘을 보면서 미소를 지었다. 그때의 매력적인 솔직함이 그를 무척 호감이 가는 청년이라는 인상을 심어 주었다.

"그게 뭘 의미하는 건지 아실 겁니다. 의심 많은 경찰은(경제적으로 곤경에 빠져 있다는 것을 인정하고 싶지 않지만) 분명히 그것을 나쁘게 볼 겁니다. 아무튼 내가 바보입니다. 그렇지만 나는 9시 50분 이후에 줄곧 블런트 소령과 함께 당구장에 있었기 때문에 알리바이가 확실하고 두려워할 것은 없습니다. 그런데 당신이 무엇을 감추고 있다고 그렇게 비난을 하자, 마음이 꺼림칙해져서 빨리 털어내 버리는 것이 좋겠다고 생각했습니다."

그는 다시 일어나서 우리를 보며 웃었다.

"매우 현명한 젊은이로군요."

포와로가 만족한 듯이 그에게 고개를 끄덕이며 말했다.

"생각해보십시오. 나는 누가 내게 뭔가를 숨기고 있다는 것을 알게 되면, 그 숨기는 것이 정말 나쁜 일일 거라고 의심하게 됩니다. 당신은 잘한 겁니다."

레이먼드가 소리 내 웃었다.

"혐의를 벗게 되어 기쁘군요. 이제 그만 가보겠습니다."

"별거 아니잖습니까?"

젊은 비서가 나가고 문이 닫히자 내가 말했다.

"그렇군요. 사소한 일 같습니다. 하지만 그가 당구장에 있지 않았다 하더라도, 누가 압니까? 결국 많은 범죄가 500파운드보다 못한 것 때문에 저질러집니다. 다만, 과연 얼마 때문에 자기를 망칠 수 있는가에 달린 것이죠. 이것은 상대적인 문제입니다. 안 그렇소? 잘 생각해보면, 그 집에 있는 많은 사람들이 애크로이드 씨의 죽음으로 이익을 봤습니다. 애크로이드 부인도 그렇고, 플로라 양, 레이먼드, 그리고 러셀 양도 그렇지요. 그런데, 단 한 사람만이 그렇지가 않습니다. 바로 블런트 소령이지요."

그 이름을 말하는 그의 어조가 너무 이상하게 들려 나는 포와로를 쳐다보았다.

"나는 정말 당신을 이해할 수 없습니다."

"그 사람들 중에서 두 명이나 나에게 진실을 고백했습니다."

"블런트 소령도 숨기는 것이 있다고 생각합니까?"

포와로가 태연스럽게 말했다.

"글쎄요. 이런 속담이 있지요. 영국 사람들은 단 한 가지 숨기는 일이 있는데, 그건 바로 그들의 사랑이라고요. 그런데 블런트 소령은(내 생각에는) 숨기는 일에 능숙하지 못한 사람 같습니다."

"어떤 때는, 우리가 한 가지 문제에 성급하게 결론을 내리는 것이 아닌가 하고 생각될 때도 있습니다."

"어떤 문제 말이오?"

"우리는 페라스 부인을 협박한 사람이 반드시 애크로이드를 살해했을 거라고 가정해왔습니다. 그런데 혹시 잘못 생각한 것은 아닐까요?"

포와로가 힘차게 머리를 끄덕였다.

"아주 훌륭합니다. 정말 아주 훌륭해요. 나도 당신이 그것을 지적해 낼 거라고 생각했소. 물론 그것은 가능한 일이오. 그러나 한 가지, 편지가 없어졌다는 사실을 기억하고 있어야 합니다. 그렇지만 당신은 그것이 반드시 범인이 가져간 것이라고 확신할 수 있는 건 아니라고 반문하겠지요. 물론 그것은 어쩌면 시체를 발견한 파커가 당신 몰래 그 편지를 훔쳤을지도 모릅니다."

"파커가요?"

"그렇소. 이상하게도 나는 항상 파커에게 돌아가게 되는군요. 살인자로서가 아니라……, 그래요. 그는 살인을 저지르지는 않았습니다. 그렇지만 페라스 부인을 위협한 사람으로서 그보다 더 적합한 사람이 어디 있겠습니까? 그는 킹스 패도크의 하인에게서 페라스 부인이 죽었다는 정보를 입수했을 수도 있습니다. 여하튼 그는 예를 들어, 블런트 소령처럼 잠시 머물렀다가 가는 사람보다는 훨씬 가능성이 많지요."

"파커가 정말 그 편지를 훔쳐 갔을 수도 있겠군요."

내가 인정했다.

"난 그 당시엔 편지가 없어진 것을 몰랐습니다."

"그럼 언제 알았습니까? 블런트 소령과 레이먼드가 방에 들어온 뒤, 아니면 전인가요?"

"글쎄, 잘 기억이 나지 않는군요." 나는 천천히 말했다.

"전이었다고 생각합니다. 아니, 뒤였어요. 예, 그 뒤가 확실합니다."

"그렇다면 문제는 세 사람으로 확대됩니다."

포와로가 생각에 잠겨서 말했다.

"그러나 역시 파커가 가장 유력하오. 파커에게 간단한 실험을 해볼 생각인데, 어떻소, 셰퍼드 박사, 나와 함께 펀리에 가지 않겠습니까?"

우리는 즉시 출발했다. 포와로가 애크로이드 양을 만나고 싶다고 하자, 플로라가 곧 우리에게 왔다.

"플로라 양, 당신에게 조그만 비밀 한 가지를 털어놓아야겠습니다. 나는 아직 파커가 결백하다고 확신할 수 없어요. 그래서 당신이 도와주겠다면 간단한 실험을 한 번 해보려고 합니다. 그날 밤 그의 행동을 다시 확인해보고 싶은데, 그에게 뭐라고 말해야 할지 모르겠습니다. 아, 방금 떠올랐습니다! 작은 로비에서 말을 하면 바깥에 있는 테라스에까지 목소리가 들리는지 알아보고 싶다고 하면 되겠군요. 종을 울려서 파커를 불러 주겠습니까?"

내가 종을 울리자, 집사가 상냥한 태도로 재빨리 나타났다.

"부르셨습니까, 박사님?"

"그렇소, 파커. 간단한 실험을 하나 해보려고 불렀습니다. 지금 서재 창문 바깥의 테라스에 블런트 소령이 있습니다. 그날 밤 로비에서 애크로이드 양과 당신이 나누었던 이야기 소리가 거기에서도 들리는지 확인해보려는 실험이오. 그래서 그 당시와 똑같은 상황을 꾸미기로 했습니다. 그때 당신이 들고 있던 쟁반을 가져오겠습니까?"

파커가 사라지자 우리는 모두 서재 문 밖의 로비로 나갔다. 이윽고 바깥쪽 홀에서 쨍그랑 거리는 소리가 들리더니 파커가 소다수 한 병과 위스키 한 병, 그리고 유리컵 두 개가 놓인 쟁반을 들고 출입구에 나타났다.

"잠깐, 모든 것을 순서대로 해야 합니다. 그때 당시와 똑같이 말입니다. 그것이 바로 내 방법입니다."

포와로는 잔뜩 흥분해서 손을 들고 외쳤다.

"이국적인 규칙이군요, 선생님."

파커가 말했다.

"그것을 범죄의 재구성이라고 하지요, 그렇지 않습니까?"

그는 공손하고 침착한 태도로 서서 포와로의 지시를 기다렸다.

"오! 훌륭하게도 파커는 알고 있군요."

포와로가 외쳤다.

"이런 것들을 어디서 읽은 적이 있나 봅니다. 자, 부탁드리지만, 모든 것을 정확하게 합시다. 당신은 바깥 홀에서 들어왔죠, 그렇게. 마드모아젤은 어디에 있었죠?"

"여기에요."

플로라는 서재 문 바로 밖에 자리를 잡으며 말했다.

"틀림없습니다, 선생님."

파커가 말했다.

"저는 그때 문을 막 닫았어요."

플로라가 말했다.

"그렇습니다. 손은 지금처럼 아직 손잡이를 잡고 있었죠."

파커가 인정했다.

"그럼 시작합시다. 그 장면을 보여 주십시오."

포와로가 말했다.

플로라가 문손잡이를 잡고 서 있는 동안, 파커는 쟁반을 들고 홀에서 문을 통해 들어왔다. 그는 문에 들어서자 바로 멈췄다.

플로라가 말했다.

"어머, 파커, 큰아버지는 오늘밤은 더 이상 방해받고 싶지 않으시대요. 알고 있지요?"

"내 기억으로는, 플로라 양, 밤이 아니라 저녁이라고 했던 것 같은데요."

그러고는 목소리를 연극 대사를 읽듯이 약간 높여서 말했다.

"잘 알겠습니다. 그럼, 그냥 문단속만 할까요?"

"예, 그렇게 해주세요."

파커가 물러가자, 플로라도 뒤따라 나와 중앙계단을 올라가기 시작했다.

그녀가 어깨너머로 물었다.

"됐어요?"

"훌륭합니다." 작은 남자는 싱글벙글 웃으며 말했다.

"그런데 파커, 그날 저녁 쟁반에 컵이 두 개 놓여 있었던 것이 분명하오? 그럼, 하나는 누구 거였소?"

"저는 항상 컵을 두 개씩 가져갑니다, 선생님. 그다음도 계속할까요?"

"아니, 됐습니다. 감사합니다."

파커는 끝까지 태도를 흩트리지 않고 조용히 물러갔다.

포와로는 얼굴을 찡그린 채 홀 가운데 서 있었다.

플로라가 내려와서 우리 곁에 섰다.

"실험이 성공적이었나요? 저는 정말 이해할 수가 없군요."

포와로는 칭찬하듯이 그녀에게 미소를 지었다.

"당신이 꼭 이해할 필요는 없습니다. 그런데 그날 밤 파커가 들고 있던 쟁반에는 컵이 정말 두 개가 있었습니까?"

플로라는 잠시 이마를 찌푸리며 말했다.

"확실하게 기억하지 못하겠는데요. 두 개가 있었던 것 같기도 하고……, 그, 그것이 실험의 목적인가요?"

포와로가 그녀의 손을 잡고 토닥거렸다.

"그건 이런 식으로 생각하십시오. 나는 사람들이 진실을 말하는지 아닌지를 알아보는 데 늘 관심을 가지고 있습니다."

"그럼, 파커는 진실을 말했나요?"

"그랬다고 생각됩니다."

포와로가 조심스럽게 말했다.

잠시 뒤, 우리는 다시 마을로 돌아가고 있었다.

나는 호기심에 물어보았다.

"유리컵에 무슨 문제가 있습니까?"

포와로가 어깨를 움츠리며 말했다.

"뭔가 말을 하기는 해야죠. 그 문제도 다른 것과 마찬가지로 잘 진행되었습니다."

나는 그를 가만히 쳐다보았다.

"어쨌든."

그는 좀더 엄숙하게 말했다.

"나는 지금 내가 알고 싶었던 어떤 사실을 알아냈습니다. 그 문제는 여기에서 그만두기로 합시다."

제16장

마작

그날 밤 우리는 몇 사람이 조촐하게 모여서 마작을 즐겼다. 킹스 애버트에서는 이런 식의 간단한 오락이 아주 유행하고 있다.

사람들은 저녁식사를 끝내고 고무장화에 비옷 차림으로 도착했다. 그들은 먼저 커피를 들고 나중에 케이크와 샌드위치, 그리고 홍차를 마셨다.

그날 밤에 온 손님들은 교회 가까이에 사는 자네트 양과 카터 대령이었다. 이런 저녁에는 보통 잡담을 많이 주고받게 되는데, 가끔 잡담에 몰두하느라고 게임 진행에 큰 지장을 초래할 때도 있다.

우리는 브리지 게임도 했는데, 나쁘게 말하면 그것은 수다스런 브리지나 마찬가지였다. 그것에 비하면 마작은 훨씬 더 조용한 게임이다. 자기편이 어떤 카드를 안 냈다고 안달하며 따지는 일도 전혀 없으며, 남을 비난한다고 해도 브리지 게임에서처럼 각박한 기미는 거의 찾아볼 수 없다.

"저녁 날씨가 쌀쌀한데요. 그렇지 않소?"

카터 대령은 등을 불쪽으로 돌리고 서서 말했다.

캐롤라인은 자네트 양을 자기 방으로 데려가서 칭칭 휘감긴 목도리를 함께 풀어주고 있었다.

"아프가니스탄을 지날 때가 생각나는군."

"정말입니까?"

내가 정중하게 말했다.

"애크로이드의 죽음은 정말 알 수 없는 일이오."

대령은 커피를 마시고 나서 이야기를 계속했다.

"그 뒤에는 어처구니없는 운명이 존재하지요. 나는 그렇게 생각합니다. 당신과 나 사이니까 말인데, 셰퍼드, 무슨 협박 같은 게 있었다고 하던데요!"

그러면서 대령은 의미 있는 눈길로 나를 바라보았다.
"여자가 관련되었을 겁니다, 틀림없이. 분명히, 여자가 관련되었을 거요."
이때 캐롤라인과 자네트 양이 우리에게로 왔다. 자네트 양이 커피를 마시는 동안 캐롤라인은 마작상자를 꺼내어 패를 탁자에 쏟아 놓았다.
"패를 휩쓴다고 하죠."
대령이 익살스럽게 말했다.
"그 말이 맞아요, 패를 휩쓴다. 상하이 클럽에서는 그렇게 말한답니다."
우리는 카터 대령이 상하이 클럽에 한 번도 가본 적이 없는 걸로 알고 있다. 그는 제1차 세계대전 동안 인도에 있으면서 쇠고기, 서양 자두, 사과잼 통조림을 몰래 빼낸 적이 있는데, 거기서 더 동쪽으로는 절대로 가지 않았다. 하지만 대령은 어느 모로 보나 군인다웠고, 킹스 애버트 사람들이 자기의 조그만 개성에 대해 마음대로 생각하도록 내버려두었다.
캐롤라인이 말했다.
"시작할까요?"
우리는 탁자에 둘러앉았다. 약 5분 동안 침묵이 계속되었는데, 그것은 우리들 중 누가 벽을 가장 빨리 쌓을 수 있는가에 대한 보이지 않는 시합이 전개되고 있었기 때문이다.
마침내 캐롤라인이 입을 열었다.
"시작하거라, 제임스. 네가 동(東)풍이다."
나는 쓸데없는 패를 하나 내놓았다. 중간 중간 '스리 뱀부'라든지 '투 서클' '펑' 그리고 '언펑'이라는 말이 자주 나온 것은 자네트 양이 너무 덤벙거려서 자기 것도 아닌 패를 꼭 자기 것이라고 했기 때문이었다.
자네트 양이 말했다.
"오늘 아침에 플로라 애크로이드를 봤어. 펑, 아니, 언펑이구나. 실수했네."
캐롤라인이 말했다.
"포 서클, 어디에서 봤는데?"
"그녀는 나를 못 봤어."
자네트 양이 말했다.

워낙 작은 마을이라 누군가를 만났다는 것만으로도 굉장히 흥미로운 이야깃거리가 되었다.

캐롤라인은 흥미를 가지고 말했다.

"오! 초우."

자네트 양이 잠깐 화제를 벗어나서 말했다.

"'초우'가 아니라 '츠'라고 하는 게 맞아."

캐롤라인이 말했다.

"그래요? 나는 지금까지 '초우'라고 했는데."

카터 대령이 말했다.

"상하이 클럽에서는 '초우'라고 합니다."

자네트 양은 아무 소리 못 하고 물러났다.

"플로라 애크로이드를 만났다고 했잖아?"

캐롤라인은 잠시 게임에 몰두한 다음 이렇게 물었다.

"누구랑 함께 있었어?"

자네트 양이 말했다.

"그럼."

두 여자 눈이 마주치더니, 서로 어떤 정보를 교환한 모양이었다.

캐롤라인은 잔뜩 호기심 어린 목소리로 말했다.

"저런, 그렇지? 하지만 조금도 놀라운 일은 아니지, 뭐."

"당신 차례예요, 캐롤라인."

대령이 말했다. 그는 게임에 여념이 없어서 잡담 따위에는 무관심한 척했다. 그러나 아무도 그가 그러리라고 믿지 않았다.

"내 생각에는, 저런, 그것이 당신이 낸 '뱀부'였어요? 오! 아니에요, 내가 보고 있었는데, 그것은 '서클'이었어요. 내가 말했듯이, 플로라는 굉장히 운이 좋아요. 대단한 행운아라니까요."

"무슨 말입니까, 자네트 양?"

대령이 물었다. 그러고는 말을 이었다.

"그 '그린 드래곤'에 나는 펑입니다. 왜 플로라 양이 운이 좋다는 말이죠?

내가 알기로는 단지 아주 매력적인 처녀라는 것뿐인데요."
"나는 범죄에 대해서 별로 아는 것이 없지만……."
그러면서도 알 건 다 안다는 태도로 자네트 양이 이야기했다.
"한 가지만은 말할 수 있어요. 항상 첫 번째 질문은 '피살자가 살아 있는 것을 마지막으로 본 사람이 누구였느냐.'라는 것이죠. 그러면 그 사람이 일단 혐의자로 주목되는 거예요. 그런데 플로라 애크로이드가 자기 큰아버지가 살아 있는 것을 마지막으로 봤단 말이에요. 그것은 그녀에게 아주 불리한 사실일지도 모르죠(정말 불리한 일이에요. 나는 그렇게 생각해요). 모든 상황을 고려해보면, 랠프 페이튼이 나타나지 않는 게 그녀의 혐의를 덜어 주기 위해서일 수도 있거든요."
나는 부드럽게 투덜거렸다.
"이제 그만해요. 플로라 애크로이드 같은 어린 처녀가 잔인하게 자기 큰아버지를 찌를 수 있다고 생각합니까?"
자네트 양이 말했다.
"글쎄, 모르겠어요. 나는 얼마 전에 책에서 파리의 암흑가에 대한 이야기를 읽었는데, 거기에 보면 가장 지독한 여자 범인들 중에는 천사 같은 얼굴을 가진 어린 처녀도 있다고 해요."
캐롤라인이 즉시 말했다.
"그건 프랑스에서나 있는 일이지요."
"그건 정말입니다. 내가 아주 이상한 이야기를 하나 하지요. 인도의 상점가에 떠돌아다니는 이야기인데……."
대령의 재미없는 이야기는 끝도 없이 지루하게 이어졌다. 몇 년 전에 인도에서 일어난 일을 바로 그저께 킹스 애버트에서 일어난 사건과 비교할 수 없는 노릇이다.
다행히도, 캐롤라인이 마작을 계속 진행시킴으로써 대령의 지루한 이야기를 중단시켰다. 캐롤라인이 몇 번인가 계산을 잘못해서 내가 일일이 고쳐 주느라고 잠깐 옥신각신한 뒤에, 우리는 새로 판을 시작했다.
캐롤라인이 말했다.

“동풍이 지나가요. 랠프 페이튼에 대해 내 나름대로 짚이는 게 있어. ‘스리 캐릭타’, 하지만 당분간 나 혼자만 알고 있는 게 좋을 것 같아.”
자네트 양이 말했다.
“그래? 초우—펑을 해야 할 것 같은데.”
캐롤라인이 자신 있게 말했다.
“맞아.”
자네트 양이 물었다.
“그 부츠는 어땠어? 검은색이라는 거 말이야.”
캐롤라인이 말했다.
“그렇고말고.”
자네트 양이 물었다.
“요점이 무엇이었을까?”
캐롤라인은 입을 다물고는, 다 안다는 태도로 고개를 저었다.
자네트 양이 말했다.
“펑, 아니구나, 언펑, 셰퍼드 박사는 포와로 씨와 잘 다니니까 다 알고 있을 것 같은데요.”
“전혀 그렇지 않습니다.”
캐롤라인이 말했다.
“제임스는 너무 조심성이 지나쳐요. 아! 숨어 있는 ‘콩’.”
대령이 휘파람을 불었다.
잠깐 잡담이 중단되었다.
“또 당신 바람이에요. 그리고 당신은 ‘드래곤 펑’이 둘입니다. 정신들 바짝 차립시다. 캐롤라인은 크게 한 판 하려다 죽었어요.”
우리는 얼마 동안 잡담을 하지 않고 게임에 열중했다.
카터 대령이 물었다.
“포와로라는 사람이 아직도, 정말 그렇게 위대한 탐정입니까?”
캐롤라인이 진지하게 말했다.
“세계에서 가장 위대한 탐정이에요. 그는 사람들의 눈을 피해서 신분을 감추고 여기에서 지내는 거라고 하더군요."

자네트 양이 말했다.

"초우. 이곳처럼 작은 마을에서는 정말 놀랄 만한 일이에요. 그런데 클라라가(우리 집 하녀 말이에요) 펀리의 하녀 엘시와 절친한 사이라고 하는데, 엘시가 클라라에게 뭐라고 했는지 아세요? 많은 돈이 없어졌다는 거예요. 그런데 그녀의 생각이겠지만, 엘시의 생각이라고요. 심부름하는 하녀가 수상하다지 뭐예요. 그녀는 이번 달로 그만둘 거라는데 밤이면 많이 운다나요. 내 생각으로는, 그녀가 폭력단과 관련되었을 가능성이 짙어요. 항상 수상쩍게 행동했거든요. 이곳의 어느 누구와도 친하게 지내지 않아요. 종일 혼자 보낸대요. 아주 이상하고 의심스럽답니다. 언젠가는 우리들의 '친선의 밤'에 오라고 했더니 그냥 거절하더군요. 그리고 언젠가 그녀의 고향이라든가 가족에 대해 몇 가지 물어보았는데, 태도가 아주 건방지기 짝이 없어요. 겉으로는 아주 공손한 척했지만, 아주 뻔뻔스럽게 내 입을 다물게 했답니다."

자네트 양이 숨이 차서 말을 멈춘 틈을 타, 하인 문제에 전혀 흥미가 없는 대령이 상하이 클럽에서는 빨리빨리 게임을 진행시키는 것이 필수적인 규칙이었다고 말했다.

우리는 재빨리 한 판을 끝냈다.

캐롤라인이 말했다.

"러셀 양이란 여자가 금요일 오전에 제임스에게 진찰받으러 오는 척하며 여기에 왔었는데, 사실은 독약이 어디에 보관되어 있는지 알아보러 왔을 거야. '파이브 캐릭터'"

자네트 양이 말했다.

"초우, 그게 무슨 소리예요? 정말 러셀 양이 그랬어요?"

대령이 말했다.

"독약에 대한 이야기라면, 음……, 뭐라고요? 내가 패를 안 냈던가? 오! '에이트 뱀부'."

자네트 양이 말했다.

"마장!"

캐롤라인은 굉장히 화를 내며 투덜거렸다.
"원 레드 드래곤. 내가 '스리 더블'을 했어야 하는 건데."
내가 말했다.
"내가 '레드 드래곤'을 갖고 있었는데요."
캐롤라인이 나무라며 말했다.
"제임스 꼭 그렇게, 너는 도대체 게임의 매너를 모르는구나."
나는 사실은 아주 분별 있게 행동한 거라고 생각했다.
만일 캐롤라인이 마장이라고 했다면 나는 그녀에게 엄청난 액수를 지불해야 했을 것이다. 자네트 부인은 마장이라고 해봤자 잡동사니만 긁어모은 아주 형편없는 것이었다. 동풍이 지나가고 우리는 조용히 새로운 판을 시작했다.
캐롤라인이 말했다.
"내가 방금 말하려고 했던 이야기는 바로 이거야."
자네트 양이 부추기며 말했다.
"무엇인데? 초우!"
대령이 톡 쏘듯이 말했다.
"그렇게 빨리 초우하는 것은 약해진다는 징조예요. 좀더 대담하게 해야 됩니다."
자네트 양이 말했다.
"나도 알아요. 랠프 페이튼에 대해 이야기해준다고 했잖아?"
"아, 그랬지요. 나는 그가 어디에 있는지 알아냈답니다."
우리는 모두 손을 멈추고 캐롤라인을 빤히 쳐다보았다.
카터 대령이 말했다.
"정말 흥미로운 이야기로군, 캐롤라인. 당신 혼자 알아낸 겁니까?"
"글쎄요, 정확하게 말하자면, 그렇지는 않아요. 그걸 말하겠어요. 우리 집 홀에 있는 커다란 우리 군 지도를 보셨지요?"
우리는 모두 그렇다고 대답했다.
"일전에 포와로 씨가 막 나가려다 지도 앞에 서서 그것을 보더니 뭐라고 한 말이 있거든요. 무슨 말이었는지 정확하게 기억은 안 나지만, 크란체스타가 우리 마을 주위에 있는 유일한 도시라고 말했어요. 물론 맞는 말이에요. 그런데 그가 나간 다음, 갑자기 나는 어떤 생각이 떠올랐어요."

"어떤 생각 말입니까?"

"그 말의 의미 말이에요. 그것은 랠프가 크란체스타에 있다는 뜻이지요."

그 순간 나는 쌓아 올려 두었던 내 패를 넘어뜨리고 말았다.

누나는 대뜸 내게 신중하지 못하다고 꾸짖었지만, 그 말은 형식적인 것에 불과했다. 그녀는 자기 이야기에 정신이 빠져 있었다.

카터 대령이 말했다.

"크란체스타라고요, 캐롤라인? 크란체스타는 분명히 아닙니다! 거긴 너무 가깝잖습니까?"

캐롤라인은 의기양양하게 외쳤다.

"바로 그거예요. 지금으로서는 그가 기차로 이곳을 빠져나가지 않았다는 것이 거의 확실해요. 그는 크란체스타로 걸어 들어간 것이 틀림없어요. 그리고 나는 그가 아직도 거기에 있을 거라고 믿어요. 어느 누구도 그가 그렇게 가까운 곳에 있으리라고는 꿈에도 생각지 못했을 거예요."

나는 캐롤라인의 추측에 여러 가지 문제점을 지적했지만, 캐롤라인은 자기가 한 번 믿기로 했으면 절대로 그 생각을 바꾸지 않았다.

자네트 양이 생각에 잠긴 목소리로 말했다.

"정말 포와로 씨도 같은 생각을 갖고 있는 모양이네. 정말 이상한 우연의 일치인데, 오늘 오후 크란체스타 거리로 산책하러 나갔다가 그 사람이 그쪽에서 나오는 차를 타고 지나가는 것을 봤어요."

우리는 모두 서로를 쳐다보았다.

자네트 양이 갑자기 말했다.

"오, 이런, 내가 마장이잖아!"

캐롤라인은 혼자 상상 속에 빠져 있다가 이 소리에 제정신으로 돌아왔다.

그녀는 자네트 양에게 게임을 너무 자질구레한 패와 초우로 구성하게 되면 마작의 재미가 없다고 지적했다. 자네트 양은 태연하게 들으며 초우마(점수를 계산하기 위해 쓰는 작고 가늘고 긴 막대기)들을 모았다.

"예, 그래요. 무슨 뜻인지 알아요. 하지만 그것은 어떤 종류의 패를 가지고 시작하느냐에 달린 문제 아니에요?"

캐롤라인이 설득했다.

"만일 그렇게 하지 않는다면 절대로 많이 따지 못할 거예요."

자네트 양이 말했다.

"그렇지만 우리는 모두 자기 나름대로 게임 방식을 가지고 있잖아요. 안 그래요?"

그녀는 초우마를 대강 훑어보았다.

"나는 이제 끝났어요."

캐롤라인은 점수가 상당히 낮았는지 아무 말도 하지 않았다. 동풍이 지나가고 우리는 다시 판을 시작했다. 애니가 차를 날라 왔다.

캐롤라인과 자네트 양은 이런 즐거운 밤이면 종종 그랬듯이 둘 다 조금씩 약이 올라 있었다.

자네트 양이 패를 들고 망설이자 캐롤라인이 말했다.

"조금만 더 빨리 게임을 한다면—중국 사람들은 패를 얼마나 빨리 내놓는지 꼭 작은 새가 재잘거리는 것 같아."

몇 분 동안 우리는 중국 사람들처럼 게임을 했다.

카터 대령이 부드럽게 말했다.

"당신은 도대체 사건에 대해서는 한마디도 하지 않는군요, 셰퍼드. 속으로는 무슨 꿍꿍이가 있겠지요. 위대한 탐정과 그렇게 함께 행동하면서 일이 어떻게 되어 가는지 힌트조차 주지 않다니."

캐롤라인이 나를 못마땅한 듯이 쳐다보았다.

"제임스는 정말이지 특별한 성격이에요. 사건에 대해서 툭 터놓고 얘기하는 걸 못 봤어요."

"솔직하게 말해서, 나는 아는 게 없습니다. 포와로는 자기 생각을 남에게 털어놓지를 않아요."

"현명한 사람입니다."

대령이 혼자 낄낄 웃으며 말했다.

"그런 사람은 절대로 자기 비밀을 드러내 놓는 법이 없지요. 하지만 외국 탐정들은 훌륭한 친구들이오. 요리조리 잘도 피하는 것 같습니다."

자네트 양은 은근히 의기양양하게 말했다.

"펑, 그리고 마장."

분위기가 좀더 긴장되었다.

자네트 양이 세 번이나 계속해서 마장을 하는 바람에 화가 난 캐롤라인은 새로 벽을 쌓을 때, 내게 이렇게 말했다.

"지루한 모양이구나, 제임스. 꼭 죽은 것처럼 꼼짝 않고 앉아서 한마디도 하지 않으니!"

나는 좀 짜증스럽게 말했다.

"누님, 나는 정말 할 말이 없어요. 나는 누님이 생각하는 그런 사람이란 말입니다."

캐롤라인은 패를 가려내며 말했다.

"그만두거라! 너도 흥미있는 것을 알아야 해."

나는 잠깐 동안 얼떨떨하고 흥분되어서 아무 대답도 할 수 없었다. 이제 막 '완전 승리' 같은 것이 이루어지려고 하고 있었다.

나는 그 패를 내가 갖게 될 거라고는 결코 바라지도 않았다.

"상하이 클럽에서 하는 말로"

나는 승리의 기쁨을 억누르며 패를 탁자에 펼쳐 놓았다.

"띵 호, 완전 승리예요!"

대령의 눈은 거의 튀어나올 것처럼 커졌다.

"정말 굉장한 일입니다. 이런 것은 처음 보는데요!"

나는 캐롤라인의 빈정거리는 말에 화가 나 있다가 그때 마침 승리를 거두어 아주 분별력이 없어졌다.

"그리고 흥미로운 이야기를 하나 하지요. 안쪽에 날짜와 'R로부터'라고 적힌 결혼 금반지에 대해서는 어떻게 생각합니까?"

나는 뒤이어서 벌어질 장면을 그만 못보고 말했다. 나는 그것이 정확히 어디에서 발견되었다는 것까지도 말했던 것이다. 그리고 날짜까지.

캐롤라인이 말했다.

"3월 13일이면, 꼭 6개월 전이구나!"

이럴 거라느니 저럴 거라느니 떠들썩한 의견과 추측 가운데 결국 다음과 같은 세 가지 이론이 나왔다.

1. 카터 대령의 의견— 랠프가 비밀리에 플로라와 결혼했다. 가장 단순한 풀이.
2. 자네트 양의 의견— 로저 애크로이드가 비밀리에 페라스 부인과 결혼했다.
3. 누님의 의견— 로저 애크로이드가 가정부인 러셀 양과 결혼했다.

나중에 잠자리에 들 무렵, 캐롤라인이 위의 것과는 달리 뛰어난 네 번째 의견을 내놓았다.

그녀가 갑자기 이렇게 말했다.

"내 말을 들어 보렴. 제프리 레이먼드와 플로라가 결혼했을 수도 있어."

내가 말했다.

"그렇다면 'R로부터'가 아니라 'G로부터'라고 쓰여 있어야 더욱 그럴듯하지요."

"너는 통 모르는구나. 남자들을 이름 대신 성으로 부르는 처녀들도 있어. 그리고 오늘 저녁에 자네트 양이 한 말을 못 들었니? 플로라가 행실이 좋지 않다는 이야기 말이야."

엄격히 말해서, 나는 자네트 양이 그런 말을 하는 것은 못 들었지만, 캐롤라인이 빈정거리는 것에 대해서만은 어쩔 수 없었다.

내가 넌지시 말했다.

"헥터 블런트는 어떻습니까? 만일 그것이 다른 사람이라면……."

"그렇지 않아. 나도 소령이 그녀를 좋아하고 있다는 것은 부인하지 않아. 어쩌면 그녀를 사랑하고 있을지도 모르지. 그러나 플로라 같은 여자는 잘생긴 젊은 비서를 옆에다 두고 자기 아버지뻘 되는 늙은이와 사랑에 빠지진 않아.

그녀가 블런트 소령을 유혹했는지도 모르지. 여자애들은 아주 교활한 면이 있으니까. 그리고 너에게 말해둘 사실이 한 가지 있어, 제임스 셰퍼드. 플로라 애크로이드는 랠프 페이튼에 대해 요만큼도 걱정하지 않고 있어. 걱정해본 적도 없고. 이것만은 믿어도 좋아."

나는 그녀의 말을 그대로 믿었다.

제17장 파커

다음날 아침 나는 문득 내가 '완전 승리'인가 하는 것 때문에 들떠서 좀 경솔하게 행동한 것 같다는 생각이 들었다. 하지만 포와로는 반지를 비밀로 하라고 말하지는 않았다. 그리고 그는 펀리에 있는 동안 그것에 대해 한마디도 하지 않았다. 그러나 내가 아는 한, 그것이 발견되었다는 것을 아는 사람은 오직 나 혼자뿐이었다. 나는 확실히 잘못했다고 느꼈다.

그 얘기는 이미 킹스 애버트에 온통 번져 나가고 있을 것이다. 나는 당장이라도 포와로가 달려와 나를 비난할 것만 같았다. 11시에 페라스 부인과 로저 애크로이드의 합동 장례식이 거행되었다. 그건 슬프고도 인상 깊은 의식이었다. 펀리에 있는 사람들이 모두 참석했다.

장례식이 끝난 뒤, 포와로는 내 팔을 잡아끌며 함께 라체스로 돌아가자고 했다. 그의 엄숙하게 굳은 표정을 보고 나는 전날 밤의 경솔한 내 행동이 드디어 그의 귀에까지 들어간 모양이라고 생각했다.

하지만 그의 머릿속은 다른 성질의 일로 차 있다는 사실이 밝혀졌다.

"잘 들어 보십시오. 우리는 함께 움직여야 합니다. 증인 한 사람을 심문하는데 당신의 도움이 필요해요. 그에게 질문을 던지고 진실을 말하지 않을 수 없도록 공포심을 불어넣는 거요."

나는 굉장히 놀라며 물었다.

"어떤 증인을 말하는 겁니까?"

"파커입니다! 그에게 오늘 정오에 우리 집으로 오라고 일러두었습니다. 지금쯤 아마 나를 기다리고 있을 겁니다."

나는 슬쩍 그를 넘겨다보며 대담하게 물었다.

"무슨 생각으로 그러는 겁니까?"

"내가 알고 있는 것에……, 아직까지 만족하지 못하고 있습니다."
"그가 페라스 부인을 협박했다고 생각합니까?"
"그렇거나, 아니면……."
나는 잠시 기다린 뒤에 말했다.
"아니면 누구입니까?"
"글쎄, 이렇게 말하는 편이 좋겠군요. 나는 그것이 그 사람이기를 바라고 있습니다."
그의 엄숙한 태도와 거기에 깃든 뭐라고 말할 수 없는 묘한 느낌이 나를 침묵으로 몰아넣었다.
라체스에 도착하자마자 우리는 파커가 벌써 도착해서 기다리고 있다는 말을 들었다. 우리가 방에 들어가자 집사는 정중하게 일어났다.
"안녕하시오, 파커. 잠깐만 기다리시오."
포와로는 쾌활하게 말하고는 외투와 장갑을 벗었다.
"제가 도와드리지요, 선생님."
파커는 이렇게 말하며 재빨리 그에게로 다가가서 도와주었다. 그는 포와로의 물건들을 문 옆에 있는 의자에 가지런히 놓았다.
포와로는 만족스러운 눈길로 그를 지켜보았다.
"고맙소, 파커. 몹시 친절하군요. 좀 앉지 않겠소? 내 얘기가 시간이 좀 걸릴지도 모르는데."
파커는 죄송하다는 듯이 머리를 숙이며 앉았다.
"자, 내가 오늘 당신을 여기로 부른 이유가 무엇이라고 생각하오?"
파커는 기침을 했다.
"저는, 선생님, 돌아가신 나리에 대해 질문하실 거라고 생각했습니다. 사생활 같은 거 말입니다."
"맞았습니다." 포와로는 미소를 지은 채 말했다.
"당신은 여러 번 협박을 했더군!"
"아닙니다!"
집사는 벌떡 일어섰다.

"흥분하지 마시오." 포와로는 조용하게 말했다.

"정직하고 명예가 손상된 사람인 척하지 마시오. 당신은 그 협박이 결국은 드러나게 될 거라는 사실을 알고 있었잖소. 안 그렇소?"

"선생님, 저, 저는 결코, 결코 그러지……."

"무례하군." 포와로는 여전히 침착한 태도로 말했다.

"그렇다면 파커, 그날 저녁 애크로이드 씨의 서재에서 협박이라는 말을 듣고 나서 왜 그렇게 그 안에서 하는 대화를 들으려고 애썼소?"

파커가 더듬거리기 시작했다.

"저는 안 그랬습니다. 저는……."

포와로는 갑자기 이렇게 내뱉었다.

"당신의 마지막 주인은 누구였소?"

파커가 물었다.

"저의 마지막 주인이요?"

포와로가 다시 되물었다.

"그렇소. 애크로이드 씨에게 오기 전에 모셨던 주인 말이오."

"엘러비 소령님입니다, 선생님."

포와로는 입속으로 중얼거렸다.

"바로 그렇지, 엘러비 소령이었어. 엘러비 소령은 마약 중독자였지, 안 그렇소? 당신은 그와 함께 여행을 다녔소. 그가 버뮤다에 있을 때 어떤 문제가 발생했소. 남자가 살해된 것이오. 엘러비 소령에게도 부분적으로 책임이 있었지. 그것은 이제 비밀 속에 잠겨 버렸지만, 당신은 그 사실을 알고 있었소. 당신의 입을 막는데 엘러비 소령이 얼마를 지불했소?"

파커는 입을 딱 벌린 채 그를 쳐다보고만 있었다. 그의 몸은 축 늘어졌으며 양볼은 맥없이 덜덜 떨렸다.

"내 말을 잘 들어 보시오. 나는 이미 뒷조사를 다 해봤소."

포와로는 상냥하게 말했다.

"결과는 내가 말한 바와 같소. 당신은 그때 그 일로 상당한 금액을 벌었고, 엘러비 소령은 죽을 때까지 당신에게 돈을 주었더군. 자, 이제 당신이 최근에

한 일에 대해서 듣고 싶소."

파커는 여전히 쳐다보고만 있었다.

"부인해봤자 소용이 없소. 이 에르퀼 포와로는 모두 알고 있으니까. 내가 엘러비 소령에 대해서 한 말이 사실이 아니라고 할 수 있소?"

그러고 싶지는 않았겠지만, 파커는 어쩔 수 없이 고개를 한 번 끄덕였다.

그의 얼굴은 잿빛이 되어 있었다.

"그렇지만 저는 애크로이드 씨의 머리카락 하나도 건드린 적이 없습니다."

파커가 신음하듯이 말했다.

"정말로, 선생님, 그러지 않았습니다. 저는 이렇게 될까 봐 계속 걱정해왔습니다. 그렇지만 저는 안 그랬습니다. 저는 절대로 죽이지 않았습니다."

그의 목소리는 거의 비명처럼 높아졌다.

"나도 당신을 믿고 싶소." 포와로가 말했다.

"당신은 용기가 없구려, 용기가. 하지만 나에겐 진실을 말해야 하오."

"말씀드리겠습니다, 선생님. 그날 밤 제가 엿들으려고 했던 것은 사실입니다. 우연히 듣게 된 한두 단어가 제 호기심을 자극했습니다. 게다가 애크로이드 씨는 방해받고 싶지 않다며 박사님과 두 분이서만 서재로 들어가서 문을 잠갔습니다. 제가 경찰에 진술했던 것은 맹세코 진실입니다. 사실은 협박이라는 말을 들었습니다. 그래서……."

그는 말을 멈추었다.

"그래서 당신 이야기를 하고 있을지도 모른다고 생각했소?"

포와로는 슬슬 말을 시켰다.

"저……, 그래서, 맞습니다. 그렇게 생각했습니다, 선생님. 만일 애크로이드 씨가 협박을 받았다면, 제가 그 부정소득의 한몫을 차지할 수 있을 거라고 생각했습니다."

포와로의 얼굴에 아주 이상한 표정이 스쳐 지나갔다. 그는 몸을 앞으로 기울이며 말했다.

"그날 밤 이전에 애크로이드 씨가 협박을 받을 만한 어떤 이유라도 있다고 생각합니까?"

"아닙니다, 절대로, 선생님. 그것은 깜짝 놀랄 만한 일이었습니다. 어느 면으로 보나 애크로이드 씨는 완벽한 신사였습니다."

포와로가 물었다.

"얼마나 엿들었소?"

"많이 듣지는 못했습니다. 마치 제가 스스로 원한을 부른 것 같았습니다. 저는 식기실에서 제가 할 일을 열심히 해야 했습니다. 그리고 한두 번 서재 쪽으로 몰래 가보았습니다만 소용이 없었습니다. 처음에는 셰퍼드 박사님이 나오셔서 하마터면 들킬 뻔했고, 다음에는 레이먼드 씨가 중앙 홀에서 그쪽으로 갔기 때문에 기회를 놓쳤습니다. 그리고 쟁반을 들고 갔을 때는 플로라 양이 저를 가로막았습니다."

포와로는 마치 그의 진실성을 시험이라도 하는 것처럼 한참 동안 그를 쳐다보았다.

파커는 애원조로 말했다.

"제발 저를 믿어 주십시오, 선생님. 저는 경찰이 엘러비 소령님과 관련된 그 옛날 일을 들춰내어 저를 의심할까 봐 사실 무척 두려웠습니다."

마침내 포와로가 입을 열었다.

"사실은, 나도 당신을 믿고 싶소. 그런데 한 가지 부탁이 있소. 당신의 저금통장을 보여 주시오. 저금통장을 가지고 왔지요?"

"예, 선생님, 가지고 왔습니다."

그는 당황하는 기색도 없이 주머니에서 통장을 꺼냈다.

포와로는 초록색 표지가 달린 얄팍한 통장을 받아들고 기입된 목록을 자세히 읽었다.

"오! 당신은 올해 국가에서 발행한 저축증권을 500파운드어치나 구입했군?"

"그렇습니다, 선생님. 저는 벌써 1,000파운드 이상 저축해놓았습니다. 저, 그것은 엘러비 소령님이 주신 겁니다. 그리고 금년에 경마에 돈을 조금 걸었는데, 이익을 아주 많이 보았습니다. 기억하실지 모르겠습니다만, 선생님. 전혀 승산이 없는 말 한 마리가 승리를 거두었거든요. 제가 그 말에 20파운드를 걸었으니 아주 운이 좋았던 거지요."

포와로는 통장을 돌려주었다.

"와줘서 고맙소. 당신이 사실대로 말했으리라 믿소. 만일 그렇지 않았다면, 그만큼 당신에게 더 불리한 조건이 될 것이오."

파커가 떠나고 나자 포와로는 다시 외투를 집어들었다.

"또 나가시려고요?" 내가 물었다.

"해몬드 씨를 잠깐 만나보기로 합시다."

"파커의 이야기를 믿습니까?"

"겉으로 봐서는 충분히 믿을 만하군요. 그가 일류 배우가 아니라면, 그는 애크로이드 씨가 협박을 받았다고 믿고 있습니다. 그렇다면 그는 페라스 부인의 일에 대해서는 아무것도 모른다는 얘기죠."

내가 물었다.

"그렇다면 그 사건에서 누가……?"

"바로 그겁니다! 도대체 누굴까요? 해몬드 씨를 만나보면 도움이 될 거요. 파커가 혐의를 완전히 벗어나든가, 그렇지 않으면……."

"그렇지 않으면 뭡니까?"

"이거 내가 오늘 아침에는 말을 제대로 못하는군요."

포와로가 사과하며 말했다.

"그렇더라도 좀 참아 주시오."

나는 다소 겁을 먹은 목소리로 말했다.

"그런데……, 고백할 일이 하나 있습니다. 나도 모르게 반지 이야기를 해버렸습니다."

"무슨 반지 말입니까?"

"당신이 금붕어 연못에서 찾아냈던 반지 말입니다."

"오!" 포와로는 활짝 웃으며 말했다.

"미안합니다. 내가 너무 경솔했습니다."

"천만에요! 미안할 게 뭐 있습니다. 나는 당신에게 그것을 비밀로 하라고 말하지 않았습니다. 상관없는 일이니 걱정하지 마십시오. 그녀가 좋아했겠군요. 당신 누님 말입니다."

“예, 누님은 그것을 굉장히 의미 있는 것이라고 생각했습니다. 그리고 별의별 추측을 다 늘어놓더군요.”

“오! 하지만 그건 아주 간단한 겁니다. 진실이 눈앞에 환히 들여다보이지요, 그렇지 않소?”

“그렇습니까?”

내가 천연덕스럽게 말했다.

포와로는 껄껄 웃고 나서 말했다.

“현명한 사람은 분명한 태도를 밝히지 않는 법입니다. 그렇지 않습니까? 자, 이제 해몬드 씨의 사무실에 다 왔소.”

변호사는 사무실에 있었으며, 우리는 곧장 그에게로 안내되었다. 그는 일어나서 냉정하고 깍듯한 태도로 우리를 맞았다.

포와로가 즉시 요점부터 말했다.

“해몬드 씨, 당신에게 물어보고 싶은 것이 있는데, 실례가 안 되겠는지 모르겠습니다. 내가 알기로 당신은 킹스 패도크의 페라스 부인의 일을 봐주었다고 하던데요?”

그의 직업적인 자만심이 마치 가면처럼 얼굴을 감추기 전에, 변호사의 눈에는 순간적으로 놀라움이 스쳤다.

“그렇습니다. 그녀의 모든 일은 우리 손을 거쳤습니다.”

“그럼 아주 잘됐습니다. 내가 묻기 전에 셰퍼드 박사의 이야기를 먼저 들어주십시오. 셰퍼드 박사, 지난 금요일 밤 애크로이드 씨와 함께 나누었던 대화를 다시 한 번 말해 줄 수 있겠소?”

“그야 어려운 일이 아니지요.”

나는 그 이상한 밤의 이야기를 시작했다.

해몬드는 세심하게 주의를 기울여서 들었다.

“이것이 전부입니다.”

나는 말을 마치며 말했다.

“협박이라…….”

변호사는 생각에 잠겨서 말했다.

"뜻밖인가요?"
포와로가 물었다.
변호사는 안경을 벗어서 손수건으로 닦으며 대답했다.
"아닙니다. 사실은 나도 그동안 그런 종류의 일이 아닐까 하고 의심해왔습니다."
"그렇다면, 내가 알고 싶은 이야기를 해줄 수 있겠군요. 실제적으로 얼마나 지불되었는지 알 수 있는 사람은 바로 당신뿐입니다, 해몬드 씨."
"내가 그것을 굳이 숨길 필요는 없지요."
해몬드가 잠시 침묵을 지키다가 말했다.
"지난해에 페라스 부인은 유가증권을 좀 팔았는데, 그 돈을 재투자하지 않고 모두 써버렸습니다. 수입도 충분했고, 게다가 남편이 죽은 뒤에는 아주 조용하게 살았기 때문에, 그 돈은 어떤 특별한 데 쓰인 것이 분명한 것 같습니다. 언젠가 그녀에게 그 돈에 대해 물어본 적이 있었는데, 그녀는 남편의 가난한 친척 몇 사람을 도와줘야 한다고 말하더군요. 그 뒤로는 그 문제를 더 이상 거론하지 않았습니다. 지금까지 저는 그 돈이 애슬리 페라스에게 요구할 권리가 있는 어떤 여자에게 지불되었을 거라고 막연하게만 생각했을 뿐, 페라스 부인이 직접 관련되었으리라고는 전혀 생각지 못했습니다."
"그런데 그 액수가 얼마나 됩니까?"
포와로가 물었다.
"모두 합쳐서 적어도 2만 파운드는 될 겁니다."
"2만 파운드요! 1년 동안!"
내가 소리를 질렀다.
"페라스 부인은 굉장한 부자였던 모양이군요."
포와로가 태연하게 말했다.
"살인에 대한 벌금 치고는 유쾌할 만한 액수는 아니지요."
해몬드가 물었다.
"더 물어볼 것이 있습니까?"
"됐습니다. 고맙습니다."

포와로는 일어서며 말했다.
"혼란스럽게 해서 미안합니다."
"천만에요. 전혀 그렇지 않습니다."
"혼란시킨다는 단어는……."
밖으로 나왔을 때 내가 말했다.
"정신적인 것을 말할 때 쓰는 겁니다."
"오!" 포와로가 짧게 외쳤다.
"내 영어는 완전하지 못할 겁니다. 영어는 신기한 언어지요. 그럼, 어지럽혔다고 해야 하는 거였군요. 그렇지 않습니까?"
"내 생각으로, 그런 때는 방해했다고 하는 것이 가장 적당한 것 같습니다."
"고맙습니다. 당신은 아주 정확하게 어휘를 구사하는 것 같습니다. 그건 그렇고, 이제 파커에 대해 생각해봅시다. 그는 2만 파운드를 수중에 넣고도 계속 집사 노릇을 했을까요? 나는 그렇게 생각하지 않습니다. 물론 그 돈을 다른 사람 이름으로 은행에 넣어 두었을 가능성도 있지만, 나는 그가 우리에게 진실을 말했다고 믿고 싶습니다. 만일 그가 건달이라도 보잘것없는 친구에 불과할 겁니다. 그는 그런 거창한 생각을 할 사람이 못돼요. 그럼, 가능성이 있는 사람은 레이먼드나 또는 흠, 블런트 소령이 되겠군요."
"레이먼드는 확실히 아닙니다."
내가 이의를 제기했다.
"그는 500파운드 때문에 절망적인 지경에까지 빠졌다고 하지 않았습니까?"
"그것은 그의 말이죠."
"그럼 헥터 블런트는……."
"블런트 소령에 대해서 말해 드리죠."
포와로가 내 말을 막으며 이야기했다.
"조사하는 게 내 일입니다. 나는 그들을 조사해보았습니다. 그런데, 그가 말하는 유산 말입니다. 그 액수가 거의 2만 파운드가 된다는 것을 알아냈습니다. 이것을 어떻게 생각합니까?"
나는 너무 놀라서 거의 말을 할 수 없을 지경이었다.

"있을 수 없는 일입니다."

나는 겨우 입을 열어 말했다.

"헥터 블런트 같은 사람이……?"

포와로는 어깨를 으쓱했다.

"누가 압니까? 적어도 그는 야심이 있는 사람이오. 하지만 솔직히 나도 그가 협박을 했다고는 생각하지 않습니다. 그렇지만 당신이 눈치 채지 못한 또 다른 가능성이 있습니다."

"그것이 무엇입니까?"

"그 불 말입니다. 당신이 떠난 뒤에 애크로이드 씨는 그 편지와 파란 봉투를 몽땅 태워 버렸을지도 모르지 않습니까?"

"그랬을 것 같지는 않습니다."

나는 천천히 말을 이었다.

"그렇지만, 물론 그럴 수도 있겠죠. 마음이 바뀌었을 수도 있으니까요."

집에 막 도착했을 때, 나는 얼떨결에 포와로에게 들어와서 식사나 같이 하자고 말했다. 나는 캐롤라인이 무척 기뻐할 거라고 생각은 했지만, 여자들을 만족시키기란 정말 어려운 일이다. 그녀는 점심으로 촙을 준비하고 있었던 것 같다. 주방에서는 소의 내장과 양파를 써느라고 분주했다.

그런데 세 사람 앞에 2인분의 촙이 놓이는 순간 나는 당황하고 말았다. 그러나 캐롤라인은 별로 주춤거리지 않았다. 그녀는 나를 비웃고 있지만, 자기는 채식 다이어트를 하고 있다고 멋들어진 거짓말을 했다. 그녀는 견과(堅果) 커틀릿의 맛에 대해 신바람이 나서 늘어놓았으며(분명히 확신하지만, 그녀는 그것을 결코 먹어 본 적이 없다), 입맛을 다시며 치즈 토스트를 먹으면서 육식의 위험에 대해 예리하게 비판을 가했다.

나중에 우리가 난로 앞에 앉아서 담배를 피우고 있을 때, 캐롤라인은 다짜고짜 포와로를 공격했다.

"아직 랠프 페이튼을 못 찾았나요?"

"내가 그를 어디에서 찾는단 말입니까?"

캐롤라인은 의미심장한 어조로 말했다.

"크란체스타에 가면 그를 찾을 수 있을 텐데요."
포와로는 당황한 표정으로 캐롤라인을 바라보았다.
"크란체스타에서요? 왜 크란체스타에 가면 그를 찾을 수 있다고 생각합니까?"
나는 약간의 불만을 가지고 그에게 말했다.
"우리 마을 사립탐정들 중 한 사람이 어제 크란체스타 거리에서 당신이 차를 타고 지나가는 것을 우연히 보았답니다."
포와로는 이내 어리둥절한 표정을 지으며 껄껄껄 웃었다.
"아, 그거요! 이가 좀 아파서 치과의사한테 갔었지요. 나는 항상 그리로 간답니다. 금방 괜찮아지더군요. 내 생각에는 곧 나을 것 같은데, 의사는 아니라고 합니다. 차라리 뽑아 버리는 게 낫다는 거예요. 내가 싫다고 했지요. 의사는 계속 고집을 세우더니 자기 마음대로 해버렸어요! 아프던 이빨은 다시는 아프지 않을 겁니다."
캐롤라인은 바늘에 찔린 풍선처럼 축 늘어져 버렸다.
우리는 랠프 페이튼에 대해서 이야기하기 시작했다.
내가 먼저 말을 꺼냈다.
"본성이 나약하긴 해도 악한 사람은 아닙니다."
포와로가 물었다.
"오! 하지만 나약하다는 것은 어떤 것을 말하는 겁니까?"
"정확히 아시려면 여기 있는 제임스를 보세요. 물처럼 물러 빠져서, 만일 내가 돌보지 않았다면……."
나는 화를 내며 말했다.
"캐롤라인, 남의 인격을 들먹이지 않고는 말할 수 없습니까?"
캐롤라인은 조금도 물러서지 않고 말했다.
"너는 나약해, 제임스. 나는 너보다 여덟 살이나 더 먹었어. 오! 포와로 씨가 이것을 알면 안 되는데……."
그는 정중하게 고개까지 약간 숙이며 말했다.
"나는 단 한 번도 그것을 생각해보지 않았습니다, 마드모아젤."

"나는 너보다 여덟 살이나 위야. 너를 보살피는 것이 내 의무라고 항상 생각해왔다. 내가 신경을 안 썼다면 지금쯤 네가 어떻게 되었을지 하나님은 아실 게다."

나는 천장을 향해 담배 연기를 동그랗게 뿜어내며 중얼거렸다.

"아름다운 여성 모험가와 결혼했을지도 모르죠."

캐롤라인은 코웃음을 치며 말했다.

"여성 모험가! 여성 모험가 이야기라면……."

그녀가 이야기를 멈추었다.

"계속해보세요!"

나는 호기심을 느끼며 말했다.

"아무것도 아니야. 그냥 바로 가까이에 있는 어떤 사람이 생각나서."

그리고 그녀는 갑자기 포와로에게 말했다.

"제임스는 당신이 집안사람이 살인을 저질렀다고 믿고 있다고 하던데요. 내 생각에는 당신이 틀린 것 같아요."

"나는 틀리는 것을 좋아하지 않습니다."

포와로가 말했다.

"그것은, 뭐라고 할까요, 내 실력이 아닐까요?"

"나는 사실을 아주 분명하게 보고 있어요."

캐롤라인은 포와로의 말을 무시한 채 계속했다.

"제임스와 다른 사람들의 말로 봐서요. 내가 보기에는, 그 집안사람들 중에서 두 사람만이 기회가 있었던 것 같아요. 그것은 랠프 페이튼과 플로라 애크로이드지요."

"캐롤라인, 제발……."

"제발, 제임스, 너야말로 나를 방해하지 말거라. 내가 무슨 말을 하는 건지 다 알고 있잖니? 파커는 플로라를 문밖에서 만났어요, 그렇죠? 그는 애크로이드 씨가 그녀에게 잘 자라고 말하는 것을 듣지 못했어요. 곧, 그녀는 그때 이미 그를 살해한 뒤였을 수도 있다는 거예요."

"캐롤라인."

"플로라가 그랬다고 말하는 게 아니라, 제임스. 나는 그녀가 했을 가능성도 있다고 말하는 거야. 사실 플로라가 자기보다 나은 사람을 존경할 줄도 모르고, 태양 아래에 있는 모든 것에 대해 자기들이 제일 잘 아는 것처럼 뽐내는 요즈음 젊은 처녀들과 같다고 해도, 나는 그녀가 병아리 한 마리라도 죽일 수 있다고는 절대로 믿지 않아요. 그녀에 대해서는 그렇다고 해둡시다. 레이먼드 씨와 블런트 소령은 알리바이가 있어요. 애크로이드 부인도 알리바이가 있지요. 그리고 그 러셀이란 여자도 있는 것 같아요. 그녀는 언제나 자신에게 유리하도록 일을 처리하지요. 그럼, 누가 남죠? 랠프와 플로라뿐이에요! 당신이 뭐라고 하든, 나는 랠프 페이튼이 살인자라고는 믿지 않아요. 우리는 그에 대해 아주 잘 알고 있으니까요."

포와로는 자기 담배에서 나온 연기가 뭉게뭉게 피어오르는 것을 바라보며 잠시 아무 말도 하지 않았다. 마침내 그는 이상한 느낌을 자아내는 부드럽고 마치 꿈꾸는 듯한 목소리로 말을 꺼냈다.

"한 사람을 예로 들어 봅시다. 그는 아주 평범한 남자입니다. 마음속으로도 살인 같은 것은 생각도 못하는 사람이었지요. 그에게는 어딘가 연약한 기질이 있습니다. 그것은 깊숙이 가라앉아 있지요. 그것은 너무 멀리 떨어져 있어서 절대로 겉으로 드러나지 않습니다. 아마 결코 그러지 않을 겁니다. 그렇다면 그는 모든 사람으로부터 존경받으며 영광스럽게 무덤까지 가겠지요.

그런데 어떤 일이 발생했습니다. 그는 궁핍한 생활을 하는 상황에 있습니다. 어쩌면 그렇지 않을 수도 있겠지요. 그는 우연히 비밀을 알게 되었을지도 모릅니다. 누군가의 생사가 달린 비밀 말입니다. 그는 그것을 폭로하고 싶다는 생각이 들 겁니다. 정직한 시민으로서의 의무를 다하기 위해서죠.

그런데 그때 그의 약한 기질이 속삭입니다. 돈을 벌 수 있는 기회야. 엄청난 돈이 들어올 거야. 그는 돈을 원합니다. 탐이 나지요. 게다가 그건 너무 쉬운 일입니다. 그는 아무것도 하지 않아도 됩니다. 그저 입만 다물고 있으면 되니까요. 그것이 시작입니다. 돈에 대한 욕망이 커갑니다. 더 많이, 점점 더 많이 가지고 싶어 합니다, 더 많이! 그는 눈앞에 열린 금광에 도취되어 있습니다. 점점 탐욕스러워집니다. 그리고 그 탐욕 속에서 지나치게 꾀를 부리다 실패하게 됩니다.

남자라면 충분히 압박을 줄 수 있겠지만, 여자에게는 너무 많은 압박을 가해서는 안 됩니다. 여자들은 마음속에 진실을 말하고 싶은 커다란 욕망을 가지고 있거든요. 수많은 남자들이 아내를 속이고도 자신의 비밀을 그대로 지닌 채 무덤까지 편안하게 들어갑니다. 반면에, 남편을 속인 아내들은 그 사실을 남편에게 털어놓음으로써 자기의 일생을 파멸로 이끌어 가지요!

그들은 너무 많이 억압을 받아왔던 겁니다. 순간적으로 무모하게(물론 나중에 후회하게 되겠지만) 그들은 안정이라는 것을 잊어버리고 궁지에 몰린 나머지, 스스로는 굉장한 만족감을 느끼며 진실을 선언합니다.

자, 이것이 이번 사건의 상황입니다. 긴장이 너무 심했던 거지요. 당신네들의 속담에도 '황금 알을 낳는 거위의 죽음'이라는 말이 있지 않습니까! 그러나 이것으로 끝이 아닙니다. 우리가 말하는 남자에게 발각될 위험이 다가왔습니다. 더구나 그는 과거의, 그러니까 1년 전 그가 아닙니다.

그의 도덕적인 양심은 이미 둔감해진 상태입니다. 자포자기 상태에 빠지게 된 거지요. 발각이라는 것은 그에게 파멸을 의미하니까요. 그는 승산 없는 싸움을 시작하면서 어떠한 수단이라도 취할 각오를 합니다. 그렇게 해서, 단검으로 내리치는 거지요!"

그는 잠시 침묵을 지켰다. 그가 마치 방에 마법을 건 것 같았다.

나는 그의 말에서 풍겨 나오는 느낌을 묘사할 수조차 없다.

그 무자비한 분석과 우리를 공포의 도가니로 몰아넣은 그 냉정한 통찰력에는 이상한 마력이 있었다.

그는 부드럽게 이야기를 이었다.

"그런 다음, 단검이 제거되면, 그는 다시 자기 모습으로 되돌아와서 점잖은 인간이 되는 겁니다. 그러나 필요하면 한 번 더 내리치게 될 겁니다."

마침내 캐롤라인이 못 참겠다는 듯이 말했다.

"랠프 페이튼을 두고 하는 말씀 같군요. 물론 옳을지도 모르죠. 틀릴지도 모르고. 하지만 당신은 변명 한마디 하지 못한 사람에게 유죄 판결을 내릴 권리는 없어요."

그때 전화벨이 날카롭게 울렸다.

나는 홀에 나가서 수화기를 집어들었다.

"뭐라고요? 그렇습니다. 내가 셰퍼드 의사입니다."

나는 잠시 상대방의 말을 들은 다음 짤막하게 대답했다.

그리고 수화기를 다시 내려놓고 응접실로 돌아왔다.

"포와로, 리버풀에서 어떤 남자가 잡혔답니다. 찰스 켄트라는 사람인데, 그날 밤에 펀리에 나타난 수상한 사람인 것 같다는군요. 내게 당장 리버풀로 와서 그를 확인해 달라고 하는군요."

제18장

찰스 켄트

30분 뒤 포와로와 나, 그리고 래글런 경위는 리버풀 행 기차 안에 있었다.

경위는 굉장히 흥분해 있었다.

"어쩌면 이 사건의 협박에 대한 정보를 듣게 될지도 모르겠군요. 그밖에 다른 것이 아니라면."

그는 기쁨에 들떠서 말했다.

"난폭한 녀석인 모양입니다. 게다가 마약 중독자라는군요. 그런 녀석에게 우리가 필요한 것을 알아내는 것쯤은 쉬운 일이죠. 조금이라도 동기가 발견되면 그가 애크로이드 씨를 죽인 것이 틀림없습니다. 그렇다면 페이튼은 도대체 왜 나타나지 않는 걸까요? 모두 다 뒤죽박죽이군요, 이거 원. 그런데 포와로 씨, 지문에 대해서는 당신이 옳았습니다. 그건 애크로이드 씨의 지문이더군요. 나도 그런 생각은 했었지만, 있을 수 없는 일이라서 전혀 염두에 두지 않았었죠."

나는 혼자 웃었다. 래글런 경위는 너무나 노골적으로 체면을 유지하려고 애썼다.

포와로가 말했다.

"그 남자, 아직 체포되지는 않았겠죠?"

"예, 용의자로 유치되어 있다고만 하더군요."

"그런데 그 사람은 뭐라고 한답니까?"

"지독하게 말을 안 한답니다."

경위가 씩 웃으며 말했다.

"꽤 소심한 녀석인 모양입니다. 욕지거리를 빼놓고는 거의 말을 안 한다는군요."

리버풀에 도착했을 때, 그곳 사람들이 포와로를 환영하는 것을 보고 나는 깜짝 놀랐다. 우리를 맞았던 헤이스 총경은 오래전에 포와로와 함께 어떤 사건을 맡아서 그런지 그의 능력에 대해 지나칠 정도로 평가하고 있었다.

그가 쾌활하게 말했다.

"여기서 포와로 씨를 만나게 되다니 정말 반갑습니다. 은퇴하신 걸로 알고 있는데요."

"그랬죠, 헤이스 총경. 그렇습니다. 그런데 은퇴하니까 끔찍하게 지루하지 뭡니까! 매일 반복되는 단조로운 생활이 어떤 건지 상상도 못할 겁니다."

"그러시겠죠. 그래서 우리가 찾은 사람을 보러 오셨군요? 이분이 셰퍼드 박삽니까? 그를 알아볼 수 있겠습니까?"

"확신은 못합니다." 내가 망설이며 말했다.

"그를 어떻게 잡았습니까?" 포와로가 물었다.

"몽타주를 돌렸지요, 신문과 개인적으로. 잡히는 건 시간문제라고 확신했었습니다. 그 친구는 분명한 미국식 억양을 가지고 있는데다가, 그날 밤 킹스 애버트 근처에 갔었다는 사실을 부인하지 않습니다. 하지만 우리가 어떤 질문을 해도 그저 빤히 쳐다만 볼 뿐 도대체 대답을 하지 않는 겁니다."

포와로가 물었다.

"내가 그를 만나볼 수 있겠습니까?"

총경은 알았다는 듯이 한쪽 눈을 찡긋했다.

"당신과 함께 일하게 되어 몹시 기쁩니다. 무엇이든 원하는 대로 해도 좋습니다. 런던경시청의 재프 경감이 전에 당신의 안부를 묻더군요. 당신이 이 사건에 비공식적으로 손을 댔다는 이야기를 들었다고 하면서요. 페이튼 대위는 지금 어디에 숨어 있습니까? 내게만 말해줄 수는 없겠습니까?"

"글쎄요. 지금으로선 그것이 현명한 일인지 의심스럽군요."

포와로가 위엄 있게 이렇게 말하는 모습이 너무 우스워서 나는 입술을 깨물며 터져 나오는 웃음을 참아야 했다. 그런 면에서 그 작은 남자는 아주 노련했다.

회의는 좀더 진행되었고, 그 뒤 우리는 그 남자를 만나러 갔다. 그는 기껏해야 스물두세 살 정도밖에 안 된 젊은 친구였다. 키가 큰데다 몸은 바싹 말랐고, 손이 조금씩 떨리는 것이 몸이 많이 쇠약해진 것 같았다. 검은 머리에, 왠지 미덥지 못한 파란 눈은 사람을 정면으로 바라보지 못했다.

나는 그날 밤에 마주쳤던 사람이 내가 아는 사람일 거라는 생각을 줄곧 품어 왔었는데, 이 사람이 정말로 그였다면 나는 완전히 실수한 것이다. 그의 어디에서도 내가 알고 있는 사람의 모습을 찾아볼 수 없었던 것이다.

총경이 말했다.

"자 그럼, 켄트, 일어서게. 자네를 만나러 오신 분들이야. 아는 분이 있나?"

켄트는 잔뜩 부은 얼굴로 우리를 쳐다보기만 할 뿐 대답은 하지 않았다. 그의 시선은 우리 세 사람 사이를 왔다 갔다 하다가 나에게로 돌아와 머물렀다.

총경이 나에게 말했다.

"그럼, 셰퍼드 박사, 당신은 어떻습니까?"

"키는 같습니다. 그리고 대체로 봐서 그 사람인 것도 같습니다. 더 이상 확실하게는 말할 수가 없군요."

켄트가 물었다.

"도대체 왜들 이러는 겁니까? 무슨 혐의입니까! 말해보시오! 내가 무슨 짓을 했다는 겁니까?"

나는 머리를 끄덕였다.

"그 사람이군요. 목소리를 들으니까 알겠습니다."

"내 목소리를 안다고요, 당신이? 대체 당신이 어디서 내 목소리를 들어 보았다는 겁니까?"

"지난 금요일 저녁 펀리 파크의 문밖에서, 당신은 내게 그리로 가는 길을 물었잖소?"

"그래요? 내가 그랬던가요?"

"인정한다는 말인가?" 경위가 물었다.

"아무것도 인정하지 않겠습니다. 무엇 때문에 나를 잡아 가둔 건지 알기 전에는."

포와로가 처음으로 입을 열었다.

"요 며칠간 신문에서 못 보았소?"

그의 눈이 가늘어졌다.
"그 사건 때문에 나를 잡아 가둔 거란 말입니까? 펀리에서 늙은이 하나가 꼴까닥했다고 쓰여 있던데, 내가 그 짓을 했다고 덮어씌우려는 겁니까?"
포와로가 조용히 말했다.
"당신은 그날 밤 그곳에 있었잖소?"
"당신이 그것을 어떻게 압니까?"
"이것으로."
포와로는 주머니에서 어떤 물건을 꺼내어 내밀었다. 정자에서 찾아낸 거위 깃털이었다.
그것을 보자, 그의 얼굴이 갑자기 변했다. 그는 손을 반쯤 내밀었다.
"헤로인이오." 포와로는 생각에 잠긴 목소리로 말했다.
"아니오, 이것은 비었소. 이것은 그날 밤 당신이 그 정자 안에 떨어뜨렸던 것이오."
찰스 켄트는 불안한 눈으로 그를 쳐다보았다.
"모르는 게 없군요. 볼품없는 외국인 같으니라고! 이것을 기억해두시오. 신문에서는 그 늙은이가 9시 45분에서 10시 사이에 꼴까닥했다고 했소."
포와로가 동의했다.
"그렇소."
"좋아요. 그런데 그것이 정말입니까? 난 그게 궁금하다고요."
"이분이 말해줄 거요."
포와로는 래글런 경위를 가리켰다. 경위는 망설이며 헤이스 총경과 포와로를 번갈아 살펴보더니, 마침내 허락이라도 받은 듯이 이렇게 말했다.
"맞네. 애크로이드 씨는 9시 45분에서 10시 사이에 살해되었소."
"그렇다면 나를 잡아 가둘 아무런 이유가 없습니다. 나는 9시 25분쯤부터 펀리 파크에 없었소. '도그 앤드 휘슬'에 물어보면 알 수 있을 겁니다. 그 술집은 크란체스타로 가는 길에 있는데, 펀리에서 1마일이나 떨어져 있단 말입니다. 거기서 내가 소동을 좀 피웠는데, 그때가 9시 45분이었소. 따라서 그 근처에 얼씬도 안 했단 말입니다. 어떻습니까?"

래글런 경위는 수첩에 뭔가를 적었다.

"어떠냔 말입니까?" 켄트가 대답을 재촉했다.

"조사해보도록 하겠네. 만일 자네가 사실대로 말했다면 더 이상 여기에 있을 필요가 없어. 그런데 펀리 파크에는 무엇 하러 갔었나?"

"어떤 사람을 만나러 갔습니다."

"누구를?"

"그건 당신이 상관할 바가 아니오."

"말조심하게."

총경이 그에게 경고했다.

"말조심은 무슨 빌어먹을 말조심이오. 나는 그 살인이 저질러지기 전에 이미 일을 마치고 꺼져 버렸는데 경찰이 이렇게 나를 잡고 떠들 이유는 없는 것 아니오?"

"이름이 찰스 켄트라고 했는데."

포와로가 말했다.

"어디에서 태어났소?"

그는 포와로를 쳐다보더니, 이빨을 드러내며 씩 웃었다.

"나로 말하자면, 영국 토박이오."

포와로는 생각에 잠긴 듯이 말했다.

"예, 그럴 줄 알았소. 내 생각엔 켄트 주에서 태어났을 것 같은데."

그는 포와로를 빤히 쳐다보았다.

"왜 그렇게 생각하는 겁니까? 내 이름 때문에? 이름과 출생지가 무슨 상관이 있소? 이름이 켄트인 사람은 반드시 켄트 주에서 태어나야 한다는 법이라도 있냔 말이오?"

포와로는 아주 신중하게 말했다.

"어떤 상황 아래서는 그럴 수도 있다고 생각하오. 어떤 상황 아래에서라는 것을 염두에 두시오."

그의 목소리는 두 명의 경찰관이 놀랄 정도로 의미심장했다.

찰스 켄트는 얼굴이 붉은 벽돌 빛처럼 상기되어서, 곧 포와로에게 덤벼들기라도 할 것 같았다. 그러나 그는 현명하게도 껄껄 웃으며 돌아섰다.

포와로는 만족스럽게 머리를 끄덕이며 문을 열고 나갔다. 두 명의 경찰관도 곧 뒤를 따랐다.

래글런 경위가 말했다.

"그의 진술을 확인해봐야겠습니다. 하지만 나는 그가 거짓말을 했다고는 생각지 않습니다. 그래도 그가 펀리에서 무슨 일을 했는지는 밝혀내야겠습니다. 내 생각엔 그가 바로 우리가 찾고 있는 협박자 같습니다. 그렇다고 해도 그의 진술이 옳다는 것이 확인된다면, 그는 사실상 살인과는 아무런 관련도 없는 거지요. 연행될 당시 그는 10파운드를 가지고 있었습니다. 거액이라고 할 수 있죠. 그가 아마 그 40파운드를 손에 넣었을 겁니다. 지폐의 번호가 일치하지는 않습니다만, 그거야 재빨리 그 돈을 바꿨을 수도 있으니까요. 애크로이드 씨는 틀림없이 그에게 돈을 주었을 겁니다. 그래서 그는 가능한 한 빨리 그것을 가지고 도망친 거죠. 그건 그렇고 그의 출생지는 왜 물으셨습니까? 그게 무슨 관계가 있습니까?"

"아무것도 아니오." 포와로가 부드럽게 말했다.

"그저 나의 조그만 생각일 뿐입니다. 그 이상은 아니오. 그런데 나는 그 조그만 생각 때문에 유명해진 사람이오."

래글런은 당황한 표정으로 그를 바라보며 말했다.

"정말입니까?"

총경이 한바탕 웃음을 터뜨렸다.

"나도 재프 경감이 그 말을 여러 번 하는 걸 들었습니다. 포와로 씨와 그의 조그만 생각들에 대해 말입니다! 내게는 너무 이상하게 보이는데, 그의 말에 의하면 거기엔 항상 깊은 뜻이 있다고 하더군요."

"놀리시는군요." 포와로가 웃으며 말했다.

"하지만 신경 쓸 것 없습니다. 늙은이들이란 때때로 똑똑한 젊은이들이 전혀 웃지 않는 일에도 웃곤 하니까."

포와로는 그들에게 조심스런 태도로 머리를 몇 번 끄덕이고 걷기 시작했다.

그와 나는 어떤 호텔에서 함께 점심을 했다. 나는 이제 모든 일이 완전히 해결되었다고 생각했다. 그는 진실에 도달하는 데 필요한 마지막 실마리를 붙잡은 것이다. 그리고 그때 나는 그 사실에 대해서 아무런 의심도 갖지 않았다.

나는 그의 자신감에 대해 지나치게 평가하긴 했지만, 내게 까다로운 일들은 그에게도 역시 까다로울 것이라고 생각했다. 내게 중요한 문제는 찰스 켄트가 펀리에서 과연 무엇을 했느냐 하는 것이었다. 나는 내 스스로에게 몇 번씩이나 그 질문을 던져 보았지만, 만족할 만한 대답을 얻지 못했다. 나는 용기를 내어 포와로에게 그 질문을 던졌다.

그의 대답은 즉시 나왔다.

"나는 생각하지 않습니다. 하지만 알고 있습니다."

나는 믿을 수 없다는 듯이 말했다.

"정말입니까?"

"정말 그렇습니다. 내가 지금 당신에게 그가 켄트에서 태어났기 때문에 그날 밤 펀리에 갔다고 말한다면 이해가 안 되겠지요?"

나는 그를 빤히 쳐다보면서 솔직하게 말했다.

"정말 나로서는 이해가 안 가는군요."

포와로는 안타깝다는 듯이 말했다.

"오! 그렇지만 아무것도 아닙니다. 그저 나의 조그만 생각일 뿐이죠."

플로라 애크로이드

다음날 아침 왕진을 갔다가 돌아오는데, 래글런 경위가 나를 불러세웠다.

내가 멈춰 서자 경위가 계단을 올라와서 말했다.

"안녕하십니까, 셰퍼드 박사님? 알리바이가 완전히 증명되었습니다."

"찰스 켄트 말입니까?"

"예, 찰스 켄트의 알리바이 말입니다. 도그 앤드 휘슬에 있는 샐리 존스라는 여자가 그를 똑똑히 기억해 내더군요. 다섯 사람의 사진에서 그의 얼굴을 골라냈습니다. 그는 9시 45분에 그 술집에 들어왔다고 하는데, 도그 앤드 휘슬은 펀리 파크에서 1마일 이상이나 떨어져 있습니다. 그 여자 말로는, 그는 꽤 많은 돈을 가지고 있었다고 합니다. 주머니에서 지폐 한 뭉치를 꺼내는 것을 보았다는군요. 다 낡아빠진 부츠를 신고 있는 사람이 그렇게 많은 돈을 가진 것을 보고 좀 놀란 모양입니다. 이제 40파운드의 행방은 분명해졌습니다."

"아직도 펀리에 찾아간 목적을 말하지 않았나 보죠?"

"대단한 고집통인 모양입니다. 오늘 아침에 리버풀로 전화를 걸어서 헤이스 총경과 이야기를 나누었습니다."

"에르큘 포와로는 그가 그날 밤에 그곳에 간 이유를 안다고 하던데요?"

"그렇습니까?" 경위가 정색을 하며 말했다.

나는 좀 장난스럽게 말을 이었다.

"예, 포와로는 그가 켄트 주에서 태어났기 때문에 그곳에 간 것이라고 하더군요."

나는 나의 당혹스러움을 전가시킴으로써 어떤 쾌감을 느꼈다.

래글런은 한참 동안 이해할 수 없다는 듯이 나를 빤히 쳐다보았다. 그러고는 그 특유의 교활한 얼굴에 이빨을 드러내고 씩 웃으며 이마를 의미심장하게 두드렸다.

"약간 돌았군요. 나도 어느 정도 눈치는 채고 있었습니다. 불쌍한 노인네입니다. 그러니까 다 포기하고 이곳으로 온 거지요. 가족이 아주 비슷하군요. 그의 가족 중에 완전히 돌아 버린 조카가 하나 있답니다."

나는 굉장히 놀라며 말했다.

"포와로에게요?"

"예, 한 번도 말하지 않던가요? 아주 유순하지만, 완전히 미쳐 버렸답니다. 불쌍한 사람이지요."

"누가 말하던가요?"

래글런 경위의 얼굴에는 다시 한 번 웃음이 번졌다.

"당신의 누님인 셰퍼드 양이오. 그녀가 모조리 다 이야기해줬습니다."

캐롤라인은 정말로 놀라운 여자였다. 그녀는 누구를 막론하고 그 사람 가족에 대한 비밀을 샅샅이 다 알아내지 않고서는 직성이 풀리지 않는 사람이다. 불행하게도, 나는 그녀가 그런 비밀을 고상하게 혼자 간직하도록 권할 수가 없었다.

나는 자동차 문을 열며 말했다.

"올라타시오. 라체스에 가서 벨기에 친구에게 새로운 소식을 알립시다."

"그게 좋겠습니다. 그가 조금 정신이 빠졌다고 해도, 그 지문에 대한 것은 정확했습니다. 켄트에 대해 너무 생각해서 머리가 이상해진 모양입니다. 하지만 누가 압니까, 그 뒤에 훌륭한 것이 숨어 있는지도 모르죠."

포와로는 정중하고 밝은 태도로 우리를 맞이했다. 그는 이따금 머리를 끄덕이며 우리 이야기에 귀를 기울였다.

경위가 약간 무거운 어조로 말했다.

"잘되어 가는 것 같습니다. 그렇지 않습니까? 살인 장소에서 1마일이나 떨어진 곳에서 술을 마시면서, 누군가를 살해할 수는 없지요."

"그를 석방시킬 예정입니까?"

"그럴 수밖에 없지 않습니까? 단지 사취죄라는 명목으로 가둬 둘 수는 없습니다. 괘씸한 일이라는 것을 증명할 수가 없죠."

경위는 기분이 상한 태도로 성냥개비 하나를 벽난로 속에 던져 넣었다. 포와로는 그것을 찾아내어 조그만 재떨이에 솜씨 좋게 놓았다. 그의 동작은 완전 기계적이었다. 나는 그가 다른 생각에 집중해 있다는 것을 알 수 있었다.

그가 마침내 입을 열었다.

"만일 내가 당신이라면, 아직 찰스 켄트를 석방시키지 않겠습니다."

래글런이 그를 빤히 쳐다보았다.

"그게 무슨 뜻입니까?"

"말한 대로요. 나라면 아직 그를 석방시키지 않겠단 말입니다."

"그가 살인과 관련이 있다고 생각하고 계신 것은 아니죠?"

"아마 아닐 거라고 생각합니다. 하지만 아직 확신할 수는 없습니다."

"하지만, 내가 금방 말씀드렸잖습니까?"

포와로는 가만히 있으라는 듯이 한 손을 들었다.

"그럼요. 나는 귀머거리가 아니오. 그리고 아둔한 사람도 아니지요. 훌륭하신 하나님께 감사해야죠! 그렇지만 잘 들으시오. 당신은 문제에 접근하고는 있지만 잘못된(단어가 맞는지 모르겠군요) 생각에서 출발했습니다."

경위는 엄숙한 태도로 그를 쳐다보았다.

"당신이 사건을 어떻게 이해하고 계신지 모르겠군요. 애크로이드 씨는 9시 45분까지는 살아 있었습니다. 그것을 인정하시죠?"

포와로는 잠깐 그를 바라보더니, 웃음을 지으며 고개를 저었다.

"나는 아무것도 인정하지 않습니다, 증명되지 않은 것은!"

"그렇지만 우리는 그것에 대해 충분한 증거를 가지고 있습니다. 플로라 애크로이드 양도 그렇게 말했습니다."

"그녀가 밤 인사를 했다는 것 말입니까? 하지만 나는, 나는 젊은 숙녀가 하는 말을 항상 믿지는 않습니다. 믿을 수 없지요. 더구나 매력적이고 아름다운 여자일 경우는 더욱 그렇습니다."

"하지만……, 제기랄, 파커는 그녀가 서재에서 나오는 것을 보았다고 했잖습니까?"

포와로의 목소리가 갑자기 날카롭게 울려 퍼졌다.

"아닙니다. 그것은 그 사람이 제대로 보지 못한 겁니다. 나는 일전에 간단한 실험을 통해 그것을 알아냈지요. 기억하죠, 셰퍼드 박사? 파커는 그녀가 서재 문손잡이를 잡은 채 밖에 서 있는 모습을 보았던 것뿐입니다. 다시 말해서, 그는 플로라가 그 방에서 나오는 것을 본 게 아니란 말입니다."

"그렇지만, 그녀가 서재 말고 달리 나올 만한 곳이 있을까요?"

"어쩌면 계단에서……."

"계단이라고요?"

"그것이 나의 작은 생각입니다."

"그렇지만 계단은 애크로이드 씨의 침실로밖에 연결되어 있지 않습니다."

"물론이지요."

경위는 여전히 시선을 고정시킨 채 쳐다보았다.

"그럼, 그녀가 애크로이드 씨의 침실에 갔었다고 생각하는 겁니까? 아니, 그래서 안 된다는 법도 없지. 하지만 그녀는 왜 거짓말을 해야 했을까요?"

"오! 그것이 바로 문제요. 그녀가 거기에서 무엇을 했는지에 달려 있는 거지요, 안 그렇습니까?"

"당신은 그 돈을 말하는 겁니까? 맙소사, 애크로이드 양이 40파운드를 훔쳤다고 암시하는 것은 아니겠죠?"

"나는 아무것도 암시하지 않습니다. 하지만 이것은 염두에 두시오. 그녀와 그녀의 어머니는 생활 형편이 그리 넉넉지 않았습니다. 그런데 청구서들이 날아들었습니다. 많지 않은 액수였지만 곤란한 형편이었지요. 로저 애크로이드는 돈 문제에 있어서는 인색한 사람이었습니다. 그 처녀는 비교적 적은 금액 때문에 아주 곤란한 지경에까지 이르렀습니다. 그 다음에 무슨 일이 일어났겠는지 생각해보시오.

그녀는 돈을 몰래 꺼내어 그 좁은 계단을 내려옵니다. 중간쯤 내려왔을 때 홀에서 유리잔이 부딪치는 소리를 들었습니다. 의심할 여지없이 파커가 서재로 오고 있었던 거지요. 어쨌든 그녀는 계단에서 발견되어서는 안 되었습니다. 파커가 이상하게 여길 테니까요. 돈이 없어졌다는 것이 알려지면, 파커는 틀림없이 계단에서 내려오는 그녀를 봤다는 것을 기억하겠지요. 그녀는 가까스로 서재 문까지 달려 내려갔습니다. 파커가 출입구에 나타났을 때, 그녀는 얼떨결에 생각나는 대로, 그날 저녁 로저 애크로이드가 한 말을 되풀이하고는 2층의 자기 방으로 올라갔던 겁니다."

경위는 끈질기게 주장했다.

"그럴 수도 있겠지요. 하지만 나중에, 사실대로 말하는 것이 얼마나 중요한가를 깨달았을 텐데요? 아니, 사건 전체가 그것에 달려 있지 않습니까?"

포와로는 감정에 사로잡히지 않고 침착하게 말했다.

"그 뒤에 플로라 양에게 그것은 다소 어려운 일이었습니다. 그녀는 단순히 경찰이 왔으며, 강도가 들었다는 이야기를 듣게 되었습니다. 그녀는 당연히 그 돈이 도난당한 것이 발견되었다는 결론에 도달했겠지요. 따라서 그녀는 우선 자신의 거짓말을 지켜야겠다고 생각한 것이지요. 그런데 나중에 큰아버지가 죽었다는 것을 알고는 기절해버렸습니다. 요즈음 젊은 여자들은 웬만한 일이 아니면 끄떡도 하지 않는데도 말입니다. 그건 바로 앞서 말한 원인 때문에 그렇게 된 거죠. 결국 그녀는 자기 진술을 고수하든가, 아니면 모든 것을 자백해야 했습니다. 그런데 젊고 예쁜 처녀가 자기가 도둑이라는 사실을 쉽게 밝힐 수 있었겠습니까? 더구나 막대한 유산을 받기로 되어 있는 상황에서는……."

래글런이 주먹으로 탁자를 세게 내리치며 말했다.

"믿을 수 없습니다. 그, 그것은 믿을 수 없는 일입니다. 그럼 당, 당신은 벌써부터 그 사실을 알고 있었단 말입니까?"

"처음부터 그런 의심을 하고 있었지요. 나는 플로라 양이 우리에게 무언가를 숨기고 있다고 생각해왔습니다. 그 해답을 얻기 위해서, 나는 당신에게 말했던 간단한 실험을 했던 겁니다. 셰퍼드 박사도 함께 있었지요."

내가 기분 나쁜 듯이 말했다.

"그건 파커를 시험하기 위한 거라고 말하지 않았습니까?"

포와로가 미안하다는 듯이 말했다.

"셰퍼드 박사, 그때도 말했듯이, 사람들은 무슨 말인가 해야 되지 않겠소?"

경위가 일어나서 흥분한 듯이 말했다.

"먼저 해야 할 일이 생겼군요. 당장 그 처녀에게 따져 봐야겠습니다. 나와 함께 편리로 가시겠습니까, 포와로 씨?"

"물론이죠. 셰퍼드 박사가 자기 차로 데려다 줄 겁니다."

나는 기꺼이 그러겠다고 했다.

애크로이드 양을 찾았더니, 우리를 당구장으로 안내해주었다. 창가의 긴 의자에 플로라와 헥터 블런트 소령이 앉아 있었다.

"안녕하십니까, 애크로이드 양? 당신하고만 이야기를 나누고 싶은데요."

경위가 말하자, 블런트는 아무 말 없이 일어나서 문쪽으로 갔다.

"무슨 일인데요?"

플로라는 신경질적으로 말했다.

"가지 마세요, 블런트 소령님. 여기 있어도 괜찮죠, 그렇죠?"

그녀는 경위에게 몸을 돌리며 물었다.

"좋으실 대로 하십시오." 경위가 냉정하게 말했다.

"한두 가지 질문할 것이 있습니다. 내 생각에는 당신하고만 말하는 것이 더 좋을 것 같고, 당시에게도 그게 더 나을 겁니다."

플로라는 그를 날카롭게 쳐다보았다. 그녀의 얼굴은 점점 더 창백해졌다.

그녀는 몸을 돌리며 블런트에게 말했다.

"소령님과 함께 있고 싶어요. 제발, 그대로 계세요. 이분이 무슨 이야기를 할지 모르지만, 무엇이든 간에 소령님도 들으시는 것이 좋을 거예요."

래글런은 어깨를 움츠렸다.

"흠, 정 그렇다면 아무래도 괜찮습니다. 애크로이드 양, 여기 계신 포와로 씨가 내게 어떤 암시를 주었습니다. 이분 말씀에 따르면 당신은 지난 금요일 밤 서재에 들어가지도 않았을 뿐더러, 애크로이드 씨에게 밤 인사를 하러 간 적도 없다고 하는군요. 당신이 홀에서 파커가 오는 소리를 들었을 때, 당신은 애크로이드 씨의 서재에 있지 않고 그의 침실로 이어지는 계단을 내려오고 있었다고 합니다."

플로라의 시선이 포와로에게 옮겨졌다. 그는 그녀를 보고 고개를 끄덕였다.

"아가씨, 그전에 우리가 탁자에 둘러앉았을 때, 나는 아가씨에게 솔직히 털어놓아 달라고 간절하게 부탁했었습니다. 누구라도 이 포와로에게 말하지 않는 것이 있다면, 밝혀내고야 맙니다. 그 이야기대로, 그렇지 않습니까? 쉽게 설명하지요. 당신이 그 돈을 가져갔습니다, 맞지요?"

블런트가 날카롭게 말했다.

"그 돈이라니?"

한참 동안 침묵이 계속되었다.

이윽고 플로라가 꼿꼿이 서서 말했다.

"포와로 선생님이 옳아요. 제가 그 돈을 가져갔어요. 훔친 거예요. 전 도둑이에요. 예, 흔히 말하는 좀도둑이지요. 이제 당신들은 다 알고 있어요! 이렇게 밝혀져서 오히려 후련해요. 마치 악몽 같았어요, 지난 며칠간은!"

그녀는 털썩 주저앉아 손으로 얼굴을 감쌌다. 그녀의 손가락 사이로 거친 목소리가 흘러나왔다.

"이곳에서의 제 생활이 어땠는지 여러분은 모르실 거예요. 부족한 것투성이고, 그것들을 갖기 위해 계획을 꾸미고, 거짓말하고, 청구서는 쌓여 가고, 지불하겠다고 약속은 하고. 오, 생각만 해도 제 자신이 증오스러워요! 그것은 랠프나 저나 똑같았어요. 우리는 둘 다 힘이 없어요! 저는 그를 이해했지만 어쩔 도리가 없었지요. 저도 똑같이 바닥에 있었으니까요. 우리는 둘 다 혼자 일어설 만큼 강하지 못했어요. 나약하고 비참한데다가 비열한 존재였단 말이에요."

그녀는 블런트를 바라보더니 갑자기 발을 굴렀다.

"왜 그런 식으로 저를 바라보세요, 믿을 수 없다는 건가요? 저는 도둑일 수도 있어요. 그리고 어쨌든 지금은 도둑이란 말이에요. 저는 더 이상 거짓말하고 싶지 않아요. 그리고 이제 더 이상 소령님이 좋아하는 어리고 순진하고 단순한 여자가 아니에요. 소령님이 다시는 저를 안 보겠다고 해도 어쩔 수 없어요. 제 자신이 증오스러워요. 경멸해요. 하지만 한 가지만은 믿어 주세요. 만일 사실대로 말해서 랠프에게 도움이 될 것 같았으면, 저는 솔직하게 말했을 거예요. 하지만 그것은 랠프에게 이롭기는커녕 더 불리한 거예요. 제가 거짓말을 해서 그에게 조금이라도 해를 끼치지는 않았어요."

블런트가 말했다.

"랠프를……, 나는 랠프를 이해해."

"소령님은 이해하지 못하세요." 플로라는 절망적으로 말했다.

"절대로 못 하실 거에요."

그녀는 경위에게 향했다.

"모든 것을 시인해요. 저는 돈 때문에 너무 곤란한 지경에 빠져 있었어요. 사실 그날 저녁에 큰아버지가 저녁 식탁을 떠난 이후로는 한 번도 보지 못했어요. 그 돈에 대해서는 경위님이 필요한 대로 절차를 밟아 주세요. 더 이상 지금 이 상태보다 나빠질 수는 없을 테니까요!"

갑자기 그녀는 다시 울음을 터뜨리며 얼굴을 손으로 감싸고는 밖으로 달려 나갔다.

"이것 참, 이제 끝났군요."

경위가 힘없는 목소리로 말했다.

그는 다음에 무엇을 해야 할지 다소 당황해 하는 것 같았다.

블런트가 앞으로 나와서 차분하게 말했다.

"래글런 경위, 사실은 그 돈은 어떤 이유가 있어서 애크로이드가 나에게 주었소. 애크로이드 양은 절대로 그 돈을 건드리지 않았어요. 그녀는 페이튼 대위를 보호해줘야겠다는 생각에서 그런 거짓말을 한 걸 겁니다. 내 말이 진실이오. 그리고 증인석에 출두할 준비도 되어 있습니다. 맹세합니다."

그는 갑자기 머리를 숙이고는 휙 돌아서서 밖으로 나갔다.

포와로가 재빨리 그를 쫓아 나갔다.

그는 홀에서 블런트 소령을 붙잡았다.

"소령, 잠깐만, 잠깐이면 됩니다."

"왜 그럽니까?" 블런트는 확실히 초조한 상태였다.

그는 찡그린 얼굴로 포와로를 바라보았다.

"할 애기가 있습니다." 포와로가 얼른 이렇게 말했다.

"나는 당신의 공상에 속아 넘어가지 않습니다. 절대로 속지 않습니다. 돈을 가져간 사람은 분명히 플로라 양입니다. 하지만 당신 이야기는 그럴듯하군요. 그 말을 들으니 무척 기쁩니다. 지금 당신이 한 행동은 무척 훌륭했소. 생각과 행동이 빠른 분이군요."

"그런 이야기라면 전혀 듣고 싶지 않습니다."

블런트는 냉정하게 말했다. 그러고는 그냥 지나치려고 했지만, 포와로가 그의 팔을 붙잡았다.

"오! 그래도 내 말을 들어야 합니다. 더 말할 게 있습니다. 그전에 사실 은폐에 대해 내가 말한 적이 있지요? 나는 당신이 숨기는 사실을 아주 잘 알고 있었습니다. 당신은 플로라 양을 끔찍이도 사랑하고 있습니다. 그녀를 처음 본 순간부터, 그렇지 않습니까? 오! 절대로 꺼려할 필요가 없는 이야기입니다. 왜 영국에서는 사랑을 마치 어떤 불경스러운 비밀이기라도 한 것처럼 쉬쉬해야 하지요? 당신은 플로라 양을 사랑하고 있습니다. 그런데 그 사실을 철저하게 숨기고 있습니다. 아주 훌륭합니다, 그래야 하기 때문이라면. 하지만 이 에르퀼 포와로의 충고를 받아들이십시오. 그 사실을 그녀에게는 감추지 마십시오."

블런트는 포와로가 말하는 동안, 꽤 당황하는 기색을 보이다가 마지막 말에 주의를 기울였다. 그러고는 날카롭게 말했다.

"그게 무슨 뜻입니까?"

"당신은 그녀가 랠프 페이튼 대위를 사랑하고 있다고 생각하고 있습니다만, 나, 에르퀼 포와로는 그렇지 않다고 당신에게 말할 수 있습니다. 플로라 양이 페이튼 대위와 가까이 지낸 것은 그녀의 큰아버지 권유도 있었지만, 그것보다는 이곳에서의 견딜 수 없는 생활에서 도피하기 위해서였을 겁니다. 그녀는 그를 좋아했고, 물론 그 둘 사이에 많은 동정과 이해가 있었겠지요. 그러나 사랑은 없습니다! 플로라 양이 사랑하는 사람은 페이튼 대위가 아닙니다."

"도대체 무슨 말을 하는 겁니까?"

블런트가 물었다. 그의 그을린 얼굴에 희미하게 붉은빛이 감도는 듯했다.

"당신은 장님이었습니다, 장님이라고요! 플로라 양은 어리지만 충절을 가진 여자입니다. 랠프 페이튼이 의심받고 있는 것을 도의상 그냥 보고만 있을 수가 없었던 거지요."

나는 그때가 내가 한마디 할 수 있는 절호의 기회라고 느꼈다.

"우리 누님도 요 전날 밤 내게 말했습니다."

나는 격려하듯이 말했다.

"플로라는 랠프 페이튼을 전혀 사랑하지 않는다고요. 누님은 그런 일에 있어서는 기가 막히게 잘 알아맞히죠."

블런트는 내 선심을 완전히 무시했다. 그는 포와로에게만 이렇게 말했다.

"정말 그렇게 생각……."

소령은 말을 꺼내다가 이내 멈추어 버렸다. 그는 자기 생각을 제대로 표현하지 못하는 사람이었다.

포와로는 블런트의 그런 면을 알지 못했다.

"의심스러우면, 그녀에게 직접 물어보시오. 그렇지만 돈 문제에 대해서는 더 이상 신경 쓰지 않는 것이 좋을 겁니다."

블런트가 화난 목소리로 웃었다.

"내가 그 문제로 그녀를 곤경에 빠뜨릴 것 같습니까? 로저는 돈에 대해서는 이상한 친구였습니다. 그녀는 어려워서 쩔쩔매면서도 그에게는 말하지 못했습니다. 불쌍한 아이예요. 불쌍하고 외로운 아이입니다."

포와로는 생각에 잠긴 채 옆문을 바라보며 중얼거렸다.

"플로라 양이 정원으로 나간 모양입니다."

"내가 너무 어리석었습니다." 블런트는 갑자기 이렇게 말했다.

"우리가 하는 이야기는 마치 덴마크 연극 같군요. 하지만 당신은 믿을 만한 친구입니다, 포와로 씨. 감사합니다."

그는 아파서 움츠릴 정도로 포와로의 손을 꽉 움켜쥐었다.

그런 다음 옆문으로 성큼성큼 걸어가 정원으로 빠져나갔다.

"절대로 어리석은 사람은 아닙니다!"

포와로는 아픈 사람을 부드럽게 달래듯이 나지막하게 말했다.

"오직 한 가지, 사랑에 빠진 바보일 뿐이지."

제20장

러셀 양

래글런 경위는 과히 유쾌하지 못한 충격을 받았다. 그는 블런트의 용감한 거짓말에 우리처럼 속지 않았다. 우리는 마을로 돌아오는 도중에 그가 불평을 늘어놓는 바람에 걸음을 멈추었다.

"이것 때문에 모든 것을 변경시켜야 하는 겁니까? 당신은 그것을 알고 계셨습니까, 포와로 씨?"

"아니, 몰랐습니다. 예, 물론 몰랐지요. 그렇지만 어느 정도 염두에 두고는 있었지요."

겨우 30분 전에야 그 이야기를 들은 래글런 경위는 비참한 얼굴로 포와로를 바라보며, 자신의 계획을 말하기 시작했다.

"알리바이들은 이제 쓸모없게 되어 버렸습니다! 단 하나도 쓸모가 없어졌습니다. 다시 시작해야 합니다. 모든 사람이 9시 30분 이후에 무엇을 하고 있었는지 조사해야 합니다. 9시 30분, 그것이 우리가 집중적으로 캐내야 할 시간입니다. 켄트에 대해서는 당신이 전적으로 옳았습니다. 아직까지는 그를 석방시켜서는 안 됩니다. 그리고 9시 45분에 도그 앤드 휘슬에 있었는지 다시 조사해봐야 합니다. 만일 빨리 달려간다면 15분 안에 그곳에 도착했을 수도 있으니까요. 레이먼드 씨가 들었다는 애크로이드 씨에게 말하던 목소리는 그의 목소리였을 수도 있습니다. 돈을 요구했는데 애크로이드 씨가 거절했다는 이야기 말입니다. 그렇지만 한 가지는 분명합니다. 전화를 건 것은 그가 아니었습니다. 역은 반대편으로 반 마일이나 떨어져 있으니, 도그 앤드 휘슬에서는 1.5 마일 이상이 되는 셈인데, 그는 10시 10분쯤까지 도그 앤드 휘슬에 있었다고 했습니다. 빌어먹을 놈의 전화! 그것이 골칫거리입니다."

"정말 그렇군요. 여하튼 이상한 일입니다."

"만일 페이튼 대위가 자기 아버지 방으로 넘어 들어갔다가 그가 살해된 것을 발견했다면, 그가 전화를 걸었을지도 모릅니다. 그러고는 자기가 죄를 뒤집어쓸 것 같은 생각에 사라져 버린 거죠. 가능한 일입니다, 안 그렇습니까?"
"그가 왜 전화를 걸었을까요?"
"아버지가 정말 죽은 건지 의심스러웠던 거지요. 바로 그 자리에서 박사님을 부를 수도 있었겠지만, 그는 자기의 신분을 밝히고 싶지 않았을 겁니다. 자, 지금 내가 한 말이 어떻습니까? 일리가 있지 않습니까?"
경위는 성급하게 가슴을 불쑥 내밀었다. 우리들이 어떤 말을 한다고 해도, 그는 자기의 이론에 도취되어서 전혀 들으려고 하지 않을 것이다.
이내 우리는 우리 집에 도착했다. 나는 상당히 오랫동안 기다리는 환자들을 보러 급히 들어갔으며, 포와로는 경위와 함께 경찰서로 걸어갔다. 마지막 환자를 돌려보내고, 나는 내 작업장이라고 이름을 붙인 집 뒤의 조그만 방으로 어슬렁어슬렁 들어갔다.
나는 내가 조립한 라디오를 은근히 자랑스럽게 여겼다. 캐롤라인은 내 작업장이라면 넌더리를 냈다. 그곳에는 연장들이 잔뜩 보관되어 있었기 때문에 애니에게 빗자루도 대지 못하게 했다. 가정부가 완전히 쓸모없게 되었다고 내팽개친 자명종의 내부를 고치려고 할 때, 문이 열리고 캐롤라인이 머리를 내밀었다.
그녀는 노골적으로 못마땅해하며 말했다.
"어머! 여기에 있었구나, 제임스. 포와로 씨가 좀 보자는구나."
"그래서요."
그녀가 갑자기 들어오는 바람에 나는 깜짝 놀라 정교한 부품 하나를 놓쳐 버렸다. 나는 조금 화를 내며 이렇게 말했다.
"나를 만나고 싶으면 이리로 오면 될 것 아닙니까?"
"여기로?"
"예, 그래요, 이리로요."
캐롤라인은 마음에 들지 않는다는 듯이 코웃음을 치고 나갔다.
잠시 뒤에 그녀는 포와로를 데리고 들어왔다가 문을 꽝 닫고는 다시 나가

버렸다.

포와로는 내 앞으로 다가와서 손을 비비며 말했다.

"오호! 나를 쉽게 쫓아 버릴 수는 없을 겁니다. 그렇지 않습니까?"

"경위와의 일은 끝났습니까?"

"조금 전에 끝났습니다. 당신은 환자들을 다 보았소?"

"예."

포와로는 앉아서 아주 재미있는 농담이라도 할 것처럼 달걀 모양의 머리를 한쪽으로 기울인 채 나를 바라보았다.

"그렇지 않습니다."

그가 마침내 말했다.

"진찰할 환자가 한 명 더 남아 있습니다."

"설마 당신은 아니겠죠?"

나는 놀라며 소리쳤다.

"오, 나는 아닙니다. 나야 이렇게 건강한데요. 그게 아니고 사실대로 말하자면, 나는 조그만 음모를 꾸미고 있습니다. 만나고 싶은 사람이 있는데, 알겠죠(그런데 마을 전체가 그 문제에 가담할 필요는 없으니까), 여자가 내 집에 오는 것이 눈에 띈다면 안 좋지 않겠습니다. 여자이기 때문에요. 그렇지만 당신에게는 그전에 환자로 찾아온 적이 있지요."

"러셀 양 말입니까!"

내가 소리쳤다.

"맞았소. 그녀와 나눌 이야기가 많습니다. 그녀에게 당신의 진찰실에서 만나자고 쪽지를 보냈는데, 불쾌합니까?"

"천만에요. 내가 함께 있어도 괜찮기만 하다면……."

"그야 물론이죠! 당신 진찰실인데!"

나는 들고 있던 펜치를 던지며 말했다.

"아시다시피, 일이 이상하게 꼬이는군요. 마치 흔들리는 만화경처럼 새로운 사건이 발생하는 것 같습니다. 그 일로 해서 상황이 완전히 뒤바뀌었습니다. 그런데 왜 그렇게 러셀 양을 만나고 싶어 하는 겁니까?"

포와로는 눈썹을 치켜세우며 낮은 목소리로 중얼거렸다.
“틀림없이 그럴 거야.”
“또 그러시는군요.” 내가 투덜거렸다.
“당신에게는 모든 것이 뻔하지만, 나는 여전히 안개 속을 헤매고 있습니다.”
포와로는 다정하게 나를 바라보며 고개를 저었다.
“나를 놀리는 것은 바로 당신입니다. 플로라 양 문제만 해도 그렇습니다. 경위는 놀랐지만, 당신은 놀라지 않았습니다.”
내가 타이르듯이 말했다.
“나는 그녀가 그 돈을 가져갔을 줄은 꿈에도 생각하지 못했습니다.”
“아마 그랬겠죠. 나는 당신의 얼굴을 지켜보고 있었는데, 당신은 놀라지 않더군요. 래글런 경위처럼 놀라지도 않았고 의심하는 눈치도 아니었습니다.”
나는 잠깐 생각해보고는 이렇게 말했다.
“아마 당신이 옳을 겁니다. 나도 줄곧 플로라가 뭔가를 숨기고 있는 게 있다고 느껴 왔습니다. 그 사실은 그 당시 어렴풋하게나마 내가 기대했던 겁니다. 래글런 경위는 정말 굉장히 당황하더군요. 어리석은 사람이죠.”
“오, 그건 그렇습니다! 불쌍하게도, 그 사람은 모든 생각을 바꿔야 하거든요. 그의 정신적인 혼란 덕분에 그는 내게 조금이나마 호의를 보였답니다.”
“어떤 호의였습니까?”
포와로는 주머니에서 종이 한 장을 꺼내어, 거기에 쓰인 글씨를 큰소리로 읽었다.
“경찰은 며칠 동안 지난 금요일에 펀리 파크에서 비극적으로 살해당한 애크로이드 씨의 의붓아들, 랠프 페이튼 대위를 찾았다. 결국 페이튼 대위는 리버풀에서 발견되었는데, 그는 미국으로 떠날 준비 중이었다.”
그는 그 종이를 다시 접었다.
“이것은 내일 아침 신문에 날 기사입니다.”
나는 어이가 없어서 말을 못하고 그를 쳐다보았다.
“하지만……, 그것은 사실이 아니잖습니까! 그는 리버풀에 있지 않잖아요!”
포와로는 나를 보고 활짝 미소 지었다.

"머리 회전이 무척 빠르시군요! 물론 그는 리버풀에서 발견되지 않았습니다. 래글런 경위는 이것을 신문사에 보내는 것을 몹시 싫어했습니다. 무엇보다도 내가 아주 재미있는 결과가 신문에 잇따라 드러나게 될 거라고 설명해서 그를 안심시켰지요. 그래서 그는 전적으로 자기가 책임지지 않는다는 조건으로 내 의견에 따르기로 했습니다."

나는 포와로를 쳐다보았다. 그도 다시 나를 보며 미소 지었다.

"나는 손들었습니다." 나는 마침내 이렇게 말했다.

"도대체 이렇게 해서 무엇을 얻겠다는 겁니까?"

"작은 회색 뇌세포를 사용하십시오."

포와로가 진지하게 말했다. 그는 일어나서 긴 의자 쪽으로 가로질러 갔다.

"기계 조작을 무척 좋아하는 모양이군요."

그는 내가 만든 기계들을 살피며 이렇게 말했다.

사람들은 저마다 나름대로의 취미를 가지고 있다. 나는 얼른 포와로에게 내가 손수 만든 라디오를 보여 주었다. 그가 공감하는 기색을 보이자, 나는 내가 발명한 조그만 물건을 한두 개 더 보여 주었다. 사소한 것들이었지만, 역시 집에서 필요한 것들이었다.

"분명히, 당신은 의사가 아니라 발명가가 되는 게 더 나을 뻔했구려. 종소리가 들리는군요. 환자인가 봅니다. 진찰실로 가봅시다."

전에도 한 번 나는 그 가정부의 얼굴을 보고 놀란 적이 있다. 오늘 아침에도 나는 또 새삼스럽게 놀랐다. 검은색의 극히 단순한 옷차림에 변함없이 꼿꼿하고 자존심이 강해 보이는 크고 검은 눈에 늘 보는 파리한 뺨이었지만, 오늘은 평소에 볼 수 없었던 홍조를 띠고 있었다. 나는 그녀가 젊었을 때는 분명히 놀랄 만큼 아름다웠을 거라고 생각했다.

"안녕하십니까?" 포와로가 말했다.

"앉으십시오. 친절하게도 셰퍼드 박사가 당신과 내가 잠깐 대화를 나누는 데 이렇게 진찰실을 사용해도 좋다고 허락해주었습니다."

러셀 양은 여느 때와 마찬가지로 침착하게 앉았다. 속으로는 불안감을 느끼고 있는지는 모르지만, 겉으로는 그런 것이 전혀 드러나지 않았다.

"이렇게 말해서 실례가 될지 모르겠지만, 이상한 방법으로 일을 하시는 것 같군요."

"러셀 양, 당신에게 알릴 소식이 있습니다."

"무슨 소식이죠!"

"찰스 켄트가 리버풀에서 체포되었습니다."

그녀의 표정은 전혀 흔들리지 않았다. 다만 눈을 약간 크게 뜨며 도전적인 어조로 이렇게 물었다.

"그래서, 어떻게 되었다는 거예요?"

그 순간 내 머릿속에 떠오르는 게 있었다. 바로 나를 계속 따라다녔던 그 유사함 말이다. 그 목소리에는 찰스 켄트의 반항적인 태도와 비슷한 느낌이 있었다. 두 목소리는(하나는 거칠고 상스러우며, 다른 하나는 애처로운 목소리지만) 음질이 묘하게도 똑같았다.

그날 밤 펀리 파크의 문밖에서 내 머릿속에 떠올랐던 것은 바로 러셀 양이었던 것이다. 이런 놀랄 만한 사실의 발견으로 흥분해서 포와로를 쳐다보자, 그는 알아볼 수 없을 정도로 약간 고개를 끄덕였다.

러셀 양의 질문에 그는 완전히 프랑스 사람 같은 몸짓으로 손을 내밀며 상냥하게 말했다.

"그냥 당신이 흥미를 느낄지도 모른다고 생각했을 뿐입니다. 그것이 전부입니다."

"하지만 전 별로인걸요." 러셀 양은 이렇게 말했다.

"그런데 그 찰스 켄트란 사람이 누구예요?"

"그는 살인이 일어났던 날 밤에 펀리에 왔었습니다."

"정말이에요?"

"다행스럽게도, 그는 알리바이를 가지고 있습니다. 9시 45분에 여기에서 1마일이나 떨어진 술집에 있었거든요."

"운이 좋군요." 러셀 양은 무관심하게 말했다.

"그런데 그가 펀리에서 무엇을 했는지 모르겠단 말입니다. 누군가를 만나긴 했을 텐데……."

"도와드릴 수가 없어서 유감이군요."

그 가정부는 정중하게 말했다.

"저는 전혀 들은 바가 없어요. 그것이 전부라면……."

그녀는 마치 일어날 것처럼 움직였다.

포와로는 그녀를 막으면서 부드럽게 말했다.

"이것이 전부가 아닙니다. 오늘 아침에 새로운 일이 벌어졌습니다. 지금 보니 애크로이드 씨가 살해된 것은 9시 45분이 아니고 그전이었던 것 같습니다. 셰퍼드 박사가 떠난 시간인 8시 50분에서 9시 45분 사이 말입니다."

그녀의 얼굴에서 핏기가 싹 가시며 죽은 듯이 창백해졌다. 순간 몸을 기우뚱하며 앞으로 굽혔다.

"하지만 애크로이드 양의 말로는, 애크로이드 양은 그렇게 말하지……."

"애크로이드 양은 자기가 거짓말을 했다고 시인했습니다. 그녀는 그날 밤 서재에 들어가지 않았거든요."

"그렇다면……?"

"그렇다면, 찰스 켄트가 바로 우리가 찾고 있는 사람인 것 같습니다. 그는 펀리에 와서 무엇을 했는지 도대체 한마디도 하지 않고 있습니다."

"그가 여기에서 무엇을 했는지 제가 말씀드릴 수 있어요. 그는 돌아가신 애크로이드 씨의 머리카락 하나라도 건드리지 않았어요. 그리고 서재 근처에는 얼씬도 하지 않았어요. 틀림없어요. 그는 범인이 아니에요. 분명히 말씀드리지만……."

그녀는 앞으로 몸을 기울인 채로 말했다. 그 무쇠 같은 자제심이 마침내 터지고 만 것이다. 그녀의 얼굴은 공포와 절망으로 가득 찼다.

"포와로 씨! 포와로 씨! 오, 저를 믿어주세요."

포와로는 일어나서 그녀에게로 다가가 안심시키듯이 그녀의 어깨를 토닥거렸다.

"물론, 그렇고말고요, 믿겠습니다. 하지만 당신이 말을 하도록 해야 했기 때문에 어쩔 도리가 없었습니다."

순간 그녀는 의심스러운 목소리로 물었다.

"지금 말씀하신 것이 사실인가요?"

"찰스 켄트가 혐의를 받고 있다는 거 말입니까? 예, 그것은 사실입니다. 당신이 그가 펀리에서 무엇을 했는지 말해주기만 하면 그를 구할 수 있습니다."

그녀는 낮고 성급한 목소리로 말했다.

"그는 저를 만나러 온 거예요. 제가 나가서 그를 만났는데……."

"정자에서죠? 예, 알고 있습니다."

"어떻게 아세요?"

"남이 모르는 일을 알아내는 것이 이 에르큘 포와로의 일이거든요. 나는 당신이 그날 초저녁쯤 정자에 가서 몇 시에 그곳으로 가겠다고 적은 쪽지를 두고 왔다는 사실도 알고 있습니다."

"예, 그랬어요. 그에게서 소식이 왔는데, 이리로 오고 있다는 내용이었어요. 하지만 그를 집 안으로 들어오게 할 수는 없었어요. 저는 그가 보내 준 주소로 편지를 보내어 정자에서 만나는 것이 좋겠다며 그곳의 위치를 설명해주었지요. 그런데, 혹시 그가 기다리지 않을까 걱정이 되어서 9시 10분쯤 그곳으로 가겠다는 쪽지를 남겨 둔 거예요. 하인들의 눈에 뜨일까 봐 응접실 창문으로 빠져나갔어요. 그런데 돌아오다가 셰퍼드 박사님과 마주치고 말았어요. 그 순간 박사님이 저를 이상하게 여길 거라는 생각이 들었어요. 저는 뛰어왔기 때문에 숨을 헐떡이고 있었으니까요. 저는 박사님이 그날 저녁식사에 초대된 줄은 몰랐어요." 그녀는 말을 멈추었다.

"계속하십시오. 9시 10분에 그를 만나서 무슨 이야기를 했습니까?"

"말씀드리기 곤란하군요. 아시다시피……."

포와로가 그녀의 말을 막으며 이렇게 말했다.

"러셀 양, 나는 모든 것을 다 알아야만 합니다. 당신이 우리에게 말한 것은 절대로 이 방 밖으로 새어 나가지 않을 겁니다. 셰퍼드 박사도 비밀을 지킬 것이며, 나 또한 그럴 겁니다. 자, 내가 도와드리죠. 찰스 켄트는 당신의 아들이죠, 그렇지 않습니까?"

그녀는 머리를 끄덕였다. 그녀의 볼이 갑자기 붉어졌다.

"아무도 모르고 있어요. 오래전이었어요. 아주 오래전 켄트 주에서였지요.

저는 결혼하지 않았기 때문에……."

"그래서 그 지방 이름을 따서 성으로 붙였군요. 알 것 같습니다."

"저는 일을 했기 때문에 그럭저럭 그 애에게 하숙비를 보내 줄 수 있었어요. 제가 엄마라고는 이야기하지 않았지요. 그런데, 그 애는 나쁜 물이 들어서 술을 마시고 마약에까지 손을 댔어요. 저는 그 애가 캐나다로 갈 수 있도록 간신히 비용을 마련해주었어요. 그 뒤로 1~2년 동안은 소식을 듣지 못했죠. 그런데 어떻게 알아냈는지 제가 자기 엄마라는 사실을 알아냈어요. 그 애는 편지로 제게 돈을 요구해왔어요. 다시 이곳으로 오겠다는 거였어요. 게다가 저를 만나러 펀리까지 오겠다고 하더군요. 저는 감히 그 애를 집 안으로 들어오게 할 수는 없었어요. 사람들은 모두 저를 아주, 아주 정숙한 여자라고 믿었으니까요. 누가 조금이라도 눈치를 챈다면, 가정부로서의 제 생활은 끝장이 나고 말 거예요. 그래서 제가 방금 말씀드렸듯이 그 애에게 편지를 보낸 거예요."

"그래서, 그날 아침에 셰퍼드 박사를 만나러 오셨던 거군요?"

"예, 어떻게 해볼 수 있을까 하고요. 나쁜 아이가 아니었는데. 마약을 하기 전에는요."

"알겠습니다. 이야기를 계속합시다. 그는 그날 밤에 정자로 왔습니까?"

"예, 제가 나갔더니 기다리고 있더군요. 그 애는 아주 거칠게 투정을 부렸어요. 저는 가지고 있던 돈을 모두 주었습니다. 그러고는 잠깐 말을 나눈 다음에 그 애는 가버렸어요."

"그때가 몇 시였죠?"

"9시 20분에서 25분 사이였을 거예요. 제가 집에 돌아왔을 때 9시 30분이 채 못 되었으니까요."

"그는 어느 쪽으로 가던가요?"

"왔던 길로 곧장 돌아갔어요. 정문에 들어서자마자 큰길에 나 있는 바로 그 오솔길로요."

포와로는 머리를 끄덕였다.

"그런 다음, 당신은 무엇을 했습니까?"

"저는 집으로 돌아왔지요. 블런트 소령님이 담배를 피우며 테라스를 서성거리고 있었기 때문에, 옆문 쪽으로 빙 돌아서 들어갔어요. 그때가, 말씀드린 대로 정각 9시 30분이었어요."

포와로가 다시 머리를 끄덕였다. 그러고는 작은 수첩에다 한두 가지 적어 넣고는 신중하게 말했다.

"이제 됐습니다."

그녀는 머뭇거렸다.

"저, 래글런 경위에게 이 이야기를 모두 해야 하나요?"

"그래야 될지도 모르겠습니다. 하지만 서두르지는 마십시오. 적당한 순서와 방법을 택해도 괜찮을 겁니다. 찰스 켄트가 정식으로 살인죄로 고소된 것도 아니니까요. 상황에 따라서는 그것을 굳이 털어놓지 않아도 될 겁니다."

러셀 양이 일어나서 말했다.

"정말 고맙습니다, 포와로 씨. 정말 친절한 분이시군요, 정말로 친절하세요. 당신은, 당신은 저를 믿으시죠? 찰스는 이 살인과는 아무런 관련이 없어요!"

"9시 30분에 서재에서 애크로이드 씨와 말하고 있었던 사람은 당신의 아들이 아닌 것이 분명한 것 같습니다. 용기를 내십시오. 모든 것이 잘될 겁니다."

러셀 양은 떠났다.

나는 포와로와 함께 남아 있었다.

"언제나 이렇군요. 늘 랠프 페이튼에게 돌아오게 되는군요. 찰스 켄트가 러셀 양을 만나러 왔다는 것은 어떻게 알았습니까? 그들이 닮았다는 것을 알아차렸습니까?"

"나는 찰스 켄트를 직접 만나기 전부터 그와 러셀 양을 결부시켰습니다. 그 거위 깃털을 발견하고 나서부터 말입니다. 그것을 보고 마약이 연상되었고, 러셀 양이 당신을 찾아왔다는 이야기가 떠올랐습니다. 그때, 나는 그날 아침 신문에서 코카인에 대한 기사를 읽었던 것이 생각났습니다. 모든 것이 아주 뚜렷하게 드러난 것 같았죠. 그녀는 그날 아침에 어떤 사람에게서 편지를 받았습니다, 마약에 중독된 사람에게서. 그녀는 신문에서 그 기사를 읽고, 몇 가지 질문을 하기 위해 당신을 찾아온 겁니다. 그러고는 코카인에 대해 이야기를 꺼냈습니다. 그런데 당신이 너무 이상하게 여기는 듯하니까 화제를 얼른 추리소설이니 추적할 수 없는 독약 쪽으로 돌린 겁니다. 나는 그녀의 아들이나 남동생, 아니면 어떤 떳떳하지 못한 남자관계가 있지 않을까 의심이 되었습니다. 오! 그만 가봐야겠소. 점심때가 되었군요."

내가 제안했다.

"여기서 함께 드시죠."

포와로는 고개를 저으며, 살짝 눈을 깜박였다.

"오늘 또 그럴 수는 없지요. 나는 캐롤라인에게 이틀씩이나 연달아 채식 다이어트를 하도록 하고 싶지는 않아요."

나는 에르큘 포와로의 기억을 떠나는 것은 거의 없다는 사실이 문득 떠올랐다.

제21장

신문에 실린 사건

캐롤라인이 진찰실 문으로 들어가는 러셀 양을 못 봤을 리가 없다. 나는 이미 그것을 예상하고, 그녀의 아픈 무릎에 대해 자세한 설명을 준비해두었다.

그러나 캐롤라인은 거기에 대한 질문을 퍼부을 태세가 아니었다. 그녀는(나는 모르겠지만) 러셀 양이 무엇 때문에 왔는지 이미 알고 있다는 것이다.

"너에게 유도 심문하려고 했던 거야, 제임스. 가장 뻔뻔스러운 방법으로 말이야. 뻔하지 뭐. 훼방이나 놓자는 심보겠지. 너는 그녀가 그렇게 했을 줄은 까마득히 몰랐을 거다. 남자들은 너무 단순해. 네가 포와로 씨와 털어놓고 지내는 사이라는 것을 알고는 뭘 좀 알아내고 싶었던 거라고. 내가 무슨 말을 하는 건지 아니, 제임스?"

"나는 전혀 상상도 못했습니다. 누님은 별의별 희한한 생각을 다 하는군요."

"그렇게 빈정거리지 말거라. 내 생각에 러셀 양은 애크로이드 씨의 죽음에 대해서 그녀가 시인한 것보다 더 많은 것을 알고 있을 거야."

캐롤라인은 의기양양하게 윗몸을 의자 뒤로 젖혔다.

"정말 그렇게 생각합니까?"

"너, 오늘 아주 정신이 없구나, 제임스. 생기가 하나도 없어. 겁쟁이 같으니라고."

그 뒤로 우리는 계속 개인적인 이야기를 했다.

포와로가 말한 기사는 어김없이 다음날 아침 일간 신문에 실렸다.

나는 그 의도가 무엇인지 도무지 종잡을 수 없었지만, 캐롤라인에게 그 효과는 대단했다. 그녀는 거짓말을 좀 보태서 자기가 줄곧 말해왔던 것이라며 떠들기 시작했다.

나는 눈썹을 치켜떴지만, 논쟁은 하지 않았다. 그러나 캐롤라인은 양심의 가책을 느꼈는지 이렇게 말했다.

"사실 내가 리버풀이라고는 언급하지 않았지만, 그가 미국으로 도망가려고 하는 줄은 알고 있었어. 크리픈도 그랬지."

내가 그녀에게 말했다.

"성공하지는 못했죠."

"불쌍한 것, 결국 붙잡히고 말았으니. 제임스, 그가 범인이 아니라는 걸 밝혀내는 것이 네 의무라고 생각한다."

"내게 무엇을 기대하는 겁니까?"

"너는 의사야. 그리고 너는 그가 어렸을 적부터 알고 있었잖니? 정신적으로는 책임이 없지만, 그래도 그와 연관을 가지고 있었던 것은 분명했잖니?"

캐롤라인의 말을 듣는 동안 내게 한 가지 생각이 떠올랐다.

"포와로 씨에게 정신이 나간 조카가 있다면서요?"

나는 호기심에 가득 차서 이렇게 말했다.

"몰랐었니? 오, 그는 나에게 전부 이야기해주었단다. 불쌍한 청년이야. 집안에 큰 걱정거리일 거야. 지금까지는 집에 데리고 있었는데, 점점 더 심해져서 무슨 기관 같은 데로 보내야 할 것 같다고 걱정이라는구나."

"포와로의 가족에 대해서 알 만한 것은 다 알고 있는 모양이군요."

나는 화가 나서 이렇게 말했다.

"다 알지. 자기의 근심거리를 다른 사람에게 모두 이야기할 수 있다는 것은 사람들에게 여간 큰 위안이 되는 게 아니야."

캐롤라인은 만족한 듯이 말했다.

"그렇겠죠. 그들이 자발적으로 그렇게 한다면야. 그러나 억지로 비밀을 캐내려고 한다면 문제는 다릅니다."

캐롤라인은 기독교의 순교자 같은 태도로 나를 빤히 바라보았다.

"너야 물론 생전 털어놓지 않겠지, 제임스. 그런 것을 말하는 것을 증오하고 있을 테니까. 네 생각에는 다른 사람들도 다 너와 똑같은 줄 알겠지. 나는 내가 억지로 비밀을 캐내지 않았기만을 바라야겠구나. 그리고 포와로 씨가 오늘 오후에 온다고 해도 아침 일찍 그의 집에 도착한 사람이 누구였는지 물어보지도 말아야겠구나."

"오늘 아침 일찍이요?"

"아주 이른 시간이었지. 우유가 배달되기 전이었으니까. 우연히 창문 밖을 내다보았더니, 뒷문이 닫히더구나. 남자였는데, 밀폐된 차를 타고 들어갔어. 온통 몸을 감싸고 있어서 얼굴을 볼 수가 없었다. 하지만 내 생각을 말하면, 내가 옳다는 것을 알게 될 거야."

"무슨 생각 말입니까?"

캐롤라인은 의미 있게 목소리를 낮추어서 속삭였다.

"내무성의 전문가일 거야."

나는 놀라면서 소리쳤다.

"내무성 전문가라고요? 캐롤라인!"

"내 말을 잘 들어 봐, 제임스. 너는 내가 옳다는 것을 알게 될 거야. 그 러셀이라는 여자는 그날 아침 네게 독약이 있나 보러 여기에 왔었어. 그리고 로저 애크로이드는 그날 밤 독이 든 음식을 먹고 죽은 건지도 몰라."

나는 크게 소리 내어 웃었다.

"말도 안 돼요. 누님도 알다시피, 그는 목이 찔렸어요."

"죽은 뒤에 말이다, 제임스. 거짓 증거를 만들기 위해 그랬을 수도 있잖니!"

"맙소사! 내가 시체를 다 조사해보았습니다만, 그 상처는 죽은 뒤에 가해진 것이 아니었어요. 그는 칼에 찔려서 죽은 거라고요. 공연히 그것을 오해할 필요는 없습니다."

캐롤라인은 그래도 계속 다 알고 있다는 듯한 표정을 지었다.

나는 불쑥 화가 치밀어서 이렇게 말했다.

"어디 말해봐요, 캐롤라인. 내게 의학사 학위가 있습니까, 없습니까?"

"물론 학위를 가지고 있지. 제임스, 나는 그런 것을 말하는 게 아니야. 하지만 상상력은 조금도 없어."

나는 빈정거리며 말했다.

"누님에게 3배나 부여되었으니 어디 내게 남은 것이 있겠습니까?"

그날 오후에 포와로가 왔을 때, 캐롤라인은 교묘하게 수를 썼다. 누나는 직접적인 질문을 피하고, 상상할 수 있는 모든 방법을 다 동원해서 그 수수께끼의 방문객 문제 주위를 빙빙 돌았다.

포와로가 눈을 깜박이는 것을 보고, 나는 그가 그녀의 목적을 눈치 챘다는 것을 알았다. 그는 가만히 살짝살짝 피하다가 멋지게 캐롤라인의 투구를 막아서, 그녀는 더 이상 어떻게 할 수 없는 지경에 빠지곤 했다.

그 짤막한 게임을 조용히 즐기고 나서, 그는 산책을 하자고 말했다.

"그 사람을 좀 숨겨야 할 필요가 있어서 그럽니다. 함께 가겠습니까, 셰퍼드 박사? 그리고, 나중에 캐롤라인이 우리를 위해 차를 준비해줄 수 있을지 모르겠군요."

"기꺼이 해드리지요. 당신의 그 손님도 함께 모셔오지 않겠어요?"

"너무 친절하시군요. 하지만, 그러실 것 없습니다. 내 친구는 쉬고 있으니까요. 곧 그를 만나게 될 겁니다."

"아주 오랜 친구라고, 누가 그러던데요?"

캐롤라인은 용기를 내어 말했다.

"그랬습니까? 자, 어서 출발합시다."

우리는 펀리 쪽으로 발을 내딛고 있었다.

나는 이미 그러리라는 것을 짐작하고 있었다. 이제 겨우 포와로의 방법을 이해하기 시작한 것이다. 아무리 무관심하고 사소한 일일지라도 모두 전체적인 것에 연결되어 있었다.

포와로가 마침내 말했다.

"부탁이 하나 있습니다. 오늘밤에 우리 집에서 간단한 회의를 열고 싶은데 참석하겠죠?"

"물론 참석해야죠."

"좋습니다. 그 집안사람도 모두 참석했으면 좋겠는데. 그러니까 애크로이드 부인, 플로라 양, 블런트 소령, 레이먼드 말이오. 당신이 좀 나서서 연락해주었으면 좋겠습니다. 9시에 시작하려고 하는데, 좀 도와주시겠습니까?."

"당신이 직접 말해보지 그러십니까?"

"그러면 그들은 이렇게 물을 겁니다. '왜요? 무엇 때문에?'라고요. 그들은 내게서 어떤 대답을 듣고 싶어 할 겁니다. 그런데 아시다시피, 나는 때가 될 때까지는 내 조그만 생각을 설명하고 싶지 않습니다."

나는 슬그머니 미소를 지었다.

"내가 전에 말했던 헤이스팅스라는 친구는 나에게 입이 무거운 사람이라고 했지요. 그러나 그건 옳은 말이 아닙니다. 사실 나는 아무것도 감추는 것이 없소. 그러나 사람들에게는 제각기 나름대로 판단하는 기준이 있는 법이지요."

"언제 연락하는 게 좋을까요?"

"괜찮다면, 지금이라도 좋습니다. 집 근처까지 왔으니까요."

"함께 들어가지 않겠습니까?"

"아닙니다. 나는 산책이나 하고 있겠습니다. 15분 뒤에 정문 옆에서 만나기로 하죠."

나는 고개를 끄덕이고 나에게 주어진 임무를 시작했다.

집에는 애크로이드 부인만이 있었다. 그녀는 차를 마시고 있다가 친절하게 나를 맞았다.

그녀가 나지막이 말했다.

"정말 고마워요, 박사님. 하지만 인생은 하나가 끝나면 또 다른 하나가 나타나는 건가 봐요. 플로라에 대해서 들으셨어요?"

"무엇을 말입니까?"

나는 조심스럽게 물었다.

"새로 약혼한 것 말이에요. 플로라하고 헥터 블런트가 약혼했답니다. 물론 랠프하고 만큼 훌륭한 쌍은 아니지만요. 결국 행복은 처음에 오는 법이죠. 우리 플로라에게 필요한 사람은 좀 나이가 든 사람이에요. 착실하고 의지할 수 있는 사람이어야 하는데. 하지만 헥터 블런트도 정말 그 나름대로 아주 훌륭한 사람이지요. 오늘 아침 신문에서 랠프가 체포되었다는 기사를 보셨나요?"

"예, 보았습니다."

"끔찍해요."

애크로이드 부인은 눈을 감고 진저리를 쳤다.

"제프리 레이먼드가 잔뜩 흥분해서 리버풀에 전화를 걸었어요. 하지만 그곳 경찰서에서는 아무 말도 하지 않았다고 해요. 그들은 랠프를 체포한 바가 없다고 말하더군요. 레이먼드는 그것이 완전히 잘못된 것이라고 주장하고 있어요. 음, 그것을 뭐라고 하더라? 신문의 허위보도 말이에요. 나는 하인들 앞에서는 입 밖에 내지 말라고 주의를 주었어요. 도대체 이게 무슨 망신이에요? 플로라가 정말 그와 결혼이라도 했다면, 생각만 해도 끔찍한 일이에요."

애크로이드 부인은 괴로운 나머지 눈을 감았다.

나는 포와로의 말을 언제쯤 꺼내야 좋은 건지 초조해지기 시작했다.

내가 말할 여유도 없이, 애크로이드 부인이 다시 터뜨렸다.

"박사님도 어제 여기 오셨었죠? 그 불쾌한 래글런 경위와 함께 말이에요. 그는 잔인한 사람이에요. 그는 플로라를 위협해서 그 애가 로저의 방에서 돈을 훔쳤다고 말하게 만들었어요. 하지만 사실은 그렇지 않아요. 우리 애는 돈을 조금 얻고 싶었는데, 자기 큰아버지가 방해하지 말라고 엄격한 명령을 내렸기 때문에 그를 방해하고 싶지 않았어요. 그래서 그가 어디다 돈을 보관해 두는지를 알고 필요한 만큼 꺼낸 거예요."

내가 물었다.

"플로라가 그렇게 말하던가요?"

"박사님, 그 또래의 여자애들이 어떤지 잘 아시잖아요. 암시에 너무 쉽게 걸려드는걸요. 박사님도 최면과 같은 것에 대해 모두 알고 계시잖아요. 경위는 그 애에게 소리를 지르며 '훔쳤다'라는 말을 되풀이했어요. 끝내 그 불쌍한 애가 억제될 때까지 아니, 강박관념이라던가요?(나는 그 두 단어가 항상 혼동된답니다) 그래서 그 애는 정말 자기가 그 돈을 훔쳤다고 생각하게 된 거지요. 나는 그것이 어떻게 해서 그렇게 되었는지 금방 알았어요. 하지만 어떤 면에서는 모든 오해가 오히려 잘된 건지도 모르지요. 그것으로 해서 두 사람이 가까워진 것 같아요. 헥터와 플로라 말이에요. 내가 그동안 플로라 때문에 얼마나 걱정했는지 모르실 거예요. 음, 저, 한때는 그 애와 레이먼드 사이에 어떤 일이 있을 뻔했답니다. 한번 생각해보세요!"

애크로이드 부인의 목소리는 흥분으로 날카롭게 높아졌다.

"개인비서가, 그것도 재산 한 푼 없는 주제에……."

"충격이 컸겠군요. 자, 애크로이드 부인, 당신에게 에르큘 포와로 씨가 전해주라는 말이 있습니다."

애크로이드 부인은 깜짝 놀란 것 같았다.

"나에게요?"

나는 얼른 그녀를 안심시킨 다음 포와로의 말을 설명했다.

"그렇다면, 물론 가야죠."

애크로이드 부인은 좀 미심쩍은 듯이 말했다.

"포와로 씨가 그렇게 말씀하신다면 마땅히 가야 한다고 생각해요. 그런데 무엇 때문에 그러는 건지 궁금한데요."

나도 그 이상 아는 것이 없다고 친절하게 설명해주었다.

"잘 알겠어요."

애크로이드 부인은 마침내 마지못해 이렇게 말했다.

"다른 사람들에게 말해서 9시에 그리로 가겠어요."

나는 이내 포와로와 만나기로 약속한 장소로 갔다.

"15분이 좀 넘은 것 같군요. 그 부인이 어찌나 말을 오래 하던지 한마디 끼어들기가 무척 어려웠습니다."

"괜찮습니다. 나는 퍽 즐거웠습니다. 이 정원은 정말 훌륭하군요."

우리는 집으로 향했다. 그런데 놀랍게도, 캐롤라인이 우리를 계속 지켜보고 있었는지, 우리가 도착하자마자 먼저 문을 열어 주었다.

그녀는 손가락을 입술에 갖다 대었다. 무슨 중대한 일이 있는지 그녀의 얼굴은 흥분으로 가득 찼다.

"어슐러 번이라는, 펀리의 하녀 말이에요. 그녀가 여기에 와 있어요! 식당에서 기다리라고 했어요. 굉장히 흥분해 있어요. 불쌍하게도, 포와로 씨를 당장 만나보고 싶다고 하는군요. 나는 내가 할 수 있는 모든 일을 다 했어요. 그리고 뜨거운 차를 주었어요. 그런 사람을 보면 가슴이 정말 찡해져요."

포와로가 물었다.

"식당에 있다고 했습니까?"

"이쪽입니다."

이렇게 말하며 나는 문을 열어 주었다.

어슐러 번은 탁자 옆에 앉아 있었다. 그녀는 얼굴을 파묻고 있다가 갑자기 내렸는지 팔을 앞으로 벌리고 있었다. 그리고 얼마나 울었는지 눈은 빨갛게 충혈되어 있었다.

내가 중얼거렸다.

"어슐러 번."

그러나 포와로는 팔을 쭉 뻗어서 나를 슬쩍 치며 말했다.

"아니, 그렇지 않습니다. 어슐러 번이 아닙니다. 그렇죠? 당신은, 어슐러 페이튼이죠? 랠프 페이튼의 부인 말입니다."

제22장

어슐러 이야기

그녀는 입을 꼭 다물고 포와로를 쳐다보았다. 그러더니, 그동안 참아 왔던 것이 한꺼번에 무너져 내린 듯이 갑자기 흐느끼기 시작했다.

캐롤라인이 나를 밀고 나아가더니 팔로 그녀를 감싸 안으며 어깨를 토닥거렸다. 그녀는 달래듯이 말했다.

"자, 자, 진정해요. 다 잘될 거예요. 곧, 모든 것이 다 잘될 거예요."

캐롤라인에게는 호기심과 남의 추문을 캐기 좋아하는 성격 속에 가려 있지만, 무척이나 친절한 면이 있었다. 그녀는 어슐러 번이 곤경에 처해 있는 것을 보고는, 포와로의 다소 충격적인 말도 까맣게 잊고 말았다.

이윽고 어슐러가 일어나 앉으며 눈을 닦았다.

"저는 아주 약하고 어리석은 여자예요."

"아니오. 그렇지 않소." 포와로가 친절하게 말했다.

"우리는 모두 지난 일주일 동안 너무 긴장했지요."

"정말 혹독한 시련이었소."

내가 말했다.

"박사님이 알고 있다는 것을 알고는……."

어슐러가 계속 말했다.

"어떻게 아셨나요? 랠프가 말했나요?"

포와로는 고개를 저었다.

"선생님은 제가 왜 오늘 여기에 왔는지 아실 거예요."

그녀는 구겨진 신문을 내밀었다.

포와로가 내게 큰소리로 읽어 줬던 기사였다.

"자, 보세요. 랠프가 체포되었어요. 이제 모든 것이 소용없게 되어 버렸어요.

저는 더 이상 거짓말을 할 필요가 없어요."

"신문에 난 기사들이 항상 옳은 것은 아니오."

나지막이 말하는 포와로에게는 적어도 부끄러움을 느낄 정도의 예의는 있었다.

"그렇지만 나는 당신이 차라리 모든 것을 털어놓는 것이 편하리라고 생각하오. 지금 우리에게 필요한 것은 진실이니까."

그녀는 의심스럽게 그를 쳐다보며 머뭇거렸다.

"나를 믿지 않는군요." 포와로가 부드럽게 말했다.

"당신은 나를 만나러 여기에 왔다고 했소. 그러면, 무슨 목적이 있을 게 아니오?"

"저는 랠프가 범인이 아니라고 말하고 싶어요."

그녀는 아주 낮은 목소리로 말했다.

"그리고 선생님은 현명한 분일 테니까 진실을 밝혀내 주실 거라고 생각해요. 그리고 또……."

"계속해요."

"선생님은 친절한 분이라고 생각했어요."

포와로는 머리를 여러 번 끄덕였다.

"아주 좋습니다. 예, 아주 좋아요. 잘 들어봐요, 부인. 나도 정말로 당신의 남편이 무죄라고 믿고 있소. 그런데 사태가 불리하게 진행되어 가고 있어요. 내가 남편을 구해 내려면, 나는 모든 것을 다 알고 있어야 합니다. 설사 그것이 그에게 더 불리하게 작용한다고 할지라도."

"정말 친절하시군요." 어슐러가 말했다.

"나에게 모든 것을 다 털어놓아요, 처음부터."

캐롤라인은 안락의자에 느긋하게 앉아서 말했다.

"내가 함께 있어도 괜찮을까요? 내가 알고 싶은 것은, 어째서 이 처녀가 하녀로 가장하고 있었는가 하는 거예요."

"가장하다니요?" 내가 물었다.

"내 말이 맞아. 왜 그렇게 했어요? 돈이 필요했나요?"

"생활비를 벌기 위해서였어요."

어슐러 번이 냉정하게 말했다. 그러고는 용기를 내어 이야기를 시작했다.

나는 그녀의 이야기를 내 나름대로 정리해서 기록하겠다.

어슐러 번은 아일랜드의 가난하지만 지체 있는 집안 태생으로 일곱 명의 가족이 있었다고 한다. 그녀의 아버지가 세상을 떠나자, 딸들은 스스로 생활비를 벌기 위해서 집을 떠났다. 어슐러의 제일 큰 언니는 폴리오트 대위와 결혼했다. 지난 일요일에 내가 만났던 사람이 바로 그녀였다.

이제야 그녀가 그렇게 당황했던 이유를 분명히 알 것 같았다. 어떻든 생활비를 벌긴 벌어야겠는데 보모가 되고 싶지는 않았으니, 아무 기술도 없는 어슐러 번이 할 수 있는 일이라곤 하녀가 되는 길밖에 없었다. 그녀는 자신이 '하녀 아가씨'라고 불리는 것이 무척 수치스러웠다. 하지만 어쨌든 그녀는 언니의 신원보증을 받아서 정말 하녀가 되었다. 그때까지 봐오고, 사람들에게 들었던 대로 그녀는 펀리에서 자기 일을 성공적으로 즉, 민첩하고 유능하고 완전하게 잘해 냈다.

그녀가 설명했다.

"저는 그 일을 좋아했어요. 그리고 제 시간을 많이 가질 수 있었지요."

그리고 그때 랠프 페이튼을 만나게 되었으며, 둘은 마침내 비밀 결혼을 하기까지에 이르렀다. 그녀가 처음엔 반대했지만, 결국 랠프는 그녀를 설득했다.

그는 아버지에게 자기가 무일푼의 처녀와 결혼한다고 하면 펄펄 뛸 거라고 했다. 그러니, 비밀리에 결혼했다가 나중에 적당한 시간을 봐서 사실대로 알리는 것이 좋을 거라고 했다. 이렇게 해서 어슐러 번은 어슐러 페이튼이 되었다.

랠프는 빚을 청산하고, 직업도 갖게 되어 그녀를 데려갈 수 있을 때가 되면 —다시 말해서, 아버지로부터 독립할 수 있게 되면 그런 사실을 밝히겠다고 했다. 그러나 랠프 페이튼 같은 사람에게는 새 생활을 시작하는 것이 말처럼 쉽지가 않았다. 그는 계부가 아직 자신의 결혼을 모르고 있는 사이에, 그를 설득해서 빚도 갚고 다시 한 번 자립할 수 있는 기회를 마련하려고 했다.

그러나 랠프가 빚의 액수를 말하자 로저 애크로이드는 화를 벌컥 내며 아무것도 해줄 수 없다고 냉정하게 거절했다. 몇 달 뒤에 랠프는 다시 펀리로 오라는 지시를 받았다. 로저 애크로이드는 랠프의 의견을 물어보지도 않고 단도직입적으로 플로라와 결혼하는 것이 좋겠다고 말했다. 그런데 여기에서 랠프의 타고난 나약한 성격이 그대로 드러났다.

항상 그랬듯이, 그는 손쉽고 우선 편한 결심을 했다. 내가 아는 한, 플로라와 랠프는 서로 사랑하는 척하지 않았다. 그것은 쌍방 간의 거래였다. 로저 애크로이드는 자신의 소망을 지시했다. 그들은 거기에 동의하여 플로라는 자유와 돈, 그리고 높은 안목을 갖는 기회로 삼았으며, 랠프는 다른 게임을 즐겼다. 그러나 경제적으로 무척이나 어려운 곤경에 빠져 있는 그에게도 역시 좋은 기회였다. 그의 빚은 깨끗하게 청산될 것이다. 그는 하얀 종이에서 다시 출발할 수 있는 거였다.

그는 원래 미래를 직시하는 성격은 아니었지만, 어느 정도 시간이 지나고 나서 플로라와의 약혼을 파기하기로 서로 약속했다. 플로라와 그는 당분간 비밀을 지키기로 했다. 그는 어슐러에게 그 사실을 비밀로 해두고 싶었다. 그는 표리부동에 대해서 본능적으로 혐오감을 가지고 있는 강하고 결백한 어슐러가 그러한 일을 좋아하지 않을 거라고 생각했기 때문이다.

그런데 로저 애크로이드가 그들의 약혼을 발표하려고 결정했을 때, 엄청난 문제를 안고 있는 랠프에게는 한마디도 없이 플로라에게만 말했으며, 냉담한 플로라는 아무런 반대도 하지 않았다. 어슐러에게 그 소식은 폭탄과 같은 거였다. 그녀의 연락을 받은 랠프는 급히 시내로 나왔다.

그들은(누나가 대화를 엿듣게 된) 그 숲에서 만났다. 랠프는 그녀에게 조금만 더 침묵을 지켜 달라고 부탁했다. 하지만 사실을 폭로하기로 결심한 어슐러의 마음은 바뀌지 않았다. 그녀는 더 이상 지체하지 않고 애크로이드에게 말하겠다고 했다. 그리고 그들은 헤어졌다.

단단히 결심을 한 어슐러는 그날 오후에 당장 로저 애크로이드를 찾아가서 그 사실을 털어놓았다. 그는 몹시 흥분했다. 그때 애크로이드가 자신의 문제에 사로잡혀 있지 않았다면 사태는 훨씬 더 험악했을 것이다. 그러나 어쨌든 그것은 시기 상조였다. 애크로이드는 자기에게 거짓말한 것을 용서할 성격의 사람이 아니다. 그는 랠프를 증오했지만, 그보다는 어슐러가 돈 있는 집 젊은이를 의도적으로 함정에 빠뜨렸다며 용서할 수 없는 여자라고 생각했다. 둘 다 용서할 수 없었던 것이다.

그날 저녁 어슐러는 옆문으로 몰래 빠져나와 미리 약속한 대로 랠프를 만나러 조그만 정자로 갔다. 그들은 만나서 서로에게 욕을 해댔다. 랠프는 어슐러에게 그 사실을 폭로하는 바람에 자기의 기대가 완전히 무너져 버렸다고 했으며, 어슐러는 랠프의 표리부동한 성격을 탓했다. 그러고 나서 그들은 헤어졌다. 그리고 30분이 조금 지났을 때 로저 애크로이드의 시체가 발견된 것이다.

그날 밤 이후 어슐러는 랠프를 보지도 못했고, 그의 소식도 듣지 못했다. 이야기가 진행됨에 따라서, 나는 그것이 얼마나 저주스럽게 일어난 일인지 점점 깨닫게 되었다. 애크로이드가 살아 있었다면 유언장의 내용을 바꾸었을 것이다. 나는 그가 그렇게 할 인물이라는 것을 알고 있다. 랠프와 어슐러 페이튼에게는 애크로이드의 죽음이 아슬아슬하게 때를 맞춰 온 것이다. 그녀는 그때까지 침묵을 잘 지켜오다가 입을 열고 말았지만.

나의 이런 생각이 갑자기 중단되었다.

포와로의 목소리가 들렸다. 그도 상황이 복잡하다는 것을 깨달았는지 목소리가 아주 무거웠다.

"내가 한 가지 질문을 하겠는데, 솔직하게 대답해야 하오. 모든 것이 그것에 달려 있을 수도 있으니까. 당신이 정자에서 랠프 페이튼 대위와 헤어진 것이 몇 시였소? 신중하게 생각해서 정확하게 대답해주시오."

그녀는 몹시 괴롭다는 듯이 쓴웃음을 지었다.

"저도 속으로 그것을 여러 번 생각해보았어요. 제가 그이를 만나러 나갔을 때가 정각 9시 30분이었어요. 블런트 소령님이 테라스에서 서성거리고 있었기 때문에 저는 그분을 피해서 숲을 통해 빙 돌아가야 했거든요. 정자에 도착했을 때가 9시 33분이었어요. 이건 틀림없는 거예요. 들어갔더니 랠프가 기다리고 있더군요. 저는 그이와 10분정도 함께 있었어요—더 길지는 않았어요. 집으로 돌아왔을 때가 꼭 9시 45분이었으니까요."

나는 요전에 그녀가 했던 질문을 이해할 수 있었다. 그녀는 애크로이드가 9시 45분에 죽었는지, 그 이후에 죽었는지 밝혀졌느냐고 몇 번씩이나 물었다.

포와로의 다음 질문에서 나는 그가 그런 생각을 하고 있다는 것을 알았다.
"누가 먼저 정자를 떠났소?"
"제가요."
"랠프 페이튼은 그냥 정자에 남아 있었소?"
"예, 하지만 선생님은 그렇게 생각하지 않는 것 같군요."
"아니오, 내가 생각하는 것은 별로 중요하지 않소. 당신은 집으로 돌아와서 무엇을 했소?"
"제 방으로 올라갔어요."
"그래서, 언제까지 거기에 있었소?"
"10시까지요."
"그것을 증명할 수 있는 사람이 있소?"
"증명이라고요? 제가 제 방에 있었다는 것 말인가요? 오! 없어요. 그렇지만 분명히……, 어머! 그렇군요. 사람들이 혹시 저를……?"
나는 그녀의 눈에 공포의 빛이 점점 뚜렷해지는 것을 보았다.
포와로가 그녀 대신 말을 이었다.
"당신이 창문으로 들어가서 의자에 앉아 있는 애크로이드 씨를 찔렀다고 생각할지도 모른다는 거지요? 정말 그렇게 생각할지도 모르죠."
"바보가 아니라면, 아무도 그렇게 생각하진 않을 거예요."
캐롤라인이 화를 내며 말하고는 다시 어슐러의 어깨를 토닥거렸다.
어슐러는 손으로 얼굴을 감싸고 중얼거렸다.
"끔찍해요."
캐롤라인은 다정하게 그녀를 어루만지며 말했다.
"걱정 말아요. 포와로 씨는 정말로 그렇게 생각하고 있는 게 아니에요. 당신 남편으로 말하자면, 나는 그를 소중하게 여기지는 않아요. 솔직하게 말하겠어요. 그는 어려운 일을 당신에게 맡기고 도망간 거라고요."
그러나 어슐러는 머리를 세게 흔들며 말했다.
"오, 아니에요. 절대로 그렇지 않아요. 랠프는 자기 자신을 위해서 도망가지는 않았을 거예요. 이제야 알겠어요. 만일 그이가 애크로이드 씨가 살해되었다는 소식을 들었다면 그이는 아마 제가 그랬다고 생각할 거예요."

"절대로 그렇게 생각하지 않을 거예요."

캐롤라인이 이렇게 말했다.

"저는 그날 밤 그이에게 너무 잔인했어요, 심하고 모질게 대했지요. 저는 그이가 하는 말을 듣지도 않았고(정말로 걱정한다고 생각하지 않았어요.) 저는 다만 제 의견만을 말했어요. 제 입으로 할 수 있는 가장 냉정하고 잔혹한 말들을 내뱉었지요, 일부러 그이를 괴롭히기 위해서 갖은 애를 다 쓰면서요."

캐롤라인이 말했다.

"하지만 그는 별로 괴로워하지 않을 거예요. 남자에게 한 말을 가지고 걱정할 필요는 없어요. 그들은 너무 자만에 빠져 있어서, 자기들을 기쁘게 하는 말이 아니면 절대로 믿지도 않는다고요."

어슐러는 초조한 듯이 손을 오므렸다 폈다 하며 말을 이었다.

"그 사건이 일어나고, 랠프가 나타나지 않자 저는 굉장히 당황했어요. 잠깐 동안은 이상한 생각도 들었지요. 하지만 이내 저는 그이가 그렇게 할 수 없었다는 것을 알았어요. 그이는 그렇게 할 수 없었어요. 하지만 저는 그이가 나타나서 자기는 그 사건과 아무 관계가 없다고 떳떳하게 말해주기를 바랐어요. 저는 그이가 평소에 셰퍼드 박사님을 무척 좋아하고 있다는 것을 알기 때문에 혹시 셰퍼드 박사님께서는 그이의 행방을 알고 계실지도 모른다고 생각했죠."

어슐러는 내게 이렇게 말했다.

"그래서, 그날 박사님께 그렇게 말씀드렸던 거예요. 만일, 박사님이 그이의 행방을 알고 계신다면 그 말을 전해주실 거라고 생각했지요."

캐롤라인이 날카롭게 물었다.

"왜 제임스가 그의 행방을 알 거라고 생각했지요?"

"사실 그럴 리가 없다고는 생각했지만, 랠프가 셰퍼드 박사님 이야기를 가끔 했고, 또 킹스 애버트 사람들 중에서는 가장 좋아하는 것 같아서요."

"미안하지만, 나는 랠프 페이튼이 어디에 있는지 전혀 모르오."

"그것은 사실이오." 포와로가 말했다.

어슐러는 다시 신문을 내밀었다.

"하지만……."

포와로가 약간 당황하며 말했다.

"아! 그거는 하찮은 거요. 아무것도 아니에요. 나는 랠프 페이튼이 체포되었을 거라고는 절대로 생각하지 않소."

"하지만 그렇다면……."

그녀는 천천히 말을 시작했다.

포와로가 얼른 말을 이었다.

"궁금한 게 한 가지 있소. 그날 밤에 페이튼 대위는 구두를 신었소, 아니면 부츠를 신었소?"

"기억이 나지 않아요." 어슐러는 고개를 저었다.

"유감이군! 하지만 당신이 어떻게 알겠소? 자, 그럼."

그는 머리를 기울이고 둘째손가락을 부드럽게 흔들며 그녀에게 미소를 지었다.

"아무 문제도 없으니까 너무 걱정하지 말아요. 용기를 갖고 이 에르큘 포와로를 믿어보세요."

제23장

포와로의 작은 모임 ·

캐롤라인이 일어서며 말했다.

"자 이제, 그는 곧 나타나서 결백을 말할 거예요. 걱정 말아요. 포와로 씨가 당신을 위해서 할 수 있는 일이라면 모두 해주실 거예요. 믿으세요."

어슐러가 불안한 듯이 말했다.

"펀리로 돌아가야겠어요."

캐롤라인이 손으로 완강하게 막았다.

"그런 소리 말아요. 당분간 나와 함께 있도록 해요. 당신도 당분간 여기 계실 거죠, 예, 포와로 씨?"

조그마한 벨기에인이 동의했다.

"그게 좋겠군요. 오늘 저녁에 아가씨도(미안하오, 부인) 나의 작은 모임에 참석했으면 합니다. 우리 집에서 저녁 9시에, 꼭 참석해야 합니다."

캐롤라인은 머리를 끄덕이고는 어슐러를 데리고 밖으로 나갔다.

포와로는 다시 의자에 앉았다.

"여기까지는 아주 좋습니다. 일이 저절로 해결되고 있소."

"랠프 페이튼에게는 점점 더 불리해져 가고 있군요."

내가 침울하게 말했다.

포와로는 머리를 끄덕였다.

"예, 그건 그렇죠. 하지만 기대했던 대로 아닙니까?"

나는 그 말에 약간 당황하며 그를 쳐다보았다. 그는 몸을 의자 뒤로 기대고 눈을 반쯤 감은 채 손가락 끝을 서로 모았다. 그러다가 갑자기 한숨을 지으며 고개를 저었다.

"왜 그러십니까?"

"내 친구 헤이스팅스가 너무 그리워서 그럽니다. 전에 말했던 친구 말입니다. 지금은 아르헨티나에 살고 있지요. 내가 큰 사건을 맡을 때면 항상 옆에서 나를 돕곤 했었지요. 예, 종종 나를 도와주었어요. 훌륭한 솜씨를 가진 친구이지요. 내가 미처 깨닫지 못했던 사실을 우연히 떠올려 주곤 했지요. 자기 자신도 모르는 사이에 말입니다. 그는 이따금 유난히 어리석은 이야기를 했는데 그 어리석은 말이 나에게 진실을 밝혀 준 적도 있답니다! 그리고 흥미로운 사건은 모두 기록하여 보관하는 습관이 있지요."

나는 좀 어색하게 잔기침을 했다.

"그것이라면……." 나는 말을 시작하려다 멈추었다.

포와로가 의자에 똑바로 앉아 눈을 반짝였다.

"그것에 대해서라면? 어서 말해보시오."

"사실, 헤이스팅스 대위가 기록한 것들을 몇 가지 읽어 본 적이 있습니다. 그리고 나라고 그런 일을 못할 리가 없다고 생각했습니다. 유감스러운 일이지만(단 한 번의 기횐데) 다시는 이런 일을 못하게 될 테니까요."

나는 점점 흥분되어 전혀 앞뒤가 맞지 않는 말을 허둥거리며 이어나갔다.

포와로는 의자에서 벌떡 일어났다. 나는 그가 프랑스식으로 포옹하려는 바람에 잠깐 겁이 났지만, 자비롭게도 그는 삼갔다.

"이거 정말 굉장하군요. 그럼, 이번 사건에 대한 당신의 느낌을 계속 적어 왔다는 말이죠?"

나는 머리를 끄덕였다.

"굉장하군요!" 포와로가 외쳤다.

"어디 한 번 봅시다, 지금 당장."

나는 그런 갑작스러운 요청에 전혀 준비가 되어 있지 않았다. 나는 어떤 세부적인 사항을 기억해 내기 위해 머리를 짜내었다.

"신경 쓰지 마십시오." 나는 더듬거리며 말했다.

"경우에 따라서는 가끔, 음, 사적인 이야기를 쓴 곳도 있을 겁니다."

"오! 이해합니다. 그런데 나에 대해 좀 재미있게 써 놓았나요, 가끔 우스꽝스럽게 묘사했겠죠? 전혀 상관하지 않겠습니다. 헤이스팅스도 항상 예의 바르지는 않았죠. 나는 그런 사소한 일에는 신경 쓰지 않습니다."

그래도 조금 망설였지만, 나는 책상 서랍에서 헝클어진 원고 뭉치를 꺼내어 그에게 건네주었다. 언젠가 출판될 것을 염두에 두고, 나는 글을 몇 개의 장으로 나누었는데 전날 밤 러셀 양이 찾아온 이야기까지 써 놓았다. 그러니까 포와로에게 제20장까지 보여 준 셈이다.

나는 그에게 그것을 주고 밖으로 나와서, 멀리까지 나갔다. 돌아왔을 때는 8시가 넘어 있었으며 따끈한 저녁식사가 쟁반에 준비되어 있었다. 포와로와 누님은 7시 30분에 함께 저녁을 들었으며, 포와로는 원고를 마저 읽기 위해서 내 작업장으로 갔다는 이야기를 들었다.

"나는 말이다, 제임스" 누나가 말했다.

"네가 나를 좀더 신경 써서 써주길 바란다."

나는 턱을 떨어뜨렸다. 사실 나는 캐롤라인에게 주의를 기울이지 않았던 것이다.

캐롤라인은 내 표정을 금방 읽고는 말했다.

"그다지 문제될 거야 없지만—포와로 씨가 생각하는 것을 알 테니까. 그는 너보다 훨씬 더 나를 이해하고 있어."

나는 작업장으로 갔다. 포와로는 창가에 앉아 있었다. 원고는 그 옆의 의자 위에 잘 챙겨져 있었다.

그는 그것에 손을 얹으며 말했다.

"오, 축하합니다. 당신은 아주 겸손하군요!"

"오!"

나는 조금 놀라며 말했다.

"그리고 과묵하고요." 그는 이렇게 덧붙였다.

나는 다시, "오!" 하고 탄성을 질렀다.

"헤이스팅스는 이렇게 쓰지 않았지요." 작은 친구는 이야기를 계속했다.

"그는 면마다 '나는'이라는 단어를 몇 번이나 썼습니다. 그가 생각했던 것, 그가 했던 것을 많이 적었죠. 하지만 당신은 당신의 존재를 눈에 띄지 않게 가리고 있다가 단지 한두 번 고개를 내미는 정도이더군요. 가정생활 같은 장면에서 말입니다."

나는 그가 눈을 찡긋하는 바람에 약간 얼굴을 붉히면서 물었다.

"어떻습니까?"

"나의 솔직한 의견을 듣고 싶소?"

"그렇습니다."

포와로는 익살스러운 태도를 접어 두고 상냥하게 말했다.

"아주 신중하고도 정확한 묘사입니다. 당신은 모든 사실들을 성실하고 정확하게 기록했더군요. 비록 당신 자신의 의견을 억제한 경향이 있긴 하지만……."

"그것이 도움이 되었습니까?"

"예, 상당한 도움이 되었습니다. 자, 이제 우리 집에 가서 작은 연극을 위한 무대를 준비합시다."

캐롤라인은 홀에 있었다. 나는 그녀가 우리와 함께 가고 싶어 할 거라고 생각했다.

포와로는 과연 그답게 그 상황을 재치 있게 넘겼다.

"당신도 함께 갔으면 좋겠습니다만."

그는 유감스러운 듯이 말했다.

"때가 때이니만큼 현명하지 않다고 생각합니다. 사실, 오늘밤에 모이는 사람들은 모두 혐의자들입니다. 그들 중에서 나는 애크로이드 씨를 살해한 사람을 찾아낼 겁니다."

"정말 그렇게 믿으십니까?" 나는 믿을 수 없다는 듯이 물었다.

"당신이야 물론 믿지 않겠지요." 포와로가 냉정하게 말했다.

"당신은 아직 이 에르큘 포와로의 가치를 진정하게 평가하지 못하고 있을 테니까요."

그때 어슐러가 계단을 내려왔다.

"준비되었소?" 포와로가 물었다.

"좋습니다. 함께 우리 집으로 갑시다. 캐롤라인, 나를 믿으십시오. 당신을 위해서라면 모든 것을 할 테니까요. 안녕히 계십시오."

우리는 밖으로 나왔다. 캐롤라인은 현관 계단에 서서 마치 산책을 못하도록 남겨진 개처럼 우리를 바라보았다.

라체스의 거실은 이미 준비가 되어 있었다. 탁자 위에는 여러 가지 마실 것과 유리잔들이 놓여 있었다. 비스킷도 한 접시 있었다. 다른 방에서 여러 개의 의자를 가져다 놓았다. 포와로는 물건들을 다시 정리하느라고 이리저리 뛰어다녔다. 이쪽 의자 하나를 잡아당기기도 하고, 저쪽 등불 위치를 조종하고, 이따금씩 허리를 구부려서 바닥에 깔린 깔개를 똑바로 놓기도 했다. 그는 특히 조명에 대해 까다로웠다. 의자가 많이 놓여 있는 쪽을 밝게 조절했으며, 반대쪽, 포와로가 앉게 될 자리는 어슴푸레하게 조절해 놓았다.

어슐러와 나는 그를 지켜보았다. 이윽고 초인종이 울렸다.

"도착했군요. 좋습니다. 모든 것이 다 준비되었군요."

문이 열리고 펀리에서 온 사람들이 들어왔다. 포와로는 앞으로 나아가서 애크로이드 부인과 플로라를 맞이했다.

"와주셔서 정말 감사합니다. 블런트 소령과 레이먼드 씨도 고맙습니다."

비서는 언제나처럼 활기에 차 있었다. 그는 웃으며 말했다.

"무슨 좋은 생각이라도 있습니까? 혹시 손목에 밴드를 두르고 심장의 고동을 측정해서 죄의 유무를 가려내는 장치를 사용하려는 것은 아닙니까? 그런 발명품이 있죠, 그렇죠?"

"그런 것을 책에서 읽은 적이 있습니다."

포와로가 인정했다.

"그렇지만 나는 좀 구식이라서 구식 방법들을 사용합니다. 단지 작은 회색 뇌세포들만을 사용하지요. 자, 이제 시작합시다. 그런데 먼저 여러분에게 알릴 일이 한 가지 있습니다."

그는 어슐러의 손을 잡고 앞으로 당겼다.

"이 사람은 랠프 페이튼의 부인입니다. 지난 3월에 페이튼 대위와 결혼했습니다."

애크로이드 부인이 짤막한 비명을 질렀다.

"랠프가 3월에 결혼했다고! 오! 어떻게, 그럴 수가 있지?"

그녀는 어슐러를 처음 보는 것처럼 뚫어지게 쳐다보았다.

"번과 결혼했다고요? 포와로 씨, 당신을 믿을 수 없군요."

어슐러가 얼굴을 붉히며 무슨 말인가를 하려 했지만 플로라가 그녀를 말렸다. 플로라는 재빨리 어슐러에게 다가가서 그녀의 팔을 끼었다.

"우리가 놀란 것에 마음 쓰지 말아요. 사실, 우리는 감쪽같이 몰랐거든요. 당신과 랠프는 비밀을 아주 잘 지켜왔어요. 나는 그것이 무척 기뻐요."

어슐러가 낮은 목소리로 이렇게 말했다.

"무척 친절하군요, 애크로이드 양. 나는 당신이 굉장히 화를 낼 거라고 생각했는데요. 랠프가 아주 몹쓸 짓을 한 거예요. 특히 당신에게."

플로라는 위로하듯이 그녀의 팔을 토닥거리며 말했다.

"그것은 걱정하지 않아도 돼요. 랠프는 궁지에 몰려 있었기 때문에 그 길밖에 달리 방법이 없었을 거예요. 나도 그의 입장이었다면 똑같이 했을 거예요. 그렇지만 내게는 비밀을 털어놓는 것이 좋았을 걸 그랬어요. 그래도, 나는 그를 저버리지 않았을 텐데요."

포와로는 탁자를 부드럽게 두드리고 나서 목청을 가다듬었다.

"회의를 시작하려나 봐요." 플로라가 말했다.

"포와로 씨가 우리에게 조용히 하라고 주의 주고 있는 거예요. 그런데 한 가지만 말해줘요. 랠프는 어디 있어요? 모두 모른다고 해도 당신은 알 거 아니에요?"

"하지만 나도 몰라요."

어슐러는 거의 울부짖듯이 말했다.

"정말이에요. 정말 모른단 말이에요."

"리버풀에 유치돼 있지 않습니까?" 레이먼드가 말했다.

"신문에 나와 있던데요."

"그는 리버풀에 없습니다." 포와로가 냉정하게 말했다.

내가 말했다.

"사실은, 그가 어디 있는지 아무도 모릅니다."

레이먼드가 물었다.

"에르큘 포와로 씨만 제외하고요. 그렇지 않습니까?"
포와로는 그의 농담에 진지하게 대답했다.
"나는 모든 것을 알고 있다는 것을 잘 기억하십시오."
제프리 레이먼드가 눈썹을 치켜세우며 말했다.
"모든 것을요? 휴우! 글쎄, 그것은 무리한 요구 같습니다."
내가 믿을 수 없다는 듯이 물었다.
"랠프 페이튼이 어디 숨어 있는지 추측하고 있다는 말입니까?"
"추측이 아니라, 나는 안다고 말했습니다."
"크란체스타 말입니까?"
나는 용기를 내어 이렇게 물었다.
"아니오. 크란체스타가 아닙니다."
포와로가 진지하게 대답했다. 그는 아무 말도 하지 않고, 사람들에게 앉으라고 손짓했다. 그때, 문이 열리고 두 사람이 들어와서 문 가까이에 앉았다.
파커와 가정부였다.
"이제 모두 모였군요. 이제 다 모였습니다."
포와로의 목소리는 만족스러움으로 가득차서 울려 퍼졌다.
그와 동시에 그 방의 반대쪽에 모여 앉은 사람들의 얼굴에는 어떤 불안감 같은 것이 물결처럼 스쳐 지나갔다. 이 모든 것에는 덫처럼 어떤 암시가 감추어져 있었다—꽉 막힌 덫.
포와로는 의기양양하게 명단을 읽어 내려갔다.
"애크로이드 부인, 플로라 애크로이드, 블런트 소령, 제프리 레이먼드, 랠프 페이튼 부인, 존 파커, 엘리자베스 러셀."
그러고는 그 종이를 탁자 위에 내려놓았다.
"무슨 일로 이렇게 부른 겁니까?" 레이먼드가 먼저 말을 꺼냈다.
"지금 내가 읽은 사람은 혐의를 받고 있는 사람들입니다. 여기에 모인 여러분은 모두 애크로이드 씨를 살해할 기회를 가지고 있었습니다."
애크로이드 부인이 비명을 지르고 일어나서 목청을 가다듬었다.
"당치도 않은 소리예요."

그녀는 소리 내어 울었다.

"터무니없는 말이에요. 나는 집에 가는 게 훨씬 낫겠어요."

포와로가 엄숙하게 말했다.

"집으로 가실 수 없습니다, 부인. 내 말이 끝날 때까지는."

그는 잠깐 말을 끊었다가 목청을 가다듬었다.

"처음부터 시작하겠습니다. 애크로이드 양이 내게 이 사건을 부탁했을 때 셰퍼드 박사와 나는 펀리 파크로 갔습니다. 나는 그와 함께 테라스로 나가서 창턱에 있는 발자국들을 보았습니다. 그리고 래글런 경위가 나를 큰길에 이어져 있는 오솔길로 데리고 갔습니다. 그곳에는 조그만 정자 하나가 있지요. 나는 그곳을 샅샅이 수색해서 두 가지 물건을 찾아냈습니다.

풀 먹인 천 조각과 속이 빈 거위 깃털이었죠. 그 천 조각을 보고, 나는 문득 하녀의 앞치마가 떠올랐습니다. 래글런 경위가 그 집에 있는 사람들의 명단을 보여 주었을 때, 나는 하녀들 중에서 단 한 사람, 어슐러 번이라는 심부름하는 하녀만 알리바이가 없다는 것을 금방 알아차렸습니다. 그녀는 9시 30분부터 10시까지 자기 침실에 있었다고 했습니다. 그렇지만 그때 그녀가 정자에 있었다면 어떨까요? 어슐러 번은 누군가를 만나러 간 것이 틀림없었겠죠.

그런데 우리는 그날 밤에 낯선 사람이 그 집으로 들어왔다는 사실을 셰퍼드 박사에게 들어서 알고 있습니다. 그가 정문 밖에서 만났다는 그 낯선 사람 말입니다. 처음에는 문제가 해결된 것 같았습니다. 그러니까 낯선 사람이 어슐러 번을 만나러 정자에 갔다고 생각했지요. 거위 깃털 때문에 그가 정자로 갔었다는 것은 아주 확실해졌습니다. 그것은 마약 중독자와 관련이 있는 거지요. 코카인을 들이마시는 것이 이 나라보다 더 흔한 대서양 저편에서 그런 습관에 빠진 사람 말입니다. 셰퍼드 박사가 만났다는 남자가 미국식 억양을 가지고 있다고 했으니 이 가정과 맞아들어가는 것입니다.

그런데 한 가지 마음에 걸리는 것이 있었습니다. 시간이 맞지 않는다는 겁니다. 어슐러 번은 분명히 9시 30분 이전에 정자에 갈 수가 없었고, 그 남자는 9시 20~30분쯤 정자에 도착했을 겁니다. 오직 하나 생각할 수 있는 가정은 그날 밤 정자에서는 각각 다른 두 가지 만남이 이루어졌다는 겁니다. 나는 이런 생각을 하자마자 여러 가지 중요한 사실을 발견할 수 있었습니다. 가정부인 러셀 양이 그날 아침 셰퍼드 박사를 찾아가서 마약 중독자의 치료에 대해 자세하게 물어보았다는 것을 알았습니다. 거위 깃털과 관련해서, 나는 문제의 그 남자는 어슐러 번이 아니라 가정부를 만나러 펀리에 왔다고 가정해보았습니다.

그렇다면 어슐러 번은 누구를 만나러 정자에 간 것일까요? 나는 이 문제를 오랫동안 고심하지 않았습니다. 그보다 먼저 난 반지 하나를 발견했는데(결혼 반지였죠) 그 안쪽에 'R로부터'라는 글씨와 날짜가 적혀 있었습니다. 그때 나는 랠프 페이튼이 9시 25분에 정자로 통하는 오솔길로 올라가는 것을 누가 보았다는 사실과 바로 그날 오후 마을 근처의 숲에서 있었던 어떤 대화, 랠프 페이튼 대위와 어떤 여자 사이에 오갔던 대화에 대해서 듣게 되었습니다. 그래서 나는 그동안 내가 알아낸 사실들을 질서정연하게 서로 이어 보았죠. 비밀 결혼, 그 비극의 날에 발표된 약혼, 숲에서의 비밀스런 만남, 그리고 그날 밤 정자에서 이루어진 만남을 말입니다.

우연히 이것은 나에게 어떤 사실을 말해주었는데, 그것은 랠프 페이튼과 어슐러 번(혹은 페이튼)은 둘 다 애크로이드 씨에게 방해받고 싶지 않은 몹시 강력한 동기를 가지고 있다는 겁니다. 게다가, 이것으로 해서 예기치 않게 다른 한 가지 사실이 명백해졌습니다. 9시 30분에 서재에서 애크로이드 씨와 함께 있었던 사람은 랠프 페이튼이 아니라는 거지요.

사건은 점점 흥미롭게 되었습니다. 그러면 9시 30분에 애크로이드 씨와 그 서재에 함께 있었던 사람은 누구였을까요? 랠프 페이튼은 아닙니다. 그는 정자에서 아내와 함께 있었으니까요. 그렇다면 누구일까요? 나는 아주 명석하고, 대담한 질문을 던져 보았습니다. 정말 그와 함께 누군가가 있었던 것일까?"

포와로는 몸을 앞으로 기울이며 의기양양하게 마지막 말을 던지고는 결정적인 안타를 때린 야구선수처럼 몸을 뒤로 젖혔다.

그러나 레이먼드는 별로 충격을 받지 않았는지 부드러운 태도로 항의했다.

"저를 거짓말쟁이로 취급하시려는 것은 아니겠지만, 포와로 씨, 저 혼자만 그렇게 말한 건 아닙니다. 블런트 소령님도 애크로이드 씨가 어떤 사람에게 이야기하는 것을 들었다고 했습니다. 소령님은 테라스에 있어서 정확하게 알아듣지는 못했지만, 분명히 목소리를 들었다고 했습니다."
포와로는 머리를 끄덕이며 침착하게 말했다.
"기억하고 있습니다. 하지만 블런트 소령은 애크로이드 씨가 당신에게 이야기하고 있는 줄 알았다고 했습니다."
레이먼드는 잠깐 당황한 표정을 짓다가, 이내 침착한 모습으로 돌아오며 말했다.
"블런트 소령님은 자기가 잘못 생각했다는 것을 알고 있습니다."
"맞습니다." 누군가가 동의했다.
"그러나 소령이 그렇게 생각한 데는 틀림없이 어떤 이유가 있을 거요."
포와로는 깊이 생각하며 말했다.
"오! 아닙니다." 그는 손을 들고서 말을 막았다.
"당신이 무슨 말을 할지 알고 있습니다. 하지만 그것으로는 충분하지 않습니다. 우리는 다른 관점에서 찾아봐야 합니다. 나는 그것을 이런 식으로 풀어나갔습니다. 그 사건을 맡았을 때부터 나는 한 가지 궁금한 일이 있었습니다. 레이먼드 씨가 들었다는 그 말들에 대해서 말입니다. 아무도 그 말에 대해서는 이러니저러니 말이 없고 이상한 느낌을 갖지 않는다는 것이 내게는 좀 놀라운 일이었지요."
그는 잠깐 말을 멈추었다가 부드럽게 그 말을 인용했다.
"'요즘에는 너무 자주 돈을 요구하는구나. 나도 네 요청을 일일이 다 들어줄 수가 없어 걱정이다.' 이 말이 좀 이상하다고 생각해보지 않았습니까?"
레이먼드가 말했다.
"저는 이상하다고 생각하지 않았습니다. 그건 애크로이드 씨가 제게 편지를 불러 줄 때 하는 말과 거의 똑같으니까요."
"맞습니다." 포와로가 외쳤다.
"바로 그거요. 대화를 할 때 누가 그런 문구를 쓰겠습니까? 그건 절대로 대화의 한 부분이 아니오. 그가 편지를 불러 주고 있었던 거라면……."
"포와로 씨 말씀대로 편지를 소리 내어 불러 주고 있었다면……."
레이먼드가 천천히 말했다.

"그분은 틀림없이 누군가와 함께 있었다는 뜻이 되는데요."

"글쎄요. 하지만 서재 안에 누가 함께 있었다는 증거가 없습니다. 그때 애크로이드 씨의 목소리밖에 다른 어떤 목소리도 들리지 않았다는 것을 기억하십시오."

레이먼드가 말했다.

"그런 편지를 혼자 소리 내어 읽는 사람은 없을 겁니다. 만일 그가 저……, 얼간이가 아니라면요."

"당신은 한 가지 사실을 까맣게 잊고 있군요."

포와로가 상냥하게 말했다.

"그전 수요일에 낯선 젊은이가 펀리 파크로 찾아왔었습니다."

그들은 모두 포와로를 빤히 쳐다보았다.

포와로는 격려하듯이 고개를 끄덕이며 말했다.

"그렇지만 물론, 수요일이었으니까 그 젊은이는 중요하지 않습니다. 하지만 그를 보낸 회사가 나의 관심을 많이 끌었습니다."

레이먼드는 놀라서 숨을 헐떡였다.

"딕터폰 회사 말입니까? 이제 알겠습니다. 딕터폰이란 말씀이죠. 그것을 생각하시는 거죠?"

포와로는 머리를 끄덕였다.

"애크로이드 씨가 딕터폰을 한 대 사기로 했다는 사실을 기억하십시오. 그래서 나는 호기심을 가지고 그 회사에 알아보았지요. 그들은 애크로이드 씨가 딕터폰 한 대를 구입했다고 했습니다. 그런데 그가 왜 그 사실을 당신에게 감추었는지 모르겠군요."

"저를 놀라게 하려고 말씀하시지 않았을 겁니다."

레이먼드가 낮은 목소리로 말했다.

"그분은 어린애처럼 사람들을 깜짝 놀라게 하는 버릇이 있었습니다. 하루쯤 몰래 숨기고 장난감처럼 가지고 놀았을 겁니다. 틀림없습니다. 포와로 씨가 옳습니다. 일상적인 대화에는 그런 말투를 쓰는 사람은 없으니까요."

포와로가 말했다.

"그것은 또한, 블런트 소령이 서재에 있는 사람이 당신이었다고 생각했던 이유를 설명해줍니다. 그가 언뜻언뜻 들은 말들이 바로 편지에 쓰는 말들이었기 때문에 소령은 무의식중에 당신이 그와 함께 있다고 생각하게 된 겁니다. 그때 그는 완전히 다른 것에 정신이 쏠려 있었습니다. 소령이 언뜻 보았던 그 하얀 물체에 말입니다. 그는 그것이 애크로이드 양이라고 생각했었습니다. 그러나 사실 그가 본 것은 정자로 몰래 가는 어슐러 번의 흰 앞치마였습니다."

레이먼드는 깜짝 놀랐다가 곧바로 정신을 가다듬고 말했다.

"그렇지만 선생님이 발견한 사실이 아무리 훌륭하다고 해도(나는 그것을 생각조차 못했으니까요) 가장 결정적인 사실은 변하지 않은 채 있습니다. 애크로이드 씨가 9시 30분에 살아 있었다는 것 말입니다. 딕터폰에 말을 녹음하고 있었으니까요. 그때쯤이라면 찰스 켄트는 혐의를 확실히 벗게 되겠군요. 그럼 랠프 페이튼은 어떻습니까?"

그는 어슐러를 쳐다보며 망설였다.

그녀는 얼굴이 빨개졌지만, 아주 침착하게 대답했다.

"랠프와 저는 9시 45분에 헤어졌습니다. 하지만 그이는 절대로 집 쪽으로 가지 않았을 거예요. 틀림없어요. 그이는 애크로이드 씨와 대면하는 것을 무척 싫어했으니까요. 사실 그이는 애크로이드 씨를 몹시 두려워했어요."

"당신의 이야기를 의심하지는 않습니다."

레이먼드가 설명했다.

"나도 절대로 페이튼 대위는 아니라고 확신하고 있으니까요. 그렇지만 우리는 법정에서의 일을 염두에 두어야 합니다. 제기될 수 있는 질문들을 말입니다. 그는 아주 불리한 위치에 있지만, 만일 지금이라도 나타나서……."

포와로가 그의 말을 막았다.

"그것이 당신의 충고요? 페이튼 대위가 나타나야 한다는 것이 말이오."

"그렇습니다. 그가 어디에 있는지 알고 있다면……."

"지금 여러분은 내가 알고 있다는 것을 믿지 않고 있습니다. 그렇지만 조금 아까 말했듯이 나는 모든 것을 다 알고 있습니다. 전화에 대해서, 창턱의 발자국에 대해서, 그리고 랠프 페이튼이 숨어 있는 장소에 대해서도."

블런트가 날카롭게 물었다.

"그가 어디에 있습니까?"

포와로가 웃으며 말했다.

"그리 먼 곳이 아닙니다."

"크란체스타에 있습니까?" 내가 물었다.

포와로가 나를 바라보며 말했다.

"당신은 항상 그렇게 묻는군요. 크란체스타라는 생각이 당신에게는 하나의 고정관념인 것 같습니다. 그렇지만, 아니오. 그는 크란체스타에 있지 않습니다. 그는, 저기에 있습니다!"

그는 둘째손가락을 번쩍 들었다.

사람들이 그의 손가락을 따라 머리를 돌렸다. 그러자 랠프 페이튼이 그 문간에 서 있는 것이었다.

제24장

랠프 페이튼의 이야기

그건 내게 아주 충격적인 순간이었다.

나는 다음에 어떤 일이 일어났는지 거의 알아차릴 수 없었지만, 여기저기에서 외치는 소리와 비명이 들렸던 것 같았다! 내가 상황이 어떻게 돌아가고 있는지 깨달을 수 있을 만큼 정신을 차렸을 때, 랠프 페이튼은 방 저쪽의 자기 아내 옆에 서서 그녀의 손을 잡고 나를 바라보며 미소 짓고 있었다.

포와로도 역시 미소를 띤 채 웅변하듯이 이야기했다.

"이 에르퀼 포와로에게 사실을 감추는 것이 소용없는 짓이라고 내가 당신들에게 적어도 36번은 말했을 겁니다. 어떤 경우라도 나는 어김없이 밝혀내고야 맙니다."

그는 모인 사람들에게 이렇게 말했다.

"어느 날이던가, 우리는 탁자에 앉아서 간단한 회의를 열었습니다. 여섯 사람이 참석했었습니다. 나는 참석한 다섯 사람에게 어떤 사실을 숨기고 있다고 말했습니다. 그들 중 네 명이 비밀을 털어놓았습니다. 그러나 셰퍼드 박사는 비밀을 털어놓지 않았습니다. 하지만 나는 줄곧 의심을 품어 왔습니다. 그날 밤 셰퍼드 박사는 랠프를 찾으러 드리 보어스에 갔습니다. 랠프는 거기에 없었습니다. 하지만 나는 그가 집으로 오는 도중에 랠프를 만났다는 가정을 해봤습니다. 셰퍼드 박사는 페이튼 대위와 친하게 지냈으며, 그는 사건 현장에서 오는 길이었습니다. 그는 상황이 페이튼 대위에게 아주 불리하다고 생각했을 겁니다. 아마 그는 다른 사람들보다 더 많은 것을 알고 있었을 테니까요."

"그렇습니다."

나는 비참한 심정으로 이렇게 말했다.

"사실대로 다 털어놓는 것이 좋겠군요. 나는 그날 오후 랠프를 만나러 갔습니다. 처음에 그는 말하지 않으려고 했지만, 나중에 결혼에 대해 말하며 어려운 지경에 놓여 있다고 털어놓았습니다. 그래서 그 사건에 대해 알게 되자마자 나는 이런 사실들이 알려지면 랠프에게 혐의가 씌워질 것이며, 그렇지 않으면 그가 사랑하는 여자에게 그렇게 될지도 모른다고 생각했습니다. 그날 밤 나는 그에게 그런 얘기를 해주었습니다. 그는 아내에게 혐의가 씌워질지도 모른다는 것을 알고는 어떤 희생을 치르고서라도 그, 음……."

내가 망설이자 랠프가 대신 담담하게 말을 이었다.

"도망가야겠다고 결심했습니다. 아시다시피, 어슐러는 저와 헤어져 집으로 돌아갔습니다. 저는 아내가 아버지를 다시 만날지도 모른다는 생각이 들었습니다. 그분은 그날 오후에 아내에게 무척 거칠게 대했습니다. 저는 아버지가 너무 심하게 야단치는 바람에(도저히 용서할 수 없다는 태도로) 아내가 무심결에……."

그는 말을 멈추었다.

어슐러는 그에게서 손을 빼고 뒤로 물러섰다.

"당신이 그런 생각을 하다니, 랠프! 정말 내가 그랬을지도 모른다고 생각했어요?"

포와로가 냉정하게 말했다.

"이제, 셰퍼드 박사의 행동을 살펴봅시다. 셰퍼드 박사는 그를 도와주기로 했습니다. 그는 경찰로부터 페이튼 대위를 숨기는 데 성공했습니다."

레이먼드가 물었다.

"어디에다 숨겼죠? 자기 집에다 숨겨줬나요?"

"아, 아니오. 어디 한 번 당신 스스로에게 그 질문을 해보십시오. 훌륭한 박사가 젊은이를 숨기기로 했다면, 과연 어느 장소를 택했겠는가? 그것은 가까운 곳이 틀림없겠죠. 나는 크란체스타를 생각해봅니다. 호텔에! 아닙니다. 하숙집에? 더더욱 아닙니다. 그럼 어디였을까요? 아! 알겠습니다. 요양소입니다. 정신적으로 건강하지 못한 사람들을 위한 곳 말입니다. 나는 내 추측을 시험해보기 위해 정신병을 가진 조카를 하나 꾸며 냈습니다. 그리고 셰퍼드 박사의 누님에게 적당한 요양소를 소개해 달라고 부탁했습니다. 그녀는 자기 동생이 환자들을 보내는 크란체스타 근처의 요양소 두 군데를 알려 주더군요. 곧 조사를 해보았습니다. 그렇습니다. 둘 중 한 군데에 토요일 아침 일찍 박사가 직접 데리고 간 환자가 한 사람 있었습니다. 그 환자는 비록 다른 이름으로 기록되어 있었지만 페이튼 대위라는 것을 쉽게 알았습니다. 몇 가지 절차를 밟아서 나는 그를 데리고 나왔습니다. 그는 어제 아침 일찍 우리 집에 도착했습니다."

나는 참담한 표정으로 그를 바라보며 중얼거렸다.

"캐롤라인이 요양원 얘기를 했을 때도 전혀 눈치 채지 못했다니!"

"당신은 이제 내가 왜 당신의 글이 절제되어 쓰여 있다고 말했는지 이해할 수 있을 겁니다."

포와로가 낮은 목소리로 말했다.

"당신은 아주 정확하게 기록했습니다. 그러나 넓은 시각으로 쓰지는 않았습니다. 그렇지 않습니까?"

나는 너무 부끄러워서 아무 말도 할 수 없었다.

그때 랠프가 얼른 말했다.

"셰퍼드 박사님은 매우 정직하신 분입니다. 그분은 좋을 때나 나쁠 때나 늘 제 곁에 있었습니다. 그리고 언제나 최선의 방법대로 행동하셨습니다. 지금 포와로 씨가 말씀하신 것을 듣고 보니, 그것이 최선의 방법이 아니었다는 생각이 드는군요. 저는 좀더 적극적으로 스스로 어려움을 해결했어야 했습니다. 아시다시피, 요양소에서는 신문을 볼 수 없거든요. 그래서 일이 어떻게 되어가고 있는지 전혀 알 수가 없었지요."

포와로가 냉정하게 말했다.

"셰퍼드 박사는 신중함의 표본이지요. 그러나 나는 그의 조그마한 비밀들을 모두 알아냈습니다. 그것이 내 직업이니까요."

레이먼드가 성급하게 말했다.

"그럼, 그날 밤 일어났던 일에 대해 정확한 이야기를 들을 수 있겠군요."

랠프가 말했다.

"당신이 이미 알고 있는 겁니다. 나로서는 덧붙일 것이 거의 없습니다. 나는

9시 45분쯤 정자를 나와 오솔길을 터벅터벅 걸어가면서 다음에 무슨 일을 할지, 어떻게 해야 좋을지를 생각하고 있었습니다. 나는 알리바이가 없지만, 그 서재엔 절대로 들어가지 않았으며 아버지가 살아 있는 것도, 죽어 있는 것도 결코 보지 못했습니다. 세상 사람들이 뭐라고 하든 여러분들만은 나를 믿어주십시오."

레이먼드가 중얼거렸다.

"알리바이가 없으면 불리할 텐데요. 나야 물론 당신을 믿지만, 하지만, 유감스런 일이군요."

포와로가 쾌활한 목소리로 말했다.

"그것은 상황을 아주 간단하게 만들어 줍니다. 정말 아주 간단해졌습니다."

우리는 모두 그를 쳐다보았다.

"내 말을 이해하지 못하겠습니까? 바로 이것입니다. 페이튼 대위를 구하기 위해서는 진짜 범인이 자백을 해야 합니다."

그는 우리 모두를 둘러보며 밝게 미소 지었다.

"오, 물론, 내 말은 바로 그대로입니다. 잘 들어 보십시오. 나는 래글런 경위를 이 자리에 부르지 않았습니다. 그것은 한 가지 이유, 나는 그에게 내가 알고 있는 것을 밝히고 싶지 않기 때문입니다. 적어도 오늘밤만큼은 그에게 말하고 싶지 않았습니다."

그는 몸을 앞으로 기울이더니, 갑자기 목소리와 얼굴 표정을 바꾸었다.

그는 다급한 목소리로 말했다.

"나는, 애크로이드 씨의 살해범이 지금 이 방 안에 있다는 것을 알고 있습니다. 지금 살해범에게 말하겠습니다. 내일 그 사실은 래글런 경위에게 알려지게 될 것이오. 무슨 말인지 알겠습니까?"

긴장된 침묵이 흘렀다.

그때, 브레튼풍 모자를 쓴 노부인이 쟁반에 전보를 가지고 들어왔다. 포와로가 그것을 찢어 열어 보았다.

블런트의 목소리가 갑자기 흥분되어서 울려 퍼졌다.

"살인범이 우리들 중에 있다는 말입니까? 그럼 당신은 누가 범인인지 알고 있다는 거 아닙니까?"
포와로는 전보를 읽고 나서 손으로 구깃구깃 뭉쳐서는 가볍게 쳤다.
"물론 나는 알고 있습니다."
레이먼드가 민첩하게 물었다.
"그건 무엇입니까?"
"무선 전보입니다. 지금 미국으로 항해 중인 기선에서 보내 온 겁니다."
죽음 같은 침묵이 흘렀다.
포와로는 일어나서 인사했다.
"신사 숙녀 여러분, 회의를 끝내겠습니다. 잊지 마십시오. 그 사실은 아침에 래글런 경위에게 보내질 겁니다."

제25장

사실대로

포와로는 가벼운 몸짓으로 내게 남아 달라고 했다.

나는 벽난로로 다가가 부츠의 앞 코로 그 위에 놓인 큼직한 통나무들을 툭 툭 건드리며 생각에 잠겼다. 나는 당황하고 있었다.

포와로가 말한 의미에 대해 처음에는 정말이지 어쩔 줄 몰랐다. 방금 전에 목격한 장면은 거대한 과장의 한 조각이었다.

그는 자신을 흥미있고 의미 있게 만들기 위해 '희극적인 연기'를 하고 있었던 것만 같았다. 그렇지만 나는 그 밑에 존재하는 엄연한 현실을 받아들일 수밖에 없었다. 그의 말에는 정말 위압감이 들어 있었다. 거기에는 반박의 여지가 없는 진실이 들어 있었다. 하지만 나는 여전히 그가 완전히 잘못된 방침 위에 있다고 믿기로 했다.

일행이 다 나가고 문이 닫히고 나자 그는 난롯가로 다가왔다.

그가 나지막이 말했다.

"자, 어떻게 생각합니까?"

나는 솔직하게 말했다.

"어떻게 생각해야 할지 도무지 모르겠습니다. 목적이 무엇입니까? 래글런 경위에게 한마디만 하면 해결될 것을 왜 이렇게 어려운 방법을 쓰는지 모르겠군요."

포와로는 앉아서 조그만 러시아 담뱃갑을 꺼냈다. 그러고는 잠깐 동안 묵묵히 담배를 피웠다. 그러더니 이렇게 말했다.

"당신의 작은 회색 뇌세포를 사용해보십시오. 내 행동 뒤에는 항상 어떤 이유가 있습니다."

나는 잠깐 망설이다가 천천히 말을 시작했다.

"당신은 누가 범인인지 확실하게는 모르지만, 오늘밤 여기에 모인 사람들 중에 범인이 있다고 확신하고 있습니다. 그래서 그 살인자에게 자백을 강요하려는 것이 아니었습니까?"

포와로가 인정한다는 듯이 머리를 끄덕였다.

"명석한 생각이긴 하지만 잘못 생각했습니다.."

"내 생각에는, 그에게 당신이 알고 있다는 것을 알려서 그를 노출시키려고 했던 것 같습니다. 꼭 자백을 받지 않더라도 말입니다. 어쩌면 그는 애크로이드를 죽인 것처럼 당신을 죽이려고 할지도 모릅니다, 내일 아침에 당신이 행동으로 옮기기 전에요."

"그럼, 내가 나 자신을 미끼로 던진다고요! 하지만 나는 그렇게까지 영웅적인 사람이 아닙니다."

"흥! 당신을 이해하지 못하겠군요. 그렇지만 당신은 그에게 경고를 해줌으로써 살인자가 달아날지도 모르는 위험을 무릅쓰고 있는 것이 아닙니까?"

그는 고개를 저으며 엄숙하게 말했다.

"그는 도망칠 수 없습니다. 그에겐 오직 한 가지 길밖에는 없지요. 그런데 그 길은 자유로 통해 있는 것이 아닙니다."

"당신은 정말로 오늘밤 여기에 모인 사람들 중에 범인이 있다고 믿습니까?"

나는 믿을 수 없다는 듯이 이렇게 물었다.

"그렇소."

"어떤 사람입니까?"

한참 동안 침묵이 흘렀다.

포와로는 담배꽁초를 벽난로에 던져 넣고는 차분하고 생각에 잠긴 어조로 말을 시작했다.

"내가 걸어왔던 길을 한번 거슬러 올라가 봅시다. 한 걸음 한 걸음 나를 따라오다 보면 당신은 모든 사실이 한 사람을 가리키고 있다는 것을 알게 될 겁니다. 자, 먼저, 특히 내 주의를 끌었던 두 가지 사실과 시간상에서의 한 가지 작은 모순이 있었습니다. 첫 번째 사실은 전화였습니다. 랠프 페이튼이 범인이라면, 그 전화는 무의미하고 불합리한 것이 됩니다. 그러므로 나는 랠프 페이틈이 범인이 아니라고 나 스스로에게 말했습니다.
나는 그 전화는 펀리에 있는 사람이 걸 수 없다는 사실을 깨달았지만, 범인은 분명히 운명의 날 저녁 그 집에 있었던 사람들 중에서 찾아야 했습니다. 그래서 나는 그 전화는 어떤 공범자가 건 것이라는 결론을 내렸습니다. 그 추론이 썩 마음에 들지는 않았지만, 잠시 보류해 두기로 했습니다.
그다음 나는 그 전화를 건 동기를 조사했습니다. 이건 좀 어려웠습니다. 오직 결과를 생각해보고서야 그것을 이해할 수 있었으니까요. 모든 가능성으로 봐서, 그 사건은 그날 밤이 아니라 다음날 밝혀지게 되어 있었습니다. 그것에 동의합니까?"
"예, 예. 그렇군요. 애크로이드 씨가 방해하지 말라는 명령을 내렸기 때문에, 아무도 그날 밤 서재에 가지 않았을 테니까요."
"그렇습니다. 잘 진행되어 가고 있지요? 하지만 문제는 여전히 모호했습니다. 그 다음날에 밝혀지도록 내버려두지 않고, 굳이 그날 밤에 밝혀지게 함으로써 무엇을 얻을 수 있었던 걸까요? 범인은 그 사건이 어떤 시간에 밝혀지게 된다는 것을 알고서, 그 문을 부수고 뛰어들어 가서(아니면 바로 그다음 순간에라도 들어가서) 그 안의 상태를 확인해야 했습니다. 자, 그런데 두 번째 사실이 있소. 의자가 벽에서 앞쪽으로 나와 있었다는 것 말입니다. 래글런 경위는 그것이 아무 의미가 없는 거라고 했습니다. 하지만 나는 그것이 굉장히 중요한 사실이라고 줄곧 생각해왔습니다. 당신은 서재의 내부 구조를 깨끗하게 그려 놓았더군요. 지금 그것을 보고 있다면 쉽게 알 수 있을 텐데. 파커가 앞으로 당겨져 나와 있다고 지적한 의자 말입니다. 그것은 방문과 창문 사이에 일직선으로 놓여 있더군요."
내가 재빨리 말했다.
"창문과요!"
"당신도 내가 처음 생각했던 것과 똑같이 생각하는 모양이군요. 나는 의자가 당겨진 이유는 창문 쪽에 있는 어떤 것이 방문을 통해 들어오는 사람의 눈에 띄지 않도록 하기 위한 것이 아닐까 생각해봤습니다. 그러나 그 생각을 곧 포기해버렸습니다. 비록 의자가 등받이가 높은 커다란 안락의자이긴 하지만 창문은 아주 조금밖에 가려지지 않더군요. 단지 창틀과 바닥 사이만이 가려질 뿐이었습니다. 그러니 그건 아니죠. 하지만 창문 바로 앞에는 책과 잡지들이 놓여 있는 탁자가 하나 있었습니다. 그런데, 그 탁자는 앞으로 당겨진 의자에 의해 완전히 가려졌습니다. 그래서 나는 그 사실에 대해 어렴풋이 의심을 갖기 시작했던 겁니다.

그 탁자 위에 누가 봐서는 안 될 어떤 것이 있었다고 가정해볼까요? 그건 살인자가 놓아 둔 물건이겠죠? 나는 그것이 무엇인지 전혀 알 수가 없었습니다. 그러나 그것에 대해 아주 흥미로운 어떤 사실들을 알게 되었습니다. 예를 들면, 그것은 범인이 살인을 저지르고 나서는 바로 가지고 나갈 수 없는 어떤 것이었습니다. 그와 동시에 사건이 밝혀진 뒤에는 가능한 한 빨리 없애 버려야 하는 것이었을 거요. 그러므로 그 전화는 시체가 발견된 장소에 범인이 있을 수 있게끔 기회를 만들어 준 셈이죠.

그런데 경찰이 도착하기 전에 거기에는 네 사람이 있었습니다. 당신과 파커, 블런트 소령, 그리고 레이먼드였습니다. 파커는 당장 제쳐놓았습니다. 왜냐하면 사건이 언제 밝혀지든지 그는 그 자리에 반드시 있어야 할 사람이었으니까요. 또한 의자가 앞으로 나와 있다고 말해준 것도 그였습니다. 파커는 바로 해방되었습니다(살인 혐의에서 말입니다. 그러나 그가 페라스 부인을 협박했을 가능성은 있다고 생각했습니다).

만일 사건이 다음날 아침 일찍 밝혀졌다면, 레이먼드와 블런트는 미처 탁자 위에 놓인 물건을 없앨 수 없다는 생각에 계속 혐의자로 남게 되었습니다.

그런데 대체 그 물건이란 것이 무엇이었을까요? 당신은 오늘밤에 그 엿들었던 몇 마디의 대화에 대한 내 설명을 들었습니다. 나는 딕터폰 회사 사람이 방문했다는 이야기를 듣자마자 머리에 떠오르는 게 있었습니다.

당신은 30분쯤 전에 내가 한 말을 들었습니다. 모인 사람들은 모두 내 말에 동의했습니다. 그러나 그들은 한 가지 중요한 사실을 잊고 있는 것 같습니다. 그날 밤 애크로이드 씨가 딕터폰을 사용했다는 것을 인정한다면, 왜 딕터폰이 보이지 않는 걸까요?"

"나는 전혀 생각도 못 했습니다."

"우리는 애크로이드 씨가 딕터폰을 한 대 샀다는 사실을 알고 있습니다. 그러나 그의 물건들 중에서 딕터폰은 발견되지 않았소. 그러므로 탁자 위에 어떤 물건이 놓여 있었다면, 그것은 딕터폰이 아니었을까요? 하지만 그 방법에는 어려운 점이 있었지요. 그곳에 있는 사람들의 시선은 모두 피살자에게 쏠려 있었습니다. 그 사이에 누군가가 방 안에 있는 다른 사람들이 눈치 채지 못하도록 탁자 쪽으로 갈 수 있었을 겁니다. 그렇지만 딕터폰은 부피가 있어서 쉽게 호주머니 속에 넣을 수 있는 물건이 아닙니다. 그러므로 그것을 집어넣을 수 있는 어떤 용기가 필요했을 겁니다. 내가 지금 무슨 말을 하는지 알겠습니까? 서서히 살인자의 윤곽이 드러나고 있는 거요. 그 장소에는 있었겠지만, 사건이 다음날 아침에 발견되었다면 없을지도 모르는 사람, 딕터폰을 넣을 수 있는 어떤 용기를 가지고 들어갈 수 있는 사람……."

내가 중간에 끼어들었다.

"하지만 왜 딕터폰을 없애려 했을까요?"

"레이먼드 씨와 똑같군요. 당신은 9시 30분에 들린 목소리는 애크로이드 씨가 딕터폰에 녹음하는 소리라고 생각할 거요. 하지만 잠깐 그 기계에 대해 생각해봅시다. 기계에 대고 당신이 말을 합니다. 그리고 나중에 비서나 타자수가 그것을 틀면 그 목소리는 다시 나오게 되어 있습니다."

나는 숨이 차 올라왔다.

"당신 말은!"

포와로가 머리를 끄덕였다.

"예, 그렇습니다. 9시 30분에 애크로이드 씨는 이미 피살되었습니다. 그것은 딕터폰에서 나는 소리였지 사람이 직접 말하는 것은 아니었습니다."

"그럼 범인이 그것을 튼 것이로군요. 그렇다면 범인은 그때 방 안에 있었겠군요?"

"그럴 수도 있죠. 하지만 우리는 어떤 기계적인 조작, 이를테면 타이머나 자명종의 원리를 본뜬 어떤 것이 부착되었을 가능성도 생각해볼 수 있습니다. 그런데, 그런 경우에는 우리가 상상하는 범인의 인상에 두 가지를 더 첨가시켜야겠죠. 범인은 애크로이드 씨가 딕터폰을 구입한 사실을 알고 있으며, 또한 기계에 대해 지식을 가진 사람이 틀림없습니다.

그때까지 나는 창틀에 찍힌 발자국에 대해 마음속으로만 생각하고 있었습니다. 내가 내린 세 가지 결론은 이렇습니다.

(1) 그 발자국들은 정말 랠프 페이튼의 것일 수도 있습니다. 그는 그날 밤 펀리에 있었으며, 무심코 서재 창틀에 올라가서 애크로이드씨가 죽어 있는 것을 발견했을지도 모릅니다. 이것이 하나의 가설입니다.

(2) 그 발자국은 우연히 같은 종류의 창을 댄 구두를 신은 누군가가 남겼을 가능성도 있습니다. 하지만 집안사람들 구두는 크레이프 고무창을 댄 것이었습니다. 그래서 나는 외부인 중에 랠프 페이튼의 구두와 같은 종류의 것을 가진 사람이 있을 수 있다고 생각했습니다. 찰스 켄트는 도그 앤드 휘슬의 술집 여자에게 들어서 알다시피, 낡아빠진 부츠를 신고 있었습니다.

(3) 그것은 랠프 페이튼에게 혐의를 씌우려고 한 어떤 사람이 교묘하게 만든 것일 수도 있습니다. 이 마지막 결론을 시험하기 위해 몇 가지 사실들을 조사해봐야 했습니다. 경찰은 드리 보어스에서 랠프의 구두 한 켤레를 증거물로 입수했습니다. 하지만, 랠프나 그 밖의 어떤 사람도 그날 밤 그 구두를 신지 않았습니다. 왜냐하면 구두 밑바닥이 깨끗했으니까요.

경찰의 말에 따르면, 랠프는 같은 종류의 구두를 또 한 켤레 가지고 있었다고 했는데, 조사해보니 그는 정말 똑같은 구두가 두 켤레 있더군요. 내 추측이 옳다고 증명되기 위해서는 살인자가 그날 저녁 랠프의 구두를 신었어야 했습니다. 그렇다면 랠프는 두 켤레가 아닌 어떤 다른 구두를 신었겠지요. 그가 똑같은 신발을 세 켤레씩이나 가졌다고는 거의 생각할 수 없습니다. 세 번째 신발은 부츠일 것 같았죠. 나는 이 문제를 당신의 누님에게 알아봐 달라고 부탁했습니다. 색깔을 약간 강조하면서요. 솔직히 말해서, 그건 내 질문의 의도를 드러내지 않기 위해서였소.

당신도 그녀가 조사한 결과를 알고 있습니다. 랠프 페이튼은 부츠를 가지고 있었습니다. 그가 어제 아침 우리 집에 왔을 때, 나는 그에게 그 끔찍한 날 밤에 어떤 신발을 신었었냐고 물어보았소. 그는 부츠를 신고 있었다고 얼른 대답했습니다. 사실, 그때도 그 부츠를 그대로 신고 있더군요. 이렇게 되면, 우리는 범인에게 한 걸음 더 다가가게 됩니다. 즉, 범인은 그날 드리 보어스에서 랠프 페이튼의 구두를 가져올 기회가 있었던 사람이 되겠죠."

그는 잠깐 멈추었다가 약간 목소리를 높여서 말했다.

"한 가지가 더 있습니다. 범인은 은탁자에서 단검을 훔칠 기회가 있었던 사람이 분명합니다. 당신은 그 집에 있는 사람은 모두 그렇게 할 수 있었을 거라고 말할지 모르겠지만, 애크로이드 양이 은탁자를 살펴보았을 때는 단검이 거기에 없었다고 아주 자신 있게 말했습니다."

그는 다시 말을 멈추었다.

"자, 정리를 해봅시다. 이제 모든 것이 다 밝혀졌습니다. 그날 일찍 드리 보어스에 있었던 사람, 애크로이드 씨가 딕터폰을 샀다는 것까지 알 만큼 그와 가깝게 지내는 사람, 기계 조작을 할 수 있으며, 플로라 양이 도착하기 전에 은탁자에서 단검을 훔칠 기회가 있었던 사람, 딕터폰을 숨길만 한 용기, 이를테면 검은 가방 같은 것을 가지고 있었던 사람, 사건이 밝혀진 뒤 파커가 경찰에 전화하는 동안 서재에 혼자 있었던 사람입니다. 결국, 셰퍼드 박사, 바로 당신이오!"

제26장 오직 진실만이

그리고 쥐죽은 듯 고요한 침묵이 흘렀다.

나는 웃으면서 말했다.

"당신, 미쳤군요."

포와로가 차분하게 말했다.

"아니오. 나는 미치지 않았습니다. 처음 당신에게 관심을 기울인 것은 시간이 일치하지 않았기 때문이죠. 수사를 막 시작할 때였습니다."

나는 당황하여 물었다.

"시간이 일치하지 않다니요?"

"사람들이 모두(당신 자신도 포함해서) 문지기집에서 집까지 걸어가는 데 5분이 걸린다는 사실에 동의했다는 것을 기억할 겁니다. 그건 테라스로 이어진 지름길로 가지 않는다는 조건하에서지요. 그런데 당신은 8시 50분에 집을 떠났는데(당신과 파커가 진술했던 사실이죠) 정문을 통해 나갔을 때가 9시였소. 그날 밤은 쌀쌀했소. 그러므로 저녁때였다고 해도 어슬렁거리며 걷지는 않았을 거요. 그런데 당신은 5분 걸리는 거리를 걷는데 어째서 10분이나 걸렸을까요? 그때, 나는 당신의 이야기를 듣고 줄곧 서재 창문이 잠겨 있었다고만 생각해왔다는 것을 깨달았소. 물론 애크로이드 씨가 당신에게 그렇게 해달라고 부탁하긴 했지만, 결코 확인해보지는 않았죠. 그렇다면 서재의 창문이 잠겨 있지 않았다고 가정해볼까요? 그 10분 동안에 당신이 집 바깥쪽을 돌아서 신발을 갈아 신고 창문을 넘어 들어가, 애크로이드 씨를 죽이고 9시에 정문에 도착할 수 있었을까요?

모든 가능성으로 봐서, 그날 밤 그렇게 신경을 곤두세우고 있던 애크로이드 씨가 당신이 넘어 들어오는 소리를 못 들었을 리가 없고, 그랬다면 싸움이 있었을 테니까 그 가설을 받아들이지 않기로 했소. 하지만 당신이 떠나기 전에 애크로이드 씨를 죽였다고 가정하면 어떨까요. 당신이 그의 의자 옆에 서 있을 때 말이오. 그런 다음 현관을 빠져나가 정자로 달려가서, 그날 밤 가지고 갔던 가방에서 랠프 페이튼의 구두를 꺼내어 신고 일부러 진흙길을 걸어갑니다. 그리고 창틀에 발자국을 남기고 넘어 들어간 다음, 서재 문을 안에서 잠그고 정자로 다시 달려갔던 거요(요 전날 당신이 애크로이드 부인과 이야기를 나누는 동안 내가 비슷하게 해보았는데, 정확하게 10분이 걸렸소). 그런 다음 집으로 가서 알리바이를 만드는 거지요. 당신은 딕터폰을 9시 30분에다 맞추어 놓았으니까요."

나는 내 귀에도 이상하고 부자연스럽게 들리는 목소리로 말했다.

"포와로 씨, 당신은 이 사건을 가지고 너무 오랫동안 신경을 써왔습니다. 애크로이드를 살해함으로써 내가 도대체 어떤 이익을 얻겠습니까?"

포와로가 대답했다.

"안전이죠. 페라스 부인을 협박했던 사람은 바로 당신이었으니까요. 페라스 씨가 죽은 원인에 대해 그 사람을 치료하고 있던 의사보다 더 잘 아는 사람이 누가 있겠소? 당신은 나를 처음 만난 날 정원에서, 약 1년 전에 유산을 받았다고 말했소. 하지만 내가 조사해본 결과, 당신에게는 그런 일이 없었소. 결국, 당신은 페라스 부인에게서 받은 2만 파운드를 그렇게 설명했던 거지요. 당신은 그 돈을 투기로 거의 다 날려 버리고 말았소. 그래서 당신이 너무 심하게 강요를 하니까 페라스 부인은 당신이 전혀 예상하지 못했던 길을 택했던 거요. 애크로이드 씨가 그 사실을 알았다면 당신을 절대로 내버려두지 않았을 거요. 당신은 영원히 매장되었겠지요."

나는 정신을 똑바로 차리려고 애쓰며 물었다.

"그러면 그 전화는? 그것에 대해서도 그럴듯한 설명을 준비했을 것 같은데요?"

"솔직히 말해서, 그 전화가 킹스 애버트 역에서 당신에게 걸린 것이라는 걸 알았을 때, 그것이 가장 커다란 문제였소. 처음에 나는 그것이 당신이 꾸며 낸 거라고 믿었소. 그것은 아주 영리한 방법이었소. 당신은 어떤 그럴듯한 이유를 만들어서, 펀리에 가서 시체를 발견한 다음 당신의 알리바이가 달린 딕터폰을 제거해야 했으니까요. 첫날 나는 당신의 누님을 만나서 금요일 아침에 당신이 진료했던 환자들에 대해 조사해보고는 전화 문제를 어렴풋이 짐작할 수 있었소. 그 당시에는 러셀 양에 대해 전혀 염두에 두지 않았지요.

그녀의 방문으로 내가 정말로 궁금해하던 사실을 자연스럽게 알게 되었습니다. 운이 좋은 우연의 일치였죠. 아무튼 나는 내가 찾고 있던 것을 알아냈소. 그날 당신의 환자들 중에는 미국 여객선의 직원이 있더군요. 그날 저녁 기차를 타고 리버풀로 떠날 그 사람보다 더 안성맞춤인 사람이 누가 있겠소? 게다가, 그 뒤 그는 줄곧 외국에 있을 테니 별로 방해가 되지 않았겠지요. 나는 오리온 호가 토요일에 출범했다는 것을 알고, 그 직원의 이름을 알아낸 다음 그에게 어떤 질문이 담긴 전보를 보냈소. 이것이 조금 전에(당신도 보았겠지만) 내가 받은 그의 답장이오."

그는 전보를 나에게 건네주었다. 거기에는 다음과 같은 말이 쓰여 있었다.

> 바로 그렇습니다. 셰퍼드 박사님은 나에게 어떤 환자의 집에 메모를 하나 전해 달라고 부탁했습니다. 나는 그 대답을 전해주기 위해 역에서 전화를 걸기로 했습니다. 대답은 '아무 말도 없었다.'라는 것이었습니다.

"그것은 정말 기발한 생각이었소. 그 전화는 진짜였소. 그리고 당신의 누님이 당신이 전화를 받는 것을 보았소. 그렇지만 실제로 말한 것은 오직 한 사람이었소. 바로 당신 혼자서 말을 했던 거요!"

나는 하품을 했다.

"모든 것이 아주 흥미롭군요. 하지만 거의 논할 가치도 없습니다."

"그렇게 생각하시오? 내가 한 말을 기억하시오. 이 사실을 내일 아침에 래글런 경위에게 알릴 겁니다. 그러나 당신의 훌륭한 누님을 생각해서, 나는 당신이 다른 길을 택할 기회를 기꺼이 주겠소. 예를 들어 수면제 과용 같은 방법도 있지요. 이해하겠소? 그렇지만 랠프 페이튼 대위는 혐의를 벗어야 하오. 두말할 필요도 없는 거죠. 나는 당신이 그 흥미진진한 기록을 완성해줬으면 좋겠소. 하지만 그 과묵함은 피하는 것이 좋을 겁니다."
"조건이 너무 많은 것 같습니다. 이제 완전히 끝난 겁니까?"
"그렇게 말하니 생각이 나는데, 사실은 한 가지가 더 남아 있소. 애크로이드 씨를 침묵시켰던 것처럼 나를 침묵시키려는 기도는 아주 현명하지 못한 일이오. 아시겠지만 그런 종류의 일은 이 에르퀼 포와로에게는 통하지 않소."
나는 슬며시 웃으며 말했다.
"포와로 씨, 다른 것은 다 그럴 수 있다고 해도 나는 바보가 아닙니다."
나는 일어서서 살짝 하품을 하며 말했다.
"이제 집에 가야겠습니다. 아주 흥미롭고 교훈적인 시간을 갖게 해줘서 고맙습니다."
내가 방을 나가려고 할 때, 포와로도 일어서서 특유의 정중한 태도로 인사했다.

제27장

변명

새벽 5시, 무척 피곤하다. 하지만 나는 나의 작업을 다 끝냈다. 너무 오랫동안 글씨를 쓴 탓인지 팔이 쑤신다.

나는 내 기록의 마지막을 이상하게 장식하게 되었다.

나는 이것을 포와로가 실패한 사건의 기록으로 언젠가 출판하려고 했다!

그런데, 이상하게도 일들이 이렇게 뒤집혀 버렸다. 나는 랠프 페이튼과 페라스 부인이 머리를 맞대는 모습을 본 순간부터 어떤 불행에 대한 예감을 갖게 되었다.

나는 그때 그녀가 그를 믿고 있다고 생각했다. 그런데 그 일이 일어났을 때 (나는 그 점에서 완전히 틀렸지만), 나는 그날 밤 애크로이드와 서재에 들어가서 그가 그 사실을 말하기 전까지만 해도 계속 그렇게 생각하고 있었다.

불쌍한 애크로이드.

나는 그에게 기회를 한 번 주었던 것을 퍽 잘한 일이라고 생각한다.

나는 그에게 너무 늦기 전에 편지를 읽으라고 부추겼다. 아니 그보다, 나는 그와 같이 고집이 센 사람에게 그것을 읽지 못하도록 해야 하는 것이 옳았을 것이다.

그날 밤 그의 신경과민은 심리학적으로 볼 때 무척 흥미있는 현상이다.

그는 위험이 임박했다는 것을 알고 있었던 것이다. 그렇지만 그는 결코 나를 의심할 생각은 못했다.

단검은 뒤늦게 생각한 방법이었다. 나는 내가 쓰던 아주 간편하고 작은 무기를 하나 가져갔지만, 은탁자에 놓인 단검을 보자 절대로 나에게 혐의가 돌아올 수 없는 단검을 사용하는 것이 훨씬 안전하다는 생각이 문득 들었다.

사실 나는 줄곧 그를 살해할 마음을 품고 있었다고 말해야 할 것이다.

페라스 부인이 죽었다는 소식을 듣자마자, 나는 그녀가 죽기 전에 분명히 그에게 모든 것을 말했을 거라고 확신했다. 애크로이드가 몹시 당황하는 모습을 보았을 때, 나는 그가 사실을 알고 있지만 도저히 믿을 수 없어서 나에게 변명할 기회를 주려고 한 것이라고 생각했다. 그래서 집으로 돌아와서 거기에 대한 대책을 강구했다. 만일 그것이 랠프에게 관련된 어떤 문제라면, 그렇다면 아무도 해를 입지 않았을 것이다.

그는 이틀 전에 딕터폰을 고쳐 달라고 나에게 맡겨서 아직도 내가 가지고 있다. 그것이 약간 고장이 났기에, 내가 한 번 시험해봤으면 좋겠다고 그를 설득해서 가져온 것이다. 나는 그것을 조작해서 그날 저녁 가방 속에 넣어 가지고 갔다.

나는 스스로 작가 기질이 있다고 어느 정도 인정하고 있는 편이다. 예를 들어 다음 문장보다 더 적절한 것이 있을까?

편지가 도착된 시간은 8시 40분이었다. 그리고 내가 편지를 읽으라고 설득하다 지쳐서 서재를 나왔을 때가 정확히 8시 50분이었다. 나는 문손잡이를 잡고 무언가 빠뜨리고 나온 것이 없나 확인하기 위해 뒤돌아보았다.

보시다시피 모두 사실이다.

그러나 첫 번째 문장 다음에 줄표를 한줄 넣고 생각해보라!

그렇다면 그 10분 사이에 정확하게 무슨 일이 일어났는지 아무도 의심해보지 않았을 것이다.

나는 문에 서서 그 방을 돌아보았을 때 아주 흡족했다.

빠뜨린 것은 아무것도 없었다. 딕터폰은 9시 30분에 작동되도록 시간이 맞추어져 창문 옆의 탁자 위에 놓여 있었고(그 조그만 기계 장치는 자명종의 원리를 이용한 아주 교묘한 것이었다), 문에서 그것이 보이지 않도록 안락의자를 앞으로 당겨 놓았다.

밖으로 나오자마자 파커를 만났을 때 솔직히 나는 충격을 받았다. 나는 그 사실을 그대로 기록했었다.

그 뒤, 시체가 발견되고 경찰에 전화하라고 파커를 보냈을 때 이렇게 표현한 것은 얼마나 적절한 것인가.

'나는 간단히 필요한 조치를 취했다!'

딕터폰을 가방 속에 집어넣고, 의자를 원래 있던 자리로 밀어 놓는 것은 아주 간단한 일이었다.

파커가 의자의 위치가 바뀐 것을 알아차리리라고는 꿈에도 생각하지 못했다. 이론상, 그는 시체에 정신이 팔려서 그밖에 다른 것에는 전혀 신경을 쓰지 못하는 것이 마땅하다. 그러나 나는 미처 노련한 하인의 강박 관념을 헤아리지 못했다.

플로라가 9시 45분에 애크로이드가 살아 있는 것을 보았다고 말할 작정이었다는 것을 미리 알았으면 무척 좋았을 텐데.

그것은 나를 몹시 당혹스럽게 했다.

사실, 사건이 조사되는 동안 내내 나를 절망적으로 당황하게 만들었던 일들이 있었다.

모든 사람들이 거기에 가담한 것 같다.

나의 가장 큰 두려움은 캐롤라인이었다.

그녀가 그날 나의 '나약한 성격'에 대해 이상하게 말하는 것을 듣고 나는 누나가 이미 짐작하고 있을지도 모른다고 생각했다.

그러나 그녀는 절대로 그 사실을 모를 것이다.

거기에는 포와로가 말했듯이 한 가지 방법이 있는데…….

나는 그를 믿을 수 있다.

그와 래글런 경위는 아주 잘 처리할 것이다.

나는 캐롤라인에게 이 사실을 알리고 싶지 않다.

그녀는 나를 좋아했고, 더구나 무척 자랑스럽게 여기고 있다…….

내가 죽으면 그녀는 슬퍼하겠지만, 슬픔은 지나가는 것이다.

나는 이 글을 다 쓰고 나서 봉투에 원고를 모두 넣어서 포와로에게 부칠 것이다.

그런 다음, 어떻게 될 것인가?

수면제를?

그건 당연한 일이다.

나는 페라스 부인의 죽음에 조금이라도 책임을 느끼지 않는다. 그것은 자기 자신이 저지른 행동에 대한 당연한 결과이기 때문이다.

그리고 그녀에게 아무런 연민도 느끼지 않는다.

또한, 나 자신에게도 연민을 느끼지 않는다.

그러니 수면제를 먹자.

그러나 에르큘 포와로가 일을 모두 마친 뒤에 이곳으로 와서 호박이나 기르지 않았으면 좋겠다.

<끝>

■ 작품 해설 ■

애거서 크리스티(Agatha Christie, 영국, 1890~1976)는 처녀작 《스타일즈 저택의 죽음》을 쓴 뒤, 4편의 장편을 거쳐 여섯 번째 작품인 《애크로이드 살인사건(The Murder of Roger Ackroyd, 1926)》을 발표했다.

《애크로이드 살인사건》은 많은 비평가에 의해 크리스티 여사의 대표작으로 인정받고 있으며, 실제로도 그녀의 최고 걸작에 속한다. 그러나 이 작품이 작품성에 비해 지나칠 정도로 구설에 오르게 된 것은 작품 자체에도 어느 정도 논쟁점이 있는데다가 크리스티 여사의 실종 사건이 겹쳐졌기 때문이다.

크리스티 여사는 남편 크리스티 공군 대령 사이에 딸이 하나 있었으나 가정생활이 화목하지 못했으며, 게다가 믿고 의지하던 어머니를 잃은 데서 받은 충격으로 기억상실증에 걸렸던 것이다.

어느 날 갑자기 크리스티 여사가 행방을 감추자, 영국 전체가 여류 추리작가의 실종을 커다랗게 보도하고 온갖 소문과 추측이 난무하게 되자, 경찰에서도 총력을 기울여 수사에 나섰다. 결국 크리스티 여사가 남편 애인과 비슷한 이름으로 어느 호텔에 투숙한 것이 발견되어 사건은 일단락 지어졌지만, 이 사건 자체가 그녀에게는 치명적인 일이었다.

크리스티 여사가 이러한 불명예를 극복하고 추리소설의 여왕으로 군림하게 된 것은, 그녀가 크리스티 대령과 이혼하고 1930년에 고고학자 맬로원 박사와 재혼한 뒤 중동지방을 여행하며 많은 걸작을 내면서부터이다.

《애크로이드 살인사건》은 크리스티 여사가 추리작가로서의 수완을 최고로 발휘한 작품이다. 그런데 일부 비평가들은 작가가 범인을 감추는 방법이 떳떳하지 못하다고 비난했다. 하지만 독자가 속았다고 생각하는 것은 독자의 잘못이다.

크리스티 여사는 작품 속에서 충분한 단서를 제시했는데도, 독자가 그것을 알아차리지 못한 것뿐이다. 이것은 작가가 공정하지 않은 것이 아니라, 독자에게 허점이 있는 것이다. 이러한 에피소드는 어느 의미에서 애거서 크리스티의 재능을 더욱 두드러지게 하는 것이 아닌가 하고 생각한다.

애거서 크리스티가 너무 교묘하다는 것은 추리작가로서 그녀에 대한 비난이라기보다는 오히려 칭찬이 된다. 추리소설의 여왕이라면 그 정도로 능수능란하게 작품을 이끌어 나갈 줄 알아야 하기 때문이다.